옥담유고

옥담유고

초판 1쇄 인쇄 2009년 11월 10일
초판 1쇄 발행 2009년 11월 20일

지은이 이응희 옮긴이 이상하 해제 이종묵
펴낸이 박성모 펴낸곳 소명출판 출판등록 제13-522호
주소 서울시 서초구 서초동 1621-18 란빌딩 1층
전화 02-585-7840 팩스 02-585-7848 전자우편 somyong@korea.com

값 25,000원   ⓒ 전주이씨 안양군파 종사회, 2009
ISBN 978-89-5626-425-7 04810
ISBN 978-89-5626-424-0 (세트)

이 책은 저작권법의 보호를 받는 저작물이므로 무단전재와 복제를 금하며, 이 책의 전부 또는 일부를 이용하려면
반드시 사전에 저작권자와 소명출판의 동의를 받아야 합니다.

전주이씨 안양군파 종사회
서울 강남구 대치동 968 안양빌딩 | 전화 02-569-1359 | 팩스 02-558-0955

옥담시집 1

玉潭遺稿

옥담유고

이응희 지음 ㅣ 이상하 옮김 ㅣ 이종묵 해제

소명출판

17세기 향촌생활이 오롯이 담긴 빼어난 풍속시

이종묵 서울대 국어국문학과 교수

1. 시인으로서의 삶과 저술

이응희(李應禧, 1579~1651년)는 자가 자수(子綏), 호가 옥담(玉潭)이며, 본관은 전주(全州)로, 안양군(安陽君)의 현손(玄孫)이다. 성종대왕의 삼남 안양군은 귀인(貴人) 정씨(鄭氏) 소생으로 연산군과는 이복형제간이다. 이복형인 연산군이 즉위한 후 생모 윤씨(尹氏)가 폐출되어 죽게 된 것이 귀인 정씨와 엄씨(嚴氏)가 참소한 탓이라 여겨 두 귀인을 장살하였다. 그보다 앞서 안양군은 봉안군(鳳安君), 회산군(檜山君) 두 아우와 함께 연산군의 학정을 비판하는 직언을 올렸지만 연산군이 귀를 기울일 리가 없었다. 결국 안양군은 1504년(연산군 10) 충청도 제천에 유배되었다가 제주 적소(謫所)에서 원사(冤死)했다. 부인 능천군(綾川君) 구수영(具壽永)의 딸은 견성군(甄城君)의 노비로 넘어갔으며, 그 재산은 모두 몰수되는 참화를 입었다.

　다행히 중종(中宗)이 반정으로 즉위한 후, 안양군은 작위가 회복되고 공회(恭懷)라는 시호(諡號)가 내려졌다. 그리고 국가의 예법에 따라 그 아들 이억수(李億壽)가 종남도정(從南都正)에 봉해졌고, 손자 이귀의(李貴義)는 덕풍부정(德豊副正)에 봉해졌으며, 증손 이현(李玹)은 여흥령(驪興令)에 봉해졌다. 그러나 왕실의 후손에게 세습되던 이러한 종친부(宗親府)의 벼슬도 관례에 의하여 여흥령 이현의 대에서 끝이 났다.

옥담공은 여흥령 이현과 평산신씨(平山申氏) 계형(季衡)의 따님 사이에서 태어났다. 종실로서의 대우를 받지 못하였기에 평범한 향촌의 사족으로 살았다. 경기도 산본, 당시는 과천에 속한 산내곡(山內谷), 수리산 아래 선대부터 살던 집에서 책을 읽고 시를 짓는 일로 즐거움을 삼았다. 젊은 시절 벼슬에 뜻을 두지 않았다고는 하기 어렵지만 그 뜻이 절실하지는 않았던 듯하다. 5대손 이사영(李思永)의 〈선고부군묘지(先考府君墓誌)〉에는 옥담공이 광해군 때 대과(大科) 초시(初試)에 합격하였지만 광해군의 실정(失政)을 보고 벼슬에 뜻을 접었다고 하였다. 다음 〈나의 인생[我生]〉은 1625년 무렵 스스로의 삶에 대해 쓴 작품이다.

> 내 인생 천지간에 일개 무능한 몸
> 마흔여섯 해 생애에 얻은 것이 없어라
> 글을 지어도 과거에 급제하지 못했고
> 검술을 배운들 어찌 만인을 대적하랴?
> 방안의 노부모께 맛난 음식 못 올리고
> 산골이라 아내는 반찬 없다 시름하네
> 아들 일곱 있어 공부를 하였다 하지만
> 겨우 글귀나 읽으니 무슨 소용 있으랴
> 한가하면 술상을 차려 이웃을 모아서
> 강개한 노래 크게 부르니 마음이 아득하다
> 희끗희끗 백발이 이미 머리에 가득하니
> 절로 늙어갈 뿐 무엇을 다시 아쉬워하랴
> 아아, 타고난 운명이 진실로 이와 같으니
> 술병 앞에서 오래 시름에 잠기지 말자
> 我生天地一疎慵　四十六年無所得

爲文未遂攄科第　學文焉能萬人敵
堂中親老甘旨闕　壑裏妻愁盤膳缺
有子七人縱云學　摘句尋章何所益
閑中置酒聚比隣　慷慨高歌心漠漠
種種白髮已滿巓　任天從衰何用惜
吁嗟賦命苟如此　莫向樽前長戚戚

　마흔여섯 해 살아온 인생을 조용히 돌아보았다. 글을 익혔지만 과거에 오르지 못하였고, 무예를 배운다 한들 나라를 위해 크게 쓸 재주가 되기는 어렵다. 네 번째 구의 학문(學文)은 학검(學劍)의 잘못이다. 이 구절은 항우(項羽)가 젊은 시절 글을 배워도 성취하지 못하고 검술을 배워도 성취하지 못하여 그의 숙부 항량(項梁)이 꾸짖자, 항우가 "글은 자기 이름만 쓸 줄 알면 되고 검은 한 사람을 대적하는 것이니 배울 것이 못 됩니다. 만인(萬人)을 대적하는 것을 배우겠습니다." 한 고사를 따른 것이다. 넉넉하지 못한 살림살이라 부모님께 맛난 음식도 올리지 못하고 반찬거리 없다고 푸념하는 아내에게 부끄럽다. 자식에게 부지런히 글을 가르쳐 자신을 대신하여 세상에 이름을 떨쳐주기를 기대할 뿐이다. 자신은 그저 이웃의 벗들을 불러 술을 마시고 분수대로 살아갈 뿐이다. 옥담공은 이 시에서 다짐한 대로 살아갔다.

　인조반정 이후에도 옥담공은 벼슬길에 나아가지 않았다. 1625년에는 선영이 있던 산내(山內)에 새로 집을 짓고 그곳에서 평생을 살기로 마음을 먹었다. 이 무렵부터 스스로의 호를 옥담(玉潭)이라 한 듯하다. 집 동쪽에 선대에 파놓은 그리 크지 않은 못이 하나 있어 맑은 물이 흘러들었다. 그 곁에 단을 쌓고 그 이름을 옥담이라 하였는데, 이로써 호로 삼게 된 것이다.

　옥담에는 여덟 가지 풍경이 있었다. 바람을 머금은 푸른 물결이라는 뜻의 함풍압록(含風鴨綠), 조그마한 구리 동전 모양의 파란 연잎이 떠 있다는 뜻의 청전소점(靑錢小點), 높은 산속의 아름드리 소나무라는 뜻의 용문노간(龍門老

幹), 겨울에도 푸르른 빛을 자랑하는 바위틈의 소나무라는 뜻의 암변만취(巖邊晚翠), 햇살이 비치는 연못에 부리가 노란 오리가 노닌다는 뜻의 농일아황(弄日鵝黃), 해당화가 농염한 향기를 뿜는다는 뜻의 자금농향(紫綿濃香), 산골짜기에 막 돋아난 대나무라는 뜻의 해곡신총(嶰谷新叢), 해가 뜰 무렵 언덕이 먼저 붉게 타오른다는 안상선홍(岸上先紅)이 그것이다. 하나하나에 시처럼 운치 있는 이름을 붙였다.

옥담공은 초가로 된 집에 서재를 꾸미고 모재(茅齋)라 이름하였다. 다음 〈모재의 봄 풍경[茅齋春景]〉은 1644년 무렵 모재에서의 한적한 삶을 노래한 작품이다.

시의 집에 봄이 반 늙었지만
물색은 더욱 교태를 부리누나
여린 버들가지 바람 담뿍 안았는데
대나무 가지 끝에는 이슬이 맺혔네
제비는 돌아와 옛 둥지를 찾는데
꾀꼬리는 울면서 새 집을 지키네
시 하는 나그네야, 올 것 없다네
한가하게 바둑 두며 혼자 즐기니
詩家春半老　物色轉生嬌
弱柳含風線　叢篁滴露梢
燕來尋舊壘　鸎囀護新巢
墨客無相過　閑碁獨自鼓

옥담공은 집을 시가(詩家), 곧 시의 집이라 하였으니 시인으로 자처하였음을 알 수 있다. 여러 시에서 스스로를 시옹(詩翁), 묵옹(墨翁)이라 일컫기도 하였다. 옥담공은 옥담을 사랑하면서 한가하게 시인으로서 평생을 보내었다. 향촌에서 사귄 벗들이나 인근 고을의 관원들과 어울려 시주를 즐겼다. 중년 시절에 관서 지역을 여행하고 호남과 영남 지역으로 나들이를 하였던 것으로 보이나, 잦은 일은 아니었다. 아마도 모친에 대한 지극한 효성 때문에 그 곁을 떠나려 하지 않았기 때문인 듯하다. 전염병이 돌아 모친을 모시고 다른 곳에 가서 잠시 살던 때와 병자호란이 일어나자 가족을 이끌고 서해의 섬으로 들어가 지낼 때를 제외하고는 평생 거처를 옮기지 않았다.

옥담공은 옥담으로 찾아온 벗들이나 인척들과 어울려 시를 짓는 일로 생애를 보내었다. 일흔이 넘은 나이에 지은 〈병이 오래되어[病久]〉에서 "아직도 시 다듬는 병이 남아 있어서, 때때로 좋은 시구 자주 찾노라[尙有攻詩癖, 時時覓句頻]"라 하였으며, 비슷한 시기에 지은 〈가을날 회포를 적다[秋日書懷]〉라는 시에서는 "사업은 시가 천 수요, 생애는 집이 몇 칸이라[事業詩千首, 生涯屋數間]"라 한 대로 칠십 평생 지은 시가 천 수에 육박하였다. 노년에는 여러 병이 겹쳐 나들이가 불편하였지만, 잠시 병이 나으면 억지로라도 몸을 일으켜 근처 아름다운 물가로 나아가 시를 짓곤 하였다. 1651년 73세로 세상을 떠나던 그해까지 옥담공은 시를 지으면서 이렇게 살았다. 그리고 나중에 행선략장군(行宣略將軍)으로 추증되었다.

옥담공이 평생에 걸쳐 지은 시는 1,050제(題) 가량 되는데, 그 중 연작이 많으므로 실제 작품 수는 훨씬 많을 것이다. 옥담공의 시는 《옥담유고(玉潭遺稿)》와 《옥담사집(玉潭私集)》으로 묶여 전한다. 《옥담유고》와 《옥담사집》에는 옥담공이 제작한 한시의 대부분이 수록되어 있지만 온전한 문집으로 보기는 어렵다. 《옥담사집》의 마지막 면에 "기축년 2월 12일 필사를 끝내다.[己丑二月十二日畢書]"라고 하였는데, 지질이나 글씨 등으로 보아 1769년 무렵에 필사된 것으로 추정된다. 필사자는 알 수 없다. 잘못된 곳이 많은데 다행히 잘못 필사된 곳은 예전의 교정부호에 의하여 표시를 해두었기 때문에 큰 문제는 없다. 《옥담유고》에는 1623년 무렵까지의 시가 실려 있고, 《옥담사집》에는 그후 세상을 떠날 때까지 지은 시가 수록되어 있으니, 서명이 이처럼 달라야 할

하등의 이유가 없다.《옥담유고》와《옥담사집》은 저작의 시기별로 편집되어 있으므로,《옥담시집》1, 2로 부르는 것이 온당하다.

옥담공의 저술은 1960년 무렵 석판본(石版本)으로 인쇄되었는데,《완산세고(完山世稿)》가 그것이다.《완산세고》는《옥담공고(玉潭公稿)》에다《칠자연방고(七子聯芳稿)》와《진사공고(進士公稿)》,《정재공고(靜齋公稿)》를 합쳐 2책으로 묶은 것이다.《옥담공고》는《옥담유고》와《옥담사집》에 실린 시 중 일부를 뽑고 그곳에 실려 있지 않은 몇 편의 글을 더한 것이지만, 〈만물편(萬物篇)〉 등 한 시사에서 주목할 만한 작품이 수록되어 있지 않아 자료적 가치는 오히려 크게 떨어진다.《옥담공고》에만 보이는 것으로는 〈향로계첩의 발문[享老稧帖跋]〉과 〈석천선생의 제문[祭石泉先生文]〉, 〈명선대부 행 덕성부정의 묘지[明善大夫行德城副正墓誌]〉 등이 있다. 〈향로계첩의 발문〉에 따르면 유순인(柳純仁), 심부(沈溥), 유우인(柳友仁), 안홍제(安弘濟), 송규(宋珪), 이원득(李元得), 이경일(李敬一), 한덕급(韓德及), 안중행(安重行) 등과 절친하였다고 한다. 이들 인물 중 이경일은 같은 왕실로 영흥정(永興正)에 봉해진 사람인데 옥담공의 당숙이다. 한덕급은 제천현감을 지냈으며, 이원득은 조선 중기의 명상(名相) 이원익(李元翼)과 4촌간이다. 이들을 포함한 평생의 지기들은 역사에 뚜렷한 자취를 남기지 못한 평범한 향촌의 사족이었다.

《칠자연방고》는 옥담공의 일곱 아들의 시를 모은 것이다. 옥담공은 부제학(副提學)을 지낸 김위(金偉)의 딸인 경주김씨(慶州金氏)와 혼인하였다. 조선 중기의 명유(名儒) 송애(松厓) 김경여(金慶餘)가 그 처조카다. 옥담공은 김경여와 여러 차례 시를 주고받았는데 그의 문집《송애집(松厓集)》이 온전하지 않아 옥담공과의 교분에 대한 자료는 실려 있지 않다.

옥담공은 두흥(斗興)·두성(斗成)·두양(斗揚)·두여(斗興, 斗榮이라고도 한다)·두환(斗煥)·두평(斗平)·두광(斗光) 등 아들 일곱과, 윤진(尹瑨)과 박종번(朴宗蕃)에게 출가한 두 딸을 낳았다. 〈유사(遺事)〉에 따르면 이들이 모두 문장에 뛰어나 세상에서 칠두문장(七斗文章)이라 칭송하였다고 한다. 안양군이 비명에 간 이래 옥담공에 이르기까지 그 후손들은 벼슬에 나아가지 않다가 옥담공의 아들 대에 이르러 비로소 과거를 보기 시작하여 아들과 손자대에 7인의 생원을 배출하게 되었다. 이두양은 생원을 하였고, 이두환은 생원을 거쳐 사옹원 봉사(司饔院奉事), 형조정랑(刑曹正郎) 등을 지냈으며, 이두광은 진사를 지냈다. 손자 대에 특히 이정석(李挺晳)은 공조좌랑(工曹 佐郎)과 합천군수(陜川郡守)를 역임하였다. 《진사공고》는 이정우의 시 1편과 문 1편을 묶은 것이고, 《정재공고》는 이두환의 현손(玄孫)이요, 이정규의 증손(曾孫)인 정재(靜齋) 이사영(李思永, 1728~1793)의 문집으로 몇 편의 시문이 수록되어 있다.

2. 향촌생활을 그린 일상의 시

옥담공은 평생 시를 짓는 것을 즐거움으로 삼았으니 시인이라 할 만하다. 그러나 불행히 당대에 그 이름을 널리 떨치지 못하였고, 또 그 저술이 후세에 널리 알려지지 못하였다. 그러나 현재 《옥담유고》와 《옥담사집》에 남아 있는 시만으로도 옥담공은 한국 한시사에서 매우 의미 있는 작가로 평가할 수 있다.

옥담공 당대의 조선 시단의 추이는 송풍(宋風)에서 당풍(唐風)으로 바뀌어가고 있었으며, 일부 선진적인 문인들은 시필성당(詩必盛唐)의 구호를 외치는 명나라 복고파(復古派)의 문학이론을 수용하기도 하였다. 이러한 시기에 향촌의 시인 옥담공은 문단의 풍상에 휩쓸리지 않고 두보(杜甫)의 시를 모범으로하여 담박한 시를 제작하였다. 옥담공 한시가 이룩한 가치는 두보의 한적한 생활을 노래한 시를 잘 배우되, 스스로의 일상생활을 체화한 데서 찾을 수 있다. 다음 〈아침 창[朝窓]〉에는 향촌에서 담박하게 살아가는 옥담공의 생활상이 잘 드러난다.

아침 햇살이 산창을 비추니

초가에 따스한 기운이 인다
처자식은 삼과 모시를 삼고
어린 아들은 시경을 외우네
문 앞에 개 한 마리 짖더니
약을 파는 행상이 들렀다네
올해는 곡식이 매우 비싸서
값을 말할 엄두가 나지 않네
朝日照山窓　白屋煖氣生
妻孥執麻枲　稚子誦詩經
門前一犬吠　賣藥行商過
今年粟米貴　莫得論其價

　　수리산 산속의 집에 아침 해가 비치니 밤새 썰렁했던 초가집에도 온기가
돈다. 아침이 되자 늙은 처는 길쌈을 하고 아이는 그 곁에서 책을 읽는다. 한
적한 마을에 개 짖는 소리가 들려서 보니 이따금씩 오는 약 행상이 지나간다.
올해는 흉년이라 곡가가 매우 비싸서 걱정이다.

　　산촌 마을에서 담박하게 살아가는 옥담공의 모습이 절로 한 편의 풍속화처
럼 다가온다. 옥담공의 시가 두보의 시에 연원을 두었다고 하였거니와, 두보
가 〈강마을[江村]〉의 마지막 두 연에서 “늙은 처는 종이에 바둑판을 그리는데,
아이놈은 바늘 두드려 낚시 바늘 만드네. 병이 많아 필요한 것 오직 약봉지니,
늙은 내가 이외에 또 무엇을 구하랴[老妻畫紙爲棊局, 稚子敲針作釣鉤. 多病所須惟
藥物, 微軀此外更何求]”라 한 것을 절로 연상하게 한다.

　　두보의 시는 다양한 아름다움을 지니고 있다. 〈강마을〉에서 보는 것처럼 한
적한 맛을 주는 것도 있지만 때로는 스케일 큰 웅장한 시를 짓기도 했으며,
복잡하고　난삽한 구절로 사람들의 골머리를 아프게 하는 작품도 남겼다. 옥
담공의 한시에서는 웅장한 스케일을 자랑하는 시를 배워 창작에 응용한 사례

도 찾을 수 있지만, 자신만의 개성을 읽을 수 있는 시는 바로 위에서 본 것과 같은 향촌 사회의 체험을 소박하게 읊조린 쪽이다. 〈콩죽[豆粥]〉에서 이 점이 잘 확인된다.

동짓달에 서리와 눈이 내리니
농가에는 월동 준비를 마쳤다
오지솥에는 콩죽이 끓는 소리
먹으니 그 맛이 꿀처럼 달구나
한 사발에 땀이 삐죽 나고
두 사발에 몸이 훈훈하여라
아내와 자식들을 돌아보면서
"이 맛이 깊으면서도 좋구나."
아내와 자식들은 웃고 돌아보며
"밥상에 고량진미 없는걸요."
"고량진미 말할 것 무엇 있나,
고기반찬도 무상한 것 모르나?"
復月霜雪至　田家寒事畢
瓦釜鳴豆粥　食之甘如蜜
一椀輕汗出　二椀溫氣發
相顧語妻孥　此味深且長
妻孥笑相顧　盤膳無膏粱
膏粱安可說　肉食知無常

1625년의 작품이다. 이 해 가을 풍년이 들었다. 쌀 한 말이 베 한 자 값밖에 되지 않을 정도였다. 가을걷이를 마치고 겨울을 날 채비도 다 끝낸 동짓날, 가족들이 둘러앉아 콩죽을 먹는다. 한 사발 먹으니 이마에 땀이 송글송글 맺힌다. 입맛이 돌아 한 사발 더 먹고 나니 기운이 난다. 처자에게 정말 맛있지 않느냐고 동의를 구한다. 처자는 고기반찬도 없는 평범한 콩죽이 대단할 것 있느냐 핀잔을 준다. 이에 옥담공은 높은 벼슬을 하여 진수성찬을 먹는 이도 언젠가 벼슬이 떼이고 나면 그뿐이니, 진수성찬이 무상한 것이라 하였다. 가난한 살림에서 오히려 행복을 찾을 수 있다고 처자를 다독인다. 저녁상을 마주한 가족의 단란한 모습이 선하다. 가족들의 대화가 시에 인용되어 있어 더욱더 소박한 맛을 느끼게 한다. 〈새벽의 일[曉事]〉을 아래에 보인다.

닭 울음소리 그치지 않는데
하늘 가득한 별이 스러지누나
집집마다 등잔 심지 돋워놓고
시골 아낙들이 길쌈을 하누나
산골 아이는 소를 먹이려고
오지솥에다 콩깍지를 삶는다
쇠죽이 벌써 다 익었나 보다
부글부글 쇠죽 끓는 소리 들리니
소 먹이라도 마구해선 안 된다네
우리 집이 그 힘으로 먹고 사니
金鷄鳴不已　滿天星斗落
家家燈花鬧　村婦事紡績
山童亦飯牛　瓦釜烹豆殼
旣已爛牛食　聞粥粥牛食
牛食不可忽　農家食其力

　한시는 기본적으로 사대부의 것이다. 사대부도 물러나면 향촌에 살지만, 시골살이가 몸에 딱 붙지는 못한다. 그러나 옥담공은 그러하지 않았다. 첫닭이 울었지만 아직도 깜깜한 밤인데도 모두들 일어나 부산하다. 아낙네는 등잔불을 켜고 길쌈을 하고 아이는 콩깍지를 삶아 쇠죽을 끓인다. 그 모습을 물끄러미 보던 옥담공은 아이에게 한 마디 덧붙인다. "저 소란 놈이 우리 집 먹여 살리니, 소 먹을 것이라 하여 함부로 하지 말고 정성을 다하거라."

옥담공의 시는 이러하다. 옥담공은 근체(近體) 율시(律詩)와 같이 형식이 꽉 짜인 시도 잘 지었지만, 오히려 형식이 자유로운 고시도 많이 지었다. 자유로운 형식에 17세기 초반 향촌의 생활상을 자연스럽게 풍속화처럼 그려내었다. 이러한 작품과 더불어 옥담공은 향촌에서 생활하면서 보고 들은 것도 꾸밈없이 시로 드러내면서, 당시 향촌 하층민의 고통도 잘 형상화하고 있다. 〈숯장수의 고생[賣炭苦]〉을 아래에 보인다.

숯 파는 일 얼마나 고생인가
숯 팔아도 남은 양식이 없어라
송곳 꽂을 땅 한 뙈기 없으니
본업은 농사와 양잠이 아닐세
아침엔 산에 들어가 나무를 베고
저녁엔 구덩이 파서 숯을 굽는다
나는 재 낯에 묻어 얼굴은 시커멓고
뜨거운 불길에 몸이 뜨거워 땀이 흐르네
열 손가락 다 휘고 살갗은 다 텄는데
허름한 옷 너덜너덜 정강이도 못 가린다
고생스레 숯을 지고 저잣거리에 들어가니
추위에 다리 얼어 힘없어 휘청휘청
아동들은 거리에 모여 손뼉 치며 웃나니
산귀신이 어이하여 이 대로에 왔느냐고
올해는 날씨가 덜 추워 숯이 비싸지 않아

동쪽 서쪽 다 다녀도 하나도 팔지 못했네
집에 오니 처는 원망하고 아이는 배고파 우니
하늘에 하소연해도 하늘은 아득하기만 해라
사람이 타고난 운명이 저마다 다르니
술과 고기 냄새 풍기는 고대광실을 보라

賣炭何苦業　賣炭無餘粮
身無立錐地　本業非農桑
朝入山中伐山木　暮劚深坑燒碧炭
飛灰入面狀貌黑　烈焰燻身流赭汗
十指如鉤肌膚裂　短褐懸鶉不掩脚
辛勤擔負入城市　凍脚無力行欹傾
兒童亂街拍手笑　山鬼何能臻紫陌
今年無氷炭不貴　足徧東西終未鬻
歸來妻怨子啼飢　仰訴皇天天漠漠
人生賦命各有差　請見朱門臭酒肉

　　숯을 팔아 생계를 이어가는 민중의 삶을 걸개그림처럼 그렸다. 옥담공은
〈땔나무 파는 노래[賣薪行]〉를 지어 산에 들어가 나무를 해서 파는 가난한 사
람에 대해 노래한 바 있다. 한양에 들어가 나무를 팔려 하니 나무 장사가 많
아 팔리지 않고 시골에서 팔려 하니 제각기 나무를 해서 불을 때는 바람에
팔 데가 없는 가난한 민중의 삶을 담은 노래이다. 숯을 만들어 파는 사람의
생애는 그보다 더욱 고달프다. 겨울에 산에 들어가 나무를 하느라 손가락이
다 휘고 살갗은 터서 갈라질 지경이다. 힘들게 나무를 지고 와서 숯을 굽느라
얼굴은 온통 숯검정이다. 어렵게 만든 숯을 팔러 나섰지만, 아이들은 산에서
내려온 귀신이라 놀려댄다. 제대로 팔지도 못하고 집에 돌아오니 처는 원망
하고 아이는 배고프다 운다. 옥담공은 이러한 고통 받는 민중의 삶에 대해서

따뜻한 온정의 눈길을 보내고 있다.

　옥담공의 시는 이러하다. 옥담공은 벼슬길에 나아가지 못하고 평생을 향촌
에서 조용히 살았다. 벗이나 인척이 찾아오면 그들과 시를 지었다. 서당을 열
고 동네 아이들을 가르치기도 하였다. 일곱 아들이 장성한 후에는 그들을 불
러 가족간에 시회(詩會)도 가졌다. 노년에 병마로 고생하였지만 이러한 삶은
그대로 이어졌다. 그리고 그 생활을 담담하게 시에 담았다. 다듬고 꾸미기보
다는 보고 듣고 겪는 일상생활을 담담하게 시에 담은 것, 이것이 옥담공의 시
가 이룩한 개성이고 큰 성취라 할 수 있다.

3. 만물을 노래한 〈만물편(萬物篇)〉과 〈영조(詠鳥)〉

옥담공의 한시가 갖는 가장 큰 의미는 시로 쓴 백과사전을 저술하였다는 점
이다. 옥담공은 〈만물편〉이라는 280수 연작시를 제작하여, 인간세상의 만물
을 하나하나 시에 담아내었다. 〈만물편〉은 세상만물을 음양류(陰陽類)·화
목류(花木類)·과실류(果實類)·곡물류(穀物類)·소채류(蔬菜類)·어물류(魚物
類)·의복류(衣服類)·패용류(佩用類)·문방류(文房類)·주거교량류(舟車橋梁
類)·기구류(器具類)·기명류(器皿類)·악기류(樂器類)·기국류(技局類)·재물
류(財物類)·축물류(畜物類)·금조류(禽鳥類)·수류(獸類)·행충류(行蟲類)·
비충류(飛蟲類)·음식류(飮食類)·약초류(藥草類) 등으로 나누었다. 특히 어물
류는 다시 동해산류(東海産類)·서해산류(西海産類)·강어류(江魚類)·천어류
(川魚類)로 나누어 총 25류로 분류하였다. 그리고 그 아래 다시 280종의 사물
을 배열하고, 하나하나의 사물에 대하여 오언율시를 지었다. 우리 한시사에서
그 유례를 찾을 수 없는 독특한 것이다.

　〈만물편〉은 백과사전처럼 25종의 유형을 설정하고 다시 그 아래 280개의
사물을 나열한 다음, 해당 사물에 대한 시를 붙였다. 〈만물편〉의 〈음양류〉에

는 음양(陰陽), 금(金) · 목(木) · 수(水) · 화(火) · 토(土)의 오행(五行), 동(東) · 서(西) · 남(南) · 북(北)의 방위, 춘(春) · 하(夏) · 추(秋) · 동(冬)의 계절, 청(靑) · 황(黃) · 적(赤) · 백(白) · 흑(黑)의 색채, 조(朝) · 모(暮) · 주(晝) · 야(夜)의 시간, 한(寒) · 서(暑)의 기후 등 추상적인 사물을 먼저 다루었다.

「화목류」에는 당시 문인의 주거 공간에서 쉽게 접할 수 있는 24종의 꽃나무를 들고 있다. 소나무 · 잣나무 · 대나무 · 국화 · 매화 · 황매화 · 모란 · 홍도(紅桃) · 벽도(碧桃) · 삼색도(三色桃) · 장미 · 사계화(四季花) · 작약 · 해당화 · 연꽃 · 산단화(山丹花) · 옥매(玉梅) · 진달래 · 철쭉 · 버드나무 · 단풍나무 · 오동나무 · 방초(芳草) · 난초(蘭草) 등을 정원에 심거나 교외에서 쉽게 볼 수 있었음을 알 수 있다.「과실류」에는 복숭아 · 오얏 · 살구 · 앵두 · 능금 · 포도 · 석류 · 모과 · 배 · 밤 · 대추 · 감 · 호두 · 은행 · 잣 · 개암 · 추자(楸子) · 팥배 · 등자(橙子) · 왕머루 · 유자 · 귤 · 밀감 등 23종을 들고, 이 과실들의 외형과 효능에 대해서 시로 읊었다.

「곡물류」에는 쌀 · 찹쌀 · 메기장 · 찰기장 · 메조 · 차조 · 보리 · 밀 · 콩 · 팥 · 녹두 · 메밀 · 율무 · 수수 · 깨 · 들깨 등 16종을 시로 읊은 것이 수록되어 있다. 율무는 체증을 낫게 하고 떡으로 만들어 먹기도 하였으며, 들깨는 가래를 삭이고 들깨기름은 방습의 효과가 있으며 말린 잎을 달여 먹으면 악취를 제거한다고 하는 등, 각 곡물의 조리법과 효능 등을 두루 다루었다.

채소류를 다룬 「소채류」에는 수박 · 참외 · 오이 · 토란 · 상추 · 파 · 마늘 · 가지 · 아욱 · 생강 · 겨자 · 부추 · 차조기 · 동아 · 고사리 · 삽주 · 게목 · 순채 등 18종을 다루었다. 오이는 구이를 해먹기도 하고 물에 담가놓았다 먹기도 한다고 하였고, 파는 위장을 따뜻하게 하고 신장을 강하게 해준다고 하였으며, 차조기와 동아는 죽을 해먹는다는 등 채소류의 조리법과 효능도 설명하고 있다. 여기서는 〈참외(眞瓜)〉를 예로 보인다.

참외라는 이름에서 '참'의 의미는

그 이치를 내 따져 알 수 있다네
짧은 놈은 당종(唐種)이라 부르고
긴 놈은 물통이라 부른다지
베어놓으면 금빛 씨가 흩어지고
깎아놓으면 살이 꿀처럼 달지
품격이 전부 이와 같으니
서쪽 오이란 말과 한가지라네
名眞意有在　其理我能窮
短體稱唐種　長身號水筒
剖分金子散　條折蜜肌濃
品格渾如此　西瓜語必同

　참외는 《고려도경(高麗圖經)》에 그 이름이 보이니, 이른 시기부터 우리나라에 있던 과일이다. 비슷한 시기의 저술인 이수광(李睟光)의 《지봉유설(芝峰類說)》에는 첨과(甜瓜)와 같다고만 하였고, 허균(許筠)의 〈도문대작(屠門大嚼)〉에는 "의주(義州)에서 나는 것이 좋다. 작으면서도 씨가 적은데 매우 달다."고만 적었다. 그러나 〈만물편〉에서는 길이가 짧은 품종이 있어 당종(唐種)이라 하고 긴 품종이 있어 물통[水筒]이라 한다는 알려지지 않은 정보를 수록하고 있거니와, 참외의 외형과 맛을 두루 잘 드러내었다. 서과, 곧 수박과 함께 이 시기 가장 맛난 과일로 대접받았음을 이 시에서 알 수 있다. 옥담공이 〈만물편〉에서 읊고 있는 곡물이나 과일, 채소 등은 우리 문학사에서 거의 시로 읊은 적이 없는 것들이다. 옥담공은 〈만물편〉에서 생활 주변의 사물들을 하나하나 오언율시에 담아 사전의 기능까지 겸할 수 있게 하였다.

　〈만물편〉은 특히 어패류에 대해 가장 자세하다. 바다에서 나는 어패류를 「어물류」라 하고, 다시 동해와 서해에서 나는 어패류를 나누어 시로 읊었다. 또 강과 개울에서 나는 민물고기도 다시 나누었다. 동해에서 나는 11종의 어패류로 고래·자라·대구·방어·청어·문어·전복·가자미·은어·홍합·해삼 등을 들었는데, 그 중 고래와 자라를 제외한 나머지는 모두 식단에 올리는 것들이었다. 은어는 동북 지방의 해안에서 나는 것으로 말려서 구워 먹거나 간장에 졸여서 먹기도 하고 콩잎과 함께 먹으면 천하의 진미라 하였는데, 요즘 강으로 올라온 은어를 회로 먹는 것과는 풍습이 다소 다르다. 〈청어(靑魚)〉를 아래에 보인다.

> 푸른 청어가 남해에서 잡히니
> 강으로 천 척의 배가 들어오네
> 알에는 황금 좁쌀이 소복하고
> 창자에는 백설 같은 기름이 엉겼네
> 구워서 맛난 밥을 먹을 수 있고
> 말려서 향긋한 막걸리를 마신다네
> 생선의 질이 이처럼 높지만
> 값이 높은 것만 걱정한다네
> 靑鮮南海産　江口入千艘
> 卵包黃金粟　腸凝白雪膏
> 炙宜餤美飯　乾可飮香醪
> 品貴能如此　偏憂索價高

등 푸른 생선 청어가 남해에서 잡혀 1천 척의 배에 실려 도성으로 들어오는 모습을 먼저 말한 다음, 배를 열면 노란 알이 소복하게 들어 있고 창자에는 맛난 기름이 엉긴 모습을 그렸다. 이어 구워서 반찬으로 하고 말려서 안주로 삼는 등 아주 좋은 생선이지만 값이 비싸서 문제라 하였다. 이수광의 《지봉유설》에는 1570년 이후 청어가 잡히지 않는다 하였고, 허균의 〈도문대작〉에서 청어가 우리나라 도처에서 잡히는데 예전에는 가격이 쌌지만 당시는 어획량이 줄어 가격이 높아졌다고 하였으니, 옥담공의 시는 매우 정확한 정보를 담고 있다 하겠다.

서해에서 나는 6종의 어물로는 홍어 · 민어 · 준치 · 조기 · 밴댕이 · 새우 등을 들었다. 민어는 탕으로 먹으면 좋고 회로 먹기에는 마땅하지 않으며 말려서 먹으면 더욱 맛이 좋다고 하였다. 준치는 회와 탕이 모두 좋고, 조기는 탕과 구이가 좋다고 하였다. 밴댕이는 상추쌈으로 보리밥과 함께 먹을 때 진미라 하였다. 해물에 따른 조리 방법을 자세히 적었으니, 옥담공의 실생활을 반영한 것이라 하겠다.

「강어류」로는 농어 · 숭어 · 웅어 · 뱅어 등 4종의 큰 민물고기를 들었는데, 뱅어의 경우 회를 뜨기 어려워 탕으로 먹는다고 하였다. 지금 날것을 통으로 먹는 것과는 풍습이 다르다. 「천어류」로는 개울에서 나는 잉어 · 쏘가리 · 붕어 · 게 등을 들고, 물고기의 특성과 함께 맛있게 먹는 방법을 소개하고 있다.

「의복류」에서는 일반적인 의복 외에 여우가죽옷 · 양가죽옷 · 솜옷 · 홑옷 등 당시 가장 일반적인 옷, 그리고 관(冠)과 허리띠, 홀(笏) 등 8종에 대해 시를 지었다. 「패용류」에서는 노리개 · 수건 · 부채 · 빗접 · 지팡이 · 빗 · 도(刀) · 검(劍) · 활 · 화살 등 당시 선비들이 지니고 다니던 10종의 사물에 대해 시를 지었다. 「문방류」로는 붓 · 먹 · 벼루 · 종이 · 연적 · 향로 · 궤안 · 등(燈) · 촛불 · 박산(博山)향로 등 10종을 들었다. 「주거교량류」에서는 배와 수레, 교량을 두고 시를 읊었다.

「기구류」는 20종에 이르는 집 안팎의 기물을 소재로 한 것이다. 그림병풍 · 소나무평상 · 발 · 장자 · 휘장 · 대자리 · 베틀 · 다듬잇돌 · 키 · 빗자루 · 말 · 저울 · 비녀 · 거울 · 가위 · 자 · 광주리 · 낮은등잔걸이 · 높은등잔걸이 · 무늬를 넣어 짠 자리 등 잡다한 생활용품을 다루었다. 「기명류」 역시 소반 · 숟가락 · 젓가락 · 가마솥 · 세발솥 · 술동이 · 술병 · 술잔 등 8종의 생활용품을 두고 시를 지었다. 「악기류」에서는 종 · 북 · 거문고 · 피리 등 4종을 시에 담았다. 또 「기국류」에는 바둑 · 박(博) · 장기 · 투호(投壺) 등 4종이 나열되어 있다. 「재물류」는 돈을 대신하여 쓸 수 있는 18종의 물건을 다루었는데, 돈 이외 황금·백옥(白玉)·은(銀)과 같은 귀금속, 사(紗)·나(羅)·능(綾)·단(段)·백주(白紬)·세포(細布)·추포(麤布)·백저포(白苧布)·면포(綿布)·견(繭)·견사(繭絲)·목면화(木棉花)·뽕[桑]·삼[麻] 등 화폐처럼 쓰이는 옷감류를 소재로 시를 지었다. 생활 주변에서 흔히 접하게 되는 이러한 잡다한 사물을 소재로 연작 시를 지은 예는 〈만물편〉 외에 거의 찾기 어렵다.

「축물류」에서는 말·소·돼지·양·거위·오리·닭·개·고양이 등 9종을, 「금조류」에서는 까마귀·까치·부엉이·올빼미·박쥐 등 5종의 조류를, 「수류」에서는 기린·범·사슴·원숭이·여우·삵·다람쥐·쥐 등 7종을 다루었다. 벌레는 기어다니는 「행충류」와 날아다니는 「비충류」로 나누었다. 행충류로는 용·거북·뱀·두꺼비·개구리·지네·지렁이·개미·거미·귀뚜라미·철써기·사마귀 등 12종을 다루었고, 비충류로는 나비·잠자리·매미·왕벌·꿀벌·반딧불·모기·등에·파리·하루살이 등 10종을 다루었다.

「음식류」에서는 밥·국·구이·탕·면·떡·만두·회·식해·소금·장·차·술 등 13종을 다루었다. 식염과 소금의 차이는 잘 알 수 없지만, 바닷물을 졸여 흰 소금을 만드는데 콩에 담가두면 붉은 빛이 돌며 단맛이 나고, 오이를 절여두면 색이 노랗게 된다고 하였으며, 식염은 쌀에 넣어두어 깨끗하게 하고 생선이 상하지 않게 한다고 하였다. 구이는 식전에 먹는 음식이라 하고 부잣집에서는 고기적을, 가난한 집에서는 채과(菜瓜)를 먹는다고 하였다. 장은 콩을 삶아서 가루를 낸 다음 소금을 뿌려 독에 담아두면 호박과 같은 붉은 빛이 도는 간장을 얻을 수 있고, 아래쪽에 노랗게 쌓인 된장을 얻을 수 있다고 하였다. 차는 중국 아산(丫山)의 이름난 품종을 수입하여 마셨다고 적고 있다. 음식에 대한 연작시 역시 그 유례를 찾기 어렵다. 만두는 옥담공이 매우 좋아한 음식인데, 아래 〈만두(饅頭)〉를 읊은 시를 보인다.

우리집 솜씨 좋은 며늘아기

물만두 예쁘게 잘 만든다네
옥가루에 금빛 조를 소로 만들어
은빛 피에 싸서 쇠냄비에 띄운다
생강을 넣으면 매운 맛이 좋고
짭짤하게 하려 장을 듬뿍 붓는다
한 사발 새벽녘에 먹고 나면
아침이 지나도록 밥 생각 없다네
吾家巧媳婦　能作水饅嘉
玉屑韜金粟　銀包泛鐵鍋
苦添薑味勝　醎助豆漿多
一椀呑淸曉　崇朝飯不加

만두는 고려시대부터 우리 식단에 널리 오르던 것인데, 〈도문대작〉에는 "의주 사람들이 중국 사람처럼 잘 만든다. 그 밖에는 모두 별로 좋지 않다." 고 짧게 적었고,《지봉유설》에는 만두에 대한 기록이 없다. 물론 만두를 비롯 하여 〈만물편〉에 등장하는 많은 음식을 두고 지은 시를 찾는 것도 쉽지 않다. 〈만물편〉에서는 옥담공의 생활과 관련하여 물만두를 맛있게 먹는 법을 자상 하게 소개하고 있다.

마지막으로 「약초류」에서는 삼(蔘)·이출(二朮)·복령(茯笭)·황정(黃精)· 산약(山藥)·후추(胡椒)·천초(川椒) 등 7종을 들고 있는데, 후추는 남방에서 수입하고 천초는 중국 촉(蜀) 지방에서 생산되던 것인데 우리나라에 가져와 서 퍼졌으며 옥담공의 집에서 재배하였다고 하는 등, 약초의 유래와 효능 등 을 시에 담았다. 약을 대상으로 한 연작시 역시 〈만물편〉에서만 확인할 수 있 거니와, 〈만물편〉에 수록된 다양한 사물을 연작으로 노래한 영물시는 그 유 례를 찾기 어렵다.

옥담공은 〈만물편〉 외에도 사물에 대한 연작시를 즐겨 지었다. 〈만물편〉

을 제작한 1649년보다 훨씬 이른 때인 1615년 과천에 살던 벗 안처행(安處行)과 시를 주고받으면서 자연 현상을 두고 연작시를 지은 바 있다. 처음에는 하늘·해·바람·이슬·땅·달·서리 등 여덟 가지 사물을 두고 시를 지었는데, 나중에 구색을 맞추기 위하여 다시 여기에 성신(星辰)·은하수·무지개·안개·노을·우레 여섯 가지를 더하여 도합 14종의 사물을 연작시로 노래하였다. 〈수재 안십구가 하늘·해·바람·이슬·땅·달·구름·서리 등을 읊은 8수의 시에 화답하다[和安十九秀才詠天日風露地月雲霜八首]〉와 〈수재 안십구가 이른 하늘·해·바람·이슬·땅·달·구름·서리 등을 읊은 8수의 시 다음에 성신·은하수·무지개·안개·노을·우레 여섯 가지 형상을 생각하여 이를 넓힌 것에 차운하다[次安十九秀才所云詠天日風露地月霜八首後仍思星辰河漢虹霞霧雷霆六象以廣之]가 바로 그것이다. 여기서 든 사물은 〈만물편〉의 「음양류」에 해당하는 것이다. 여기서 젊은 시절 사물에 대한 영물시를 즐겨 짓다가 노년에 하나의 체계를 갖추어 온갖 사물을 두루 망라하여 〈만물편〉을 제작하게 된 것이라 할 수 있다.

그런데 〈만물편〉에 「금조류」를 두어 5종의 새에 대한 시를 수록하였는데, 새의 종수가 매우 빈약하다. 그 이유는 1646년 52수의 새에 대한 연작시를 이미 지은 바 있기 때문이다. 굳이 다시 새에 대한 연작형의 영물시를 지을 필요가 없기에 다루지 않은 새만 대상으로 하여 「금조류」를 갖춘 것이다. 따라서 천지(天地)와 일월성신(日月星辰) 등을 노래한 작품은 「음양편」에 넣고 새에 대한 영물시는 「금조류」에 넣어야 더욱 온전한 〈만물편〉이 됨을 알 수 있다.

옥담공이 새를 대상으로 한 방대한 영물시를 지은 것은 〈만물편〉보다 앞선 1646년 봄의 일이다. 이때 옥담공이 병이 들어 누워 있다가 산속에서 새들이 서로 다른 소리로 우는 것을 듣고 〈산새를 읊조린 18수[詠山鳥十八首]〉를 지었다. 황조(黃鳥)·정소(鼎小)·숙도(熟刀)·구욕(嘔浴)·호로(呼蘆)·부득(不得)··훈훈(燻燻)·소기섭(疎棄攝)·포곡(布穀)·산구(山鳩)·원사(願死)·호도

(胡逃) · 탁목(啄木) · 종달(從達) · 무조(武鳥) 등 15종에 달하는 우리나라 산새를 들어 오언절구로 시를 지었다. 새 이름은 울음소리에서 유래한 것이 대부분으로 당시 민간에서 부르던 명칭을 반영한 것인데 제목 아래 작은 주석을 넣어 울음소리와 별칭, 전설 등을 적고 있어 이 시기의 조류 연구에 매우 중요한 자료로 활용될 수 있다.

황조(黃鳥)는 곧 꾀꼬리로 황앵(黃鶯)이라고도 한다. 정소는 예전에는 솥작다새라고도 불렀는데 곧 소쩍새로, 두견(杜鵑)이라고도 한다. 시에서는 풍년을 기려 솥이 작다[鼎小]라 운다고 하였다. 숙도(熟刀)는 민간에서 숙도조(熟刀鳥)라 부른다고 하였는데 곧 쏙독새다. 시에서는 효자가 부모에게 맛난 음식을 봉양하려다가 그 혼이 새가 되어 칼로 써는 소리를 내게 되었다고 하였다. 호로라는 새는 직박구리라는 텃새로 제호(提壺), 혹은 제호로(提葫蘆)라고도 하는데 그 울음소리가 '호로직죽(呼蘆稷粥)'으로 들려 호로로피죽새라고도 부른다. 포곡(布穀)은 뻐꾸기, 산구(山鳩)는 메비둘기, 탁목(啄木)은 딱따구리를 가리킨다. 종달(從達)은 종다리로 종달새, 노고지리로도 알려져 있는 새다. 민간에서는 금종달(金從達)이라 부르는데 '욕귀(欲歸)'라는 울음소리를 낸다고 하고, 시에서는 버림받은 며느리의 혼이 붙은 새라 하였다. 구욕(嘔浴)은 민간에서 구욕조(嘔浴鳥)라 부른다 하였는데 시의 내용에서 오릉(於陵)의 진중자(陳仲子)가 청렴하여 불의(不義)한 음식을 먹지 않았는데 형이 가져온 부정한 거위를 모르고 먹었다가 나중에 알고 토하였다는 고사를 인용하였지만, 거위가 아니라 구욕조(鸜鵒鳥)를 가리키는 듯하다. 이 새는 팔가(八哥)라고도 하는데, 날 때에는 팔자(八字) 모양을 이루고 사람 소리를 내기도 한다. 원사(願死)는 울음소리가 '원사(願死)'처럼 들리는 새인데 다른 사람의 시에는 '욕사(欲死)', '아욕사(我欲死)', '사거(死去)' 등으로 울음소리를 형용하기도 하므로, 죽고 싶다는 말을 표현한 듯하다. 새타령에서 '주격제금(嗁禽)'이라 한 것이 바로 이 새다. 여기서는 〈쏙독새[熟刀]〉를 예로 보인다.

효자가 맛난 음식 이바지하여
부모님을 지성으로 받드네
남은 혼이 새가 되었나 보다
늘 쏙독쏙독 도마질 소리 내니
孝子供甘旨　爺孃奉至誠
餘魂應化鳥　長作扣刀聲

시에서는 효자가 부모에게 맛난 음식을 봉양하려다가 그 혼이 새가 되어 칼로 써는 소리를 내게 되었다고 하였다. 쏙독새라는 이름 자체가 칼로 무언가를 써는 소리를 형용한 것이다. 실제 쏙독쏙독 하고 우는 새울음 소리가 도마질하는 소리처럼 들린다. 새울음을 형용한 이러한 시를 금언체(禽言體) 시라 한다.

다른 금언체 시에서 다룬 나머지 새에 대해서는 정확하게 알 수 없다. 호도(胡逃)라는 새는 울음소리가 '호도(胡逃)'와 비슷한데 오랑캐로부터 벗어나기를 염원하는 뜻을 시에 담았다. 그 음으로 보아 후투티라는 새를 가리키는 듯하다. 또 울음소리가 '소기섭(疎棄攝)'으로 들린다는 소기섭이라는 새에 대해서는, 어떤 집에 새로 들어온 처와 예전 처가 함께 절구를 찧는데 새로 들어온 처가 예전 처의 아이를 데려다 절구에다 넣고는 달아나버렸는데, 예전 처가 힘이 빠져 들고 있던 절구를 놓아 아이를 죽게 하였다는 전설을 소개하고 있다. 부득(不得)은 '부득부득(不得不得)'이라 우는 새로, 굴원(屈原)이 임금으로부터 등용되지 못하자 한이 맺혀 이 새가 되었다고 하였다. 훈훈(燻燻)이라는 새도 울음소리가 '훈훈(燻燻)'으로 들리는데, 훈훈한 온기가 만물을 소생하게 하는 새라고 하였다. 무조(武鳥)라는 새는 활을 쏘는 것과 유사한 소리를 낸다고 하였는데 휘파람새 종류인 듯도 하다. 이러한 새는 다른 문헌에서도 이름이 확인되지 않아 어떤 새를 가리키는지 알기 어렵다.

옥담공은 여기에 더하여 더욱 다양한 종류를 덧보태어 〈여러 새를 읊조린

21수[詠群鳥二十一首]〉를 지었다. 여기에는 21종의 새를 두고 지은 오언절구가 연작으로 실려 있다. 봉황(鳳凰)·난조(鸞鳥)·공작(孔雀)·앵무(鸚鵡)·비취(翡翠)·백학(白鶴)·청조(靑鳥)·창응(蒼鷹)·보조(鴇鳥)·야적(野翟)·자고(鷓鴣)·창경(鶬鶊)·전순(田鶉)·초료(鷦鷯)·치연(鴟鳶)·효오(孝烏)·희작(喜鵲)·연연(燕燕)·황작(黃雀)·검금(黔禽) 등이 그것이다.

〈만물편〉에서 대부분의 사물은 생활 주변에서 만날 수 있는 것이지만 구색을 맞추기 위하여 용과 기린 등과 같은 상상의 동물을 넣은 것처럼, 여기에서도 현실에 존재하지 않는 봉황이나 난새 등을 넣었다. 또 청조가 꾀꼬리의 별칭이지만 이미 앞서 꾀꼬리를 따로 다루었고 시에서 서왕모(西王母)의 사신으로 등장시킨 것으로 보아 신화적인 존재라 할 수 있다. 공작새나 앵무새, 비취새 등은 여러 경로로 조선에 들어와 있었지만 옥담공이 직접 보았는지는 알 수 없다. 시에서도 문헌 자료를 통하여 알 수 있는 내용을 다루었을 뿐이다.

그밖의 새는 대체로 생활 주변에서 만날 수 있는 새들이다. 백학은 조선시대 문인의 뜰에서 키웠다. 창응, 곧 매는 사냥에 필수적이므로 키우는 사람들이 많았다. 보조는 《시경》에 〈보우(鴇羽)〉라는 편명이 있어 문인들에게 익숙하고 예전에는 매우 흔한 새였는데 느시, 혹은 능애라고도 불렀다. 천연기념물로 지정되어 있는 이 새는 '후후' 소리를 내면서 운다. 시에서는 말을 조심한다는 점을 들었다. 야적은 들판에 흔한 꿩을 가리키고, 자고는 메추라기와 유사한 흔한 들새다. 창경은 꾀꼬리이다. 앞서 황조 역시 꾀꼬리인데 서로 종이 다른 것으로 추정되지만 자세한 것은 알 수 없다. 전순은 메추라기로 그 맛이 매우 좋아 다투어 잡는다고 하였다. 초료는 뱁새로 굴뚝새, 붉은머리오목눈이라도 하는 조그맣고 흔한 새다. 효오는 까마귀로 어미에게 먹이를 물어다 준다는 뜻에서 이른 것이고, 희작은 까치로 기쁜 소식을 전해준다 하여 이른 것이다. 연연은 제비, 황작은 참새를 이른다. 검금은 울타리에 숨어 사는 새로 인간사를 몰래 감시한다고 하였는데 어떤 새인지 알 수 없다.

이러한 새는 모두 산이나 들판에서 볼 수 있는 것들이다. 옥담공은 물새를 빠뜨릴 수 없다고 생각하여 다시 〈물새를 읊조린 13수[詠水鳥十三首]〉를 더 지었다. 여기에 나오는 12종의 물새는 대붕(大鵬)·홍안(鴻雁)·노관(老鸛)·백구(白鷗)·청구(靑鷗)·백로(白鷺)·부압(鳧鴨)·노자(鸕鶿)·다곽(多霍)·원앙(鴛鴦)·비목(飛鶩)·정위(精衛) 등이다. 전설에 등장하는 대붕과 정위를 제외한 나머지는 흔히 볼 수 있는 바다새다. 홍안은 기러기, 노관은 황새, 백구는 흰 갈매기, 청구는 푸른 갈매기, 백로는 왜가리, 부압은 오리, 노자는 가마우지, 원앙은 원앙이, 비목은 집오리다. 다곽은 강직한 새로 설명하고 있는데 그 소리로 보아 따오기인 듯하다. 옥담공은 이들 새 하나하나를 대상으로 오언절구를 지어 새의 특성을 설명하였다.

이처럼 옥담공은 도합 47종의 새를 52편의 시에 담았다. 역대 새를 두고 이렇게 많은 시를 지은 시인은 없다. 중국이나 한국에서 새에 대한 시는 주로 금언체라는 특수한 양식을 따른 것이 많다. 한국 한시사에서 금언체가 일찍부터 발달하였지만, 제재로 삼은 새의 종류는 많아야 대여섯 종이다. 옥담공과 비슷한 시기에 유몽인(柳夢寅)이 지은 〈새소리 13편[鳥語十三篇]〉이 이 무렵까지 가장 다양한 새를 노래한 것으로 알려져 있다. 조선을 통틀어 구한말 최영년(崔永年)의 〈백금언(百禽言)〉 46수가 가장 방대한 규모라 할 수 있지만, 옥담공의 연작시에 비할 바 아니다. 옥담공이 제작한 일련의 새에 대한 영물시는 이 점에서 기릴 만하다.

4. 옥담시집의 가치

옥담공이 어느 시대 사람인지 알지 못한 채 《옥담유고》와 《옥담사집》을 보면 대부분은 18세기의 작품이라 생각할 것이다. 한국 한시사에서 옥담공의 시는 한 세기를 앞서 간 것이라 할 만하다. 평생 수리산 아래에 살면서 향촌에서 보고 듣고 느낀 것을 담담하게 적어나갔기에, 옥담공의 시는 17세기 풍속화를 재현

한 것이라 할 만하다. 두보의 시를 배우되, 난삽함을 취하지 않고 평담함을 취하여, 향촌생활을 담박하게 묘사해 낼 수 있었던 것이 옥담공 한시의 가장 큰 성취다. 17세기 무렵부터 중국의 복고파(復古派)에서 시는 모름지기 고대의 참된 경치와 진실된 마음을 담아야 한다고 주장하였고 이러한 이론이 조선에 전해졌지만, 한시의 제작으로 실천된 것은 18세기 무렵에 들어서다. 18세기 조선 땅의 풍경을 배경으로 하고 조선 사람의 마음을 담은 시가 유행하게 되는데, 옥담공은 바로 그러한 시풍을 먼저 시범해 보였다는 점에서 의미가 크다.

이와 함께 17세기 무렵부터 백과사전식의 저술이 중국에서부터 수입되고, 이를 바탕으로 인간사 만물을 유형별로 나누어 기술하는 것이 유행하였는데, 옥담공은 그러한 시대적 흐름에서 더 나아가 특히 〈만물편〉에서 세상 만물을 시로 노래하였다. 시라는 정제된 형식을 따르고 있지만, 시 안에 담은 사물에 대한 정보는 당시 비슷한 성격의 저술인 《지봉유설》이나 〈도문대작〉에 비해 그 양과 질에서 결코 모자람이 없다. 이 점에서 〈만물편〉과 산새와 물새를 두루 노래한 연작시는 단순한 문학작품을 넘어 동물학과 식물학, 혹은 생활사에서 매우 중요한 자료라 할 만하다.

옥담공 이전에 이러한 대작이 나온 적이 없었고, 그 후에도 없었다. 옥담공 이후 몇몇 인물에 의하여 연작형의 영물시가 나왔지만, 〈만물편〉이 삼라만상을 두루 다룬 데 비하여 이들은 특정한 부류에 국한되어 있다. 이 점에서 〈만물편〉은 우리 한시사, 혹은 우리 문화사에서 가장 이채로운 작품으로 대서특필할 만하다.

차례

옥담유고

거처하는 곳 앞산 아래 못물이 맑고 깊어 완상할 만한데 사람들이 오랫동안 이곳에 집을 짓지 않았다. 석천 선생이 벼슬을 그만둔 뒤로 검곡에 와서 우거하다가 우연히 이 못을 보고 매우 좋아했다. 곧 잡목과 잡초를 말끔히 베어내고 못물을 깨끗이 준설하여 노닐고 구경하는 곳으로 삼고서 용연이란 이름을 붙이는 한편 시를 지어 뜻을 보였다. 이에 그 시에 차운한다 2수 ○선생의 성은 안이고 휘는 영헌이며 호는 석천이다.

所居前山下有淵澄深可賞人久不闢石泉先生罷官之後來寓黔谷中偶見此淵心甚好之卽開榛莽潔其深爲遊賞之所名曰龍淵仍作詩以示之用次其韻
二首 先生姓安諱咏軒號石泉

검곡의 한가한 분과 산골 이 못	黔谷閑人山谷淵
우연히 서로 만나매 흥겨움이 끝없어라	偶然相値興無邊
술병 잡고 날마다 화창한 물가에 가니	提壺日日臨晴岸
수면에 맑은 바람 불어 자리 앞에 온다	水面淸風到席前

하늘이 아끼고 땅이 감춘 곳 이 용연이니	天慳地秘此龍淵
속된 사람이야 눈 앞에 있은들 어이 알리요	俗客何知在眼邊
어느 날 선생이 이곳에 와 머무시니	一夕先生臨杖屨
풍광과 물빛이 전에 없이 아름다워라	風光水色美無前

삼가 석천 선생께 답하다 2수
奉酬石泉先生 二首

평상시에 근심스런 생각 날로 고동치는데	端居憂思日舂撞
하물며 산촌 막걸리를 항아리로 비웠음에랴	況復山醪罄小缸

고맙게도 선생이 좋은 시구 보내주시어	賴有先生傳繡句
읊으매 봄빛이 마른 창자에 가득하여라	吟來春色滿枯腔

산골 집 고요한 봄날 삽살개¹는 조는데	山家春寂睡靈尨
종일토록 사립문에 사람 발자취 끊겼구나	竟日柴門絶世跫
안장 없는 말을 탄 소년이 한 폭을 보내오니	驟騎少年傳一幅
시는 금수²와 같고 붓은 기둥과 같아라³	詩如錦繡筆如杠

반가운 비가 내리기에 석천 선생께 바치다 2수
喜雨奉呈石泉先生 二首

기름진 은택이 들판에 가득하니	津津膏澤溢西疇
생각건대 올해는 큰 풍년 들겠네	想得今年大有秋
상림⁴에 기도하지 않아도 하늘이 감동했으니	不禱桑林天意格

---

1 삽살개[靈尨] : 소식(蘇軾)의 시 〈구기(枸杞)〉에 "신령한 삽살개가 혹 밤에 짖는다.[靈尨或夜吠]" 하였다.

2 금수(錦繡) : 매우 뛰어난 문장을 비유한 말이다. 당(唐)나라 이백(李白)의 종제(從弟) 영문(令問)이 술에 취하여 이백에게 물었다. "형은 심장과 간장 및 오장(五臟)이 모두 금수로 되어 있소? 그렇지 않다면 어찌하여 입을 열면 글을 이루고 붓을 휘두르면 안개가 흩어지듯 글이 쓰여지시오?" 한 데서 온 말이다. 《古今事文類聚 心皆錦繡》

3 붓은 기둥과 같아라 : 문장력이 매우 뛰어남을 비유하였다. 송(宋)나라 구양수(歐陽脩)의 〈여산고(廬山高)〉에 "아! 내가 말하고자 하노니, 어이하면 긴 기둥과 같은 큰 붓을 얻을꼬.[嗟我欲說 安得巨筆如長杠]" 하였다.

4 상림(桑林) : 상(商)나라를 세운 탕왕(湯王)이 기우제를 지낸 곳이다. 탕왕이 하(夏)나라 걸(桀)을 정벌한 후 7년 동안 혹독한 가뭄이 들었는데, 태사(太史)가 점을 치고 하는 말이 "사람을 희생으로 하여 비를 빌어야 한다." 하였다. 탕왕이 이에 자신이 희생이 되겠다고 자청하여 재계(齋戒)한 다음, 소거(素車)와 백마(白馬)를 타고 자신의 몸을 흰 띠풀[白茅]로 싸서 희생의 모양을 갖추었다. 그리고 상림(桑林)의 들에 가서 세 발 달린 정(鼎)을 놓고 산천(山川)의 신에게 기도하면서 여섯 가지 일로 자책하니, 말이 끝나기도 전에 사해(四海)에서 구름이 일어나 수천 리의 땅에 큰비를 내렸다. 《事文類聚 天道部 禱雨》

우리 왕이 응당 원통한 죄수를 풀어주었으리[5]	吾王應是縱冤囚

삼춘에 비가 안 와서 농부들이 슬피 우니	三春不雨哭農夫
들판에 마른 보리 이삭 어이 차마 볼거나	忍見西疇麥苗枯
이제 단비가 연일 천리에 걸쳐서 내리니	甘澍連朝千里作
백성들이 올해는 세금을 낼 수 있겠구나	黎民今歲可輸租

석천 선생께 삼가 바치다
奉呈石泉先生

홀로 솔문을 닫고 칩거한 지 이미 십 년	獨閉松關已十春
친한 벗 얼굴도 새삼스레 새롭게 보인다	親朋顔面看來新
잠깐 일산 기울이고[6] 글을 토론한 뒤부터	自從傾蓋論文後
오랜 친구보다 우정이 나음을 문득 느낀다오	斗覺交情邁故人

안송탄의 〈술회〉에 삼가 차운하다 안장은 휘가 홍제이고 헌호는 송탄이다.
奉次安松灘述懷韻 安丈諱弘濟軒號松灘

임천이 고요하여 시끄러운 세상과 먼데	林泉靜散隔塵喧
여덟아홉 칸 집에 몇 이랑 논밭이어라	八九間廬數畝園
해가 높다 아이가 말해도 여전히 누웠고	兒報日高猶臥榻

---

5 우리…풀어주었으리 : 《한서》와 《당서》 등의 기록에 가뭄이 들면 왕이 친히 죄인의 신상을 살
  피고 너그럽게 용서하여 가벼운 죄인은 석방하였다.

6 일산 기울이고[傾蓋] : 길에서 서로 만나 수레를 멈추고 일산을 기울여 그 그늘에서 얘기를
  나누는 것으로 짧은 만남을 뜻한다. 《사기(史記)》 〈추양열전(鄒陽列傳)〉에, "속어(俗語)에 '백
  발이 되도록 오래 사귀어도 처음 사귄 듯하고, 수레를 멈추고 잠깐 만났어도 오래 사귄 듯하
  다.' 하였으니 그 까닭은 무엇인가? 서로를 아느냐 모르느냐에 달려 있다." 하였다.

손님 왔다 학이 전하고야 비로소 문을 연다 　　鶴傳賓至始開門

창 앞에선 연하의 시름에 괴로워하였고 　　窓前苦被烟霞惱

교외에서는 자주 금수를 가지고 말하였어라[7] 　　郊外頻將錦繡言

신세가 세상의 영욕을 도무지 모르니 　　身世不知榮與辱

배불리 먹고 따뜻이 입는 것만 생각할 뿐 　　但能求飽又求溫

석천 선생의 시에 삼가 차운하다
奉次石泉先生韻

듬성한 머리털 쇠한 얼굴에 거울 보고 놀랐나니 　　短髮疎容鏡裏驚

세상의 영광과 이익 따윈 마음에 대수롭지 않아라 　　寵榮聲利不榮情

상소하여 사직을 청할 제 말 외려 간절하고 　　章封乞退言猶懇

시로써 행휴[8]를 읊으매 글자가 더욱 맑아라 　　詩詠行休字更淸

일실에서 금서로 긴긴 날을 보내고 　　一室琴書消永日

시내에 가득한 금조 보며 여생을 즐기네 　　滿溪魚鳥樂餘生

근래에 면식이 오히려 더 강건하시니 　　邇來眠食猶康勝

자연과의 교분이 이미 이뤄졌음을 느낀다오 　　斗覺林泉契已成

---

7 창 앞에선…말하였어라 : 창 앞에서는 속세를 떠나 자연을 그리워하느라 시름에 잠겼고, 교외
에 나가서는 좋은 시구를 많이 지었다는 뜻이다. 금수는 주2 참조.

8 행휴(行休) : 인생이 장차 끝나가는 노년을 뜻한다. 진(晉)나라 도연명(陶淵明)의 〈귀거래사
(歸去來辭)〉에 “만물이 때를 얻음을 부러워하고 내 인생이 장차 끝남에 감회가 인다.[羨萬物
之得時 感吾生之行休]” 하였다.

태진가인[9]에게 주다
贈太眞佳人

한번 마외[10]에서 결환[11]을 내리고부터	一自馬嵬贈玦環
섬궁에서 천년 동안 신선 반열을 따랐어라[12]	蟾宮千載挹瓊班
그 어느 해에 황정경을 잘못 읽어서	何年誤讀黃庭經
또 홍진 세상에 귀양 와 오래 돌아가지 못하는고[13]	又謫紅塵久不還

---

9 태진가인(太眞佳人) : 태진이란 이름을 가진 여인이다. 당(唐)나라 양귀비(楊貴妃)가 현종(玄宗)에게 오기 전 도사(道士)로 있을 때의 호가 태진(太眞)이므로 이 시에서 양귀비의 고사를 사용하였다.

10 마외(馬嵬) : 역 이름이다. 당 현종(唐玄宗)이 안녹산(安祿山)의 난리로 몽진하다가 이곳에 이르렀을 때 호위하던 육군(六軍)이 더 이상 나아가지 않고 나라를 망친 장본인들을 처결할 것을 주장하였다. 현종이 할 수 없이 양귀비(楊貴妃)와 그 오라비 양국충(楊國忠)을 죽였다. 백거이(白居易)의 〈장한가(長恨歌)〉에 "육군이 나아가지 않으니 어이할 길 없어, 아리따운 가인이 말 앞에서 죽었어라.[六軍不發無奈何 宛轉蛾眉馬前死]" 하였다.

11 결환(玦環) : 결(玦)과 환(環) 모두 패옥인데, 환은 둥근 고리 모양을 이룬 옥이고 결은 고리의 한 부분이 이지러진 듯한 모양을 한 옥이다. 고대에 죄를 지은 신하를 3년 동안 변방에 방축해 두었다가 다시 조정으로 소환할 경우에는 환을 보내주고, 그대로 외지에 둘 경우에는 절연(絶緣)의 뜻으로 결을 보냈다 한다.《荀子 大略》여기서는 양귀비가 마외역에서 버림을 받고 죽은 것을 가리킨다.

12 섬궁(蟾宮)에서…따랐어라 : 섬궁은 달 속의 궁전이다. 달에 두꺼비가 산다고 하여 이렇게 부른다. 남편인 예(羿)의 불사약을 훔쳐먹은 항아(姮娥)가 달로 달아났기에, 여기서는 죽은 양귀비의 혼을 항아에 비긴 것이다.

13 황정경(黃庭經)을…못하는고 : 황정경은 흔히 도가의 경전을 통칭하는 말로 쓰인다. 소식(蘇軾)의 〈부용성(芙蓉城)〉에 "삼세 동안 왕래하며 공연히 형체만 단련하더니, 끝내 황정경을 잘못 읽고 말았네.[往來三世空鍊形 竟坐誤讀黃庭經]" 하였다. 그 주(註)에 "옛날 신선이 황정경을 잘못 읽어서 하계(下界)로 귀양갔다." 하였다.《東坡詩集註 卷4 芙蓉城》

송 영공에 대한 만사 송 첨지는 휘가 몽룡이다.
挽哭宋令公 宋僉知諱夢龍

청년 시절엔 자수[14] 차고 구가[15]를 치달렸건만	紫綏靑年騁九街
오늘은 붉은 명정이 선영 산기슭에 멈췄어라	丹旌今日駐楸阿
시든 꽃 가을 잎새엔 무궁한 한이 서렸고	殘花晚葉無窮恨
시골 벗과 술 친구들도 크게 탄식하누나	溪友樽朋亦孔嗟

임지지의 시 〈술회〉에 차운하다 이름은 국추이다.
次任止止述懷韻 名國樞

태을산 앞에서 벗님을 만나니	太乙山前逢故人
거듭 청안[16] 뜨며 날로 친하여라	重開靑眼日相親
가랑비 올 제 등잔 돋우는 삼경의 길손이요	挑燈細雨三更客
가을바람에 검을 보는 만리의 몸이라	看劍秋風萬里身
학업은 성취하지 못해도 효우는 성취했고	學業不成成孝友
생업은 이루지 못해도 어진 덕은 이뤘어라	謀生未遂遂賢仁
아아 세상에 지음의 벗이 드무니	嗟嗟世路知音少
식견 높으면 예부터 따르는 사람이 적은 법	獨見從來必寡倫

---

14 자수(紫綏) : 실로 만든 자주색 인끈으로 높은 벼슬아치가 차던 것이다.

15 구가(九街) : 구규(九逵)와 같은 말로 도성의 번화한 거리이다.

16 청안(靑眼) : 반가운 눈길을 뜻한다. 진(晉)나라 때 청담(淸談)으로 자고(自高)하던 완적(阮
    籍)이 고사(高士)를 만나면 반갑게 맞아 청안(靑眼)을 뜨고 예속(禮俗)을 따지는 선비를 만
    나면 미워하여 백안(白眼)을 떴던 데서 유래한다.《晉書 卷49 阮籍列傳》

정산옹에 대한 만사 이름은 익이다. 산 아래 마을에 산다.
挽哭鄭山翁 名翼居山底村

검을 배우고 글을 배웠으나 모두 이루지 못해[17]　　學劍學書皆不成

영화도 없고 욕됨도 없이 장수를 누렸어라　　無榮無辱終遐齡

아들과 손주들이 장례 지내고 곡하니　　其孫其子葬而哭

부디 잘 돌아가 길이 평안하시길　　好去好歸惟永寧

중양에 홀로 짓다
重陽獨作

가을이라 중양절 좋은 날이 왔으니　　九秋佳節屬重陽

울타리 아래 금빛 꽃술이 절로 노랗구나　　籬下金蕊自在黃

홀로 맑은 향기 대하고 홀로 술 마시니　　獨對淸香仍獨酌

이 중의 참된 흥취를 어떻게 헤아릴꼬　　箇中眞興若爲量

앵두를 선물한 데 사례하는 뜻으로 지어 안송탄 십오 향장[18]께 삼가 올리다
謝惠櫻桃敬呈安松灘十五鄕丈

영롱한 신선 열매 붉은 빛 반짝이니　　玲瓏仙實暎朱華

상자를 열매 침이 고이는 걸 참을 수 없네　　開榼難堪染齒牙

---

17 검(劍)을…못해 : 항우(項羽)가 젊은 시절 글을 배워도 성취하지 못하고 검술을 배워도 성취하지 못했다 한다.《史記 卷7 項羽本紀》여기서는 과거에 급제하여 벼슬하지 못했음을 뜻한다.

18 안송탄 십오(安松灘十五) 향장(鄕丈) : 송탄은 호이다. 십오는 친족 중 팔촌 안의 형제 항렬이다. 향장은 한 고을에서 사는 어른을 뜻하는 호칭이다.

비로소 알겠어라 정이 이토록 무거워서	始識心情如許重
빗속에 따서 이 산가로 보내주셨구나	雨中分摘送山家

현 상인이 와서 삿갓과 짚신을 준 데 사례하다 3수 ○스님의 이름은 조현이다. 당시 관악산 삼일사에 머물고 있었다.

謝玄上人來贈笠鞋 三首 ○名祖玄時住冠岳山三逸寺

대삿갓과 미투리 두 가지를 갖고서	篛笠芒鞋携兩種
단출하게 이 초가집을 찾아왔구려	蕭然來訪草廬中
부끄럽게도 대접할 술과 음식 없으니	愧無酒食勤相待
이에 거친 시로 원공[19]을 위로한다오	便把荒辭慰遠公

대삿갓과 미투리 두 가지를 갖고서	篛笠芒鞋携兩種
외로운 승려가 이 초가집을 찾아왔구려	孤僧來訪草廬中
만약 도롱이와 죽장을 얻는다면	若得簑衣和竹杖
맑은 비 내리는 시냇가를 맘껏 거닐 텐데	溪邊晴雨任西東

대삿갓과 미투리 두 가지를 갖고서	篛笠芒鞋携兩種
은근한 정으로 이 초가집을 찾아왔구려	慇懃來訪草廬中
도롱이와 죽장을 끝내 얻는다면	簑衣竹杖終敎得
버들에 빗줄기 꽃에 바람 맘껏 찾아다니리	柳雨花風任此窮

---

19 원공(遠公) : 진(晉)나라 때 여산(廬山) 동림사(東林寺)에 주석했던 승려 혜원(慧遠)인데 여기서는 현상인을 가리키는 말로 썼다.

송 향장에 대한 만사 선조께서 과천의 전장을 왕래하실 때 시골 사람들과 많이 사귀셨는데 송 향장이 그 중에서도 가장 친했다.

挽拜宋鄕丈 先祖徃來果川莊舍時園翁溪友多所交接宋丈最爲親厚

거문고와 술동이 곁에서 모신 세월이 기니	得侍琴樽歲月長
오늘 주인 떠난 빈집에서 곡함을 어이 견딜꼬	那堪今日哭虛堂
음성과 모습이 길이 황천 속에 사라졌으니	音容永隔重泉裏
한 폭의 만사에 만 줄기 눈물 흐른다오	一幅哀詞淚萬行

유종숙이 벽에 써 둔 시에 차운하다 2수 ○유종숙 우인은 유연광의 조부이다.

次柳從叔壁間韻 二首 柳從叔友仁柳埏光祖

선산 아래에 몇 칸 집을 지었으니	先山之下數間齋
사정[20]을 따를 뜻 지녀 효성이 끝없어라	志躡思亭孝不卒
춘당[21]에 홀로 문안드림을 한탄하지 말라	莫恨椿堂獨定省
나그네가 천애벽지에서 우는 것만하랴	何如遊子泣天涯

---

20 사정(思亭) : 송(宋)나라 때 서주(徐州)의 부호였던 진씨(甄氏) 집안이 진군(甄君)의 대(代)에 이르러 빈한해졌다. 그래서 부모 형제가 죽어도 장례를 치르지 못하다가 마을 사람들의 도움을 받아 간신히 여러 영구(靈柩)를 함께 장사지내고 무덤 가에 조상을 추모한다는 뜻을 담은 사정(思亭)을 지었다. 이에 당시 문장가인 진사도(陳師道)가 그 내력과 조상을 사모해야 한다는 뜻을 가지고 〈사정기(思亭記)〉를 지었다. 《古文眞寶後集 卷10 思亭記》

21 춘당(椿堂) : 춘정(椿庭)과 같은 말이다. 춘(椿)은 《장자(莊子)》〈소요유(逍遙遊)〉에 "아득한 옛날에 대춘(大椿)이란 나무가 있었는데 8천 년을 봄으로 삼고 8천 년을 가을로 삼았다." 한 데서 온 말이다. 일반적으로 장수를 축원하는 말로 쓰인다. 정(庭)은 공자(孔子)가 홀로 서 있을 때 그 아들 백어(伯魚)가 종종걸음〔趨蹌〕으로 뜰〔庭〕을 지나가는데 공자가 그에게 시(詩)와 예(禮)를 배웠는지를 물었던 데서 유래한다. 이를 추정(趨庭)이라 한다. 《論語 季氏》 요컨대 대춘과 추정에서 춘과 정을 따서 춘정이라 한 것이다. 일반적으로 부친을 뜻하는 말로 쓰인다. 여기서는 상대방의 어머니가 돌아가시고 부친이 홀로 계시기 때문에 이렇게 말한 것이다.

몸이 주린들 마음이야 주린 적 있으랴	身餒何曾心亦餒
집은 가난해도 도는 가난함이 없어라	家貧猶得道無貧
아내 없이 색동옷춤[22] 본다 상심하지 말라	休傷曠對班衣舞
집안에서 삼난[23]이 잘 모시고 있으니	堂上三鸞奉櫛巾

을묘년(1615) 봄, 기성(평양)을 지나다 감회가 있어
乙卯春過箕城有感

기봉의 유적[24]이 얼마나 오랜 세월 겪었는가	箕封遺跡幾經秋
천추의 왕풍이 아직도 끝나지 않았어라	千載王風尙未休
흥망을 묻고자 해도 외칠 곳이 없는데	欲問興亡無處叫
긴 대동강만이 오직 고금에 흐르는구나	長江惟有古今流

안주 백상루[25]에 올라
登安州百祥樓

| 땅이 큰 거리라 사방으로 통하나니 | 地作通衢達四陬 |

---

22 색동옷춤 : 자식의 효성을 뜻한다. 춘추 시대 초(楚)나라의 노래자(老萊子)는 효성으로 어버이를 섬기어, 일흔 살의 나이에도 자신의 나이가 많은 것을 어버이에게 보이지 않으려고 색동옷[班衣]을 입고 어린아이의 놀이를 하여 어버이를 기쁘게 하였다는 고사에서 유래한다. 《小學 稽古》

23 삼난(三鸞) : 세 아들을 뜻한다. 당(唐)나라 한유(韓愈)가 지은 〈전중소감 마군 묘지명(殿中少監馬君墓誌銘)〉에 ‘난새와 고니가 우뚝 서 있다.[鸞鵠停峙]’ 하여 훌륭한 자제를 난새와 고니에 비긴 데서 유래한다.

24 기봉(箕封)의 유적 : 주(周)나라 무왕(武王)이 은(殷)나라 현인 기자(箕子)를 조선에 제후로 봉하여 기자가 우리나라로 와서 범금팔조(犯禁八條)와 정전법(井田法)을 시행했다 한다. 평양성 남쪽에 기자가 정전을 구획한 흔적이 남아 있었다 한다. 여기서는 평양을 가리킨다.

25 백상루(百祥樓) : 평안남도 안주(安州) 북쪽 청천강(淸川江) 가에 있는 누대로 관서팔경(關西八景)의 하나이다. 고구려 영양왕(嬰陽王) 26년에 건립되었다 한다.

보장이 되는 회해[26]라 큰 고을이로세	保障淮海是雄州
맑은 강 가에 흰 성가퀴는 용처럼 누웠고	粉城龍臥淸江上
큰 들판에 붉은 궁궐은 꿩이 나는 듯해라	丹闕翬飛大野頭
옥새[27]의 긴 구름은 만 리에 걸쳐 있고	玉塞長雲橫萬里
동대[28]에 뜬 푸른빛에 두 눈동자 열리는 듯	銅臺浮翠豁雙眸
종일 난간에 기대어도 아는 사람 없어	憑欄盡日無人識
홀로 새 시를 가지고 나그네 시름 달랜다	獨把新詩慰遠愁

관서 도중에서
關西道中

한식날이라 양관[29]에서	陽關寒食節
만 리 밖에서 비로소 귀향하는 사람	萬里始歸人
새로 핀 매화를 꺾었으니	折得新梅好
고향에도 봄 왔음을 멀리서 알겠노라	遙知故國春

---

26 보장(保障)이 되는 회해(淮海) : 국가를 지키는 든든한 울타리를 뜻한다. 안녹산(安祿山)과 사사명(史思明)이 반란을 일으켰을 때 수양성(睢陽城)이 반란군에 포위되었다. 성 안에 양식이 고갈되자 사람들은 모두 성을 버리고 도주하자고 하였으나 장순(張巡)과 허원(許遠)은 "수양은 강회(江淮)의 보장(保障)이다. 만약 이 성을 버리고 떠나면 적이 반드시 승세를 타고 깊이 쳐들어올 것이니, 그렇게 되면 강회는 없게 될 것이다." 하고 끝까지 수양을 지키다 전사하였다.《新唐書 卷192 張巡列傳》

27 옥새(玉塞) : 원래는 만리장성에 있는 옥문관(玉門關)을 가리키는 말인데, 일반적으로 변방을 뜻한다.

28 동대(銅臺) : 위(魏)나라 조조(曹操)가 만든 동작대(銅雀臺)이다. 여기서는 백상루를 가리킨다.

29 양관(陽關) : 이별의 장소를 뜻하는 말이다. 당(唐)나라 왕유(王維)의 〈송원이사서안(送元二使西安)〉이란 시에 "위성의 아침 비 가벼운 먼지 적시니, 객사에는 푸릇푸릇 버들빛도 싱그럽네. 그대에게 권하노니 다시 한 잔 드시오. 서쪽으로 양관을 나서면 친구가 없다네.[渭城朝雨浥輕塵 客舍靑靑柳色新 勸君更進一杯酒 西出陽關無故人]" 한 데서 온 말이다.

안십구 수재가 하늘·해·바람·이슬·땅·달·구름·서리를 읊은 시에 화운하다 8수
和安十九秀才詠天日風露地月雲霜 八首

하늘 天

태극이 막 나뉘어 건도가 이뤄지니[30]	太極初分乾道成
높이 하토를 굽어보며 스스로 가볍고 맑아라	尊臨下土自輕淸
육기[31]를 고루 운행해 멈추어 쉼이 없고	均行六氣無停息
삼정[32]을 배열하여 번갈아 세상 밝히게 했네	布列三精作代明
어진 덕이 흡족하여 큰 조화를 만들고	德洽仁洪甄大化
만물을 기르는 은혜 깊어 뭇 생명 구제한다	恩深覆育濟群生
재앙과 상서 번갈아 나옴은 사람을 통해 드러나고	災祥迭出由人見
화복과 존망을 우리 백성을 통해 듣고 내리도다[33]	禍福存亡自我聽

해 日

자질은 양의 정기요 지위는 지극히 높아	質是陽精位極尊

---

30 태극(太極)이…이뤄지니 : 태극이 음양(陰陽)으로 나누어진 뒤 양(陽)의 대표적인 것이 하늘이다. 건(乾)은 하늘이고 건도(乾道)는 하늘의 도이다.《주역(周易)》〈건괘(乾卦) 상전(象傳)〉에 "위대하다! 건(乾)의 원(元)이여. 만물이 의뢰하여 시작되니, 마침내 천도를 통합했다.[大哉乾元 萬物資始 乃統天]" 하였으므로 이것을 인용하여 말한 것이다.

31 육기(六氣) : 자연 현상을 주관하는 여섯 가지 기운인 음(陰)·양(陽)·바람[風]·비[雨]·어둠[晦]·밝음[明]이다.《左傳 昭公元年》

32 삼정(三精) : 해·달·별이다.

33 화복(禍福)과…내리도다 :《서경(書經)》〈태서 중(泰誓中)〉에 "하늘의 봄이 우리 백성의 눈을 통해서 보고, 하늘의 들음이 우리 백성의 귀를 통해서 듣도다.[天視自我民視 天聽自我民聽]" 하였다.

언제나 황도를 운행하며 금빛으로 빛난다	每行黃道耀金暾
부상과 약목[34]은 뜨고 지는 곳이요	扶桑若木昇沈處
양곡과 우연[35]은 들고 나는 문이로세	暘谷虞淵出入門
하늘의 덕을 대신해 사계절을 이루고	代德皇天成四節
땅에 밝음을 드날려 긴 어둠을 걷는다	揚明下土揭長昏
만물에 은택이 깊어 말로 다하기 어려운데	恩深萬物言難盡
단지 밝은 빛이 복분 속을 못 비춤[36]이 아쉽구나	只恨昭光暗覆盆

바람 風

푸른 개구리밥 끝에서 표연히 일어나서[37]	飄然起自靑蘋末
만 가지로 세상에 붊에 각각 정이 있어라[38]	吹萬人寰各有情
순임금의 당에서는 능히 성냄을 풀고[39]	虞舜堂中能解慍

---

34 부상(扶桑)과 약목(若木) : 부상은 동해 바다의 해 뜨는 곳에 있다는 신목(神木)이다. 약목은 서해의 해가 지는 곳에 있다는 신목(神木)이다.

35 양곡(暘谷)과 우연(虞淵) : 양곡은 해가 뜨는 곳이다. 《서경(書經)》〈요전(堯典)〉에 "희중에게 나누어 명하여 우이에 머물게 하시니 이곳을 양곡이라 한다. 나오는 해를 공경히 맞이하게 하셨다.[分命羲仲 宅嵎夷 曰暘谷 寅賓出日]" 하였다. 우연은 해가 지는 곳이다. 《회남자(淮南子)》〈천문훈(天文訓)〉에 "해가 우연에 이르면 이를 황혼이라 한다.[日至于虞淵 是謂黃昏]" 하였다.

36 밝은…비춤 : 《포박자(抱朴子)》〈변문편(辨問篇)〉에 "해와 달도 비추지 못하는 곳이 있고, 성인도 알지 못하는 것이 있으니, 마치 삼광(三光)이 엎어놓은 동이[覆盆] 안을 비치지 못하는 것과 같다." 하였다.

37 푸른…일어나서 : 수초(水草)의 일종인 개구리밥의 뾰족한 잎에서 바람이 일어난다고 한다. 전국시대 초(楚)나라 송옥(宋玉)의 〈풍부(風賦)〉에 "대저 바람은 땅에서 생기고 푸른 개구리밥의 뾰족한 잎에서 일어난다.[夫風生於地 起於靑蘋之末]" 하였다.

38 만 가지로…있어라 : 《장자(莊子)》〈제물론(齊物論)〉에 "대저 대지가 숨을 쉬니 이름하여 바람이라 한다.[夫大塊噫氣 其名爲風]" 하였고, "대저 부는 바람의 소리는 만 가지로 다르다.[夫吹萬不同]" 하였다.

39 순(舜)임금의…풀고 : 순(舜)임금이 오현금(五絃琴)을 타면서 지었다는 〈남풍가(南風歌)〉에

초왕의 궁전 안에선 서늘함을 굴린다[40]	楚王宮裏轉淸冷
모래 날리고 지붕 뽑아 큰 일을 이루고[41]	揚沙拔屋成鴻業
불을 끄고 뜨거움 돌려 효성에 감응했지[42]	滅火回烘感孝誠
온화하고 상서로움도 무한히 좋지만	和暖景祥無限好
송죽에서 이는 찬 소리가 가장 사랑스럽네	最憐松竹帶寒聲

이슬 露

음기는 오르고 양기는 내려 맑은 바탕 만드니	陰升陽降凝淸質
안개도 아니고 노을도 아니라 드날리지 않누나	非霧非霞亦不揚
달 아래 촉촉이 내려서 초목을 적셔주고	月下消消添草木
바람 앞에 점점이 떨어져 의관이 젖는다	風頭點點濕巾裳
송단에 밤이 오랠 제 거문고 소리 윤택하고[43]	松檀夜久琴聲潤

"남풍의 훈훈함이여 우리 백성의 노여움을 풀겠구나. 남풍이 때맞춰 불어옴이여! 우리 백성의 재물을 부유케 하리로다.[南風之薰兮 可以解吾民之慍兮 南風之時兮 可以阜吾民之財兮]" 하였다.《孔子家語 辯樂解》

40 초왕(楚王)의…굴린다 : 초(楚)나라 양왕(襄王)이 난대궁(蘭臺宮)에서 노닐다 갑자기 바람이 불어오자 옷깃을 열어젖히면서 "쾌재라! 이 바람이여. 과인이 서민들과 공유하는 것이로다." 하니, 송옥(宋玉)이 곁에서 응대하기를 "이는 오직 대왕의 바람일 뿐입니다. 서민들이 어찌 공유할 수 있겠습니까." 하였던 데서 유래한다.《文選 卷13 宋玉 風賦》

41 모래…이루고 : 한고조(漢高祖) 유방(劉邦)이 팽성(彭城)을 점거하고 있다가 항우(項羽)에게 크게 패하여 수수 가에서 세 겹으로 포위되어 매우 위급한 상황이 되었다. 이때 마침 큰 바람이 서북쪽에서 불어와 나무를 꺾고 지붕을 뒤집고 모래와 자갈을 날렸다. 대낮인데도 캄캄하게 되어 항우의 군대가 크게 괴란(壞亂)하니, 이 틈을 타서 유방이 포위망을 탈출할 수 있었다.《通鑑節要 卷2》

42 불을…감응했지 : 효성에 감동하여 바람이 불을 끈 고사를 인용한 듯하나, 미상이다.

43 송단(松檀)에…윤택하고 : 송단은 소나무가 서 있는 단(壇)이다. 당(唐)나라 허혼(許渾)의 〈만자조대진지위은거교원(晩自朝臺津至韋隱居郊園)〉에 "구름이 바다 기운과 잇닿으니 거문고와 책이 윤택하다.[雲連海氣琴書潤]" 하였다. 여기서는 이슬이 내릴 때 거문고 소리가 울리므로 그 소리가 이슬에 젖어 윤택하다고 한 것이다.

죽오에 시각이 깊을 때 새의 꿈이 처량하리[44]   竹塢更深鳥夢凉

옥색과 은빛을 띠는 날이 며칠이나 되는고   玉色銀輝知幾日

날씨 추워지면 맺혀 서리가 됨을 보겠지   天寒剩見結爲霜

땅 地

크도다 대지여 드넓어서 끝이 없으니   大哉坤原廣不窮

뉘라서 이목으로 홍몽한 세계 섭렵하랴   誰將耳目涉鴻蒙

진나라 배는 단지 삼산 밖에만 다녔고[45]   秦舟只遍三山外

우임금 자취도 오직 팔해 안만 통했어라[46]   禹跡唯通八海中

덕은 고명을 짝하여 만물을 낳고   德配高明生萬化

도는 유구함을 이루어 만사를 맡겨둔다[47]   道成悠久任群工

------

44 죽오(竹塢)에…처량하리 : 밤이 깊어서 이슬이 차므로 나무에서 자는 새의 꿈이 처량하다고 한 것이다. 원(元)나라 황경(黃庚)의 〈월야차수죽운(月夜次脩竹韻)〉에 "대숲 우거진 집에 가을 깊으니 학의 꿈이 서늘하다.[竹院秋深鶴夢凉]" 하였다.

45 진(秦)나라…다녔고 : 유향(劉向)의 《열선전(列仙傳)》에 "안기선생(安期先生)은 낭야(琅琊) 부향(阜鄕) 사람으로 동해 가에서 약을 팔았는데, 당시 사람들이 천세옹(千歲翁)이라 하였다. 진 시황(秦始皇)이 동쪽으로 노닐다 만나서 사흘 밤낮 이야기를 나누고 많은 금은 보화를 주었으나 모두 그대로 남겨 두었다. 다만 한 통의 편지와 한 쌍의 붉은 옥으로 만든 신발[赤玉舃]을 남겨 두었는데, 그 편지에 '몇 해 뒤 봉래산에서 나를 찾으라.' 하였다. 이에 진시황이 서불(徐市) 등을 시켜 동남동녀(童男童女) 수백 명을 데리고 동해에 배를 띄워 봉래산을 찾아가게 하였다." 하였다. 삼산(三山)은 봉래(蓬萊)·영주(瀛洲)·방장(方丈)의 삼신산이다.

46 우(禹)임금…통했어라 : 팔해(八海)는 사방(四方)과 사우(四隅)의 바다로 팔해 안은 중국 천하를 뜻한다. 즉 치수(治水) 사업을 완성한 우임금의 자취도 중국 천하 안에 그쳤다는 뜻이다.

47 덕은…맡겨둔다 : 고명(高明)은 하늘을 가리킨다. 《중용(中庸)》 26장에 성인의 덕을 천지(天地)에 비겨서 "유원하면 박후하고 박후하면 고명하다. 박후는 만물을 실어주는 것이요 고명은 만물을 덮어주는 것이요 유구함은 만물을 이루어주는 것이니, 박후함은 땅을 짝하고 고명함은 하늘을 짝하고 유구함은 끝이 없다.[悠遠則博厚 博厚則高明 博厚 所以載物也 高明 所以覆物也 悠久 所以成物也 博厚配地 高明配天 悠久無疆]" 하였다. 땅의 덕은 하늘과 짝하여 만물을 생성한다는 말이다.

| 미미한 정성으로 은덕을 갚기란 어려우니 | 微誠螻蟻終難報 |
| 헤아려 보고야 비로소 대지의 공덕을 알도다 | 推格方知母氏功 |

달 月

누가 수륜을 저 맑은 허공에 돌리는가	誰把水輪碾太清
하늘이 음의 정기를 단련시켜 만들었으리	天工應鍊衆陰精
밝은 빛이 소매에 드니 오흥이 일어나고[48]	明光入袖吳興勃
흰 그림자가 가슴에 오니 한도가 이뤄진다[49]	素影臨懷漢道成
옥토끼는 옥가루 찧은 지 몇 해이며	仙兎幾年擣玉屑
항아는 그 언제나 황정경 읽기를 마칠꼬[50]	嫦娥何日罷黃庭
흐리고 밝음 둥글고 이지러짐이 얼마던고	陰晴圓缺知多少
달 보며 춤추고 술 마심[51]을 그만두지 말라	對舞含杯且莫停

---

48 밝은…일어나고 : 후한(後漢) 오군(吳郡) 사람인 장한(張翰)은 자가 계응(季鷹)이다. 낙양(洛陽)에서 벼슬하다가 천하가 어지러운 것을 보고 고향의 순채국과 농어회가 그립다며 벼슬을 그만두고 고향으로 돌아갔다 한다.《晉書 文苑傳》오흥(吳興)은 이 고사에서 생겨난 말로 본래는 벼슬하다 고향을 그리워하는 마음을 뜻한다. 이백(李白)이 이 고사를 인용하여 〈강동으로 가는 장 사인을 보내며[送張舍人之江東]〉에서 장 사인을 장한에 비겨 "오주에서 달을 보시거든 천리 밖 나를 생각해 주시게.[吳洲如見月 千里幸相憶]" 하였다. 여기서는 달을 읊었으므로 이백의 이 구절에서 뜻을 취하여 벗을 그리워하는 마음으로 보아야 한다.

49 흰 그림자가…이뤄진다 : 흰 그림자는 달을 가리킨다. 한도(漢道)는 한(漢)나라의 도(道)로 한나라의 국운을 뜻한다. 전한(前漢) 원제(元帝)의 비(妃)인 원후(元后)는 이름이 왕정군(王政君)으로 왕금(王禁)의 차녀(次女)이다. 그녀의 모친 이씨(李氏)가 그녀를 잉태했을 때 달이 품 안에 들어오는 꿈을 꾸었다 한다.《漢書 卷98 元后傳》남조(南朝) 송(宋)나라 사장(謝莊)의 월부(月賦)에 이 고사를 읊기를 "달의 정기가 사라지자 한나라 도가 밝아졌다.[淪精而漢道融]" 하였다.

50 항아(嫦娥)는…마칠꼬 : 항아는 달에 있다는 여선(女仙)이다.《황정경(黃庭經)》은 신선이 읽는다는 책이다. 주13 참조.

51 달 보며…술 마심 : 이백의 시 〈월하독작(月下獨酌)〉에 "잔을 들고 맑은 달을 맞이하고, 그림자 대함에 세 사람이 되었네.… 내가 노래하면 달이 배회하고, 내가 춤추면 그림자가 덩실덩실

구름 雲

뭉게구름이 갖가지 모양으로 피어오르니	靉靆油然縱異形
산천의 맑은 기운이 절로 가볍고 깨끗해라	山川淑氣自輕淸
망산에 광채를 띠어 왕업을 일으켰고[52]	芒山著彩興王業
형악에서 구름 걷힌 건 나그네 정성에 감응해서였지[53]	衡岳開陰感客誠
밤에는 처마에 머물며 표일한 흥취 바치고	夜宿簷端供逸興
아침에는 산마루에 생겨나 시상에 젖게 한다	朝生嶺首惱詩情
예부터 단비 내리는 은택엔 유감이 없지만	從來沛澤恩無憾
단지 뜬구름이 밝은 해를 가림[54]이 한스럽네	只恨浮光蔽大明

춤추네[擧杯邀明月 對影成三人… 我歌月徘徊 我舞影零亂]”한 것을 차용한 표현이다.

52 망산(芒山)에…일으켰고 : 망산은 하남성(河南城) 영성현(永城縣)에 있는 산이다. 진 시황이 늘 ‘동남방에 천자의 기운이 있다’ 하여, 동쪽으로 행차하여 그 기운을 누르고자 하였다. 훗날 한 고조(漢高祖)가 되는 유방(劉邦)이 자신이 장본인이라 여겨 망산과 탕산(碭山)에 숨었는데, 그가 가는 곳마다 운기(雲氣)가 떠 있었다 한다.《史記 卷8 高祖本紀》

53 형악(衡岳)에서…감응해서였지 : 형악은 중국의 남악(南岳) 형산(衡山)이다. 당(唐)나라 한유(韓愈)가 형산에서 지은 〈알형악묘수숙악사제문루(謁衡嶽廟遂宿嶽寺題門樓)〉에 “구름 뿜고 안개 내어 산허리를 감추니 비록 절정이 있은들 뉘라서 다 볼 수 있으랴. 내가 온 날이 마침 가을비 내릴 때라, 음기로 어둑하고 맑은 바람 없어라. 마음속으로 묵묵히 기도하매 감응이 있는 듯하니, 어쩌면 정직한 마음이 감통한 게 아닐까. 잠깐 사이에 구름이 말끔히 걷히고 봉우리들이 솟아나, 우러러보니 우뚝이 푸른 허공을 떠받치고 있구나.[噴雲泄霧藏半腹 雖有絶頂誰能窮 我來正逢秋雨節 陰氣晦昧無淸風 潛心黙禱若有應 豈非正直能感通 須臾靜掃衆峯出 仰見突兀撑靑空]” 하였다.

54 뜬구름이…가림 : 구름이 해를 가리는 것을 소인이 임금의 이목을 가림에 비유하였다. 고시(古詩)에 “뜬구름이 밝은 해를 가리니 쫓겨난 신하 다시 돌아오지 않는다.[浮雲蔽白日 遊子不顧返]” 하였다.《文選 卷29 雜詩》

서리 霜

서늘한 자질 맑게 엉기니 기운은 금에 속해[55]	爽質凝淸氣屬金
반짝이는 빛은 눈인 양 무성한 초목에 뿌려진다	飛光如雪洒繁陰
시국 근심에 몇 번이나 충신의 눈물 닦았던가[56]	憂時幾拭忠臣淚
계절 감응에 유독 효자의 마음 아프게 했지[57]	感節偏傷孝子心
비취 주렴 성글어 달빛과 함께 들어오고	翡翠簾疎和月入
원앙 장막 얇아 바람과 섞여 침노한다	鴛鴦帳薄雜風侵
천공의 숙살[58]은 늘 하는 일이건만	天工肅殺常行事
굳은 얼음이 이어 오는[59] 게 가장 한스럽네	最恨堅氷趁此尋

---

55 기운은 금에 속해 : 서리는 가을에 내리고, 가을은 오행(五行)에서 금(金)에 속하므로 이렇게
  말하였다.

56 시국…닦았던가 :《주역(周易)》〈곤괘(坤卦) 초륙(初六) 효사(爻辭)〉에 "서리를 밟으면 굳은
  얼음이 이른다.[覆霜堅氷至]" 하였다. 곤괘의 초륙은 음효(陰爻)로서 소인에 비유된다. 맨 아
  래에 있어서 아직은 지위와 세력이 미약하지만 오래지 않아 큰 화를 일으킬 수 있음을 경계
  한 것이다.

57 계절…했지 :《예기(禮記)》〈제의(祭義)〉에 "상로가 내리면 군자가 이를 밟음에 반드시 서글
  픈 마음이 든다.[霜露旣降 君子履之 必有悽愴之心]" 한 대목을 응용한 것으로, 돌아가신 부
  모를 생각하는 마음을 나타내고 있다.

58 천공(天工)의 숙살(肅殺) : 천공은 하늘을 의인화한 것이다. 숙살은 죽인다는 뜻인데, 가을이
  오면 만물이 시들어 죽어가므로 가을 기운을 숙살지기(肅殺之氣)라 한다.

59 굳은…오는 : 주56 참조.

성신 안십구 수재가 지은 〈하늘〉·〈해〉·〈바람〉·〈이슬〉·〈땅〉·〈달〉·〈구름〉·〈서리〉 8수에 차운하고, 그 뒤에 이어 생각하여 성신·은하수·무지개·노을·안개·우레 여섯 가지 상(象)을 가지고 시를 지어 그 뜻을 넓혔다.

星辰 次安十九秀才所云天日風露地月雲霜八首後仍思星辰河漢虹霞雷霆六象以廣之

별들이 맑은 하늘에 나열되어	列宿羅淸昊
북쪽 축을 향하여 선회하도다[60]	周環拱北樞
저녁에 보면 빛이 옥인 듯하고	昏看光似玉
밤에 보면 색깔이 구슬 같아라	宵見色如珠
구름 틈에서 멀리 깜빡거리고	雲隙遙明滅
은하수 가에서 있는 듯 없는 듯	河邊乍有無
가장 어여쁜 것은 달빛 희미한 저녁	最憐殘月夕
많은 별빛이 서재에 비쳐드는 것이지	繁彩入書幮

은하수 河漢

은하수가 삼경에 희게 빛나니	河漢三更白
가을하늘에 흰 깁 길게 펼친 듯	秋天素練長
남북으로는 길이가 무한히 뻗었고	南北延無限
동서로는 일정한 너비가 있구나	東西袤有疆
옥빛 별들은 빠진 채 잠기지 않고	玉繩沈不沒
은빛 달은 새 빛을 마주하도다	銀闕對新光
날을 계산해 근원을 탐구하는 이	計日窮源者

---

60 북쪽…선회하도다 : 공자(孔子)가 "덕으로써 정치하는 것이 비유하자면 북신이 제자리에 있으면 뭇별들이 그곳으로 향하는 것과 같다.[爲政以德 譬如北辰居其所而衆星共之]"하였다. 《論語 爲政》 북신은 하늘의 북쪽 축으로 북극성이 이 북신에 가장 가까이 있는 별이다.

그 누가 다시 장건의 뒤를 이으리[61]　　　何人復繼張

무지개 虹

앞 들판에 큰 빗줄기가 그치더니　　　大雨前郊歇
맑은 무지개가 백 척으로 드리웠다　　　晴虹百尺垂
머리와 꼬리는 동서로 아득하고　　　首尾東西逈
청색과 홍색은 안팎이 기이해라　　　靑紅表裏奇
다리가 이뤄져도 중은 안 건너고　　　橋成僧不渡
활이 당겨져도 새는 두려워 않네[62]　　　弓滿鳥無疑
만약 머리 싸매는 비단 삼는다면　　　若作纏頭錦
미인을 즐겁게 하려 애쓸 게 있으랴[63]　　　何勞悅翠眉

---

61 날을…이으리 : 한(漢)나라 장건(張騫)이 바닷가에 살고 있는데 매년 8월이면 뗏목이 왔다가 가곤 하므로 그 위에 땔감과 식량을 실은 뗏목을 타고 한 곳에 이르니 성곽이 있었다. 궁중에는 베를 짜는 여인이 멀리 보였으며 한 남자는 소를 끌고 물을 먹이고 있었다. 장건이 그에게 "이곳이 어디냐?" 하고 물었더니, "그대가 다시 촉(蜀) 땅에 가서 엄군평(嚴君平)에게 물으면 알 것이다." 하였다. 그 후 장건이 돌아와 엄군평에게 물으니, "그날 객성(客星)이 견우성(牽牛星)을 범하였으니, 그 객성이 바로 당신이다." 했다고 한다. 《博物志》 엄군평은 점술에 능통한 사람이다. 여기서 베를 짜던 여인은 직녀이고, 소에게 물을 먹이던 남자는 견우라 한다. 즉 한나라 장건의 뒤를 이어 은하수로 올라갈 사람이 누구인가라는 뜻으로 말하였다.

62 다리가…않네 : 무지개의 모양을 걸쳐놓은 다리와 팽팽히 당겨진 활에 비유한 것이다. 화살에 다쳤던 새는 화살 퉁기는 소리만 듣고도 떨어졌다는 상궁조(傷弓鳥) 고사를 인용한 것이다. 《戰國策 楚策》

63 만약…있으랴 : 옛날 중국에서 기녀들이 가무를 마치면 비단을 상(賞)으로 머리에 얹어주는 것을 전두(纏頭)라 하는데, 기녀에게 환심을 사기 위해 주는 선물을 뜻하는 말로 쓰인다. 두보(杜甫)의 〈즉사(即事)〉에 "웃을 땐 꽃이 눈에 가까운 듯하고 춤을 마치자 비단으로 머리 싸준다.[笑時花近眼 舞罷錦纏頭]" 하였다. 즉 이 무지개를 기녀에게 전두로 준다면 별로 애쓰지 않아도 기녀들의 환심을 살 수 있을 것이라는 뜻이다.

노을 霞

우연[64]에 해가 잠길 제	虞淵藏日軸
하늘가에 지는 노을이 환해라	天際落霞明
조각 조각 붉은 비단이 뜬 듯	片片浮紅錦
밝고 밝은 자줏빛 옥 빛나는 듯	昭昭耀紫瓊
창문으로 보이는 모습 몹시 곱고	偏憐當戶牖
주렴에 들어오는 빛 늘 사랑스럽다	長愛入簾屏
멀리서 생각하노라 등왕각에서	遠想滕王閣
따오기와 나란히 나는 그 광경을[65]	齊飛一鶩橫

안개 霧

산천에 기운이 오르내리니	山川氣陞降
서리와 안개가 아침에 자욱해라	霜霧擁淸朝
들판 저편에 푸른 비단이 뜬 듯	野外浮靑綺
시내 안에는 흰 깁이 덮인 양	川中冪素綃
지척에서도 사물 분간하기 어렵다가	咫尺時難辨
잠깐 사이에 문득 말끔히 걷힌다	須臾忽已消

---

64 우연(虞淵) : 주 35 참조.

65 등왕각(滕王閣)에서…광경을 : 당(唐)나라 초기에 홍주 자사(洪州刺使) 염백서(閻伯嶼)가
유명한 등왕각을 중수한 기념으로 중양절에 큰 연회를 베풀고 참석한 손님들에게 서문을 짓
게 하였다. 그는 내심 사위인 오자장(吳子章)의 문필을 자랑할 요량이었는데, 뜻하지 않게
당대의 기재(奇才)였던 왕발(王勃)이 어린 나이로 나타나 서문을 짓기 시작하자 처음에는
코웃음을 치다가 "저녁노을은 외로운 따오기와 나란히 날고, 가을 물은 긴 하늘과 한 빛이
다.[落霞與孤鶩齊飛 秋水共長天一色]"란 구절에 이르러 손뼉을 치며 탄복하였다.《古文眞寶
後集 卷2 滕王閣序》

치우가 지금은 이미 죽었으니	蚩尤今旣死
안개를 피울까 근심할 게 있으랴[66]	何患作氛秋

우레 雷霆

쏟아붓듯이 큰 비가 내리는 날	大雨飜盆日
우레가 그치지 않고 울리도다	雷霆震不停
마구 치달아서 푸른 허공 흔들고	奔騰掀碧落
요란한 소리로 하늘을 달리누나	轟輵轉蒼冥
우순은 능히 안색이 변치 않고[67]	虞舜能無變
유령은 취하여 듣지 못한다[68]	劉伶醉莫聽
도깨비나 두억시니 같은 것들은	魑魅與魍魎
숲 속에서 필시 도망쳐 숨겠지	林下必逃形

---

66 치우(蚩尤)가…있으랴 : 전설에 의하면 황제(黃帝)가 치우(蚩尤)와 탁록(涿鹿)의 들판에서 싸울 때 치우가 큰 안개를 일으켜 병사들이 길을 잃자 황제가 지남거(指南車)를 만들어 방위를 찾아서 마침내 치우를 사로잡았다 한다.《史記 卷1 五帝本紀 黃帝》

67 우순(虞舜)은…않고 : 우(虞)는 순(舜) 임금의 국호(國號)이다. 요(堯)임금이 순(舜)을 자기 후계자로 삼으려고 그의 도량과 능력을 시험하기 위해 큰 산에 들여놓았는데 맹렬한 바람과 우레, 폭우 속에서도 정신이 혼미하지 않았다 한다.《書經 舜傳》

68 유령(劉伶)은…못한다 : 유령은 진(晉)나라 때 죽림칠현(竹林七賢)의 한 사람으로 술을 매우 좋아하여 〈주덕송(酒德頌)〉이란 글을 지었다. 그 글에서 자신을 대인선생(大人先生)이라 일컫고 술 취한 모습을 형용하기를 "멍하니 취하고 어슴푸레 깨어서, 고요히 들어도 우레 소리가 들리지 않고 물끄러미 보아도 태산의 모습이 보이지 않는다.[兀然而醉慌爾而醒 靜聽不聞雷霆之聲 熟視不見太山之形]" 하였다.

완산의 객관에서 밤에 읊다 이선복[69] 영공이 전주 부윤으로 있었는데 내가

전주에 갔다. 때는 세제라 객관에서 이 시를 지었다. 이 해는 병진년(1616)이다.

完山客館夜吟 李善復令公爲全府尹余客遊全州時當歲除於客館作之歲在丙辰

객지에서 한 해가 저물어 가는 밤중에	客裏年光半夜侵
외로운 객관 등잔 아래서 홀로 길게 읊노라	寒燈孤館獨長吟
종일토록 잡귀 쫓느라 시끌벅적 풍악 소리	崇朝鼓噪鄕儺動
만 리 타향에서 부모님 그리는 마음 흔드누나	攬殺思親萬里心

완산의 객관에서 설날 경기전 성 재랑에게 삼가 드리다

完山客館新正奉呈慶基殿成齋郎

강남에서 나그네 생활 중에 새해를 맞으니	旅食江南歲已新
객지의 썰렁한 술과 음식에 객회가 괴로워라	殘杯冷炙客懷辛
멀리서 생각하노니 재랑은 한적한 곳에서	遙想齋廊閑寂處
맑은 창가 고요한 궤안에서 정양하고 계시리	明窓靜几養精神

완산 부윤이 보여준 시에 차운하다 부윤은 이선복이다.

次完山府尹示韻 府尹李善復

가시 숲에 난봉이 깃들어 오래 못 돌아가는데[70]	枳棘棲鸞久未廻

---

69 이선복(李善復) : 본관은 전의(全義), 자는 백선(伯善), 호는 북촌(北村)이다. 1599년 정시
(庭試)에 급제하고, 사간원 헌납, 승정원 우부승지, 전주 부윤, 의주 부윤 등을 지냈다.

70 가시…돌아가는데 : 큰 인재가 작은 고을을 맡아 오랫동안 머물러 있음을 비유한 것이다. 난
봉(鸞鳳)은 난새와 봉황으로 여기서는 전주 부윤 이선복을 가리킨다. 후한(後漢) 때 왕환(王
渙)이, 구람(仇覽)이 주부(主簿)를 맡고 있는 것을 보고 큰 인재가 작은 자리에 앉았다고 여
겨 "탱자 가시는 난봉이 깃들 곳이 아니니, 백리(百里)의 작은 고을이 어찌 대현(大賢)이 있

빈 뜰에 새 발자국만 푸른 이끼에 찍혀 있어라	空庭鳥跡印蒼苔
알지 못하겠네 그 언제나 조정에 돌아갈꼬	不知何日旋車首
낭묘에는 정매를 조리할 사람[71]이 없는 것을	廊廟無人調鼎梅

완산 객관에서 월선을 생각하는 홍수재에게 장난스레 주다 홍수재의 이름은 봉일이다.

完山客館戲贈洪秀才有懷月仙 名奉一

깊고 그윽한 계전[72]이 벽공에 솟았으니	桂殿陰陰聳碧空
구름 사닥다리 아득히 높아 속세와 떨어졌다	雲梯千尺隔塵蹤
선녀가 한 번 간 뒤로 소식이 없으니	仙娥一去無消息
누가 나공을 시켜서 다시 만나게 할꼬[73]	誰遺羅公得再逢

을 곳이겠는가?" 하였다.《後漢書 卷106 循吏傳 仇覽傳》

71 정매(鼎梅)를 조리할 사람 : 국정을 맡아서 다스리는 재상을 뜻한다. 정매는 음식을 조리하는 솥에 넣는 매실이다.《서경(書經)》〈열명 하(說命下)〉에 은(殷)나라 고종(高宗)이 부열(傅說)에게 "내가 국을 요리하거든 네가 소금과 매실이 되라.[若作和羹 爾惟鹽梅]" 한 데서 유래하였다.

72 계전(桂殿) : 달 속에 있다는 궁전인 광한전(廣寒殿)을 가리킨다. 달 속에는 계수나무가 있다고 하여 이렇게 부른 것이다. 월선(月仙)이란 기생의 이름이 달 속의 신선이란 뜻이기 때문에 이 말을 사용하였다.

73 선녀가…할꼬 : 나공(羅公)은 당(唐)나라 도사(道士) 나공원(羅公遠)을 가리킨다. 나공원이 중추절에 계수나무 한 가지를 공중에 던져 은빛 다리를 만들어 현종(玄宗)과 함께 월궁(月宮)에 올라 선녀들의 춤을 구경하고 예상우의곡(霓裳羽衣曲)을 듣고 돌아왔다는 고사가 있다.《說郛》 여기서 선녀는 월선을 비유하였다.

송십사 향장의 임당에 모여 술을 마시다 입으로 읊다 송십사 향장은

이름이 규이며, 송창주의 작고하신 조부이다. 때는 정사년(1617) 봄이다.

宋十四鄕丈林塘會飮口占 名珪丁巳春宋昌周先祖

몇 길 높은 대가 푸른 연못을 굽어보는데	數仞高臺壓綠塘
화려한 술자리에 둘러앉아서 술잔을 잡는다	華筵列坐把瓊觴
주인이 말하길 청화회 이 모임을 잇되	主人說繼淸和會
그렇지 않으면 철쭉을 두고 맹서한다[74] 하네	否者有如擲躅香

안송탄 십오 향장의 수연에 재계하느라 참석하지 못하여

安松灘十五鄕丈壽席以齋戒未參

장막을 높이 펼쳐 잔치를 베풀어	雲幕高張設禮筵
축수의 잔 들고 술동이 앞에 춤추겠지	壽觴交擧舞樽前
우리 집은 이 날 재계하고 있으니	儂家此日方淸戒
흡사 산승이 좌선하고 있는 것 같아라	恰似山僧坐守禪

---

74 청화회(淸和會)…맹서한다 : 눈 앞에 철쭉이 피어 있기 때문에 이렇게 말한 것이다. 청화회
란 모임을 이어갈 것을 철쭉을 두고 맹서한다고 한 것이다.《시경(詩經)》〈왕풍(王風) 대거
(大車)〉에 "내 말을 믿지 못하겠다고 한다면, 밝은 해를 두고 맹서한다.[謂予不信 有如皦日]"
한 구절의 문법을 사용하였다.

낙중의 삼창[75]이 서로 만나 시를 읊었다는 말을 듣고서 그 시에 차운하다
聞洛中三昌相會賦詩仍次其韻

봉성의 고상한 모임에 날로 바쁘나니	鳳城高會日相忙
나라 위해 일신을 잊는 충성을 지녔어라	爲國忘私結寸腸
사직과 백성들에게 복이 있을 줄 아노니	社稷生靈知有福
암혈에서도 솔잎 씹으며 살아갈 수 있어라	巖間亦保餐松香

초여름에 수리사를 유람하며 수리사는 수리산에 있다.
初夏遊修理寺 在修理山

지팡이 짚고 나막신 신고 초제[76]에 오르니	扶筇攝屩上招提
녹음 드리운 아래 선당이 반갑게 보여라	喜見禪堂綠樹低
산새도 거문고와 술의 즐거움을 아는 양	山鳥亦知琴酒樂

---

75 삼창(三昌) : 광해군 당시 국정을 담당한 광창부원군(廣昌府院君) 이이첨(李爾瞻)·밀창부원군(密昌府院君) 박승종(朴承宗)·문창부원군(文昌府院君) 유희분(柳希奮)을 가리킨다. 유희분은 중궁(中宮)의 오빠이고, 박승종은 폐세자빈(廢世子嬪)의 조부이다. 이때 이이첨은 "즐겁게 노는 봄놀이가 급해서가 아니라, 다만 서로 모여 심장을 의탁하려는 것이오. 매화 역시 우리들 의사를 알아채고, 좋은 날을 먼저 가려 암향을 보내주네.[不是尋春樂事忙 只要相會託心腸 梅花亦解吾人意 先占天和送暗香]"라고 읊었고, 박승종은 "열흘을 서로 찾아도 아흐레가 바빴으니, 지난날의 회포가 얼마나 간절했더뇨. 한매 수죽과 청표가 같으니, 향기로운 궁중 술에 모두 함께 취해 보세.[十日相尋九日忙 向來懷抱幾回腸 梅寒竹瘦同淸標 盡醉芳樽內醞香]"라고 읊었고, 유희분은 "한과 망이 다르다고 행여나 말을 마오. 철석 같은 심장을 더욱 더 굳게 맺고 싶소. 복사꽃 오얏꽃 붉거나 희거나, 향기로운 성명을 늦도록 보전하세.[憑君休道異閒忙 但願彌堅鐵石腸 李白桃紅都不管 歲寒期保姓名香]"하였다. 이 시는 위 시들을 차운한 것이다.

76 초제(招提) : 절 또는 승려의 이칭이다. 여기서는 절을 가리킨다. 두보(杜甫)의 〈유용문봉선사(遊龍門奉先寺)〉에 "이미 초제를 따라 노닐었고 다시 초제의 경내에 유숙한다.[已從招提遊 更宿招提境]"하였다.

맑은 숲에서 종일토록 화답하여 우누나 　　　　晴林終日和相啼

조십사 박사장과 안양천 가에서 만나 박사는 감사 조정호[77]이다.
與趙十四博士丈相會安養川上 博士卽監司廷虎

서로 약속해 시냇가에서 놀이를 벌이니 　　　　相期川上作淸遊
농어회와 순채국[78]에 의미가 넉넉하여라 　　　　鱸膾蓴羹意味優
좌중에 벗들이 모두 뛰어난 선비이니 　　　　座上親朋皆勝士
강동 계응[79]의 무리를 어찌 부러워하랴 　　　　江東何羨季鷹流

동촌에서 저물녘 돌아가며
東村暮歸

비단 같은 시냇물과 산빛이 늦은 봄에 고운데 　　　　溪羅山錦暎殘春
필마로 돌아가는 동촌에서 흥이 더욱 새로워라 　　　　匹馬東村興更新
어느 곳 높은 누각에 술 가득한 동이 있는고 　　　　何處高樓樽有酒
석양에 가인을 끼고 취한 몸으로 가도다 　　　　夕陽扶醉帶佳人

---

77 조정호(趙廷虎) : 1572~1647. 본관은 배천(白川), 자는 인보(仁甫), 호는 남계(南溪)이다. 대제학 석윤(錫胤)의 아버지이다. 강원도 관찰사로 재임시 선정을 베풀었다. 병자호란이 일어나 왕이 남한산성으로 동가(動駕)하자 군사를 이끌고 급히 산성으로 가서 방어하였다. 1642년 관직을 버리고 제천으로 돌아가 초야에 은거하였다. 뒤에 조정에서 누차 불렀으나 끝내 나가지 않고 학문에 정진했다.

78 농어회와 순채국 : 벼슬을 그만두고 고향에 돌아와 먹는 음식을 뜻한다. 조정호가 감사로 있다가 벼슬을 그만두고 돌아왔기 때문에 이 말을 쓴 듯하다. 주 48 참조.

79 계응(季鷹) : 장한(張翰)의 자이다. 주 48 참조.

서촌에서 즉흥으로 읊다
西村卽事

소맥은 푸릇푸릇하고 대맥은 풍년이요	小麥靑靑大麥豊
매화는 다 떨어지고 살구꽃은 붉어라	梅花落盡杏花紅
동쪽 집 울타리가 서쪽 집과 비슷하고	東家籬落西家似
북쪽 들 소와 양이 남쪽 들과 같아라	北陌牛羊南陌同

이름이 나지 못해
名未揚

입신의 방도를 배움에 어두우면서	昧學立身道
이름이 나지 못함은 부끄러워라	恥躬名未揚
나를 수재라 부름도 잘못이며	秀才稱亦誤
나를 진사라 부름도 거짓인 것을	上舍且知陽
독서의 뜻은 일찍이 게을렀고	黃卷志曾懶
백발에 나이는 이미 늙었구나	白頭年旣央
전원에서 다행히 고요히 사노니	田園幸業寂
소나무 침상에 포단 깔고 누웠노라	蒲薦臥松床

안송탄 십오장의 수연에서 즉흥으로 읊다 좌중에 자질들이 모두 참석했기 때문에 언급하였다.
安松灘十五丈壽席卽吟 席上子姪皆參故及之

화려한 잔치 자리에 따스한 바람 부니	華筵綺席暖風斜

보배 나무 고운 난초[80]에 좋은 기운 많아라　　　　　寶樹芳蘭佳氣多
백 섬의 황류[81]를 다 마셔 취해야 하리니　　　　　百斛黃流須盡醉
산가지가 응당 가지에 가득한 향기 되리라[82]　　　　酒籌當作滿枝香

안십구 수재가 수리사에 노닐며 지은 시에 차운하다 안십구 수재는 이름이 처행[83]이다.
次安十九秀才遊修理寺韻 名處行

장하여라 이 좋은 유람이여　　　　　　　　　壯哉此勝遊
동행이 여덟아홉 쌍이었어라　　　　　　　　　同行八九雙
서로 부축하여 선도[84]에 올라　　　　　　　　相扶陟仙都
높은 봉우리에서 구름 창을 연다　　　　　　　絶頂開雲窓
흐뭇한 마음으로 승려를 만나니　　　　　　　欣然見法侶
호호 백발로 말이 수다스럽네　　　　　　　　皓首其言哤
바위 모양은 서 있는 사자 같고　　　　　　　巖形若逗獅

---

80 보배…난초 : 남의 자제를 칭찬하는 말이다. 진(晉)나라 때 큰 문벌을 이루었던 사안(謝安)이 자질(子姪)들에게 "어찌하여 사람들은 자기 자제가 출중하기를 바라는가?" 하고 묻자, 조카 사현(謝玄)이 "비유하자면 마치 지란(芝蘭)과 옥수(玉樹)가 자기 집 뜰에 자라기를 바라는 것과 같습니다." 한 데서 유래한 말이다. 성어(成語)로는 사가보수(謝家寶樹) 또는 사가지란(謝家芝蘭)이라 한다.《晉書 卷79 謝玄傳》

81 황류(黃流) : 술을 가리킨다.《시경(詩經)》〈대아(大雅) 한록(旱麓)〉에 "저 진밀한 옥찬에 누른 술이 들어 있도다.[瑟彼玉瓚 黃流在中]" 하였다.

82 산가지가…되리라 : '가지에 가득한 향기'란 자손이 번창함을 뜻한다. 당(唐)나라 두목(杜牧)의 〈탄화(歎花)〉란 시에 "지금은 바람이 불어 꽃잎이 낭자히 떨어졌으니, 푸른 잎 우거지면 자식이 가지에 가득하리.[如今風擺花狼藉 綠葉成陰子滿枝]" 한 데서 온 말이다. 즉 술을 마실 때 잔의 수를 세는 산가지의 숫자만큼이나 자손이 많아질 것을 기원한다는 뜻을 담고 있다.

83 안처행(安處行) : 1598~? 본관은 순흥(順興), 자는 낙천(樂天), 거주지는 과천(果川)이다. 1633년(인조 11) 식년시(式年試)에 급제했다.

84 선도(仙都) : 신선이 사는 곳인데 여기서는 수리사를 가리킨다.

산의 형세는 나는 갈기 같구나	嶺勢如飛鬣
상서로운 구름은 자개[85]가 솟은 듯	祥雲聳紫蓋
옥 같은 나무는 청당[86]이 뒤집히는 듯	琪樹翻靑幢
처마 앞에는 시원한 우물물이 있고	簷前冽玉井
바위틈에서 맑은 물줄기 떨어진다	巖際懸淸淙
종일토록 앉아 현담을 나누다가	玄談坐終日
한껏 술을 마시고 얼큰히 취하니	醺醺醉盈缸
맑은 바람은 토낭에서 일어나고[87]	淸風起土囊
판각에는 금빛 등잔 흔들린다	板閣搖金釭
함께 손잡고 월전에 나아가니	同携卽月殿
법고 소리 둥둥 재촉하누나	法鼓相催樅
금가는 녹과 설[88]이요	琴歌綠與薛
문장은 왕과 강[89]이로세	文字王與江
돌아갈 마음은 아득히 구름에 막혔고	歸心隔雲梯

---

85 자개(紫蓋) : 자줏빛 수레 덮개로, 제왕의 수레를 가리킨다.

86 청당(靑幢) : 수레에 세우는 푸른 깃발로, 옛날 고관(高官)의 의장(儀仗)이다.

87 맑은…일어나고 : 토낭(土囊)은 동굴이다. 양왕(襄王)이 "바람은 어디서 생기는가?" 하고 묻
자, 송옥(宋玉)이 대답하기를 "바람은 산의 토낭 입구에서 울부짖고 태산의 비탈을 따라 송
백(松柏)의 아래서 춤을 춘다.[盛怒於土囊之口 緣太山之阿 舞於松柏之下]" 하였다. 《文選 宋
玉 風賦》

88 금가(琴歌)는 녹(綠)과 설(薛) : 거문고에 녹기금(綠綺琴)과 설현금(薛縣琴)이 유명하기 때
문에 이렇게 말한 것이다.

89 문장은 왕(王)과 강(江) : 삼국시대 위(魏) 나라 산양(山陽) 사람 왕찬(王粲)과 양나라 강엄
(江淹)을 말한다. 왕찬의 자는 중선(仲宣)인데, 박식하고 문장이 뛰어나 건안칠자(建安七子)
중 하나로 꼽힌다. 한 헌제(漢獻帝) 때 난리를 피해 형주(荊州)의 유표(劉表)에게 15년 동안
의탁해 있다가 조조(曹操) 밑으로 들어가 시중(侍中) 벼슬까지 지냈다. 형주에 있을 때 성루
(城樓)에 올라가 시사를 한탄하고 고향을 그리는 뜻으로 등루부를 지은 것으로 유명하다. 강
엄의 자는 문통(文通)이고 벼슬은 금자광록대부(金紫光祿大夫)에 이르렀으며, 예릉후(醴陵
侯)에 봉해졌다. 소싯적부터 문예(文譽)가 있었으며 〈한부(恨賦)〉를 지은 것으로 유명하다.

표일한 흥취는 무지개 돌다리를 넘는다	逸興超虹矼
산신령이 이리와 범을 물리치거늘	山靈呵豺虎
호위하는 병사야 있을 필요 있으랴	衛卒何論逢
노숙의 기운 많다 말하지 말라	休言露氣重
신선 대추[90]가 마른 창자 채우는 것을	仙棗充枯腔
정신이 맑아서 잠이 적고	魂淸少夢寐
구름 속에 누워 송뢰를 듣노라	雲臥聞松瀧
그윽한 경치가 마음에 꼭 들지만	幽昧契已成
늘 그리워해도 다시 만나기 어려워라	常戀難再撞
마음이 한가하니 몸 이미 고요해	心閑體旣靜
말을 해치는 속진의 굴레 벗었도다[91]	害馬離塵腔
이제부터 오개를 깨우치고[92]	從今發五蓋
길이 마음 속 번뇌를 제거하고저	永願除榛楉
이별 앞에서 각기 서로 경계하는데	臨分各相戒
산 위에 해는 삼강[93]이나 높이 떴어라	山日高三杠

---

90 신선 대추 : 남조(南朝) 양(梁)나라 임방(任昉)의 《술이기(述異記)》에 다음과 같은 이야기가 있다. 진(晉) 나라 왕질(王質)이란 사람이 신안군(信安郡)의 석실산(石室山)에 나무를 하러 갔다. 산 속에서 동자 여럿이 바둑을 두며 노래를 부르고 있기에 그것을 구경하는데 대추씨 같은 것을 주길래 먹었더니 시장기가 느껴지지 않게 되었다. 이윽고 왕질이 일어나 보니 도끼 자루가 다 썩고 없었다. 돌아와 보니 자기와 같은 시대의 사람들은 하나도 없었다.

91 말을…벗었도다 : 《장자(莊子)》〈서무귀(徐無鬼)〉에 "대저 천하를 다스리는 것이 어찌 말을 기르는 것과 다르리오. 말에 해로운 것을 제거할 따름이다.[夫爲天下者 亦奚以異乎牧馬者哉 亦去其害馬者而已矣]" 하였다. 여기서는 산사에 와서 속세의 굴레를 벗었음을 비유하였다.

92 오개(五蓋)를 깨우치고 : 오개는 불교에서 말하는 오온(五蘊), 즉 색(色)·성(聲)·향(香)·미(味)·촉(觸)·법(法)이다. 《대지도론(大智度論)》에서 "오개는 탐욕(貪欲)·진애(瞋恚)·수면(睡眠)·조희(調戱)·의회(疑悔)이다." 하였는데, 여기서는 중생의 어리석음을 뜻한다. 진(晉)나라 손작(孫綽)의 〈유천태산부(遊天台山賦)〉에 "이제부터 오개의 헛되고 몽매함을 깨우친다.[發五蓋之遊蒙]" 하였다.

93 삼강(三杠) : 삼간(三竿)과 같은 말로 바지랑대 세 개의 높이란 뜻인데, 해가 높이 떴음을 형

조 상사가 윤인제의 정사에 제한 시에 차운하다 상사는 곧 용주 조 판서 경[94]이다.

次趙上舍題尹麟蹄精舍韻 上舍卽龍洲趙判書絅

동군에서 벼슬 그만둔 지 세월이 오랜데	東郡投簪歲月多
종전부터 은거하는 곳이 난초 언덕[95]이어라	向來栖息在蘭坡
물고기가 봉개[96]를 받드니 연잎을 보겠고	魚擎鳳蓋看荷葉
댓잎이 용손[97]을 안으매 죽순을 사랑한다	籜抱龍孫愛竹芽
바람이 외로운 솔에 드니 저물녘 곡조 울리고	風入孤松調晩曲
향기가 오랜 기와에 뜨니 봄 찻물을 쏟는 듯	香浮老瓦瀉春茶
그윽하고 한적한 맛이 온통 이와 같으니	幽閑意味渾如此
지어 두신 맑은 시가 묻노니 얼마나 되오	留得淸詩問幾何

용하는 것이다. 소식(蘇軾)의 〈과해득자유서(過海得子由書)〉에 "문 밖에는 해가 높이 떴고, 강관에는 가을에 낙엽이 진다.[門外三竿日 江關一葉秋]" 하였다.

94 조경(趙絅) : 1586~1669. 본관은 한양(漢陽), 자는 일장(日章), 호는 용주(龍洲) 또는 주봉(柱峯)이다. 윤근수(尹根壽)의 문인이다. 대제학, 이조 판서 등을 역임했다. 1650년 청나라가 척화신(斥和臣)의 처벌을 요구하여 영의정 이경석(李景奭)과 함께 의주 백마산성(白馬山城)에 안치되었다가 이듬해 풀려나와 포천에 은퇴하였다. 포천의 용연서원(龍淵書院), 홍해의 곡강서원(曲江書院), 춘천의 문암서원(文巖書院)에 각각 제향되었다. 저서에 《용주집(龍洲集)》과 《동사록(東槎錄)》이 있다. 시호는 문간(文簡)이다.

95 난초 언덕 : 난초는 은자(隱者)의 고결한 인품을 뜻하는 말로 쓰인다. 즉 은자로서 고결하게 살았음을 비유한 것이다.

96 봉개(鳳蓋) : 봉황의 문양이 있는 일산으로 천자의 의장(儀仗)이다.

97 용손(龍孫) : 죽순을 비유한 말이다. 대나무를 곧잘 용에 비유한다.

책을 대하고
對書

석양에 창 가에서 그윽한 경전 대하고	夕陽窓裏對幽經
팔짱을 긴 채 잠심하니 만고의 마음일세	袖手潛心萬古情
아이들이 곁에서 시끄럽게 방해하면	若被兒曹傍亂聒
때때로 꾸짖고는 다시 마음을 가다듬는다	時時嗔禁更存誠

향리 사람들과 술을 마시다 술자리가 반도 못 되었을 때 종형 신지 헌이 집에 왔다는 말을 듣고 먼저 일어나 집에 돌아가며 여러 분들 께 삼가 지어 바치다 신 종형의 이름은 광립[98]인데 뒤에 당상관에 올라 선산 부 사가 되었다.
鄕飮未半聞申持憲從兄到家先起還家敬呈諸丈 申從兄名光立後陞堂上爲善山 府使

향리 사람 나가기 전에 내가 먼저 나가니	鄕人未出身先出
예의로는 그렇지 않지만 인정으론 그렇다오	禮則不然情則然
멀리서 생각노니 비단 자리 구름 장막 속	遙想錦筵雲幕裏
석양의 풍악 소리가 봄 하늘에 떠들썩하리	夕陽歌管鬧春天

---

98 신광립(申光立) : 본관은 평산, 자는 현경(顯卿)이다. 1601년 식년시에 급제하여 성균관 전
   적, 사헌부 지평, 선산 부사 등을 지냈다.

잠 깨어 일어나
睡起

한 그루 오동나무가 초가집을 덮었으니	一樹梧桐護草廬
맑은 그늘이 날마다 거처를 시원케 한다	淸陰日日爽幽居
소나무 침상에서 잠 깨니 남풍이 불어와	松床睡罷南風動
주렴 아래 시서가 절로 덮였다 펼쳐지누나	簾下詩書自捲舒

새끼제비 다시 위의 시에 보운(步韻)하다.
乳燕 更步上韻

한 쌍의 새끼제비가 초가집을 맴도는데	一雙乳燕繞蓬廬
날며 장난하는 게 내 집을 사랑하는 듯하네	飛戲還如愛我居
묻노라 숲에 둥지 튼 것은 옛날 언제였던고	借問巢林在何世
오가다 날개를 펴 날 수 있을 것을 알겠노라	應知來去□翼舒

한가히 읊다 또 위의 시에 보운(步韻)하다.
閑吟 又步上韻

천 봉우리 그림자 속에 몇 칸 초가집	千峯影裏數間廬
쑥대 문 소나무 울타리 처사의 거처로다	蓬戶松籬處士居
진종일 문 앞에는 속된 사람 오지 않고	盡日門前無俗客
양보음[99] 느긋이 읊으며 스스로 한가롭구나	閑吟梁甫自閑舒

---

99 양보음(梁甫吟) : 촉한(蜀漢)의 승상 제갈량(諸葛亮)이 출사(出仕)하기 전 남양(南陽)에서 몸소 농사를 지을 때 매일 새벽과 저녁에 무릎을 감싸안은 채 길게 불렀던 노래로, 천하에 뜻을 품은 선비가 울울한 심정을 토로함을 뜻한다. '포슬음(抱膝吟)'이라고도 한다.

남촌에서 노낙수를 만나
南村逢老樂叟

여든 나이에 허리 구부정한 한 늙은이	八十傴僂一老翁
수염과 머리털 하얗게 세어 신선 같아라	霜鬚雪髮等仙翁
긴 노래 한 곡조가 외려 맑고 우렁차니	長歌一曲猶淸壯
외진 시골에 이런 노옹 있는 줄 뉘 알리오	誰識窮村落此翁

중양일에 석천 선생의 시에 차운하다
重陽日次石泉先生韻

삼추 가절이라 중양절에 이르니	三秋佳節迫重陽
울 밑에 국화가 흥을 끌어 일으킨다	籬下黃花引興長
꽃 앞에서 백주를 사양 말고 마시라[100]	莫惜花前傾白酒
백륜의 무덤 흙을 소와 양이 밟는 것을[101]	伯倫墳土踐牛羊

---

100 꽃 앞에서…마시라 : 음력 9월 9일, 중양절에는 국화 꽃잎을 술잔에 띄워 마셔서 장수(長壽)를 기원하는 풍습이 있었다. 도연명(陶淵明)이 중양절에 술이 없어 울 밑에서 속절없이 술에 띄울 꽃잎만 따고 있던 차에 백의(白衣)를 입은 사람이 백주(白酒)를 싣고 왔는데, 그는 바로 강주 자사(江州刺史) 왕홍(王弘)이 보낸 사람이었다 한다.《南史 隱逸傳》

101 백륜(伯倫) : 진(晉)나라 죽림칠현(竹林七賢)의 한 사람인 유령(劉伶)의 자(字)이다. 그는 매우 술을 좋아하여 늘 녹거(鹿車)를 타고서 술 한 병을 들고 다녔다. 그리고 사람을 시켜 삽을 메고 따라다니게 하면서 "죽으면 곧바로 나를 묻으라." 하였다.《晉書 卷49 劉伶傳》

성환[102]으로 부임하는 홍 찰방을 삼가 전별하며 홍 찰방의 이름은 경정[103]이다. 후일 한림이 되었다.

奉別洪察訪叔赴任成歡 名景艇後爲翰林

가을이라 중양절에 서로 이별하니	九秋相別在重陽
취한 채 국화잎 따서 술잔에 띄우노라	醉掇黃花泛玉觴
공구[104]가 낮은 지위라 말하지 말라	莫道攻駒居下位
승전과 위리[105]도 본래 나쁠 게 없다오	乘田委吏本無傷

북청 판관으로 부임하는 한 파총을 보내며 한 파총의 이름은 응남[106]이다. 이때 파총[107]이 되어 갔기 때문에 신영이란 구절을 썼다.

送韓把摠赴任北靑判官 名應男時以把摠出去故有神營之句

| 절월[108]로 분곤[109]의 일 맡았으니 | 節鉞宜分閫 |

---

102 성환(成歡) : 충청도 직산현(稷山縣) 북쪽 8리에 있던 역참(驛站)이다.

103 홍경정(洪景艇) : 본관은 남양(南陽), 자는 여제(汝濟)이다. 1616년 별시에 급제하여 봉교(奉教) 등을 지냈다.

104 공구(攻駒) : 말을 길들이는 일로, 역참의 찰방을 가리킨다.

105 승전(乘田)과 위리(委吏) : 춘추시대 노(魯)나라에서 목축을 담당하는 낮은 관리가 승전이고, 식량 창고를 담당하던 낮은 관리가 위리이다. 공자(孔子)가 승전과 위리를 맡은 적이 있다고 한다.《孟子 萬章下》

106 한응남(韓應男) : 조선시대 무관이다. 영창대군을 배종한 사실이 실록에 보이고, 초관(哨官), 파총(把摠) 등을 거쳐 1618년(광해군10) 6월에 북청 판관(北青判官)으로 부임했다.

107 파총(把摠) : 조선시대 선조(宣祖) 때부터 각 군영(軍營)에 두었던 종4품 무관이다.

108 절월(節鉞) : 관찰사가 가지고 가는 부절(符節)이란 깃발과 부월(斧鉞)이란 도끼이다. 부월은 생살여탈권(生殺與奪權)을 상징한다.

109 분곤(分閫) : 곤(閫)은 궐문(闕門)이다. 즉 궐문의 안팎을 나눈다는 말로 관찰사 등 지방의 병권을 맡은 관원이 됨을 뜻한다. 고대에 임금이 출정하는 장수를 보낼 때 꿇어앉아 수레바퀴를 밀며 "궐문 안은 과인이 다스리고 궐문 밖은 장군이 다스린다."고 했던 데서 유래하였

거연히 동부[110]를 차고 나가도다	居然出佩銅
서신 보내야 할 곳은 변방 멀리이고	音書沙塞遠
이별을 말하는 곳은 도성의 동쪽일세	論別玉京東
막부에는 군자가 이어지고	幕府軍資絡
신영에는 호추가 비었어라[111]	神營虎墜空
풍진이 한해에 자욱하리니[112]	風塵暗瀚海
서둘러 전세를 반전시켜야 하리	調轉莫緩功

추운 아침
寒朝

장작 등걸 다 타고 재만 남으니	榾柮燒烟歇
아침 내내 누워 일어나지 않노라	崇朝久未興
밝은 창은 아침 햇살을 머금고	窓明含東旭
환한 처마는 고드름이 비쳐 든다	簷瑩映垂氷
눈보라는 차가운 가지에서 울고	雪籟鳴寒杪
서리 맞은 새는 늦게 둥지에서 나오네	霜禽出晚楮
책상 앞에서 작은 붓을 호호 불건만	床頭呵小筆
맑은 흥취를 글로 표현하기 어려워라	清趣寫難登

다.《前漢書 卷50 馮唐傳》

110 동부(銅符) : 무관(武官)이 지니는 병부(兵符)인데 구리로 만들었다. 범의 모습이므로 동호부(銅虎符)라고 한다.

111 막부에는…비었어라 : 오랑캐를 막기 위해 군수물자는 이어져 오고 변방의 고을은 텅 비었음을 뜻한다. 호추(虎墜)는 중국 귀주(貴州)의 고을 이름이다.

112 풍진이 한해(瀚海)에 자욱하리니 : 북쪽 변방에 오랑캐의 침입이 있음을 뜻한다. 한해는 북해(北海)이다. 이백(李白)의 〈새상곡(塞上曲)〉에 "쓸쓸하여 만 리 땅이 깨끗하니, 한해는 고요해 파도가 없어라.[蕭條清萬里 瀚海寂無波]" 하였다.

남을 대신하여 강 원수에게 보내다 원수의 이름은 홍립[113]이다.
代人送姜元師 元師名弘立

도성 문에서 퇴곡[114]을 마치니	都門推轂罷
길보가 큰 병력으로 출정하도다[115]	吉甫啓元戎
옥검에 천산의 달빛 비치고	玉劍天山月
금과에 한해의 바람 불리라[116]	金戈瀚海風
구름 같은 주둔군에 천 마을이 숙연하고	雲屯千井肅

---

113 강홍립(姜弘立) : 1560~1627. 본관은 진주(晉州), 자는 군신(君臣), 호는 내촌(耐村)이다. 1605년 도원수 한준겸(韓浚謙)의 종사관(從事官)이 되었고, 이해 진주사(陳奏使)의 서장관(書狀官)으로 명나라에 다녀왔다. 1618년에는 진녕군(晉寧君)에 봉해졌다. 이때 후금(後金)이 명나라 변경을 침입하자 명나라가 조선에 원병을 요청하였고, 이에 강홍립이 오도원수(五道元帥)가 되어 부원수인 김경서(金景瑞)와 함께 1만 3,000여 군사를 이끌고 출병하였다. 작전에 차질이 생겨 부차(富車)에서 대패한 뒤 강홍립은 후금의 진영에 "조선군의 출병은 부득이한 것이다."라고 통고하고, 남은 군사를 이끌고 후금에 투항하였다. 1627년(인조 5) 정묘호란 때 후금군의 선도로 입국하여 강화(江華)에서 화의를 주선한 뒤 국내에 머물게 되었다. 그러나 역신으로 몰려 관직을 삭탈당하였다가 죽은 뒤에 복관되었다.

114 퇴곡(推轂) : 장수의 출정을 뜻한다. 장수가 출정할 때 임금이 그 수레바퀴를 밀어준 데서 유래하였다. 주 109 참조.

115 길보(吉甫)가…출정하도다 : 길보는 주(周)나라 선왕(宣王) 때의 문무를 겸비한 명장 윤길보(尹吉甫)이다. 원용은 《시경》〈소아(小雅) 유월(六月)〉 주자(朱子)의 주(註)에 "성왕(成王)과 강왕(康王)이 이미 별세하자 주(周)나라 왕실이 점점 쇠미하였다. 팔세(八世)를 지나 여왕(厲王)이 포학한 정사를 펴자 주나라 사람들이 그를 축출하여 체(彘) 지방에 거주하게 하니, 이에 험윤(玁狁)이 침략하여 경읍(京邑)에 이르렀다. 여왕이 죽고 아들 선왕(宣王)이 즉위하여 윤길보(尹吉甫)에게 명하여 군대를 거느리고 가서 토벌하게 하였다." 하였다. 그 시에 "큰 병력인 열 대의 전차로 먼저 출정한다.[元戎十乘 以先啓行]" 하였다. 여기서는 강홍립이 1만 3,000의 대군을 이끌고 출정함을 말한다.

116 옥검(玉劍)에…불리라 : 원수 강홍립이 변방에서 주둔하고 있는 늠름한 모습을 형용하였다. 옥검은 백옥으로 장식한 보검으로 옥구검(玉具劍)이라고도 한다. 금과(金戈)는 금으로 장식한 창이다. 천산(天山)과 한해(瀚海)는 모두 중국의 변경이다. 당(唐)나라 왕유(王維)의 〈연지행(燕支行)〉에 "북소리는 멀리 한해의 파도를 뒤집고, 피리 소리는 어지러이 천산의 달을 흔든다.[疊鼓遙翻瀚海波 鳴笳亂動天山月]" 하였다.

번개 같은 공격에 한 방면이 텅 비겠지	電擊一隅空
남궁의 화상(畫像)으로 하여금	莫使南宮畫
이십팔 공신만 남기게 하지 마시라[117]	唯留廿八功

저물녘에
暮意

산이 높으니 차가운 해가 잠기고	山高寒日沒
전원이 황폐해 새들이 마구 깃든다	園莽亂棲禽
두건을 젖혀 쓰고 솔숲 길을 걷고	岸幘臨松逕
옷깃을 헤친 채 대숲 가에 서노라	披襟依竹林
봉우리 엿보는 건 초승달의 뜻이요	窺岑新月意
골짜기에 깃드는 건 저녁 구름 마음	棲壑暮雲心
이러한 즈음에 한가로운 생각이 많아	此際多閑思
시 읊조리기를 절로 금치 못하노라	淸吟自不禁

외로운 밤
獨夜

추운 밤중에 잠들지 못하여	寒宵苦不寐
베개 만지다 거문고 타노라	撫枕仍撫琴
고요한 일천 마을은 캄캄하고	寂寂千村黑

---

117 남궁(南宮)의…마시라 : 한(漢)나라 남궁(南宮) 안에 운대(雲臺)라고 하는 누대(樓臺)가 있
   는데 후한(後漢) 명제(明帝)가 선대(先代)의 공신을 추념하여 등우(鄧禹) 등 28명의 장수
   의 화상을 이곳에 안치하였다. 즉 강홍립이 오랑캐를 무찌르는 전공을 세워서 화상이 운대
   에 안치되도록 하라는 뜻이다.

쓸쓸한 일만 골짜기는 침침하다	寥寥萬壑沈
별이 비쳐 오니 봉호가 열리는 듯	星臨蓬戶動
구름이 머무니 옥계가 깊어라	雲宿玉溪深
처마 모퉁이에서 금계가 우니[118]	簷角金鷄叫
시름으로 흰 머리털만 늘어난다	淸愁鬢上侵

과천의 신원에 묵으며
宿果川新院

어둑한 빛이 응달진 골짜기에 생기고	暝色生陰谷
차가운 연기는 늙은 나무에 엉겼어라	寒烟古樹凝
시냇물은 들 객점에서 나뉘고	溪流分野店
객로는 산등성이를 휘감누나	客路繞山陵
달은 떴는데 새벽길 나그네 시끄럽고	月出晨征鬧
하늘이 밝아서야 게으른 길손 일어난다	天明倦客興
하인이 말에 오르라 재촉하니	僕夫催上馬
읊은 시 쓰기 어려워라	吟句寫難登

---

118 금계(金鷄)가 우니 : 새벽이 왔음을 뜻한다. 금계는 천상(天上)의 금계성(金鷄星)에 있다는
　　닭으로, 이 닭이 울면 인간 세상의 닭들이 따라서 운다고 한다.《神異經》

서울로부터 집에 돌아와 안양천 가에서 즉흥으로 읊다 2수
自京還家安養川上卽吟 二首

아스라이 먼 서울 길에	迢遞玉京路
낡은 갖옷에 얼어붙은 말채찍	敝裘鳴凍鞭
긴 다리는 평평한 들판 저편	長橋平野外
짧은 비석은 석양 가에 있어라	短碣夕陽邊
지친 하인은 길을 가기 힘들고	倦僕行難進
여윈 말은 걸음을 내딛지 못한다	羸驂步不前
나의 집이 점차 가까움을 아노니	吾廬知漸近
어린아이가 동쪽 길에서 기다리네	稚子候東阡

서울을 떠나 고향으로 돌아오니	違京赴桑梓
점점 맑은 세상에 들어오는 듯해라	轉轉入淸區
굽은 물가에는 오리들이 놀라고	曲渚驚鳬鴨
평평한 숲에서 자고새를 보노라	平林看鷓鴣
산과 들은 앞에서 끊어졌다 이어지고	山原前斷續
시내와 골짜기를 꾸불꾸불 건넌다	溪谷渡崎嶇
집에 돌아와 느끼는 많은 흥취를	多小還家興
모두 몇 구절 시에다 싣노라	都將數句輸

호남의 여관에서 밤에 읊다
湖南旅館夜吟

세찬 바람이 낡은 집을 뒤흔드니	饕風擺古屋
외로운 베개 냉기를 견디기 어렵네	孤枕冷難堪

부서진 벽에는 주린 쥐가 찍찍 울고　　　　毀壁鳴飢鼠
빈 처마 아래엔 늙은 말 여물 씹는 소리　　虛簷吃老驂
나그네 시름은 바닷물처럼 깊고　　　　　羈愁深海水
이별 그리움은 강물에 막혔어라　　　　　離思隔江潭
나그네 길이 아득히 멀기만 하니　　　　　客路千千遠
고향집 서신을 가는 곳마다 외노라　　　　鄕書底處諳

폐현을 지나며
過廢縣

산 아래 옛 고을을 지나니　　　　　　　依山經古縣
누각은 그저 빈 터만 남았구나　　　　　樓閣但遺基
현송 소리[119] 울리던 날은 언제던고　　　絃誦知何日
부들 채찍[120] 걸어둔 건 얼마였던가　　　蒲鞭復幾時
찬 연기에 석탑이 잠겨 있고　　　　　　烟寒沈石塔
조각구름에 이끼 낀 비석 누웠다　　　　雲斷臥苔碑
많고 많은 흥망성쇠의 역사가　　　　　多少存亡事
부질없이 과객의 슬픔만 보탠다　　　　徒添過客悲

---

119 현송(絃誦) 소리 : 지방 수령(守令)의 어진 교화를 뜻한다. 현송은 현가(絃歌)와 같다. 현가
　　는 금슬(琴瑟)을 연주하며 노래하는 것으로, 예악(禮樂)의 교화를 뜻한다. 제자인 자유(子
　　遊)가 무성(武城)이란 고을의 읍재(邑宰)로 있으면서 현가로 백성을 교화하는 것을 보고
　　공자가 흐뭇해 한 고사에서 유래한 말이다.《論語 陽貨》

120 부들 채찍 : 인정(仁政)을 베풂을 뜻한다. 후한(後漢) 때 유관(劉寬)이 고을을 다스릴 때 부
　　들로 채찍을 만들어 죄인을 때려 아프지 않게 욕만 보였다.《後漢書 卷55 劉寬列傳》

산촌의 저물녘 눈
山村暮雪

북풍은 초가지붕을 뒤집고	北風捲蔀屋
흰 눈은 황혼녘까지 내린다	白雪到黃昏
산객은 솥에 찻물을 끓이고	山客燃茶鼎
행인은 석문을 두드리누나	行人扣石門
솔숲에는 흰 학이 서 있고	松林停素鶴
바위굴엔 검은 원숭이 숨었다	巖竇伏玄猿
몇 집 따뜻한 온돌방에서	幾處烟床暖
거문고 뜯으며 술을 마시는고	古琴對綠樽

고묘
古墓

적막한 산에 큰 무덤 하나	空山一大墓
상국의 무덤이 전해 오누나	相國葬流傳
석수는 천년이 지나 늙었고	石獸千年老
이끼 낀 비석은 백세를 넘겼지	苔碑百世前
슬픈 바람은 풀숲에 불어오고	悲風荒草裏
잦아드는 눈발은 석양에 내린다	殘雪夕陽邊
향화는 어느 때에나 올꼬	香火何時到
와서 절하는 후손 아무도 없어라	無人拜祖先

고사리를 뜯어 현의 수령에게 보내다 수령은 과천 원님인 이분[121]으로 연원부원군 광정의 아들이고 문과에 급제하여 군수에 이르렀다.

採薇送縣宰 縣宰果川倅李枌延原府院君光庭之子文科官至郡守

인풍이 불어 북산 고사리가 싹텄기에	仁風吹茁北山薇
아침 내내 캐서 광주리에 가득하여라	采采崇朝滿筥肥
생각건대 영헌[122]에 봄잠이 혼곤하겠기에	想得鈴軒春睡足
보드라운 새순 맛보시라 싸서 보내오	裹封分與玩芳菲

송도에서 전회척 시에게 남겨두어 주다
松都留贈全晦戚侍

일찍이 술자리에서 친근히 얘기했건만	曾向樽前說近親
십년 동안 풍진 속에 만나지 못하였어라	十年顏面阻風塵
어이 알았으랴 고도(古都)에서 서로 만난 곳	那知故國相逢處
유시[123] 동쪽에서 묻혀 살고 있는 줄을	柳市東頭作隱淪

가을날 비가 내려 고양의 신원에서 발이 묶여
秋日阻雨高陽新院

서울 길은 아스라이 먼데	迢遞神京路
빗속에 발이 묶인 사람이여	羈窓滯雨人

---

121 이분(李枌) : 본관은 연안(延安), 자는 계장(季章)이다. 1619년 별시에 급제하였다.

122 영헌(鈴軒) : 관청에서 지방 수령이 집무하는 곳이다. 영각(鈴閣)이라고도 한다.

123 유시(柳市) : 버들이 우거진 거리를 가리키는 말로도 쓰이고, 한(漢)나라 때 수도인 장안(長安)의 구시(九市) 중 하나이기도 하다.

| 등잔불 앞에서 누구와 친한고 | 燈前誰與伴 |
| 외로운 검과 스스로 친할 뿐 | 孤劍自相親 |

봄밤에 달빛이 환하기에 벗을 찾아갔다가 문 앞까지 가서 보지 못하고 돌아오다
春夜乘月訪友到門不見還

숲을 지나 골짜기 건너 고산을 찾으니	穿林越壑訪孤山
밤 깊어 대숲 속 사립문이 이미 닫혔어라	暎竹柴門夜已關
깊이 잠든 주인 불러도 깨지 않아	沈睡主人呼不覺
나귀 돌려서 달빛 속에 돌아오노라	蹇驢旋策月中還

경신년(1620) 겨울에 관서로 가는 길에 송도를 지나며 2수
庚申冬往關西過松都 二首

한수에서 용이 일어나던 날[124]	漢水龍興日
신왕이 대전에서 내려왔지[125]	辛王下殿初
백성들은 옛 터전에 살고 있건만	殷民留舊宅
고려 사직은 폐허가 되었어라	秦社但遺墟
왕업이 있던 황량한 성은 저물고	覇業荒城晚
당시 벼슬아치들은 들판에 묻혔네	衣冠野草餘
존망의 역사란 으레 이와 같나니	存亡類若此

---

124 한수(漢水)에서…날 : 이성계(李成桂)가 조선을 건국하기 위해 왕업(王業)을 일으킨 때를 가리킨다. 용이 일어났다는 것은 제왕의 등극을 비유하는 말이다.

125 신왕(辛王)이…내려왔지 : 신왕은 신돈(辛旽)의 아들로 몰려 폐위(廢位)된 우왕(禑王)을 가리킨다.

깊이 탄식하며 홀로 서성이노라	沈嘆獨躊躇
서쪽으로 가서 옛 도성에 들어서니	西行入故國
흥망의 사적을 누구에게 물을거나	興廢問因誰
곡령에 왕의 기운이 그치자[126]	鵠嶺休王氣
용만에서 의로운 군사 돌렸지[127]	龍灣返義師
높은 대에는 우거진 풀이 덮였고	高臺荒草遍
사직단 터는 무너진 담장만 남았네	殘社敗垣遺
해 저무는 청산에 홀로 섰노라니	獨立靑山暮
차가운 바람이 북쪽에서 불어온다	寒風自北吹

총수산 옥류천에 남겨 제하다 총수산 허리에 흐르는 샘물이 바위 구멍으로 들어가 숨어 아래로 맑게 흐르다가 바위 아래 구멍으로 도로 나온다. 중국 사신 주지번이 이곳에 왔다가 매우 좋아하여 옥류천이란 이름을 붙였다.

留題葱秀山玉溜泉 葱秀山腰有流泉入巖孔隱下冷冷還出巖下寶華使朱之蕃遊賞甚愛名之也

산 이름은 총수요 관서로 가는 길	山名葱秀路關西
다소의 행인들이 모두 이곳을 구경한다	多少行人此盡觀
맑은 경치가 시끄러운 거마를 싫어해	清景却嫌車馬亂
짐짓 바위 가지고 흐르는 샘을 가렸네	故將巖石掩鳴湍

---

126 곡령(鵠嶺)에…그치자 : 고려의 국운이 끝났음을 뜻한다. 곡령은 고려의 수도인 개성(開城) 송악산(松嶽山)의 이칭이다. 최치원(崔致遠)이 신라가 망하고 고려가 일어날 것을 예견하여 "계림은 누른 잎이요, 곡령은 푸른 솔이다.[鷄林黃葉 鵠嶺靑松]"라고 한 말을 원용한 표현이다.

127 용만(龍灣)에서…돌렸지 : 용만은 의주(義州)의 이칭이다. 이성계의 위화도 회군(威化島回軍)을 가리킨다.

황주성을 지나며
過黃州城

험준한 요새에 큰 성이 버티고 변방 지키니	雄藩跨險控方隅
흰 성가퀴가 우뚝하여 햇살에 빛나누나	粉堞崢嶸曜日衢
어이하면 목숨 바칠 미더운 신하 얻어	安得信臣知死守
변방에 길이 근심이 없게 할 수 있을꼬	能令玉塞永無虞

대동강을 지나며
過大同江

기성[128]에 왕의 기운 그친 지 몇 해던고	箕城王氣幾年休
한 줄기 맑은 강물만 만고에 흐르누나	一帶清江萬古流
낡은 갖옷 입고 필마 탄 천리 밖 나그네	匹馬弊裘千里客
조각배 타고 홀로 건너매 시름이 이누나	扁舟孤渡起閑愁

연광정에 올라
登練光亭

천년이라 옛 성가퀴가 강 가에 섰는데	千年古堞倚江湄
위에는 높은 정자 백 척이나 아스라해라	上有高亭百尺危
햇살이 맑은 물결 비추매 물빛이 비단 같으니	日照澄波光似練
그 누군들 사공의 시[129]를 생각하지 않으리오	何人不憶謝公詩

---

128 기성(箕城) : 평양을 가리킨다. 주 24 참조.

129 사공(謝公)의 시 : 사공은 남조(南朝) 제(齊)나라 때의 유명한 시인인 사조(謝朓)이다. 자
는 현휘(玄暉)이며, 특히 오언시(五言詩)를 잘 지었다. 그가 당시의 수도 금릉(金陵)에 대해

부벽루에 올라
登浮碧樓

물결에 단청 비친 누각이 바위에 섰으니	飛閣流丹起石頭
안개 낀 물에 푸른 빛 모래톱이 비치었어라	烟波浮碧暎中洲
기둥 사이 홀로 서 있으니 바람이 시원해	楹間獨立風蕭爽
이 몸이 백옥루[130]에 올라온 게 아닌가 하노라	疑是身登白玉樓

기린굴[131]을 구경하며
觀見麒麟窟

소문을 들은 지 오래요 보지는 못했는데	貴耳曾聞久未覿
내가 오늘에야 비로소 여기에 올라왔도다	我生今日始來陟
그 옛날의 사적은 물을 길 없고	當年事跡問無從
천년의 기이한 장관이라 한 자 굴만 남았다	千載奇觀窟一尺

〈입조곡(入朝曲)〉이란 악부시에서 "강남은 아름다운 지역이고, 금릉은 제왕들의 도읍지네.〔江南佳麗地 金陵帝王州〕"라고 읊었다. 뒤에 왕안석(王安石)이 〈금릉회고(金陵懷古)〉를 지으며 "천리의 맑은 강이 깁과 같구나.〔千里澄江似練〕"라고 하였는데, 저자가 이 둘을 혼동하여 왕안석의 시를 사조의 시라고 착각한 것으로 보인다.

130 백옥루(白玉樓) : 천상의 옥황상제 궁궐에 있는 누각이다.

131 기린굴(麒麟窟) : 부벽루 동편 영명사(永明寺) 아래에 있다. 동명왕(東明王)이 이곳에서 기린마를 길러 이것을 타고 조천석(朝天石)에서 하늘로 올라갔다고 한다.

기자묘[132]를 배알하고

謁箕子墓

구주[133]의 아름다운 은택 동방에 있으니	九疇玉澤在東藩
아름답고 순박한 풍속이 길이 변치 않누나	美俗淳風永不諼
백마 타고 주나라로 갔던 일 지금 적막한데[134]	白馬朝周今寂寞
천추에 무덤만 황량한 기슭에 남았구나	千秋馬鬣獨荒原

기자묘를 배알하고

謁箕子廟

삼왕[135]이 덕도 같고 공적도 같으니	三王同德又同功
천고에 동토의 백성 큰 교화를 입었다	千古東民沐化洪
앉아 계신 사당이 지금도 나란히 있으니	玉座如今聯寶榻
먼 길손이 몸을 굽혀 공경히 예를 갖춘다	傴僂遠客禮處恭

---

132 기자묘(箕子墓) : 평양성 북쪽 토산(兎山) 위에 있다.

133 구주(九疇) : 기자(箕子)의 가르침인 홍범구주(洪範九疇)를 가리킨다. 주(周)나라 무왕(武王)이 은(殷)나라를 정벌한 뒤 기자를 방문하여 이륜(彝倫)을 펴는 이치에 대해 물었는데, 이에 기자가 대답한 것이 홍범구주이다. 그 대강은 오행(五行), 오사(五事), 팔정(八政), 오기(五紀), 황극(皇極), 삼덕(三德), 계의(稽疑), 서징(庶徵), 오복 육극(五福六極)이다.《書經 洪範》

134 백마…적막한데 : 기자가 백마를 타고 주(周)나라에 조회 가는 길에 옛 은허(殷墟)를 지나다가, 궁실이 허물어져 그 터에 벼와 기장이 자라는 것을 보고 〈맥수가(麥秀歌)〉를 지었는데, 은나라 유민들이 그 노래를 듣고 눈물을 뚝뚝 흘렸다고 한다.《史記 卷38 宋微子世家》

135 삼왕(三王) : 평양에 도읍을 두고 우리나라를 문명하게 한 세 임금, 즉 단군(檀君)과 동명왕(東明王)과 기자(箕子)를 가리킨다. 평양에는 이 세 임금의 궁과 사적이 있고, 이분들을 모시는 단군사(檀君祠), 동명왕사(東明王祠), 기자사(箕子祠)가 있다.

문무정[136]을 구경하고 문무정은 평양성 안에 있다.

觀文武井 在平壤城中

우물 이름 문무는 무슨 뜻에서 왔는고	井名文武從何義
그 옛날에는 틀림없이 좌우로 뚫렸겠지	認得當年左右穿
사람 없어 먹지 않아 속절없이 메워졌으니	人亡不食空塡塞
아홉 길로 깊으나 샘물은 보이지 않아라	九仞雖深未見泉

청천강을 건너며 안주성 서쪽에 있다.

渡淸川江 在安州城

도도한 장강이 북쪽에서 흘러오는데	滾滾長江自北流
천 길의 굳건한 성이 물결 가에 섰도다	金城千仞立波頭
이에 알겠노라 변방에 이 요새 만들어	從知玉塞開天塹
우리나라가 적을 이길 수 있게 했음을	能使邦家制勝優

백상루[137]에 올라

登百祥樓

성 한 쪽에 단청한 누각이 물을 굽어보나니	俯水丹樓城一隅
날 듯한 지붕 높이 솟아 구름 속에 들어간다	飛甍上出入雲衢
누차 전란을 겪어도 늘 그 모습 변치 않으니	數經兵燹長依舊
신명이 길이 지킨다는 걸 비로소 알겠구나	始識神明百代扶

---

136 문무정(文武井) : 평양성 부벽루 뒤쪽 아래에 있다. 동명왕 때에 판 것이라고 한다.

137 백상루(百祥樓) : 안주성 내 북쪽 살수(薩水 : 청천강)가 내려다보이는 곳에 있는 누대로,
  만경루(萬景樓)와 마주보고 있다. 편액(扁額)은 공민왕(恭愍王)의 필적이라고 한다.

극락사[138]를 유람하며 극락사는 정주에 있다.
遊極樂寺 在定州

세모에 머나먼 관하[139] 밖에서	歲暮關河外
쓸쓸한 절을 한가히 유람한다	遨遊蕭寺間
창은 하늘의 은하수와 통하고	窓通銀河闊
문은 눈 덮은 산을 마주하네	門對雪山寒
보계[140]에는 운하가 고요하고	寶界雲霞靜
인천[141]에는 색상이 한가해라	仁天色象閑
속진의 마음이 이로부터 끊어지니	塵心從此斷
젊은 얼굴을 넉넉히 보전하겠구나	嬴得保昭顏

보산 현사루에 올라 가산 석포에 있다.
登普山現寺樓 在嘉山石浦

만리 타향 나그네 마음 괴로워	萬里客心苦
이른 아침 강 가 누각에 오르노라	晨登江上樓
외로운 노을은 하늘 저편에 떨어지고	孤霞天際落
한 조각 안개는 들판 중에 떠 있구나	尺霧野中浮
고국에는 차가운 나무 우거지고	故國迷寒樹
타향에는 작은 배가 매어 있어라	他鄕繫小舟

---

138 극락사(極樂寺) : 정주(定州)와 박천(博川) 사이의 봉린산(鳳麟山)에 있는 사찰이다.

139 관하(關河) : 중국 함곡관(函谷關)과 황하(黃河)의 병칭으로 변새(邊塞)를 뜻한다.

140 보계(寶界) : 원래는 청정한 불국토(佛國土)인 정토(淨土)를 뜻하는 말인데, 절을 가리키는 말로 쓰인다.

141 인천(仁天) : 인천은 법당을 가리킨다. 여기서는 법당에 모셔져 있는 불상을 가리킨 것이다.

해가 지나도록 돌아가지 못하니	經年歸未得
동쪽으로 흐르는 물을 부러워할 뿐	徒羨水東流

정원성에서 사마 탁이민에게 주다 빙군이 정주 목사로 있을 때 얼자 광계가 관기 애금을 가까이하여 딸 옥생을 낳았다. 탁이민이 바로 옥생의 남편이다.

定原城中贈卓司馬爾笢 聘君爲定州牧使時孽子光啓幸官妓愛今生女玉生爾笢卽其夫

칠년 만에 다시 만난 곳	七載重逢處
관하에 한 해가 저무는 때	關河歲暮時
그리워한 세월 그 얼마였던고	相思曾幾日
눈을 크게 뜨고[142] 다시 시를 짓노라	括目更題詩
의기는 생사를 같이하고	意氣同死生
우정은 고락을 함께한다	交情共險夷
만남과 이별은 정해진 것이니	合離應有數
이별 앞에 너무 슬퍼하지 말자	臨別莫傷悲

---

142 눈을 크게 뜨고 : 상대방의 실력이 매우 향상하여 몰라볼 정도임을 뜻한다. 성어로 괄목상대(刮目相對)라 한다. 삼국(三國) 시대 오(吳)나라 여몽(呂蒙)이 군무(軍務)에만 종사하다 손권(孫權)의 권유로 열심히 독서하여 노사숙유(老士宿儒)보다 오히려 나을 정도의 학식을 쌓자 노숙(魯肅)이 도독(都督)으로 와서 여몽과 담론해 보고는 "이미 예전 오나라의 아몽(阿蒙)이 아니구려.[非復阿蒙]" 하니, 여몽이 "선비는 이별한 지 3일이면 눈을 비비고 다시 봐야 합니다.[士別三日 卽更刮目相對]" 하였다. 《三國志 吳志 呂蒙傳 注》

여회 정주 여관에서 짓다.

旅懷 定州旅館作

옥새[143]엔 두꺼운 얼음 덮였고	玉塞層氷積
관하[144]에는 도로가 험난하여라	關河道路難
고향집 서신을 어디서 얻을꼬	鄕書何處得
나그네 눈물은 마른 적 없어라	客淚未曾乾
낡은 갖옷에 몸은 병이 들었고	裘幣知成疾
얇은 홑이불은 추위 막지 못한다	衾單不障寒
한밤중 차가운 달빛만 밝으니	中宵霜月白
멀리서 옛 송단[145]을 생각하노라	遙憶舊松壇

여관에서 밤에 읊다 정주 여관에서 짓다.

旅館夜吟 定州旅館作

방문을 열고 뜰에 나가서	開戶出庭宇
배회하며 달을 바라보노라	徘徊瞻桂宮
먼 변방은 삼천리 끝이요	絶塞三千里
긴 하늘은 구만리 허공일세	長宵九萬空
때를 근심하여 북극을 바라보고[146]	愁時看北極

---

143 옥새(玉塞) : 주 27 참조.

144 관하(關河) : 주 139 참조.

145 송단(松壇) : 정원의 소나무가 서 있는 화단이다. 고향집의 정원을 가리킨다. 주 43 참조.

146 때를…바라보고 : 변방에 오랑캐의 침입이 있어 이 때문에 대궐을 향하여 근심하는 것이다.
　　북극(北極)은 대궐을 뜻한다. 주 43 참조.

돌아가고플 땐 남풍을 향하노라[147]　　　　欲返向南風
잠 못 이룬 채 하늘이 밝아오니　　　　不寐天將曉
추운 날 닭이 지붕 동쪽에서 운다　　　　寒鷄叫屋東

정주에 묵으며 느낌이 있어
宿定州有感

북쪽 오랑캐가 날뛰는 날　　　　北虜憑陵日
서쪽 관새가 소란스러웠지　　　　西關阻且訌
충원[148]이라 일만 군사가 불쌍하고　　　　蟲猿哀萬卒
이적 땅에서 대군이 애통하구나　　　　夷狄痛元戎
찬비는 허공에 가득 자욱하고　　　　寒雨連空暗
봉화는 새벽까지 붉게 타오른다　　　　邊烽達曙紅
이 서생은 비록 강개하지만　　　　書生雖慷慨
뛰어난 전공 세울 길이 없구나　　　　無路樹奇功

정주성에 올라
登定州城

아득한 물가에 봄이 일찍 오니　　　　極浦三春早
성에 올라도 마냥 시름겹지는 않네　　　　登城不盡愁
바람은 높아 들판 객점을 흔들고　　　　風高掀野店

---

147 돌아가고플…향하노라 : 고향집이 남쪽에 있기 때문에 남풍을 향해 그리워하는 것이다.

148 충원(蟲猿) : 충사원학(蟲沙猿鶴)의 준말로 군사를 뜻한다. 갈홍(葛洪)의 《포박자(抱朴子)》
　　에 "옛날 주(周)나라 목왕(穆王)이 남정(南征)할 때 일군(一軍)이 모두 변화하여 장수들은
　　원숭이 또는 학이 되고, 병졸들은 벌레 또는 모래가 되었다." 하였다.

얼음은 꽁꽁 얼어 강물을 끊었어라	氷塞斷江流
가는 말은 차가운 해를 보며 울고	征馬嘶寒日
사람은 가을에 수자리 서러 가누나	行人戍塞秋
변방을 평안케 할 장한 책략은 없고	安邊無壯略
청영[149] 생각만 속절없이 간절하여라	空切請纓謀

정원성에서 여수재에게 증별하다
定原城中贈別呂秀才

필마를 타고 관하에 가다 친구를 만나	匹馬關河逢故人
외로운 여관 등잔 아래서 정담을 나눴네	寒燈孤館轉相親
내일 아침 헤어지며 말을 모는 곳에서	明朝歧路揮鞭處
동쪽 성으로 고개 돌리면 새삼 서글퍼지리	回首東城黯恨新

고향으로 돌아가고파 정주 객관에서
思歸 定州館

여관에 따스한 봄 일찍 오니	旅館陽春早
찬 물은 동쪽으로 서글피 흐른다	東流惻惻寒
고향이 만 리에 떨어졌으니	鄕園隔萬里
돌아가고픈 마음 무단히 일어나누나	歸思起無端

---

149 청영(請纓) : 적의 두목을 잡아 묶을 밧줄을 달라고 청하는 것이다.《고문진보》〈등왕각서(滕王閣序)〉에 "나는 삼척의 미미한 목숨이요 일개 서생이라 청영할 길이 없다.[勃三尺微命 一介書生 無路請纓]" 하였는데, 그 주(註)에 "한(漢)나라 때 종군(終軍)이 불과 스무 살 남짓한 나이임에도 '긴 밧줄을 받아 기필코 남월왕(南越王)을 묶어서 궐하(闕下)에 바치겠다'고 청하였다." 하였다.

110 옥담시집1

한 척 잉어[150]는 바다 속에 다했고 　尺鯉海中盡

외로운 학은 구름 저편에 보노라[151] 　孤鶴雲外看

앞으로 갈 길을 헤아려 보니 　前□屈指計

시내와 길 아득히 멀기만 해라 　川路浩漫漫

선천에 묵으며 좌영장으로서 오랑캐 땅에 들어가 힘써 싸우다 죽은 군수 김공 응하[152]를 생각하며
宿宣川憶郡守金公應河以左營將入胡力戰死

슬픔에 잠겨 옛 객관에 앉아 　悲凉坐古館

좌장군의 일을 추억하노라 　追憶左將軍

힘은 다하고 하늘은 돕지 않았지만 　力盡天無助

몸이 죽어서 나라가 보존되었네 　身亡國以存

음산한 바람에 꿋꿋한 혼을 시름하고 　陰風愁毅魄

기우는 햇살에 충성스런 넋을 곡한다 　斜日哭忠魂

누군들 임금의 은덕 입지 않았으랴만 　孰不君衣食

오직 공의 충의만이 홀로 드러났어라 　惟公義獨聞

---

150 한 척 잉어 : 서신(書信)을 뜻한다. 〈음마장성굴행(飮馬長城窟行)〉에 "길손이 먼 곳에서 와서, 내게 한 쌍의 잉어를 주었지. 아이 불러 잉어를 삶게 했더니 뱃속에 편지가 들어 있었네.[客從遠方來 遺我雙鯉魚 呼童烹鯉魚 中有尺素書]" 하였다. 《古文眞寶》

151 외로운…보노라 : 학은 마음껏 날아다니는데 자신은 그렇게 하지 못하기 때문에 학을 보고 부러워하는 것이다.

152 김응하(金應河) : 1580~1619. 본관은 안동, 자는 경의(景義)이다. 철원 출신의 무장으로 영의정 이항복에 의해 경원 판관으로 발탁된 뒤 삼수 군수(三守郡守)와 북우후(北虞侯)를 역임하였다. 명나라가 후금을 칠 때 조선에 원병을 청해오자 도원수 강홍립(姜弘立)을 따라 압록강을 건너 후금 정벌에 나섰다. 명나라 군사가 대패하자, 3천 명의 휘하군사로 수만 명의 후금 군사를 맞아 고군분투하다가 전사하였다. 시호는 충무(忠武)이다.

정주 기생 향난에게 주는 한편 장난 삼아 정 종사에게 보여주다 정 종사는 바로 지금의 정 감사 두원[153]이다.

贈定州妓香蘭仍戲示鄭從事 從事乃鄭監司斗源

아득한 이별에 만날 길 없으니	闊別音容阻
머나먼 한진에 청운이 막혔어라[154]	青雲隔漢津
그리움 품은 채 그리워만 할 뿐	相思曾脉脉
소식을 듣는 건 진진[155]을 통해서지	聞問賴眞眞
모획은 금하에서 씩씩하고[156]	謀畫金河壯
풍류는 옥새의 봄이어라[157]	風流玉塞春

---

153 정두원(鄭斗源) : 1581~? 본관은 광주(光州), 자는 정숙(丁叔), 호는 호정(壺亭)이다. 1630년(인조 8) 명나라 사신으로 가서 화포(火砲)·천리경(千里鏡)·자명종(自鳴鐘) 등의 현대적 기계와 함께 이마두(利瑪竇)의 천문서(天文書)와 《직방외기(職方外記)》·《서양국풍속기(西洋國風俗記)》·《천문도(天文圖)》·《홍이포제본(紅夷砲題本)》 등 서적을 신부 육약한(陸若漢, Johannes Rodorigue)으로부터 얻어가지고 이듬해(1631년) 돌아왔는데, 화약의 제조법도 이때에 전하여졌다고 한다. 그가 사신으로 명나라에 드나들던 17세기 초기는 중국을 통하여 서양문물이 우리나라에 들어오는 기운이 넘칠 때이다. 그는 이에 참여한 인물 가운데 이름이 알려진 최초의 인물이다.

154 머나먼…막혔어라 : 한진(漢津)은 은하수인데 여기서는 한강을 비유했다. 청운(青雲)은 높은 벼슬을 뜻하는 말이다. 즉 상대방 정 종사가 높은 벼슬을 하고 있어 좀처럼 만나기 어려움을 비유한 것이다.

155 진진(眞眞) : 기생을 뜻하는 말로 여기서는 향난을 가리킨다. 당(唐)나라 두순학(杜荀鶴)의 《송창잡기(松窓雜記)》에 "당나라 때 진사(進士) 조안(趙顔)이 화공에게 매우 아름다운 여인이 그려진 병풍 하나를 얻었다. 화공이 말하기를 '이 여인의 이름은 진진(眞眞)인데, 이름을 백일 동안 밤낮으로 부르면 응답할 것이다. 응답하면 백가채회주(百家彩灰酒)를 그림에 부으면 반드시 여인이 살아날 것이다.' 하였다. 이에 조안이 그 말대로 하였더니 과연 여인이 살아나와 웃었다." 하였다.

156 모획(謀畫)은 금하(金河)에서 씩씩하고 : 금하는 현재 내몽고(內蒙古) 자치구에 있는 대흑하(大黑河)이다. 정 종사가 금하 지역에서 오랑캐의 침략을 막는 일을 하였기 때문에 이렇게 말한 것이다.

157 풍류는 옥새(玉塞)의 봄이어라 : 옥새는 중국 감숙성(甘肅省) 돈황(敦煌) 서북쪽에 있는 옥

| 난초 향기[158]가 그대 오랜 짝이니 | 蘭香吾舊伴 |
| 정겨운 마음이 더욱 더 친하여라 | 情意轉親親 |

정주 목백이 뱃놀이를 하며 지은 시에 차운하다 정주 목백은 바로 허정식[159]이다.

次定州牧伯遊舡韻 牧伯乃許廷式

바람 뚫고 대선(大船)이 큰 물결 누르는데	衝風大舶壓洪波
풍악소리 시끄럽게 연주하며 즐거이 논다	歌管嘲轟□樂事
사또가 경치 유람을 좋아하는 게 아니라	不是使君耽勝賞
바다를 건너 나라 안정시키려 생각하는 게지	常思跨海靖邦家

가을밤에 정영숙과 등잔 앞에서 호운하여 읊다 2수 ○ 정영숙은 바로 진사 정진영이다.

秋夜與鄭榮叔燈前呼韻 二首 乃鄭進士晉榮

밤 깊어 등잔 불빛 한쪽 벽에 차가운데	夜久靑燈半壁寒
술잔 들고 우정 나누매 정이 하염없어라	論交把酒意漫漫
훗날에 혹여 금난[160]에 함께 숙직하거든	他年倘共金鑾直
달 밝고 동풍 불 제 옥난간에 기대리라	明月東風倚玉欄

문관(玉門關)의 별칭으로 변방을 뜻한다. 변방에서 기생과 풍류를 즐기기 때문에 이렇게 말한 것이다.

158 난초 향기 : 기생 향난(香蘭)을 비유한 것이다.

159 허정식(許廷式) : 조선시대 문인으로 희천 군수(熙川郡守), 정주 목사(定州牧使) 등을 지냈다.

160 금난(金鑾) : 옛날에 황궁의 정전(正殿)을 금난전(金鑾殿)이라 하고, 그 곁에 있는 언덕을 금난파(金鑾坡)라 하였다. 이 금난파가 한림원(翰林院)과 잇닿아 있기 때문에 한림원을 금파(金坡) 또는 금난이라 한다. 조선시대에는 홍문관을 가리킨다.

낙엽 진 외로운 마을에 찬 서리 내리는데 　　葉盡孤村霜落寒
앉았노라니 맑은 밤은 참으로 길기도 해라 　　坐來淸夜正漫漫
처마 끝에 달빛은 마치 물빛처럼 시린데 　　簷端月色凉如水
한 줄기 산바람이 돌난간에 불어오누나 　　一陣山風擺石欄

다시 앞의 시에 보운하여 영숙에게 주다 2수
更步前韻仍贈榮叔 二首

삼척 가을 연꽃[161]이 칼집 속에서 싸늘한데 　　三尺秋蓮匣裏寒
시야에 뵈는 산길은 참으로 길고 길구나 　　望中山路正漫漫
어느 누가 황류주[162]에 반쯤 취하였는고 　　何人半醉黃流酒
하늘 가 열두 난간[163]에 비스듬히 기댔어라 　　斜倚天邊十二欄

포의로 십년 동안 빈한하게 살았으니 　　布衣十載任酸寒
소잔등에서 부르는 노래[164] 괴롭고 길었어라 　　牛背長歌苦且漫

161　가을 연꽃 : 검을 휘두를 때 일어나는 빛인 검화(劍花)를 비유한 말로, 전하여 검을 가리킨다. 이백(李白)의 〈호무인행(胡無人行)〉에 "유성과 같은 백우전(白羽箭)은 허리춤에 꽂고, 가을 연꽃은 칼집에서 나온다.[流星白羽腰間揷 劍花秋蓮光出匣]" 하였다.

162　황류주(黃流酒) : 주81 참조.

163　하늘 가 열두 난간 : 하늘 가는 천애(天涯) 먼 타향을 뜻한다. 열두 난간은 구비가 많은 난간이다. 송(宋)나라 장선(張先)의 〈접연화(蝶戀花)〉에 "누각 위 동풍에 봄이 얕지 않으니 열두 난간에 진종일 주렴이 걷혔어라.[樓上東風春不淺 十二闌干 盡日珠簾捲]" 하였다.

164　소잔등에서…노래 : 자신을 알아주는 임금을 만나지 못함을 탄식하는 노래이다. 춘추시대 영척(甯戚)이 수레 아래에서 소를 먹이다가 제 환공이 나오기를 기다려 소뿔을 두드리며 상가(商歌)를 노래하였다. 그 노래를 〈반우가(飯牛歌)〉라 하는데 그 가사에 "남산의 깨끗한 돌이여! 흰 돌이 다 닳도록 요순 같은 임금을 만나지 못하였으니, 짧은 베 홑옷은 정강이도 못 가리네. 어둑한 새벽부터 깊은 밤까지 소를 먹이노니, 긴긴 밤은 어느 때나 밝아올꼬.[南山矸 白石爛 生不遭堯與舜禪 短布單衣不掩骭 從昏飯牛薄夜半 長夜漫漫何時旦]" 하였다. 제 환공이 이 노래를 듣고 영척을 불러 이야기해 보고 그를 재상으로 기용하였다. 《藝文類聚》

어느 날에야 푸른 하늘에 높이 날아서 　何日靑冥振羽翼
의젓한 관복 입고 임금을 곁에서 모실꼬 　霞裾玉佩侍朱欄

눈 내리는 밤에 이필선의 시에 차운하다 4수
雪夜次李弼善韻 四首

눈 속에 달빛 빛나고 은하수 밝은데 　雪月揚輝河漢明
그득한 잔으로 사생의 정을 모두 기울인다 　深盃傾盡死生情
그대는 음악이 없다고 한탄하지 마오 　憑君莫恨無絲竹
이 밤 음악 없음이 음악 있음보다 낫다오 　此日無聲勝有聲

앉았노라니 뜰의 나무에 눈꽃이 환하매 　坐來庭樹雪花明
이 밤에 조물주가 정이 있는 듯하여라 　此夜天工似有情
막걸리에 크게 취하고 크게 웃노라니 　大醉芳醪仍大笑
처마의 닭이 문득 오경의 울음 우누나 　簷鷄忽作五更聲

초당에서 동틀 때까지 시 읊고 술 마셔 　草堂觴詠到天明
평생의 우정이라 잔 가득 술을 마시노라 　強把深盃百年情
봄이 오매 저물녘 강성에 꽃이 피었으니 　春來花發江城暮
솔숲 사이로 갈도 소리를 듣고 싶구나[165] 　要聽松間喝道聲
－ 1수빠짐 －

---

165 솔숲…싶구나 : 갈도(喝道)는 벽제(辟除)와 같다. 벼슬아치들이 길을 갈 때 하인이 길을 인
　도하며 소리쳐 행인을 비키게 하는 것이다. 즉 상대방 이필선이 자주 자기 집을 찾아와 주
　기를 바라는 뜻을 담고 있다.

겨울에 이필선이 방문해 준 데 감사하다

冬日謝李弼善來訪

저물녘 황량한 마을에 눈 쌓였는데	積雪荒村暮
삭거[166]하는 내 집에 사립이 닫혔어라	柴門掩索居
청궁[167]에서 강독하던 것 쉬고	靑宮休講對
백옥에 와서 금서를 묻는구나[168]	白屋問琴書
천천히 술 마시며 회포 나누는 밤	細酌論襟夜
크게 노래하며 이별을 한탄하누나	高歌恨別餘
바람 맞으며 늙은 잣나무 기대노니	臨風依古栢
처음 먹은 심사 변치 말기를[169]	心事勿渝初

---

166 삭거(索居) : 이군삭거(離群索居)의 준말로 벗들과 떨어져 외로이 사는 것을 말한다. 자하(子夏)가 "내가 벗을 떠나 쓸쓸히 홀로 산 지가 오래이다.[吾離群而索居 亦已久矣]"한 데서 유래하였다.《禮記 檀弓》

167 청궁(靑宮) : 청궁은 세자가 거처하는 동궁(東宮)의 이칭이다. 동쪽은 오행(五行)에서 목(木)에 해당하고 목은 청색에 해당하므로 이렇게 부른 것이다. 이필선이 세자시강원(世子侍講院)의 강관(講官)으로 있었기 때문에 말한 듯하다.

168 백옥(白屋)에…묻는구나 : 백옥은 일반 백성이 사는 초가집으로 작자의 집을 가리킨다. 금서(琴書)는 거문고와 책으로 옛날 선비의 소일거리이다. 즉 찾아와 안부를 물어준 것을 이렇게 표현한 것이다.

169 바람…말기를 : 이별을 앞두고 잣나무처럼 늘 우정이 변치 않기를 기원하는 것이다. 바람을 맞는다는 것은 이별을 앞두었음을 뜻한다. 두보(杜甫)의 〈여엄이귀봉례별(與嚴二歸奉禮別)〉에 "지는 석양처럼 눈물을 흘리고 바람을 맞으며 떠나는 행차 먼지를 보노라.[出涕同斜日 臨風看去塵]"하고, 공자(孔子)가 "날씨가 추워진 뒤에야 소나무와 잣나무가 늦게 시듦을 안다.[歲寒然後知松柏之後凋也]"한 것을 원용한 표현이다.《論語 子罕》

향로계에 참여하기를 바라며 유종숙의 시에 차운하다 3수
願參享老契次柳從叔韻 三首

예로부터 사람은 백발 노인 드무나니	古來人鮮白頭人
게다가 전란통에도 살아남은 사람에랴	況復干戈未死人
노년 즐기려 좋은 모임 꾀하고자 한다면	若欲享年謀勝會
일 주관하는 이는 응당 젊은이라야 하리	主張應是少年人

듣건대 제공들 예닐곱 사람이	聞道諸公六七人
노년에 술 마시며 즐기려 한다지	享年謀作醉鄕人
미천한 이 몸도 참여하고 싶으이	微生亦欲來參意
훗날에는 나도 백발의 몸 될 테니	他日當爲白首人

백발 사람은 황발[170] 사람을 탄식하고	白髮人嗟黃髮人
검은 머리는 흰 머리를 탄식하누나	黑頭人嗟白頭人
그 중에 세월이 베틀 북처럼 빠르니	箇中歲月飛梭急
행락은 모쪼록 노소를 따지지 말아야지	行樂須問老少人

한 제천과 거문고를 가지고 기생을 데리고 수리사를 유람하며 한 제천은 이름이 덕급이다.
與韓堤川携琴妓遊修理寺 名德及

소매 가득한 홍진을 떨치고[171] 틈을 내어	滿袖紅塵拂自遑

---

170 황발(黃髮) : 백발이 오래되면 황발이 된다고 한다. 백발보다 더 늙은 사람을 가리킨다.

171 소매…떨치고 : 홍진(紅塵)은 번잡한 세상사를 비유하는 말이다. 한덕급(韓德及)이 제천(堤川) 수령이므로 바쁜 공무의 와중에서 틈을 냈다고 말한 것이다.

벗과 함께 술 가지고 산방에 들어왔어라	携朋挈酒入山房
하늘 찌르는 봉우리들은 금빛 병풍 둘러친 듯	干天列岫圍金障
땅에 널린 바위들은 옥빛 집을 빚어내는 듯	撲地群巖幻玉堂
밤이 추우니 거문고 줄이 끊어지려 하고	瑤瑟夜寒絃欲絶
바람 고요하니 가는 노래 곡조가 막 일어난다	纖歌風靜曲初揚
인간 세상에 좋은 모임이 얼마나 되는가	人間勝會知多少
함께 즐기는 이 자리의 흥이 가장 좋아라	此日同歡興最長

최고운의 〈들불을 보며〉에 차운하다 최고운은 이름이 치원이고, 신라 사람이다.

次崔孤雲觀野燒韻 名致遠新羅人

들판에 타는 불이 한창 분분하니	原中列火正紛紛
기세야말로 초한의 군대가 치달리는 듯	聲勢如馳楚漢軍
교외에 처음엔 붉은 비단 뒤집히더니	郊外初看翻紫錦
시냇가에 홀연 붉은 구름이 일어난다	溪頭忽見起紅雲
논밭의 새는 두려워 허둥지둥 날아가고	田禽震怖飛相急
들판의 짐승은 놀라 죄다 떼지어 달아나네	野獸驚惶走盡群
산중에까지 불길이 번져 숲이 다 타니	延爇山中林莽掃
난초와 가시나무가 함께 다 타겠구나[172]	幽蘭荊棘卽俱焚

---

172 난초와…타겠구나 : 어진 사람과 어리석은 사람, 착한 사람과 악한 사람 구별없이 모두 화를 당함을 비유한 것이다. 《진서(晉書)》 〈공탄전(孔坦傳)〉에 "난초와 쑥이 같이 타니 어진 이와 어리석은 이가 모두 탄식한다.[蘭艾同焚 賢愚所歎]" 하였다.

안십구 수재의 시에 차운하다 이름은 처행[173]이다
次安十九秀才韻 名處行

청정하여 속진의 생각 여읜 곳	蕭洒離塵想
암혈에서 구름 속 누운 지 오래	巖間久臥雲
근원을 만나매[174] 홀로 즐거울 테고	逢源應獨樂
뜻대로 사니 혼자 기뻐하겠지	得意認私欣
안석은 당시에 좀처럼 안 나왔고[175]	安石時難出
상여는 부질없는 글만 짓누나[176]	相如漫屬文

---

173 안처행(安處行) : 주 83 참조.

174 근원을 만나매 : 학문을 하여 진리를 앎을 뜻한다. 《맹자(孟子)》〈이루 하(離婁下)〉에 "군자가 깊이 나아가기를 도로써 함은 자득하고자 해서이니, 자득하면 처(處)하는 것이 편안하고 처하는 것이 편안하면 자뢰(資賴)함이 깊게 되고 자뢰함이 깊으면 좌우에서 취함에 그 근원을 만날 수 있을 것이다.[君子深造之以道 欲其自得之也 自得之則居之安 居之安則資之深 資之深則取之左右 逢其原 故君子欲其自得之也]" 하였다.

175 안석(安石)은…나왔고 : 상대방 안처행이 탁월한 경륜을 가지고도 세상에 나오지 않고 은거하고 있음을 뜻한다. 진(晉)나라 사안(謝安)의 자가 안석이다. 그는 경륜과 지략이 뛰어나 명망이 높았는데 회계(會稽)의 동산(東山)에 은거하여 세상에 나오지 않자 당시 사람들은 "안석이 세상에 나오지 않으니, 창생들을 어찌하려는가."라고 말하였다. 뒤에 환온(桓溫)의 부름을 받고 세상에 나가 외적(外敵)을 물리치고 내정(內政)을 닦는 데 탁월한 공을 세워 벼슬이 태보(太保)에 이르렀다. 특히 동진(東晉) 효무제(孝武帝) 태원(太元) 8년에 전진(前秦)의 왕 부견(符堅)이 친히 백만대군을 지휘하여 동진의 수도(首都)에서 멀지 않은 비수(肥水)에까지 쳐들어왔는데, 사안이 정토대도독(征討大都督)으로 출전하여 대파(大破)하였다.《晉書 卷79 謝安傳》

176 상여(相如)는…짓누나 : 상대방이 문장은 뛰어나지만 벼슬하지 못하고 있음을 뜻한다. 상여는 한(漢)나라 때 부(賦)의 대가인 사마상여(司馬相如)를 가리킨다. 그가 지은 〈자허부(子虛賦)〉를 한무제(漢武帝)가 보고는 옛사람이 지은 것이라 여겨 그 사람을 만나지 못함을 한탄하였는데, 촉(蜀) 땅 출신으로 사마상여와 동향(同鄕)인 양득의(楊得意)가 보고 사마상여가 지은 것을 밝혔다. 이에 무제가 크게 놀라 사마상여를 불러들이자, 사마상여가 "이는 제후(諸侯)의 일을 읊은 것이라 볼 것이 없습니다." 하고 한나라 궁중의 〈상림원(上林園)〉에서 천자가 놀이하는 광경을 묘사한 상림부(上林賦)를 지으니 한 무제가 보고 크게 기뻐하였다.《史記 卷117 司馬相如列傳》

춘풍에 비단 같은 시구 보내오니	春風傳錦句
아름다운 기운이 가득 넘치도다	佳氣溢氛氳

안수재의 〈상중이라 향로계 잔치에 참석하고 싶지 않았는데 억지로 초청하기에 와서 참여했다〉라는 시에 차운하다
次安秀才遭服不欲随參享老譏强邀來與

내일 아침에 춘가[177]가 출발하니	明朝椿駕發
그 행차를 수행하고자 하네	冠蓋願隨行
상중에 친구 계회에 참여하니	在服同丈糸
술자리는 부형과 관계되도다	筵係父兄□
종문은 그림 그린 일 남겼고[178]	宗文留繪事
순자는 명성이 있었어라[179]	荀子有名聲
늙은이 말이라 말하지 말라	莫謂斯言耄
모시는 예가 가볍지 않다오	叩倍禮不輕

---

177 춘가(椿駕) : 안처행 부친의 상여를 가리킨다. 대춘(大椿)은 오래 산다는 나무 이름이다. 《장자》〈소요유(逍遙遊)〉에 "아득한 옛날에 대춘이란 나무가 있었으니, 8천 년을 봄으로 삼고 8천 년을 가을로 삼았다.[上古有大椿者 以八千歲爲春 八千歲爲秋]"라고 하였다. 전하여 춘(椿)은 장수를 축원하는 말이나 남의 부친을 높여 부르는 말로 쓰인다.

178 종문(宗文) : 종문은 종소문(宗少文)을 가리킨다. 남조(南朝) 송(宋)나라 종병(宗炳)의 자가 소문(少文)이다. 그는 명산대천을 유람하는 것을 좋아하였는데 늙어서 병이 들자 자기가 유람하였던 산수를 벽에 그려 두고 누워서 구경하였다 한다. 《宋書 卷93 宗炳傳》

179 순자(荀子)는 명성이 있었어라 : 순자는 후한(後漢) 순숙(荀淑)의 여덟 아들인 순검(荀儉), 순곤(荀緄), 순정(荀靖), 순도(荀燾), 순왕(荀汪), 순상(荀爽), 순숙(荀肅), 순전(荀專)을 가리킨다. 이 여덟 사람이 모두 재덕(才德)이 출중하였기 때문에 당시에 팔룡(八龍)이라고 일컬었다. 《後漢書 卷62 荀淑列傳》 뒷날 다른 사람의 재주 있는 자제를 일컫는 말로 쓰이게 되었다.

눈 내리는 밤에 정영숙과 등잔 앞에서 연구로 고시를 차운하다. 정영숙은 이름이 진영이다.

雪夜與鄭榮叔燈前 聯次古詩韻 名晉榮

날 저물녘 군의 처소 찾아가니	日暮尋君住
산은 비었고 눈은 뜰에 가득해라 정진영	山空雪滿庭
거리는 깊은데 인적이 고요하고 정진영	巷深人寂寂
숲은 깊은데 새는 어둑하구나 이응희	林邃鳥冥冥
학은 문전에 손님 왔다 알리고[180] 정진영	鶴報門前客
사람은 영하의 별을 부른다[181] 이응희	人呼鈴下星
등잔불 돋우고 풍모를 마주하고 이응희	挑燈對眉宇
붓을 잡고 보고 들은 바를 쓴다 정진영	提筆寫瞻聆
밝은 거울처럼 정신 서로 통하니 이응희	玉鏡神相照
소단에서 그대만 홀로 깨었어라[182] 정진영	騷壇爾獨醒

---

180 학(鶴)은…알리고 : 송(宋)나라 때의 은자(隱子) 임포(林逋)가 고산(孤山)에 은거하면서 항상 두 마리의 학을 길렀다. 임포는 언제나 작은 배를 타고 서호(西湖)에서 노닐었는데, 혹 손이 임포를 찾아오면 동자(童子)가 학의 우리를 열어 주어 학들이 날아서 임포에게 갔다. 임포가 그것을 보고서 손님이 온 것을 알고 집으로 돌아오곤 했다는 고사에서 온 말이다. 《宋史 卷457 隱逸列傳 林逋》

181 사람은…부른다 : 영하(鈴下)는 수령을 뜻한다. 영하의 별은 수령에게 모인 명류라는 뜻이다. 후한(後漢) 때 명사인 진식(陳寔)은 일찍이 태구(太丘)의 수령이 되었으므로 진 태구(陳太丘)라 불렸다. 그가 일찍이 명사인 순숙(荀淑)을 초청할 적에 가난하고 검소하여 노복이 없었으므로 장자인 기(紀)에게 수레를 끌게 하고 차자인 심(諶)은 지팡이를 잡고 뒤를 따르게 했으며, 손자인 군(群)은 아직 어리므로 수레에 태우고 갔다. 한편 순숙은 아들 8형제가 모두 훌륭하여 팔룡(八龍)이라 불렸는데, 진식 부자를 맞이하여 3자인 정(靖)으로 문에서 응접하게 하고 6자인 상(爽)으로 술을 따르게 하고 나머지 여섯 아들은 밥을 나르게 했으며 손자인 욱(彧)은 아직 어리므로 무릎 위에 앉혔다. 여기에 모인 두 집안사람들은 모두 제일가는 명류(名流)였다. 이때 천문을 보니 그 분야에 덕성(德星)이 모였으므로 태사관(太史官)이 "5백 리 안에 현인이 모였다."고 아뢰었다.

182 소단(騷壇)에서…깨었어라 : 소단은 문단과 같다. 초(楚)나라 굴원(屈原)의 〈어부사(漁父

뛰어난 재주는 나라의 주춧돌이요	奇才可柱石
아름다운 시상은 시 적은 병풍에 들었다 이응희	藻思入詩屛
만년에는 마음 멀어짐이 안타깝고 이응희	末路憐心遠
덧없는 인생에 술잔 멈출까 걱정일세 정진영	浮生患酒停
기약도 하지 않고 오늘밤 만나서 정진영	不期今夕會
서로 십년의 정을 얘기하도다 이응희	相道十年情
세모에 씩씩한 검을 보고 이응희	歲暮看雄劍
하늘은 긴데 큰 날개 없구나 정진영	天長乏臣翎
예전에 가졌던 제주[183]의 뜻이 정진영	向來題柱志
지금은 술병을 보기에 부끄럽다 이응희	今作恥罍瓶
우격[184]이 천하에 두루 퍼지니 이응희	羽檄徧天下
경파[185]가 바다에 거세게 일어났네 정진영	鯨波怒海汀
장군은 머리털이 세려 하고 정진영	將軍頭欲白
장사는 검이 도리어 푸르다	壯士劍還靑
목을 묶을 계책[186]이 없진 않으나 이응희	繫頸非無策

辭)〉에 "온 세상이 흐린데 나만 홀로 맑고 뭇사람들은 모두 취했는데 나만 홀로 깨어 있다.[世人皆濁 我獨淸 衆人皆醉 我獨醒]" 하였다. 《古文眞寶 後集》

183 제주(題柱): 기둥에 각오를 적는 것으로 입신양명(立身揚名)하려는 각오를 뜻한다. 한(漢)나라 사마상여(司馬相如)가 장안(長安)으로 들어가면서 촉(蜀) 지방의 승선교(昇仙橋) 기둥에 "대장부가 사마(駟馬)를 타지 않고는 다시는 이 다리를 지나지 않으리라."라고 적었다는 고사에서 온 말이다. 《漢書 卷57 司馬相如傳》

184 우격(羽檄): 옛날의 군사 문서로 새의 깃털을 꽂아서 긴급한 상황임을 표시하였던 데서 온 말이다.

185 경파(鯨波): 큰 파도로 외적의 침략을 뜻한다. 두보(杜甫)의 〈주출강릉남포봉기정소윤심(舟出江陵南浦奉寄鄭少尹審)〉에 "바다에는 경파가 움직이고 형양에는 기러기 그림자 가누나.[溟漲鯨波動 衡陽雁影徂]" 하였다.

186 목을 묶을 계책: 적의 괴수를 사로잡을 계책이다. 한(漢)나라 가의(賈誼)의 〈과진론(過秦論)〉에 "백월의 임금이 머리를 숙이고 목이 묶인 채 하리에게 목숨을 맡긴다.[百越之君 俛首係頸 委命下吏]" 하였다.

단심을 기울여도 듣지 않을까 걱정일세 정진영　　　輸丹恐未聽

엽영하며 감동의 눈물을 흘리고[187] 정진영　　　獵纓垂感淚

내 늙은 모습에 손뼉을 치며 웃노라 이응희　　　抵掌吾老形

잠 못 이루는데 하늘이 밝아오고 이응희　　　不寐天將曙

시 짓느라 고심해 머리털이 세겠네 정진영　　　沈吟髮欲零

이별 앞에 정을 품고 바라보는데　　　臨分看脈脈

흐르는 물만 절로 맑아라 이응희　　　流水自泠泠

한 제천이 향로연 자리에서 호운하기에 한 제천은 이름이 덕급이다.
韓堤川享老宴席上呼韻 名德及

높은 산빛이 저물녘 자리에 떨어지는데　　　層岳山光落暮筵

앞 다투어 일어나 노래하고 춤 추누나　　　歌衫舞袖起爭先

인간세상 좋은 모임이 얼마나 되는가　　　人間勝會知多少

뉘라서 지상선인 우리들만 하리오　　　誰等吾儕地上仙

---

187 엽영(獵纓)하며…흘리고 : 엽영은 상대방의 말이 훌륭한 데 감동하여 갓끈을 당겨 매고 옷
　　깃을 바로잡아 공경을 표하는 것이다. 한(漢)나라 때 초(楚) 지방 사람인 사마계주(司馬季
　　主)가 장안(長安) 동시(東市)에서 점을 치며 살았는데 당시의 명사인 송충(宋忠)과 가의
　　(賈誼)가 그를 만났다. 사마계주가 천지(天地)·일월성신(日月星辰)·인의(仁義)·길흉(吉
　　凶) 등의 이치를 말하는데 수천 마디가 모두 이치에 맞았다. 송충과 가의가 흠칫 놀라 깨닫
　　고서 갓끈을 당겨 매고 옷깃을 바로잡고 반듯이 앉았으며[瞿然而悟 獵纓正襟危坐], 감탄하
　　며 말하기를 "내 듣건대 옛날의 성인은 조정에 있지 않고 반드시 점술이나 의술을 하는 사
　　람 중에 있다고 했다." 하였다. 《史記 卷127 日者列傳》

위의 시에 뒤미처 보운하다 5수
追步上韻 五首

고령의 백발 노인들이 자리에 늘어 앉았구나 　　龜齡鶴髮列瓊筵
좋은 모임 늘 있는 게 아니니 오래도록 즐기세 　　勝會難常戒出先
백세에 술 취하매 참된 흥취가 넉넉하니 　　百歲醉鄕眞興足
구태여 호흡하여[188] 신선을 배울 것 있으랴 　　呴噓何必學神仙

화려한 쟁반에 진수성찬 차려진 향로연 잔치 　　綺食雕盤享老筵
아름다운 시구를 남보다 잘 지으려 다툰다 　　佳篇麗句鬪人先
거문고 비파 재촉해 떠들썩하게 연주하니 　　瑤琴玉瑟喧相促
구름 타고 나는 신선 노릇 할 것이 없어라 　　羽蓋雲軿罷衆仙

저물녘에 생가 소리 술자리에 울리는데 　　薄暮笙歌咽錦筵
지금까지 그 누가 가장 많이 마셨나 　　向來觴戰孰身先
옥산이 스스로 넘어져[189] 사람들이 웃으니 　　玉山自倒人事笑
흡사 요지[190]의 늙은 신선이 취한 것 같아라 　　恰似瑤池醉老仙

---

188 호흡하여 : 신선이 되기 위한 양생술의 하나로 오늘날의 단전호흡과 같은 것이다. 《장자(莊子)》 〈각의(刻意)〉에 “숨을 내쉬고 들이쉬어 묵은 기운을 뱉어내고 새 기운을 받아들이며 곰이 나무를 잡고 오르고 새가 신음하는 것처럼 하는 까닭은 오래 살기 위해서다.[吹呴呼吸 吐故納新 熊經鳥申 爲壽而已矣]” 하였다.

189 옥산(玉山)이 스스로 넘어져 : 풍채 좋은 사람이 술 취해 넘어지는 것을 형용하였다. 진(晉)나라 혜강(嵇康)의 자태가 마치 외로운 소나무가 홀로 선 것처럼 빼어나 그가 술이 취해서 넘어지면 옥으로 된 산이 무너지는 것과 같았다. 《世說新語 容止》이 고사를 빌려 이백(李白)의 〈양양가(襄陽歌)〉에서 “옥산이 절로 거꾸러지는 것이지 남이 민 게 아니라네.[玉山自倒非人推]” 하였다. 《古文眞寶 前集》

190 요지(瑤池) : 서왕모(西王母)가 산다는 전설상의 선계(仙界)이다.

홀륭한 손님들 정연히 자리에 앉았나니[191]   嘉賓秩秩在初筵
꼽아 보매 연령이 모두 나보다 더 많아라   屈指年齡盡我先
종일 고래처럼 술 마셔도 취하지 않으니   終日鯨呑能不醉
좌중의 사람들은 모두 취중의 신선이로세   座間皆是醉中仙

소생이 외람되이 이 술자리에 앉았는데   鰕生添坐綺羅筵
앵무가 서로 날아 감히 앞서지 못하도다[192]   鸚鵡交飛不敢先
양주[193]로 춤을 추고 백설[194]을 노래하니   爲舞梁州歌白雪
술 취하매 광흥이 일어 신선이 움직이는 듯   醉來狂興動群仙

---

191 훌륭한…앉았나니 : 좋은 술자리를 뜻한다. 《시경(詩經)》〈소아(小雅) 빈지초연(賓之初筵)〉에 "손님이 처음 자리에 나아갈 때는 좌우가 질서정연하였다.[賓之初筵 左右秩秩]"하였다.

192 앵무(鸚鵡)가…못하도다 : 누가 먼저라 할 것 없이 서로 술잔을 주고받는 모습을 형용하였다. 앵무는 앵무새 모양을 한 귀한 술잔이다. 이백(李白)의 〈양양가(襄陽歌)〉에 "앵무배 노자표로 백년이라 삼만 육천 일, 하루에 삼백 잔을 비워야 하리.[鸚鵡杯 鸕鶿杓 百年三萬六千日 一日須傾三百杯]"하였다.

193 양주(梁州) : 사패(詞牌)라고 하는 일종의 곡조이다. 당(唐)나라 때 교방(敎坊)의 대곡(大曲) 중에 양주(涼州)라는 곡조가 있었는데, 이것이 송(宋)나라 때에 와서 양주(梁州)로 바뀌었다. 양주령(梁州令)이라고도 한다.

194 백설(白雪) : 백설(白雪)은 〈양춘백설가(陽春白雪歌)〉의 준말로 매우 뛰어난 시나 노래를 뜻한다. 송옥(宋玉)의 〈대초왕문(對楚王問)〉이란 글에 보인다. 어떤 사람이 영중(郢中)에서 처음에 〈하리파인(下俚巴人)〉이란 노래를 부르자 그 소리를 알아듣고 화답하는 사람이 수천 명이었고, 〈양아해로(陽阿薤露)〉를 부르자 화답하는 사람이 수백 명으로 줄었고, 〈양춘백설가(陽春白雪歌)〉를 부르자 화답하는 사람이 수십 명으로 줄었다. 이렇게 곡조의 수준이 더욱 높을수록 그에 화답하는 사람이 더욱 적었다.《文選》

안십구 수재가 나의 연못 속에 세워놓은 바위를 조롱한 데 답하다
안십구 수재의 이름은 처행이다.

答安十九秀才嘲余池中立石 名處行

태액[195]에 신선 산이 물속에 만들어졌으니	太液仙山假水中
건원 연간의 허무한 일 일찍이 비웃었노라[196]	虛無曾笑建元中
연못에 바위 세운 나의 뜻을 아는가	儂池立石君知否
바다 속에 우뚝 선 지주[197]와 같다네	砥柱如看在海中

송십사장의 연당 가에서 열린 향로연에서 송십사장의 이름은 규(珪)이다.
宋十四丈蓮塘享老宴席上 名珪

천 송이 연꽃이 흰색 붉은색 섞였는데	千朶芙蓉間白紅
높은 누대 한가한 곳에 신선들이 앉았어라	高臺閑處列仙翁
만약 태을진인[198]의 모임이 아니라면	若非太乙眞人會
아마도 옥정궁[199]에서 서로 만난 것이리라	疑是相逢玉井宮

---

195 태액(太液) : 태액지(太液池)의 준말이다. 한(漢)나라 무제(武帝)가 장안(長安) 서쪽에 판
　　연못이다. 뒤에 궁중의 연못을 뜻하는 말로 쓰였다.

196 건원(建元)…비웃었노라 : 건원은 한 무제(漢武帝) 즉위 초기의 연호이다. 한 무제가 도교
　　(道敎)를 몹시 숭상하여 태액지 안에 봉래(蓬萊)·영주(瀛洲)·방장(方丈)의 삼신산(三神
　　山)을 만들어 놓았기 때문에 이렇게 말한 것이다. 도교의 가르침을 유가(儒家)에서는 허무
　　(虛無)하다고 비판한다.

197 지주(砥柱) : 중국 황하(黃河)의 거센 물살 속에 우뚝 서 있는 바위산으로, 혼탁한 세속에
　　휩쓸리지 않고 꿋꿋하게 자신의 절조를 지키는 군자에 곧잘 비유된다.

198 태을진인(太乙眞人) : 천신(天神)이다. 한구(韓駒)의 시 〈제태을진인연엽도(題太乙眞人蓮
　　葉圖)〉에 "태을진인이 연엽의 배를 탔는데 두건 벗고 모발을 드러내 찬바람에 날리네.[太乙
　　眞人蓮葉舟 脫巾露髮寒颼颼]" 하였다.《古文眞寶 前集》여기서는 연꽃이 피어 있는 곳에서
　　연회를 열기 때문에 사람들을 태을진인에 비긴 것이다.

관서로 부임하는 안 점마를 보내며 안 점마의 이름은 홍중[200]이다.
送安點馬赴關西 名弘重

그대 공무를 기회로 관서 명승을 유람하니	關西勝覽子因公
말을 점고하러 가는 이 길 공허하지 않아라	閱馬今行且不空
총수산 앞에서 가던 길 멈추고 쉬리니	葱秀山前應住歇
새로 새긴 나의 시를 벼랑에서 찾아보구려	儂詩須覓新崖中

경신년(1620) 겨울, 관서로 갈 때 총수산에 시를 적었기 때문에 이렇게 말한 것이다.

여름날 누워서 즉흥으로 읊다
夏日偃臥卽事

처마 밑에는 제비 새끼 너댓 마리요	堂上燕雛四五箇
뜰 앞에는 병아리가 두세 무리로구나	庭前鷄子兩三群
초가집에 누웠노라니 몹시도 무더워	茅屋偃臥苦炎熱
마을 저편 서산에 지는 석양이 반가워라	喜見村邊山日曛

---

199 옥정궁(玉井宮) : 한유(韓愈)의 〈고의(古意)〉에 "태화산 봉우리 위 옥정의 연은, 꽃이 피면 너비가 열 길이요 뿌리는 배만큼 크다네.[太華峯頭玉井蓮 開花十丈藕如船]" 하였다. 태화산(太華山)은 중국의 오악(五嶽) 중 하나로 서악(西嶽)이다. 그 중봉(中峯)이 연화봉(蓮花峯)인데 봉우리 위에는 궁전이 있다. 이 궁전 앞에는 못이 있는데 천엽(千葉)의 연꽃이 있다고 전해진다.

200 안홍중(安弘重) : 본관은 죽산(竹山), 자는 몽수(夢受)이다. 1618년(광해10)에 증광시에 급제했다. 당시에 점마(點馬)의 직책을 맡고 있었는데, 점마는 말을 점고하는 일을 담당한다.

임술년(1622) 7월 기망에 벗들과 달을 구경하며
壬戌七月旣望與諸友翫月

적벽의 맑은 놀이 벌인 임술년 가을[201]	赤壁淸遊壬戌秋
그 풍류 천추에 계승하는 이 없었어라	風流無繼幾千秋
오늘밤 축을 두드리며[202] 산간에서 취하니	今宵擊筑山間醉
맑은 강에서 뱃전 두드리던 가을[203]에 비해 어떠한고	何似淸江扣枻秋

이 사평의 화답 이 사평은 바로 상국 이원익의 사촌으로 이름은 원득이다.
李司評和 司評乃相國元翼四寸也名元得

소선[204]의 놀이는 이미 천추의 옛일인데	蘇仙舊事已千秋
임술년 칠월 가을을 오늘 또 만났어라	壬戌今逢七月秋
호일한 흥취야 시대가 간들 못할 리 있으랴	逸興豈曾隨世下
향락을 즐기며 이 가을을 다 보내고저	欲將行樂竟三秋

---

201 적벽의…가을 : 송(宋)나라 때 동파(東坡) 소식(蘇軾)이 임술년 7월 기망(旣望 : 16일)에 적벽(赤壁)에서 뱃놀이하고 이 날의 풍류를 〈적벽부(赤壁賦)〉라는 천고의 명문(名文)으로 남겼다.

202 축(筑)을 두드리며 : 축은 악기의 일종이다. 연(燕)나라 태자 단(丹)의 부탁을 받고 형가(荊軻)가 진 시황(秦始皇)을 죽이러 떠날 때 그의 절친한 벗 고점리(高漸離)가 축(筑)이란 악기를 두드리며 "바람이 소슬함이여! 역수 물이 차도다. 장사가 한 번 떠남이여! 다시 돌아오지 않는도다.[風蕭蕭兮易水寒 壯士一去兮不復還!]" 하였다는 고사가 있다. 《戰國策 燕策三》

203 뱃전 두드리던 가을 : 소식(蘇軾)의 〈전적벽부(前赤壁賦)〉에 "술을 마시고 매우 즐거워 뱃전을 두드리며 노래한다.[飮酒樂甚 扣舷而歌之]" 하였다.

204 소선(蘇仙) : 소식(蘇軾)의 이칭이다.

신추에 서울로 들어가는 한 제천을 취하여 전별하며, 천렵하기로 약속하여 어서 돌아오길 재촉하는 뜻을 부채에 적어서 주다
新秋醉別韓堤川入洛約以川獵促還卽題贈扇面 德及也

준마를 타고서 장차 도성으로 가니	驊騮將作鳳城行
한 곡조 이별의 노래는 가고 머무는 정	一曲離歌去住情
국화가 피기 전에 어서 돌아오시길	莫待黃花回隼斾
앞 시내에 은빛 붕어 가을에 살찌니	前溪銀鯽老秋淸

정영숙의 시에 차운하고 한편으로 방문해 준 데 사례하다
次鄭榮叔韻仍謝來訪

말 죽이고 수레 부수고 깊은 산골에 숨어[205]	殺馬毀車深谷裏
나물국 거친 밥 배불리 먹으며 늘 편안해라	藜羹糲食飽常休
푸른 산 지붕 위로 두견새 우는 달밤	靑山屋上杜鵑月
흰 물 흐르는 문 앞에 백로 노니는 가을	白水門前鷗鷺秋
관단[206] 타고 친구가 적막한 이 곳 찾아주니	款段故人尋寂寞
궤안[207]에 기댄 채 오늘 밤 시름을 풀도다	枯梧今夕破淸愁

---

205 말 죽이고…숨어 : 벼슬을 그만두고 은거함을 뜻한다. 후한(後漢)의 풍량(馮良)이 나이 30
세에 현위(縣尉)의 보좌관이 되어 독우(督郵)를 영접하러 가다가 미천한 일을 하는 것을 부
끄럽게 생각하였다. 이에 수레를 부수고 말을 죽이고 의관을 찢어버리고 도망쳐서 건위(犍
爲)에 가서 두무(杜撫)에게 수학하였다.《後漢書 卷83 周燮列傳》

206 관단(款段) : 느린 말이다. 후한(後漢) 마원(馬援)이 관속(官屬)에게 말하기를 "내가 강개
(慷慨)하여 뜻이 큰 것을 보고 나의 종제(從弟) 소유(少游)가 '선비가 한 세상을 살면서 의
식(衣食)이 족하고 하택거(下澤車)를 타고 관단마(款段馬)를 몰면서 군의 하급 관리가 되
어 조상의 선영(先塋)이나 지키면서 향리 사람들에게 선인(善人)이라 불리면 그만이니, 그
나머지를 구하면 스스로 괴로울 뿐입니다.' 하더라." 하였다.《後漢書 24卷 馬援列傳》

207 궤안(几案) : 궤안은 마른 오동나무[枯梧]로 만든 안석으로, 여기서는 즐겁게 이야기를 나

봄이 오자 약 팔러 저잣거리로 돌아가니	春來賣藥歸城市
만날 기약은 도리어 번화한 거리에 두누나[208]	還指佳期紫陌頭

중추절 달 밝은 밤에 정영숙과 대작하며 집구하다.
仲秋月夕與鄭榮叔 對酌集句

반쯤 둥근 달이 구름 속에서 나오니 이응희	半輪明月出雲坑
빈 헌함 성근 발에 한기가 드려 하네 정진영	虛檻簾踈欲透寒
맑은 이슬 떨어지고 벌레는 풀숲에 있는데 이응희	淸露已零蟲在草
서늘한 바람 막 일고 잎은 산에서 우누나 정진영	凉風初起葉鳴山
술 한 동이 다 비우니 마음이 서로 통하고 이응희	一樽傾盡肝相照
시 몇 구절 짓고 나니 뜻이 더욱 한가해라 정진영	數句成來意更閑
높은 벼슬 따위는 헌 신짝과 같으니 이응희	拖紫紆靑如弊屣
이 그윽한 일을 세인들이 보지 못하게 하자 정진영	莫敎幽事世人看

누는 장소를 뜻한다. 전국 시대의 변론가 혜시(惠施)가 사람들과 치열하게 토론을 벌인 뒤에 지친 몸을 휴식하는 모습을 "마른 오동나무 궤안에 기대어 눈을 감고 있다.[據枯梧而暝]"라고 한 것에서 온 말이다.《莊子 德充符》

208 봄이…두누나 : 산중에 은거하다가 번화한 거리에 나와서 친구를 만남을 뜻한다. 후한(後漢)의 대표적인 은자(隱者)의 한 사람인 한강(韓康)은 자가 백휴(伯休)이다. 그는 늘 명산에서 약초를 캐어다가 장안의 저자에 내다 팔았는데, 한 입으로 두 값을 말하지 않아 30여 년을 그렇게 했다. 그때 어떤 여자가 한강에게 와서 약을 사는데, 한강은 값을 지켜 변동이 없었다. 여자가 성이 나서 "그대가 한백휴라도 되오? 두 값을 매기지 않다니오?"라 하자, 한강이 탄식하며 말했다. "내 원래 이름을 숨기고자 하였는데, 지금 보잘것없는 여자까지도 나를 알아보니 약 따위를 팔아서 무엇하리!" 그리고는 패릉의 산 속으로 숨어버렸다.《後漢書 113권 逸民列傳 韓康》

가을비
秋雨

가을비가 하루 종일 내리니 　　　　　　　秋雨連朝暮
산의 구름이 걷혔다 덮였다 　　　　　　　　山雲開復昏
오동나무는 시든 잎이 많아 　　　　　　　　梧桐多病葉
낙엽이 사립에 수북이 쌓였네 　　　　　　　零落擁柴門

밤송이
栗房

실질이 없이는 명성을 얻기 어렵고 　　　　　無實難能得厥名
속에 있으면 반드시 밖에 드러나는 법 　　　　有中必是形諸外
실한 듯하며 허하고 있는 듯 없으니[209] 　　　其實若虛有若無
나는 밤송이에 대해 이치를 알기 어렵구나 　　吾於栗房理難會

가을장마
秋霖

가을장마 부옇게 나흘을 이어 내리니 　　　　秋霖漠漠連四日
축축한 습기가 방 안으로 배어드누나 　　　　灝氣浸淫入簾幕
하늘 저편 돌아가는 기러기 소리 없고 　　　　天邊歸雁旣無聲

---

209 실한…없으니 : 증자(曾子)가 "능하면서 능하지 못한 사람에게 묻고 학식이 많으면서 학식
이 적은 사람에게 물으며 있어도 없는 듯하고 가득 차 있어도 빈 것처럼 한다.[以能問於不
能 以多問於寡 有若無 實若虛]" 하였는데 이는 공자(孔子)의 수제자인 안연(顏淵)의 겸허
한 덕성(德性)을 일컬은 것이라 한다.《論語 泰伯》

뜰에는 풀벌레 소리도 이미 끊어졌어라	庭際蛩音亦已絶
이러한 때 노부는 문 닫고 시 읊으며	此時老夫閉戶吟
말 타고 이웃으로 나갈 마음이 없다	鞍馬無心四隣出
큰 바람이 또 서북쪽에서 일어나니	大風又從西北起
숲에는 잎 지고 골짜기들은 뒤흔들리네	搖落千林蕩萬壑
문 앞의 오동잎은 죄다 부서져 떨어지고	門前桐葉盡破碎
지붕 위 겹이엉은 모두 걷혔구나[210]	屋上重茅全捲脫
일어나 초가 누각에 올라 사방을 보니	起登茅閣騁四目
기상이 예전에 비해 사뭇 달라졌어라	氣像殊異於宿昔
산천이 쓸쓸하고 하늘이 높아졌으니	山川蕭條天宇郊
이제부터 한 기운이 숙살을 행하겠구나[211]	從此一氣行肅殺

머리털은 빠지고 치아는 듬성듬성하면서 미첩은 많이 두고 있다는
뜻으로 장난 삼아 월곡에게 주다 월곡은 한덕급이다.
戲贈月谷以頭童齒豁多畜美妾 月谷韓德及也

제천 태수가 오래 벼슬이 없더니	堤川太守久無官
치아 듬성하고 머리털 빠져 볼품 없어라	齒豁頭童不足觀
남들보다 뛰어난 무슨 풍정이 있길래	有甚風情能出衆
동방 가는 곳마다 늘 여인과 즐기는가	洞房隨處每成歡

---

210 지붕 위…걷혔구나 : 두보의 〈모옥위추풍소파가(茅屋爲秋風所破歌)〉에 "팔월이라 한가을
　　에 바람이 거세게 불어, 우리 지붕 세 겹 띠 이엉을 다 말아갔네.〔八月秋高風怒號 卷我屋上
　　三重茅〕"라고 한 데서 온 말이다.

211 이제부터…행하겠구나 : 가을이 올 것임을 뜻한다. 한 기운은 천지의 기운이다. 주) 57 참조.

어지(御旨)를 받아 서울로 돌아가는 홍 한림 경정 숙부님을 전별하며 고모부이다.
奉別洪翰林 景艇 叔主應旨還京 姑母夫

성상의 윤음이 구천에서 내려오니	來爾綸音自九天
은대에 다시 글 맡는 신선이 되셨네	銀臺重作掌書仙
창생들이 지금 바야흐로 고통 겪으니	蒼生此日方凋瘵
임금 앞에서 거침없는 직언으로 아뢰시길	入奏君前下沛然

월곡의 방에서 학슬침을 보고
月谷房中見鶴膝枕

기우뚱한 기둥이 칠규의 하늘[212] 지탱하니	攲柱能撑七竅天
위태하기가 강물에 뜬 뱃전을 벤 듯해라	危虛却似枕流舷
고운 여인과 동침하는 밤엔 맞지 않고	難宜綠鬂雲鬟夜
그저 산창에서 달빛 짝하여 잘 제 제격일세[213]	只合山窓伴月眠

중양절 하루 뒤에 향로계를 열고자 하여 이십사장 사평을 초청하다
重陽後一日欲行享老契飮奉邀李十四丈司評

가을의 좋은 날이 지금 또 돌아왔으니	九秋佳節又今回
머리 위에 광음은 이 때에 빨리 흐른다오	頭上光陰此際催

---

212 칠규(七竅)의 하늘 : 칠규는 일곱 구멍으로 눈, 귀, 코, 입을 가리킨다. 즉 사람의 머리를 하늘에 비긴 것이다.

213 고운…제격일세 : 월곡은 미첩(美妾)을 데리고 사니 이 베개가 맞지 않고 자신처럼 산방에서 홀로 달빛을 받으며 자는 사람에게 제격이라는 뜻이다.

원컨대 중양절이 지나고 하루 뒷날에 　願與重陽後一日
강성에 낙엽이 질 때 함께 술잔 듭시다 　江城黃下共啣盃

이십사장의 시 〈호계〉에 차운하는 한편 향로계회의 날짜를 물려서 정하다
次李十四丈虎溪韻仍退定享老契會

매월 어울려 놀다 날씨가 추워졌으니 　逐月從遊寒旣牢
중양절이 우리 모이기 그야말로 좋아라 　重陽端合會吾曹
붉은 잎 떨어지는 언덕 나무 경치도 좋고 　紅歸岸樹宜淸覿
노랗게 핀 시냇가 국화는 술에 띄울 만하다 　黃拆溪花可白醪
다른 분들은 비록 일 없어 모일 수 있다지만 　諸□雖云無事故
공은 재계하느라 오지 못하는 걸 어이하리오 　奈公齋坐未來遨
좋은 만남은 열 번 물려도 약속 어김 아니니 　佳期十退非愆約
좌중에 어찌 걸출한 분을 빼놓을 수 있으랴 　席上其何舍俊髦

이 사평 십사장의 시에 차운하다
次李司評十四丈韻

낙엽은 지고 기러기 슬피 우니 　木落哀鴻怨
맑은 서리에 늙은 말은 울부짖는다 　霜淸老驥嘶
올해도 벌써 반 너머 지나갔으니 　今年强半去
어이 술을 가지고 찾아가지 않으랴 　何不酒相携

가을비 속에 정영숙과 심군진이 찾아왔기에 더불어 연구로 읊다
秋雨中鄭榮叔沈君進來訪仍與聯句

그대의 그윽한 처소가 좋아서	愛子幽棲靜
사립문을 또 한 번 찾아왔다오 정진영	荊門又一尋
시를 품평하며 오늘밤에 술을 사 마신다 심군진	論詩今夕會沽酒
-1구 결락-	
산에 내리는 비는 돌아가는 수레 만류하고	山雨留歸轍
시내에 부는 바람에 한가한 가슴 시원하구나 이응희	溪風爽逸襟
앉아서 보노라니 도리어 부러워라	坐看還有羨
외로운 새가 깊은 숲에 보금자리 트는 것이 정진영	孤鳥擇林深

연백으로 부임하는 안수재 십구를 보내는 한편 그가 준 유별시에 차운하다
送安秀才十九赴延伯仍次其留別韻

독서를 마친 두릉의 길손[214]이	讀罷杜陵客
장차 호해로 먼 길을 떠나누나	將爲湖海行
가을바람은 나그네의 한이요	秋風遊子恨
지는 해는 그대 보내는 정일세	落日送君情
고향에는 종소리 저물녘에 울리고	故國疏鍾晚
황량한 대에는 들국화 환하여라	荒臺野菊明

---

214 독서를…길손 : 두릉(杜陵)의 길손은 안수재를 두보에 비긴 표현이다. 두보의 일족이 세거 (世居)하던 곳이 두릉이다. 두보의 〈봉증위좌승장이십이운(奉贈韋左丞丈二十二韻)〉에서 자신의 공부를 술회하여 "만권의 책을 독파하니 붓을 내림에 신이 들린 듯했네.[讀書破萬 卷 下筆如有神]" 하였다.

이제 우리가 이별한 뒤로는	自從手分後
누구와 더불어 취하고 깰거나	誰與醉還醒

중동에 신자장이 찾아와 얘기하다 신자장의 이름은 정이고 자는 척시이다.
仲冬申子長來訪話 名正字戚侍

헤어진 지 삼년에 그대를 만나서	遇子三年別
한 이불 덮고 하룻밤 정겨웠지	連衾一夜情
다정하게 많은 얘기 나누노라니	殷勤多少話
산 위의 달빛에 새벽 창이 밝아라	山月曉窓明

안십구 수재의 시에 차운하다 1수
次安十九秀才韻 一首

그대 암랑의 그릇[215]임을 중히 여겨	重子巖廊器
임금께서 꿈속에도 보고 싶어하셨지	君王夢想勞
꽃 핀 마을에서 함께 술을 마시고	花村爲酒伴
바람 부는 걸상에서 맞이해 시 읊었네	風榻邀詩曹
절조는 끝내 굽히기가 어려우니	節操終難下
세운 깃발이 그야말로 높아라	幟懸正自高
뉘라서 좋은 재주를 가지고	誰將好身手
도도한 이 세상을 구제할거나	流俗救滔滔

---

215 암랑(巖廊)의 그릇 : 암랑은 의정부의 별칭이다. 즉 정승이 될 그릇이란 뜻이다.

영흥정의 집에서 밤에 술을 마시며 호운하여 즉석에서 읊다 내가 영 홍정에게 종숙 항렬이 된다.
永興正家夜飮呼韻卽成 余爲從叔行

창안 백발이 등잔불 아래 비치는데	蒼顔白髮照靑燈
허물없이 마주하니 야승과 같아라	相對忘形似野僧
원컨대 긴긴 밤 맘껏 통음하고	願得長宵人痛飮
내일 아침 헤어져 지팡이 짚고 떠나세	明朝分散策枯藤

홍 한림을 대신하여 삼가 신 동지에 대해 만사를 짓다
代洪翰林拜挽申同知

한 병환 오래 끌다 결국 낫지 않으니	一病支離竟未痊
백계 흉몽[216]을 갑자기 꾸고 말았어라	白鷄凶夢忽蘧然
높은 품계에 벼슬도 높이 올랐고	嵩階貲及官猶達
장수를 바라서 수명도 더욱 길었네	從欲年垂壽更延
당 위의 외로운 난새는 옥거울에 슬프지만[217]	堂上孤鸞悲玉鏡

---

216 백계(白鷄) 흉몽 : 자신이 죽을 조짐을 나타내는 꿈이다. 진(晉)나라의 사안(謝安)이 병이 깊어졌을 때 친구에게 말하기를 "옛날 환온(桓溫)이 살았을 때 내가 항상 온전하지 못할까 염려했는데 꿈에 환온의 수레를 타고 16리쯤 가다가 한 마리 흰 닭을 보고 그쳤던 일이 기억난다. 환온의 수레를 탄 것은 그 재위를 대신함이요 16리는 금년이 16년째이다. 백계(白鷄)는 유(酉)에 해당하는데 올해 태세(太歲)가 유에 있으니, 내 병이 아마 낫지 않을 것이다." 하고 곧 상소하여 사직하고는 얼마 안 되어 죽었다. 《晉書 卷79 謝安傳》

217 당(堂) 위의…슬프지만 : 남편을 잃은 부인이 있음을 뜻한다. 남조(南朝) 송(宋)나라 범태(范泰)의 〈난조시서(鸞鳥詩序)〉에 나오는 고사를 차용하였다. 계빈국(罽賓國)의 임금이 준기산(峻祁山)에 그물을 쳐서 난조(鸞鳥) 한 마리를 잡아서 애지중지하였는데 3년 동안 울지 않았다. 그 부인이 "일찍이 들으니 새는 자기와 같은 무리를 보면 운다고 하였으니, 어찌 거울을 걸어서 제 모습을 비추어 보게 하지 않는가?" 하여 거울을 걸어두었더니 난조가 거울에 비친 제 모습을 보고 슬피 울더니 하늘로 한 번 날아오르고는 바로 죽었다 한다. 일반

집안의 쌍구슬은 청전을 보존하도다[218]	家中雙璧保靑氈
진일에도 대궐에서 임금이 곡하니[219]	不堪辰日楓宸哭
확삭[220]한 그 누가 사방 국경을 안정시킬꼬	矍鑠何人靜四邊

송오 숙부님의 시 〈술회〉에 삼가 차운하는 한편 이로써 나의 회포를 위로하다 3수 ○ 송오는 유순인의 호이다

敬次松塢叔主述懷韻仍以慰懷 三首 柳純仁號

그럭저럭 칼과 책 둘 다 이루지 못해[221]	書劍悠悠兩不成

적으로 남편을 잃은 부인의 슬픔을 뜻한다.

218 집안의…보존하도다 : 가업을 이을 두 아들이 있음을 뜻한다. 남조(南朝) 송(宋)나라 육개(陸凱)의 아들인 위(暐)와 공지(恭之) 형제가 나란히 당시에 명성이 높으니, 가정(賈楨)이 보고 말하기를 "내가 늙은 나이로 한 쌍의 구슬을 다시 보도다.[僕以年老 更覩雙璧]" 하였다.《三國志 卷61 陸凱傳》청전(靑氈)은 선대(先代)의 유업(遺業)을 뜻한다. 진(晉)나라 왕헌지(王獻之)의 집에 도둑이 들었을 때, 왕헌지가 도둑에게 집안 대대로 전해 오는 푸른 모포〔靑氈〕만은 놔 두고 다른 물건을 가져가라고 말했다는 고사에서 유래한다.《晉書 卷80 王羲之列傳 王獻之》

219 진일(辰日)에도…곡하니 : 조정의 중신이 죽었음을 뜻한다.《안씨가훈(顔氏家訓)》〈풍조(風操)〉에 "왕충(王充)의 《논형(論衡)》에 '진일에는 곡하지 않는 법이니, 곡하면 중상(重喪)이 난다.' 하였다." 하였다. 간지(干支)에 진(辰) 자가 들어가는 날에는 곡하지 않는 법이라는 것이다. 그런데 당(唐)나라 때 훌륭한 신하인 장공근(張公謹)이 죽자 진일임에도 남의 만류를 뿌리치고 태종(太宗)이 곡하였다. 백거이(白居易)의 〈칠덕무(七德舞)〉에 "위징이 꿈에 나타나 죽자 천자가 울고 장공근의 부음이 들리자 진일에 곡하였다.[魏徵夢見天子泣 張謹哀聞辰日哭]" 하였다.《古文眞寶 前集》

220 확삭(矍鑠) : 노인의 안광이 빛나고 정신이 왕성함을 형용한 말이다. 후한(後漢) 때 위무장군(威武將軍) 유상(劉尙)이 무릉(武陵) 오계(五溪)의 만이(蠻夷)를 정벌하러 갔다가 군대가 전멸하자 마원(馬援)이 출정(出征)하겠다고 자청하였다. 그의 나이 예순둘이라 무제(武帝)가 늙었다고 걱정하자 그는 강건한 모습으로 말을 타고 좌우를 돌아보았다. 이에 무제가 웃으며 "확삭(矍鑠)하도다, 이 늙은이여!" 하였다는 고사에서 유래한다.《後漢書 卷54 馬援列傳》

221 칼과…못해 : 과거에 급제하지 못했음을 뜻한다. 주 17 참조.

낡은 갓옷 여윈 말로 평생을 보내누나	弊裘羸馬度平生
만년에는 수구의 초심[222]을 이루었고	首丘晚歲初心遂
사정[223]에 날마다 올라 조상을 사모했지	日上思亭永慕情

관직에 오르려는 소원을 이루지 못해	拖紫紆靑願未成
시골에서 농사지으며 인생을 보내누나	耕田鑿井老吾生
상체(常棣) 꽃 핀 집[224]에 늦은 봄바람이 부는데	棣堂花下春風晚
서로 마주해 즐거움은 즉우[225]의 정이어라	相對怡怡則友情

몇 이랑 거친 전원에 맑은 취미가 만들어져	數畝荒園淸趣成
서적이 가득한 방 안에서 여생을 즐기누나	圖書一室樂餘生
시골의 농부들이 때로 자리를 다투어[226]	田翁山客時爭席
서로 바가지에 술 권하며 늙은 정 위로한다	相屬匏樽慰老情

---

222 수구(首丘)의 초심(初心) : 고향에 돌아가 살려는 뜻이다. 《예기(禮記)》 〈단궁 상(檀弓上)〉에 "옛사람이 말하기를 '여우가 죽을 때 머리를 자기 굴이 있는 언덕 쪽을 향하는 것은 인(仁)이다.' 하였다." 한 데서 온 말이다.

223 사정(思亭) : 조상을 추모하는 뜻에서 지은 정자나 재각(齋閣)을 뜻한다. 주 20 참조.

224 상체(常棣) 꽃 핀 집 : 형제가 우애롭게 삶을 뜻한다. 《시경》 〈소아(小雅) 상체(常棣)〉에 "척령(脊令)이 언덕에 있으니, 형제가 급난을 구원하도다. 매양 좋은 벗이 있으나 길게 탄식할 뿐이니라. [脊令在原 兄弟急難 每有良朋 況也永歎]" 하였다. 척령은 할미새로 위급한 일이 생기면 날면서 울고 걸을 때에는 몸을 흔들기 때문에 급난(急難)의 뜻이 있다 하여, 형제간에 위급함이 있을 때 서로 구원함을 뜻하거나, 직접 형제에 비유되기도 한다.

225 즉우(則友) : 형제간의 우애가 돈독함을 뜻한다. 《시경》 〈대아(大雅) 황의(皇矣)〉에 "이 왕계가 마음으로부터 우애하여, 그 형과 우애로워 그 경사를 도탑게 하였다.[維此王季 因心則友 則友其兄 則篤其慶]" 하였다.

226 시골의…다투어 : 서로 자리에 앉으려고 다툰다는 것으로, 마음이 예절의 구속을 떠났으므로 모든 사람들이 그 사람을 격의 없이 대한다는 뜻이다. 양자거(陽子居)란 사람이 집을 나와 노자(老子)의 가르침을 받고 종전의 오만하던 마음을 고치자, 그가 집을 나설 때는 앉아 있던 사람들이 자리를 피하고 맞이하더니 그가 돌아올 때는 앉아 있던 사람들이 그와 자리를 서로 차지하려고 다투었다 한다. 《莊子 寓言》

유 족장을 대신하여 삼가 조 부정의 만사를 짓다 유 족장은 바로 유우인이다.

代柳族丈拜挽趙副正 卽柳友仁

청마[227]에 곤궁한 형편 보살펴 주신 은혜 입었고	靑馬恤窮蒙厚澤
적계[228]에 혼인을 맺은 것도 평생에 감사하였지	赤鷄婚媾感平生
깊은 정 갚지 못한 채 공이 먼저 세상 떠나니	深情未報公先卒
영전에 통곡하며 눈물이 갓끈을 흥건히 적신다	痛哭靈前淚滿纓
누차 과거에 응시했으나 뜻을 펴지 못하셨으니	屢擧由來志未伸
난봉이 가시 숲에 깃들어[229] 어찌 몸이 편안했으랴	鸞栖枳棘豈安身
장수하셨고 후사를 두시고 승화[230]하셨으니	脩齡有後聊乘化
그대가 어질고 선하였음을 비로소 알겠어라[231]	始信吾君必善仁

---

227 청마(靑馬) : 갑오년(甲午年, 1594)을 뜻한다. 갑(甲)이 오행(五行)에서 목(木)에 해당하고 목은 청색을 상징하며, 오(午)는 말을 상징한다.

228 적계(赤鷄) : 정유년(丁酉年, 1597)을 뜻한다. 정(丁)은 오행에서 화(火)에 해당하고 화는 청색을 상징하며, 유(酉)는 닭을 상징한다.

229 난봉(鸞鳳)이…깃들어 : 자신의 학식과 덕망에 걸맞지 않은 자리에 있음을 뜻한다. 주 70 참조.

230 승화(乘化) : 우주의 운화(運化)를 탄다는 말로 죽음을 뜻한다. 도연명(陶淵明)의 〈귀거래사(歸去來辭)〉에 "애오라지 운화를 타고 다함으로 돌아갈 것이니, 천명을 즐길 뿐 다시 무엇을 의심하랴.[聊乘化以歸盡 樂夫天命復奚疑]" 하였다. 즉 죽음을 자연의 순리로 받아들이는 것이다.

231 그대가…알겠어라 : 《논어》〈옹야(雍也)〉에 "지혜로운 사람은 즐거워하고 어진 사람은 장수한다.[知者樂 仁者壽]" 하였으며, 《주역》〈곤괘(坤卦) 문언(文言)〉에 "적선한 집안에는 반드시 남은 경사가 있다.[積善之家 必有餘慶]" 하여 선한 사람은 그 후손이 번창함을 말하였다.

아침 창
朝窓

아침 햇살이 산창을 비추니 　　朝日照山窓
초가집에 따스한 기운 생긴다 　　白屋煖氣生
처자식은 삼과 모시를 삼고 　　妻孥執麻枲
어린 아들은 시경을 외우네 　　稚子誦詩經
문 앞에 개 한 마리가 짖더니 　　門前一犬吠
약을 파는 행상이 지나가누나 　　賣藥行商過
올해는 곡식이 매우 비싸니 　　今年粟米貴
그 값을 따질 수가 없어라 　　莫得論其價

황량한 마을
荒村

황량한 마을에 11월이라 　　荒村十一月
울타리가 더욱 쓸쓸하구나 　　籬落更蕭條
참새는 맑은 아침 햇살에 재잘대고 　　鳥雀喧晴旭
소와 염소는 저녁 들판에 풀을 뜯는다 　　牛羊牧晩郊
마당에는 가득 곡식을 타작하고 　　盈場登黍稷
담장 안에는 쇠꼴이 가득 쌓였어라 　　環堵積蒭蕘
백성들은 평안히 살아가고 있으니 　　壽域安耕鑿
이 산중은 절로 적요하구나 　　山中自寂寥

저물녘에 눈을 보고 감회가 있어
暮雪有感

차가운 바람이 만 리에 부니	陰風動萬里
옥화[232]가 천지에 가득 흩어진다	玉花天地散
시내는 평평해져 흐르는 물 막혔고	川平流水塞
골짜기에 가득 차 긴 소나무 짧아졌다	谷滿長松短
나는 새들은 보금자리 잃었고	飛鳥失故林
길 가는 사람은 갈 길을 헤매누나	行人迷去逕
이 늙은이는 문 닫고 들어앉아서	老夫閉門坐
붉은 화로 끼고 심성을 수양한다	丹鑪養心性
나귀를 타고 어깨 쭝긋한 이[233] 누구인가	蹇驢執聳肩
해진 신발을 끌며 발 드러낸 이[234] 누구인가	弊履執露足
누가 능히 배를 타고 있으며[235]	誰能泛玉舸

---

232 옥화(玉花) : 눈을 형용한 말이다. 송(宋)나라 육유(陸游)의 〈구월십육일야몽각이유작(九月十六日夜夢覺而有作)〉에 "삭풍이 땅을 말며 눈보라를 불어대니, 눈 돌리는 사이에 옥화가 한 길이나 쌓였어라.[朔風卷地吹急雪 轉盻玉花深一丈]" 하였다.

233 나귀를…이 : 눈 속에서 시상(詩想)에 잠긴 사람이다. 소식(蘇軾)의 〈증사진하수재(贈寫眞何秀才)〉란 시에 "또 보지 못했는가, 눈 속에 나귀를 탄 맹호연이 눈썹을 찌푸리고 시를 읊으매 쭝긋한 어깨가 산처럼 높네.[又不見雪中騎驢孟浩然 皺眉吟詩肩聳山]"한 구절을 차용한 것으로, 시상에 깊이 잠겼음을 뜻한다.

234 해진…이 : 가난하면서도 고결한 지조를 지키며 사는 사람이다. 춘추시대에 증자(曾子)가 위(衛)나라에 살면서 사흘 동안 불을 피워 밥을 짓지 못하고 십년 동안 새 옷을 만들어 입지 못하여, 옷깃을 잡으면 팔꿈치가 드러나고 짚신을 신으면 발뒤꿈치가 터져 나오는데도 발을 끌면서 상송을 부르면 그 소리가 천지에 가득 차 마치 금석(金石)에서 나오는 것 같았다 한다.《莊子 讓王》

235 배를 타고 있으며 : 진(晉)나라 왕자유(王子猷)가 산음(山陰)에 살면서 눈 내리는 밤에 불현듯 섬계(剡溪)에 있는 벗 대안도(戴安道)가 생각나서 작은 배를 타고 찾아갔다가, 정작 그 곳에 도착해서는 문 앞에서 다시 돌아왔다. 그 까닭을 물었더니, "내가 본래 흥에 겨워 왔다가 흥이 다하여 돌아가는 것이니, 대안도를 보아 무엇하겠는가." 하였다.《世說新語 任誕》

누가 민가에 누워 있는가[236]   何人臥白屋

저들은 모두 참된 흥취 얻었건만   彼皆得眞興

뉘라서 고인들의 자취를 따르리오   詎能追往躅

자월(음력 11월)에 남유하는 족장에게 부치다
子月寄南遊族丈

예전에 남주로 가는 그대를 보낼 제   憶曾送子遊南州

가을 팔월이라 서리와 이슬이 날리었지   高秋八月霜露飛

술자리에서 함께 이별의 괴로움 말하며   樽前共道別離苦

복월[237]이 안 되어 어서 돌아오겠다 했지   未反復月當早歸

이별한 뒤 석 달 동안 소식이 없으니   別來三月無消息

모르겠소 무슨 일로 약속이 어긋났는지   不知何事佳期違

산중의 자식들이 그대 기다린 지 오래니   山中兒女待子久

설날이 되기 전에 서둘러 돌아오구려   回鞭願趁新正揮

조상의 산소에 올라가 향화도 올리고   陟降先隴薦香火

함께 예전처럼 취해 집에 돌아갑시다   共醉昨盃還竹扉

---

236 민가에 누워 있는가 : 후한(後漢) 때 원안(袁安)의 고사이다. 낙양(洛陽)에 폭설(暴雪)이 내려 집집마다 사람들이 눈을 치우러 나오고, 먹을 것이 없어 구걸하러 나와 거리에 사람들이 많았다. 원안(袁安)이 홀로 불기운도 없는 찬 방 안에 누워 있기에, 낙양령(洛陽令)이 그 까닭을 물으니 "큰 눈이 내려 사람들이 굶어죽는 판인데 사람을 찾아다니는 것은 옳지 않다." 하였다. 《後漢書 卷75 袁安列傳》

237 복월(復月) : 음력 11월의 이칭이다. 동지에 일양이 생겨나므로 동짓달인 11월이 복괘(復卦)에 해당하니, 복괘는 곤상진하(坤上震下)로 지뢰복(地雷復)이 된다. 《周易 復卦》 소옹의 〈복괘시(復卦詩)〉에 "동짓날 자시 반에는, 하늘의 마음은 움직이지 않으나, 일양이 처음 움직이는 곳이며, 만물이 나지 않은 때로다.[多至子之半 天心無改移 一陽初動處 萬物未生時]" 하였다.

유종숙의 얼녀가 다시 좋은 배필을 얻었기에
柳從叔孼女得良匹再

우리 누이는 참되고 현숙하니	吾妹眞且淑
재행을 진실로 비길 데가 없어라	才行固無倫
얼굴이 고운 탓에 박명한 팔자	薄命紅顔勝
독수공방 홀로 지키며 살았지	孤眠錦幕春
때가 와 좋은 배필을 만났으니	時來逢好匹
하늘이 인연을 맺어준 것일세	天與結親姻
문군의 총애를 잃지 말고	莫失文君寵
마침내 그릇 씻는 분 모시길[238]	終幸滌器人

탄식
歎息

어떤 사람이 등잔불 앞에 앉아	有客坐燈前
한 번 읊조리고 세 번 탄식한다[239]	一吟三歎息

---

238 문군(文君)의…모시길 : 유 종숙의 얼녀가 과부로 지내다가 남의 첩실이 되었기 때문에 남편의 사랑을 받으라는 뜻으로 말한 것이다. 문군은 한(漢) 나라 때 촉군(蜀郡) 임공(臨邛)의 부호(富豪) 탁왕손(卓王孫)의 딸 탁문군(卓文君)을 가리킨다. 그녀가 과부가 되어 친정에 와 있다가 사마상여(司馬相如)가 거문고를 연주하여 유혹하니 그 풍류에 반하여 사마상여의 아내가 되었다. 사마상여가 촉(蜀) 땅의 성도(成都)에 살 때 몹시 가난하여 탁문군(卓文君)과 함께 임공(臨邛)으로 가서 거마(車馬)를 팔아 주점을 사서 술을 팔았다. 이때 탁문군은 목로에 앉게 하고 자신은 쇠코잠방이를 걸치고 그릇을 씻었다 한다.《史記 卷117 司馬相如列傳》

239 한 번…탄식한다 : 성어로 일창삼탄(一倡三歎)이라 한다.《예기(禮記)》〈악기(樂記)〉에 "청묘(淸廟)의 슬(瑟)은 붉은 현[朱絃]으로 되어 있고 소리가 느릿하여서 한 사람이 선창하면 세 사람이 화답하여 여음(餘音)이 있다." 한 데서 온 말로 일반적으로 시문(詩文)이 뛰어남을 형용할 때 사용한다.

허름한 옷은 팔꿈치도 못 가리는데　　短褐不掩脛
시서만 속절없이 뱃속에 가득해라　　詩書空滿腹
임금의 대궐에 청하고 싶으나　　欲干天王門
스스로 자랑해서는 안 됨을 알기에　　自衒知不可
그저 시골 농부나 되고자 하지만　　欲爲田舍翁
미미한 재능이나마 하늘이 준 것을　　微才天與我
한참을 이러지도 저러지도 못하는데　　持之兩端久
큰 바람이 북쪽 집에 불어오누나　　大風吹北舍

붓을 호호 불며
呵筆

앞뜰에는 눈이 한 자나 쌓였고　　前庭雪盈尺
북쪽 섬돌 가엔 송죽을 심었어라　　北砌封松竹
싸늘한 바람이 노한 듯 울부짖어　　陰風怒濤號
은거하는 집에 와 마구 부딪친다　　觸殺幽人屋
벽에 걸린 등잔도 추위에 얼어　　凝寒壁間燈
작은 불꽃이 깜박깜박거리누나　　明滅玉虫直
붓을 호호 불며 고의를 시로 쓰니　　呵筆寫古意
갈팡질팡 성률을 이루지 못하네　　縱橫不成律
책상머리에는 아이들이 자는데　　床頭兒女睡
코가 찢어질 듯 우레처럼 코를 곤다　　雷息鼻如裂

한정산에게 삼가 드리다 한정산은 바로 덕급이다.
奉寄韓定山 郞德及

회상하노니 예전에 조개[240] 탈 때	憶昔皁蓋飛
사월이라 남풍이 시원하였어라	四月南風長
농가에 대접할 술이 없기에	田家無酒漿
멀리까지 가 전송하지[241] 못했나니	不得遠于將
이별의 회포가 얼마나 초초했던가	離懷何草草
서로 정을 품은 채 멀리 바라봤지	相看但脈脈
이제 장수[242]가 달려가는 편에	今因走長鬚
잠시 그리움 담은 시를 쓰노라	暫寫相思曲
술병을 찾으매 하늘의 달만 외롭고[243]	問樽天月孤
거문고 잡으매 유수가 끊어지누나[244]	把琴流水斷

---

240 조개(皁蓋) : 검은 일산을 씌운 수레로 옛날에 높은 관원이 탔다. 《후한서(後漢書)》〈여복지 상(輿服志上)〉에 "중이천석(中二千石)과 이천석(二千石)이 조개를 탄다." 하였다.

241 멀리까지 가 전송하지 : 《시경》〈패풍(邶風) 연연(燕燕)〉에 "나그네 돌아가매 멀리까지 전 송한다.[之子于歸 遠于將之]" 하였다.

242 장수(長鬚) : 긴 수염이란 말로 남자 종을 뜻한다. 당(唐)나라 한유(韓愈)의 〈기노동(寄盧 仝)〉에 "하나뿐인 남자 종은 긴 수염에 머리도 못 싸맸고, 하나뿐인 여자 종은 맨 다리에 늙 어서 이도 다 빠졌네.[一奴長鬚不裹頭 一婢赤脚老無齒]" 하였다.

243 술병을…외롭고 : 함께 대작할 사람이 없음을 뜻한다. 당(唐)나라 이백(李白)의 〈월하독작 (月下獨酌)〉에 "꽃 사이에 한 병의 술, 홀로 마시매 친한 사람 없어라. 잔을 들어 밝은 달 맞 이하니 그림자 마주해 세 사람을 이룬다.[花間一壺酒 獨酌無相親 擧杯邀明月 對影成三人]" 하였다.

244 거문고…끊어지누나 : 지음(知音)의 벗이 없음을 뜻한다. 춘추시대(春秋時代) 백아(伯牙)가 거문고를 타면서 고산(高山)에 뜻을 두자 종자기(鍾子期)가 "높디 높기가 마치 태산과 같 도다![峨峨兮若泰山]" 하였고, 또 유수(流水)에 뜻을 두자 "넓고 넓기가 마치 강하와 같도 다![洋洋兮若江河]" 하였다. 지음(知音)의 벗인 종자기가 죽자 백아는 거문고 소리를 들을 사람이 없다 하여 거문고의 현(絃)을 모두 끊고 다시는 연주하지 않았다. 《列子 湯問》

남쪽 하늘은 운수[245] 저편이니	南天隔雲樹
목을 늘여 볼 뿐 날개가 없어라	引領無翔鴈
그대 가서 작은 읍을 다스리니	君歸守小邑
지금은 아마도 교화가 맑을 테지	政化今應淸
우리 형님이신 상공의 뒤 이어	吾兄相公後
필시 집안 명성 떨어뜨리지 않으리	必不墜家聲
남쪽 백성들이 고생하고 있으니	南民正凋瘵
모든 부역을 부디 고루 부과하시길	萬役須均平
이 친구의 바람을 깊이 생각하여	深懷故人祝
금옥 같은 명성을 무너뜨리지 마시라	勿壞金玉名

이십사장 함열에게 삼가 부치다 이 첨지 원득씨이다.

奉寄李十四丈咸悅 李僉知元得甫

상공에게 좋은 아우 있으니	相公有佳弟
군왕이 어진 수령으로 뽑았네	君王擇賢宰
오마[246]를 타고 고을로 부임하니	五馬出百里
숙도는 백성들이 기다리던 바[247]	叔度民所待

---

245 운수(雲樹) : 멀리 있는 벗을 그리워할 때 쓰는 말이다. 두보(杜甫)의 〈춘일억이백(春日憶
李白)〉에 "위수 북쪽엔 봄 하늘에 우뚝 선 나무, 강 동쪽엔 저문 날 구름[渭北春天樹 江東日
暮雲]" 한 데서 유래한다.

246 오마(五馬) : 다섯 필의 말이 끄는 수레로, 군수와 같은 지방 수령의 행차를 뜻한다.

247 숙도(叔度)는…바 : 이원득이 어진 수령임을 뜻한다. 숙도는 후한(後漢) 염범(廉范)의 자이
다. 그가 촉군 태수(蜀郡太守)가 되어 화재 염려 때문에 밤에 일을 하지 못하게 하던 구제(舊
制)를 고쳐서, 밤에 일을 하되 화재에 대비하여 물을 저장하도록 하였다. 이에 백성들이 편리
하게 여기면서 노래하기를 "염숙도(廉叔度)여 어찌 그리 늦게 왔던가. 화재를 우려해 밤일을
금지하지 않으니 백성들이 편안하게 일하네. 평소에 저고리가 없었더니 지금 바지가 다섯일
세.[廉叔度來何暮 不禁火民安作 平生無襦今五袴]" 하였다.《後漢書 卷61 廉范列傳》

맹호는 북쪽으로 황하를 건너고[248]   猛虎北渡河

해충이 고을에 날아들지 않아라[249]   飛蝗不入境

치적의 명성이 자자하게 들리니   政聲頗洋洋

이웃 고을에서도 모두 경외하네   隣州皆憚敬

조정에서 높은 벼슬에 발탁하여   朝儀擢異秩

성상께서 장차 보좌로 삼으시리   宸情將補闕

이 친구는 누추한 집에 지내다   故人守蓬蒿

이 소식을 듣고 너무도 기뻐라   聞此心飛越

그 언제나 마주 앉아 술 마시며   何當對樽酒

이 송무의 기쁨[250]을 펼쳐볼거나   展此松茂喜

백운 속에서 걸상 청소해 두고   掃榻白雲裏

녹수 가에서 문을 열고 기다리니   開門綠水涘

펄펄 날아서 한 통의 서신이   翩翩一封書

멀리 남주로부터 부쳐 왔어라   遠自南州寄

서신 안에 있는 만단의 사연   中有萬端辭

진정을 토로한 내용 가득하구나   靄靄披情悃

하늘이 기니 헤어짐은 다같이 아득하고   天長別同迥

---

248 맹호는…건너고 : 이원득이 선정(善政)을 베풀었음을 뜻한다. 후한(後漢) 때 유곤(劉昆)이 강릉 태수(江陵太守)로 있을 때 인정(仁政)을 크게 펴니, 범들이 모두 새끼를 등에 업고 고을을 떠나 황하를 건너갔다고 한다.《後漢書 卷109 劉昆列傳》

249 해충이…않아라 : 역시 이원득이 선정을 베풀었음을 뜻한다. 후한(後漢)의 노공(魯恭)이 중모(中牟)란 고을을 다스릴 때 뽕나무 아래 앉아 쉬었다. 그때 꿩이 지나갔는데, 그 곁에 아이가 서 있으면서도 꿩을 잡지 않았다. 그 까닭을 물었더니 아이가 대답하기를 "꿩이 바야흐로 새끼를 데리고 가고 있습니다." 하였다 한다. 당시 전국에 해충이 곡식을 망치고 있었는데, 중모에만 해충이 들어오지 않았다 한다.《後漢書 卷55 魯恭列傳》

250 송무(松茂)의 기쁨 : 벗이 잘 됨을 기뻐하는 것이다. 육기(陸機)의 〈탄서부(歎逝賦)〉에 "참으로 소나무가 무성하면 잣나무가 기뻐하고, 아 지초가 불타면 혜초가 탄식하도다.[信松茂而柏悅 嗟芝焚而蕙嘆]" 한 데서 온 말이다.

물이 넓으니 그리움은 함께 멀어라	水濶思共遠
봉함을 뜯어보니 완연히 대면한 듯	開緘宛相對
옥 같은 용모를 어느 때나 보려나	玉貌何時見
남쪽 백성들은 유임하길 바라겠지만	南民縱願留
이 늙은이는 그리움이 간절하구려	老夫情眷眷
임기를 다 채워서는 안 되나니	瓜期不可滿
유수[251]를 누구와 함께 연주할거나	流水誰共理
동풍이 푸른 풀에 불어오니	東風吹碧草
원컨대 금학[252]을 데리고 오길 바라오	願隨琴鶴至

눈 내리는 날 모임에 초청을 받고 가서 이수재에게 사례로 바치다

3수 ○이수재는 이름이 덕해이다.

雪日邀集謝呈李秀才 三首 名德海

주인이 사람 보내어 나를 불러주기에	主人喚我靑衣使
눈 속에 나귀 타고 돌길을 지나왔다오	擁雪騎驢穿石路
남촌의 여러분들이 여기에 다 모여서	南村諸老此咸集
따스한 방에서 무릎 맞대고 정을 나눈다	促膝溫房肝膽露
종일토록 얼큰히 취해 매우 즐거우니	醺醺終日樂且湛
창 밖에 찬바람이 거센 줄도 몰라라	不覺窓外陰風怒
주인이 검곡 안에 그윽하게 은거하니	主人幽棲黔谷中

---

251 유수(流水) : 춘추시대 백아(伯牙)가 연주하고 종자기(鍾子期)가 들었다는 노래이다. 지음(知音)의 벗 사이의 우정을 뜻한다. 주244 참조.

252 금학(琴鶴) : 수령 생활을 청빈하게 마치고 거문고와 학만 데리고 오라는 말이다. 송(宋)나라 조변(趙抃)은 자가 열도(閱道)인데, 그가 필마로 촉(蜀) 땅으로 부임할 때 거문고 한 벌과 학 한 마리만 데리고 갔던 고사에서 유래한다.《宋史 卷316 趙抃傳》

초가집 조촐하게 송죽 속에 있도다 　　　　白屋蕭蕭松竹裏

추운 날씨에 술상 차려 신선들 모으니 　　　天寒設酒會群仙
잔 가득한 막걸리에 정의가 흐뭇해라 　　　滿酌黃流情意佟
쟁반에는 동해의 입 큰 대구 올라오고 　　　盤擘東溟巨口魚
주발에는 서산의 오색 꿩을 삶아 오네 　　　椀煮西山五色雉
청산 아래에서 세상사는 말하지 않고 　　　不論世事靑山下
조용히 한가한 정을 취중에 토로한다 　　　穩把閑情醉中披

추운 들판에 하얗게 쌓인 눈을 밟고 　　　踏碎瓊瑤一野寒
동촌의 글 짓는 모임에 와서 참석한다오 　　來赴東村文字會
사립문은 송죽 속에서 반쯤 닫히었고 　　　荊扉半掩松竹裏
방 안에는 서적이 가득해 속세 밖일세 　　　一室圖書開物外
큰 잔에 가득 부어 오늘 밤새 마시자 　　　深盃大杓永今夕
이 모임에 시편은 누가 가장 잘 지을까 　　壇場佳篇誰最副
알지 못하겠다 고관대작의 큰 집에도 　　　不知甲第靑雲裏
얼큰히 취하는 이런 즐거움이 있는가 　　　亦有醺醺此樂否

나의 인생
我生

나의 인생 천지간에 일개 무능한 몸 　　　我生天地一踈慵
마흔여섯 해 동안 얻은 것이 없어라 　　　四十六年無所得
글을 지어도 과거에 급제하지 못했고 　　　爲文未邃捿第□
검술을 배운들 어찌 만인을 대적하리오[253] 　學劍焉能萬人敵
늙은 부모께 좋은 음식도 못 올리고 　　　堂中親老甘旨闕

아내는 반찬거리 없다고 근심한다	室裏妻愁盤膳缺
아들 일곱은 비록 공부를 했다 하지만	有子七人縱云學
겨우 글귀나 읽으니 무슨 소용 있으랴	摘句尋章何所益
한가한 중에 술상 차리고 이웃을 모으니	閑中置酒聚比隣
강개한 노래 높이 부르며 마음이 막막해라	慷慨高歌心漠漠
듬성한 백발이 이미 머리에 가득하니	種種白髮已滿巓
자연 따라 늙어갈 뿐 무엇을 아쉬워하랴	任天從衰何用惜
아아 타고난 운명이 진실로 이와 같으니	吁嗟賦命苟如此
술병 앞에서 오래 시름에 잠기지 말자꾸나	莫向樽前長戚戚

연당주인 송십사 향장에게 삼가 바치다

奉贈蓮塘主人宋十四鄕丈 名珪

어른 한 분이 계시니 자는 사온이라	有丈有丈字士溫
천진한 성품을 지켜 속된 모습 없어라	性保天眞無俗態
네모난 연못 굽은 물가를 그대 조성했고	方塘曲渚子所開
마름 잎 연꽃을 사람들이 함께 사랑한다	菱葉荷花人共愛
좋은 날이면 언제나 손님을 초청하여서	良辰每致長者車
술자리를 벌여서 좋은 모임을 여누나	設席肆筵開勝集
가인이라 동교요[254]가 늘 곁에서 모시고	佳人常侍董嬌饒

---

253 글을…대적하리오 : 항우(項羽)가 젊은 시절 글을 배워도 성취하지 못하고 검술을 배워도 성취하지 못하였다. 그의 숙부 항량(項梁)이 꾸짖으니, 항우가 "글은 자기 이름만 쓸 줄 알면 되고 검은 한 사람을 대적하는 것이니 배울 것이 못 됩니다. 만인(萬人)을 대적하는 것을 배우겠습니다." 하였다. 《史記 卷7 項羽本紀》 여기서는 과거에 급제하여 벼슬하지 못했음을 뜻한다.

254 동교요(董嬌饒) : 미인(美人)의 이름으로 명(明)나라 이정(李禎)이 지은 《전등여화(剪燈餘話)》에 나온다. 여기서는 미인을 뜻한다.

옥기둥에 부는 바람이 맑고도 훈훈해라	玉柱天風淸且瀜
즐거이 놀다 옥산이 무너짐[255]을 매양 보고	耽歡每見玉山頹
훌륭한 선비의 시편들이 권축을 이뤘도다	勝士佳篇成卷軸
낚싯대로 붉은 비늘 물고기를 낚아올려서	竿頭牽出赤鱗魚
금빛 쟁반에 눈 같은 회가 한 자나 쌓였네	膾雪金盤高一尺
은빛 순채를 또 물 가운데에서 따오니	銀蓴且摘水中央
술 마신 뒤에 계응의 맛을 많이 보탰어라[256]	酒後多添季鷹味
좋은 놀이 그치지 않아 봄 가고 가을 오니	良遊不捨春復秋
상 머리에 술값이 드는 것을 감히 아끼리오	敢惜床頭酒錢費
들리는 말에 오랑캐가 요동성에 가득하여	傳聞豺虎滿遼城
중국의 신민들이 두려워하고 있다 하네	上都臣民方恐畏

둔촌에 유숙하며 심 조대[257]에게 주다 조대는 바로 심척시이다. 둔촌은 경치가 맑다.

宿遁村留贈沈措大 措大卽沈戚侍遁村景澄

주인의 그윽한 집이 맑고도 한가로워	主人幽居淸且閑
청산 아래 사립문은 낮에도 닫혔어라	柴門晝掩靑山下
구름 속에 닭과 개 소리[258] 저자와 멀고	雲間鷄犬遠市朝
묵객이 와 시 읊으매 속된 생각 없도다	墨客來吟塵慮空

---

255 옥산(玉山)이 무너짐 : 술 취해 넘어짐을 형용한 것이다. 주 189 참조.

256 은빛…보탰어라 : 순채국을 끓여서 먹는다는 뜻이다. 주 48 참조.

257 심 조대(沈措大) : 조대는 선비와 같은 말이다.

258 구름…소리 : 신선이 사는 곳을 뜻한다. 《신선전(神仙傳)》에 "회남왕(淮南王) 유안(劉安)이 임종할 때 먹고 남은 단약 그릇을 뜰에 놓아 두었다. 이에 그 집의 닭과 개가 핥아먹고 모두 신선이 되어 하늘로 올라갔으므로, 천상에서 닭이 울고 구름 속에서 개가 짖었다." 하였다.

삼경에 촛불을 밝히고 그대를 마주하니	三更明燭對眉宇
도타운 정의를 어떻게 다할 수 있으랴	情意兀兀何由窮
부디 그대 눈에 가득한 술 사오지 말라	憑君莫沽滿眼酤
약솥에서 무르녹은 단사를 넉넉히 보노니[259]	藥鼎剩見丹砂融
번뇌 벗어난 무생의 이치[260] 끝없이 말하는데	無生遺有說不盡
꼬끼오 하고 새벽닭이 지붕 위에서 우누나	喔喔寒鷄鳴屋東

매신행
賣薪行

어제 땔나무를 팔러 가서	昨日賣薪去
오늘에야 땔나무를 팔고 돌아온다	今日賣薪歸
날마다 이렇게 땔나무를 팔건만	賣薪日復日
얼굴은 파리하고 배는 늘 주리네	顑頷腹長饑
한양성 안에서 땔나무를 팔자니	賣薪長安裏
한양성엔 땔나무 파는 이 많고	長安多賣薪
시골에 가서 땔나무를 팔자니	賣薪田舍間
시골엔 모두 땔나무 하는 사람	田舍皆薪人
고생이야 비길 데 없지만	辛勤縱無比
값은 겨우 엽전 몇 닢뿐	厥直數錢可
본업이 평소에 미천한 일이니	本業素輕賤
어찌 높은 값을 부를 수 있으랴	何能覓高價

---

259 약솥에서…보노니 : 단사(丹砂)는 선약(仙藥)을 달일 때 넣는 재료이다. 즉 상대방이 신선
과 같이 살고 있음을 뜻한다.

260 번뇌…이치 : 불교의 용어이다. 원문에 유유(遺有)의 유(有)는 속세의 번뇌를 뜻하는 유루
(有漏)이다. 무생(無生)은 생멸(生滅)이 없는 진여(眞如)의 실상을 뜻한다.

생계를 꾸림에 무슨 방책을 써서 資身用何策
세 번이나 천금을 모을 수 있을꼬[261] 三致千金多
치이의 그 방법 물을 길이 없으니 鴟夷問無術
천고에 속절없이 탄식만 할 뿐일세 千載空嗟咨

계해년(1623) 어머니의 생신에 수연을 열고
癸亥歲慈親初度日暫設壽爵

어머니 나이 올해 일흔이니 親年今歲當七十
내 마음 한편 기쁘고 한편 두렵구나[262] 我心一喜惟一懼
평소에 좋은 음식 제대로 못 올렸으니 常時苦闕奉甘旨
이 날 어찌 색동옷 춤[263]이 없을 수 있으랴 此日寧無呈彩舞
잠시 술과 음식 차려 친척들을 모으니 蹔備酒食會親戚
친척이 다 모여도 대여섯 남짓일세 親戚畢會强五六
상에는 비록 삼생[264]의 고기 갖추었으나 豆間縱□三牲具
술잔 주고받는 예절은 자못 엄숙하여라 酬酢禮節頗虔肅

---

261 세 번이나…있을꼬 : 춘추시대(春秋時代) 범려(范蠡)의 고사이다. 범려가 월왕(越王) 구천
　　(句踐)을 섬겨서 오(吳)를 멸망시키고 월(越)나라로 돌아오던 길에 오호(五湖)에 이르러 구
　　천과 작별하였다. 그리고 일엽편주를 타고 떠나 종적을 감추고는 제(齊)나라에 가서 성명
　　(姓名)을 치이자피(鴟夷子皮)로 바꾸고 도(陶) 땅에 가서는 성명을 주공(朱公)으로 바꾸었
　　다. 장사를 하는 재주가 비상하여 세 번이나 천금을 모았고, 그 중 두 번은 재산을 모두 가
　　난한 사람들에게 나누어 주었다.《史記 卷129 殖貨列傳 范蠡》

262 한편…두렵구나 : 공자(孔子)가 "부모의 나이는 알지 않아서는 안 되니 한편으로는 기쁘고
　　한편으로는 두렵다.[父母之年 不可不知也 一則以喜 一則以懼]" 하였다.《論語 里仁》오래
　　살기 때문에 기쁘고, 앞으로 더 살 날이 많이 남지 않았을까 두려운 것이다.

263 색동옷 춤 : 생신 잔치를 차려 즐겁게 해 드리는 것을 뜻한다. 주 22 참조.

264 삼생(三牲) : 소·돼지·양을 가리킨다. 옛날에는 이 세 가축의 고기를 가장 맛있는 것으로
　　여겼다.

어머니 얼굴은 기쁜 기색에 종일 환하고	慈顔有喜盡日和
눈에 가득한 아들 손주 자리에 죽 앉았다	滿眼兒孫列長席
천추만세토록 늘 오늘 같을 수만 있다면	千秋萬歲長若此
비록 누추한 초가에 살아도 마음 즐거우리	雖在蓬蒿亦□悅

정이회가 남겨준 시에 차운하다 정이회의 이름은 명원이다.

次鄭而晦留贈韻 名明遠

작은 초가집 한 채 강성에 누웠으니	蓽門蓬戶臥江城
귀밑 머리털 이미 반쯤 하얗게 세었네	雙鬢蕭蕭雪半明
뜰 앞에 늙은 잣나무는 절개가 어여쁘고	老柏庭前憐苦節
골짜기 어귀 난초는 꽃다운 이름 사랑스럽다	幽蘭谷口愛香名
포의의 선비로서 승낙이 천금처럼 중하고[265]	布衣諾然千金重
고기 먹을 마음은 깃털 하나처럼 가벼워라[266]	肉食心情一羽輕
밤새도록 열렬하게 시국을 걱정하노라니	掇夜劇談論世務
겨울 해가 이미 동쪽에 뜬 줄도 몰라라	不知寒日已東生

---

265 승낙이 천금처럼 중하고 : 매우 신의가 두터움을 뜻하는 말로 한 고조(漢高祖) 유방(劉邦)의 장수인 계포(季布)에 관한 고사에서 유래하였다. 조구(曹邱)가 계포에게 "초(楚) 땅 사람들의 속담에 '황금 백근을 얻는 것이 계포의 한 마디 승낙을 얻는 것만 못하다.' 하니, 족하께서는 어떻게 이러한 명성을 양(梁)·초(楚) 지역에서 얻었습니까." 하였다. 《史記 卷100 季布列傳》

266 고기…가벼워라 : 호의호식(好衣好食)하고 싶은 마음이 없다는 뜻이다.

산중가
山中歌

깊은 산 속에 사는 삶이 좋아서	幽居愛山深
산 속에다 집을 지어 놓았도다	築室留山間
산에 들어가 산을 나오지 않으니	入山不出山
산에 깃들어서 늘 산에 사노라	棲山長在山
북산이 이문 보낸 일[267]이 우스워라	移文笑北山
벼슬하는 첩경은 남산[268]이 아니라네	捷徑非南山
늘 옥산이 무너지는[269] 듯하니	長爲玉山頹
빙산[270]이 높음을 어찌 부러워하랴	詎羨氷山高

---

267 북산(北山)이…일 : 이문(移文)은 관공서의 공문이다. 육조(六朝) 시대 송(宋)나라 주옹(周顒)이 종산(鍾山)에 은거하다가 북제(北齊)의 소명(召命)을 받고 해염 현령(海鹽縣令)이 되었다. 임기를 마치고 도성으로 가는 길에 종산에 들르려 하자, 함께 종산에 은거하던 공치규(孔稚珪)가 못마땅하게 생각하여 관청의 통문 형식을 빈 북산이문(北山移文)이란 글을 써서 주옹을 물리쳤다.《古文眞寶 後集》자신은 산을 나간 일이 없으므로 이런 일들이 우습다는 뜻이다.

268 벼슬하는 첩경은 남산 : 남산은 중국 장안(長安)의 앞산인 종남산을 가리킨다. 당(唐)나라의 노장용(盧藏用)이 진사(進士)에 급제한 뒤 등용되지 않자, 도성에서 가까운 종남산에 은둔하였다. 이는 군주가 그의 명성을 듣고 불러주기를 바라서였다. 그 후 그가 과연 은사(隱士)라는 명성으로 등용되었다. 사마승정(司馬承禎)이 천태산(天台山)으로 들어가니, 노장용이 종남산을 가리키면서 "여기에도 아름다운 운치가 있는데 굳이 천태산을 찾을 것이 있는가?" 하였다. 사마승정이 웃으며 "내가 보기에 종남산은 벼슬의 첩경일 뿐일세." 하니, 노장용이 부끄러워하였다.《新唐書 卷196 司馬承禎傳》

269 옥산(玉山)이 무너지는 : 술 취해 쓰러짐을 뜻한다. 주 189 참조.

270 빙산(氷山) : 믿을 수 없는 권세를 비유한 말이다. 당(唐)나라 때 양국충(楊國忠)이 우상(右相)이 되어 권세가 천하를 흔드니 모든 사람들이 그에게로 모여들었다. 어떤 사람이 장단(張彖)에게 "양국충을 만나보면 부귀를 얻을 수 있을 것이다." 하자, "그대들은 양 우상을 태산처럼 의지하나 나는 얼음산으로 볼 뿐이다. 밝은 해가 뜨면 너희들이 믿을 곳을 잃지 않겠느냐?" 하고 숭산(崇山)에 숨었다.《通鑑總類》

여산[271]은 저잣거리와 멀었고	廬山遠市朝
화산[272]에는 우거진 숲이 많아라	華山多林皐
산이 밝으니 산의 멋이 넉넉하고	山明足山趣
산이 수려하니 산의 흥이 많아라	山秀饒山興
산 늙은이는 산문을 닫고	山翁掩山門
산 나그네는 산길을 오누나	山客來山逕
산 바람은 산골짜기에 불고	山風山谷響
산 달은 산창에 환히 비치며	山月山窓明
산 종은 산사의 새벽에 울고	山鍾山寺曉
산 범패는 산사의 저녁에 들린다	山梵山禪夕
산 두견새 울음에 산죽이 갈라지고[273]	山鵑山竹裂
산새 울음에 산 꽃이 떨어지며	山鳥山花落
산이 푸르니 산 비가 걷히고	山青山雨捲
산이 희니 산 구름이 덮였다	山白山雲羃
산 정기[274]는 산 아래서 캐고	山精山下採
산 고사리는 산 위에서 꺾는다	山蕨山頭折
산 노래에 산 물이 푸르고[275]	山歌山水綠

---

271 여산(廬山) : 중국 강서성 구강현에 있는 산이다. 진(晉)나라 때 혜원법사(慧遠法師)가 이
　　산의 동림사(東林寺)에 은거하면서 도연명(陶淵明)·육수정(陸修靜)과 함께 교유하였다.

272 화산(華山) : 중국의 오악(五嶽) 중 하나이다. 송(宋)나라 희이선생(希夷先生) 진단(陳搏)
　　이 이곳에 은거하였다.

273 산 두견새…갈라지고 : 두견새가 울면 그 소리가 너무도 처절하여 산죽(山竹)이 갈라진다
　　고 한다. 두보의 〈현도단가칠언육운기원일인(玄都壇歌七言六韻寄元逸人)〉에 "두견새가 밤
　　에 우니 산죽이 갈라진다.[子規夜啼山竹裂]" 하였다.

274 산 정기 : 백출(白朮) 또는 오래된 하수오(何首烏)를 산정(山精)이라 한다.

275 산 노래에…푸르고 : 당(唐)나라 유종원(柳宗元)의 시 〈어옹(漁翁)〉에 "물안개 걷히고 해가
　　솟으니 사람은 보이지 않고, 애내 한 소리에 산수는 푸르구나.[烟消日出不見人 欸乃一聲山
　　水綠]" 하였다. 애내는 노를 젓는 소리, 또는 뱃노래이다.

산 광주리에 산 단풍이 붉어라 　山籬山楓赤

산 서리는 산 다리에 있고 　山霜在山橋

산 눈은 산 허리에 밝아라 　山雪明山腹

산 사내는 산 너머에서 밭 갈고 　山夫山外耕

산 아낙은 산 앞에서 들밥 내온다 　山婦山前饁

산성에는 세상 풍진이 적고 　山城少風塵

산야에는 좋은 풍경 많아라 　山郊多風致

모름지기 산 북쪽 사람이 　須令山北人

산 남쪽 일을 모르게 해야 하리[276] 　勿識山南事

연못 안에 반석을 놓아 물고기가 들어가 사는 곳을 만들고
置盤石池中以爲依魚之所

북산이라 산발치에서 반석을 옮겨 와서 　北山山足移盤石

연못 속에 놓아 두어 물고기 굴 만들었다 　安置池中作魚穴

네 개의 돌로 떠받쳐 빈 공간을 만드니 　撑之四石空其中

그 안에 물고기 몇 섬이라도 숨겠구나 　其中可容魚數石

깊이와 길이를 병혈[277]에 비길 수 없지만 　深長雖未擬丙穴

들어가면 마음대로 번식할 수 있어라 　入處猶能恣蕃息

물고기 물고기야 너는 살 곳 얻었으니 　魚乎魚乎汝得所

편안한 집[278] 비워둔 주인보다 외려 낫구나 　猶勝主人曠安宅

---

276 모름지기…하리 : 산 속에 은거하여 다른 곳에는 조금도 가지 말고 살아야 함을 뜻한다.

277 병혈(丙穴) : 좋은 고기가 나는 동혈(洞穴)로 중국 한중(漢中) 면양현(沔陽縣) 북쪽에 있다. 동혈의 입구가 병향(丙向)인 까닭으로 병혈이라 하며, 항상 3월에 이곳에서 물고기를 잡았다. 좌사(左思)의 〈촉도부(蜀都賦)〉에 "좋은 물고기는 병혈에서 나오고 좋은 나무는 부곡에서 나온다.[嘉魚出丙穴 良木攢裒谷]" 하였다.

적괴 이괄[279]이 패전해 죽었다는 소식을 듣고
聞賊魁适敗死

우리 국가가 중흥하던 날[280]에	漢室重光日
풍진이 북녘 변방에서 일어났지	風塵起寒陬
임금의 파천 소식 듣자마자	纔聞播玉輦
이미 적의 괴수를 잡았다 하네	已報得凶酋
하늘의 뜻 끝내 속이기 어려워	天意終難罔
서울이 홀연 수복되었어라	京師忽見收
다사다난 속에 나라가 흥성하나니	興邦在多亂
이제부터 이 나라에 근심이 없으리	從此國無虞

---

278 편안한 집 : 편안한 집은 인(仁)을 가리킨다. 맹자가 "인은 사람의 편안한 집이고 의는 사람의 바른 길이다. 편안한 집을 비워두고 거처하지 않으며 바른 길을 버려두고 가지 않으니, 슬프다![仁人之安宅也 義人之正路也 曠安宅而弗居 舍正路而不由 哀哉]"하였다.《孟子 離婁上》

279 이괄(李适) : 1587~1624. 본관은 고성(固城), 자는 백규(白圭)로, 병조 참판 육(陸)의 후손이다. 1623년 3월에 일어난 인조반정에 큰 공을 세웠으나 논공행상에 불만을 품고 있던 중 역모를 꾀한다는 무고를 받았다. 이에 의금부 도사 등을 죽이고 반란을 일으켰다. 뒤에 부하 장수에게 살해되었다. 무과 출신이었으나 문장과 서예에도 능하였다.

280 국가가 중흥하던 날 : 중광(重光)은 성덕(聖德)의 임금이 연달아 즉위하여 앞 임금의 광명한 정치를 뒤의 임금이 계승한다는 의미로, 중화(重華)와 같다.《서경》〈순전(舜典)〉에 "옛 제순(帝舜)을 상고하건대 중화(重華)가 제요(帝堯)에게 합하셨다.[日若稽古帝舜 日重華協于帝堯]"하였고, 〈고명(顧命)〉에 "옛날 군주이신 문왕(文王)과 무왕(武王)이 거듭 빛난 덕을 베푸셨다.[昔君文王武王宣重光]"하였다.

능금을 심고
種林檎

집 곁에다 이름난 과일 심으니　　傍舍移名果
갖가지 종류의 새들이 날아오누나　來禽品類殊
심어서 기른 지 몇 해만에　　栽培成數歲
무성한 세 그루가 되었어라　　蕃茂卽三株
비로소 눈송이 같은 꽃 보았고　始見花含雪
이윽고 구슬 같은 열매 보았도다　俄看子映珠
일생 동안 아무 하는 일 없으니　一生無事業
여기에다 공력을 들여야겠네　於此着工夫

밤벌레가 등잔불에 모여드는데
夜蟲聚燈火

푸른 등잔불 벽에 걸렸으니　　青燈掛壁上
등잔불 그림자 온 방을 비춘다　燈影照一室
날벌레 사방 문으로 들어오니　飛蟲入四門
어지러운 모습이 눈보라 같구나　雜亂如風雪
어떤 놈은 등잔불에 달려가서 죽고　或赴燈火死
어떤 놈은 등잔불에 부딪쳐 탄다　或撲燈火滅
사람에게 매우 미움을 받을 뿐　於人苦見憎
제놈들에겐 끝내 이익이 없어라　於渠終無益
우리 사람도 이 벌레와 같아서　吾人類此物
욕망에 골몰하느라 자신을 잊지　汨欲忘其生
탐부는 재물을 위해서 죽고　　貪夫殉於財

열사는 이름을 위해서 죽으며	烈士殉於名
몸을 망치는 건 술이요	亡身有麴蘗
수명을 깎는 건 여색이어라	剋命娥眉斧
세상 사람들 다 욕망에 빠져서	滔滔埶溺人
전거의 비유[281]를 알지 못하는구나	不識前車喩

비가 개어
雨晴

맑은 그늘이 비 온 뒤에 생기니	淸陰生雨後
상큼한 경치가 산가에 가득하여라	淑景滿山家
득득[282]한 모습으로 잠자리는 날고	得得蜻蜓舞
제비는 비스듬히 날아오누나	飛飛燕子斜
창 앞에는 개미 행진을 보고	窓前看蟻陣
뜰 가에는 벌들이 분주하구나	庭畔鬧蜂衙
묵객은 아무 일도 없이 한가해	墨客渾無事
새로 지은 시가 날로 많아진다	新詩日又多

---

281 전거(前車)의 비유 : 옛 사람의 잘못을 거울 삼는다는 뜻이다. 《대대례(大戴禮)》〈보부(保傳)〉 편에 "앞의 수레가 넘어짐에 뒤의 수레가 조심한다.[前車覆 後車戒]" 하였다. 전한(前漢) 때 가의(賈誼)가 문제(文帝)에게 올린 글에서 이 말을 인용하여 "속담에 '앞 수레가 뒤집히매 뒷수레가 조심한다.' 하였습니다. 진(秦)나라가 빨리 망하게 된 그 자취를 볼 수 있습니다. 그런데 피하지 않으니, 이렇게 되면 뒷수레가 또 장차 뒤집힐 것입니다.[鄙諺曰 前車覆後車戒 秦氏所以亟終者 其轍跡可見 然而不避 是後車又將也] 하였다.《前漢書 卷48 賈誼傳》

282 득득(得得) : 자기 마음대로 자득(自得)하는 모습이다. 《장자(莊子)》〈변무(騈拇)〉에 "대저 자기는 보지 못하고 남을 본 자와 자기를 얻지 못하고 남을 얻은 자는 남의 얻음을 얻은 것이지 자기의 얻음을 얻은 것이 아니다.[夫不自見而見彼 不自得而得彼者 是得人之得而不自得其得者也]"한 데서 온 말이다.

정영숙이 남겨준 시에 차운하다

次鄭榮叔留贈韻 名晉榮

관단[283] 타고 친구가 석문[284]에 이르러	款段故人臻席門
소매 속 남전옥[285]을 꺼내 내게 주누나	袖中遺我藍田玉
왕의 문 어느 곳에 좋은 값이 없으랴[286]	王門何處無善價
지극한 보배를 부질없이 이곳에 던지는가	至寶漫投崖之北
그대가 참으로 생각이 깊다는 걸 아노니	知君此計誠長遠
화씨의 일 척 벽옥은 값을 인정받기 어렵지[287]	和氏難售璧一尺

---

283 관단(款段) : 느린 말이다. 주 206 참조.

284 석문(席門) : 거적자리를 매달아 문을 만든 누추한 집을 뜻한다. 여기서는 자기 집을 겸사로 말한 것이다. 한(漢)나라 때 진평(陳平)의 집이 가난하여 다 떨어진 거적자리로 문을 삼고 있었으나, 문 밖에는 장자(長者)들의 수레 바퀴 자국이 많았다 한다. 《史記 卷56 陳丞相世家》

285 남전옥(藍田玉) : 남전옥처럼 아름다운 상대방의 시문을 비유하였다. 남전(藍田)은 중국에서 좋은 옥(玉)이 생산되기로 이름난 지역이다.

286 왕의…없으랴 : 이 정도의 뛰어난 문장이면 그 능력을 인정받아 벼슬에 오를 수 있다는 뜻이다. 왕의 문[王門]은 궁궐로, 곧 조정을 의미한다. 좋은 값은 능력에 상응하는 대우로 부름을 받는다는 의미이다. 자공(子貢)이 일찍이 공자(孔子)에게 묻기를, "아름다운 옥이 여기에 있으니, 궤에 담아서 감춰 두시겠습니까, 아니면 좋은 값을 받고 팔아야겠습니까?[有美玉於斯 韞櫝而藏諸 求善賈而沽諸]" 하니, 공자가 이르기를 "팔겠다, 팔겠다. 그러나 나는 좋은 값을 기다리는 사람이다.[沽之哉沽之哉 我待賈者也]"라고 한 데서 온 말이다. 《論語 子罕》

287 그대가…어렵지 : 매우 뛰어난 재능을 가진 사람은 세상에 인정받기 어려움을 알기 때문에 차라리 자신의 재능을 감추고 살고자 하는 마음에, 정진영이 지은 시편을 옥담에게 주었다는 것이다. 춘추시대 초(楚)나라 변화(卞和)가 형산(荊山)에서 직경이 한 자나 되는 박옥을 얻어 여왕(厲王)과 무왕(武王)에게 바쳤다. 그러나 옥을 감정하는 사람이 보고 쓸모없는 돌이라 하여 두 발이 잘리고 말았다. 그 후 문왕(文王)이 즉위하자 화씨는 형산 아래서 박옥을 안고 사흘 밤낮을 울어 피눈물이 흘렀다. 문왕이 이 사실을 듣고 사람을 보내 "천하에 발이 잘린 사람이 많은데 그대만이 유독 이렇게 우는 것은 어째서인가?" 하고 묻자, 그가 "나는 발이 잘린 것을 슬퍼하는 게 아니라 보배로운 옥을 돌이라 하고 곧은 선비를 미치광이라 하니, 이 때문에 내가 슬피 우는 것입니다." 하였다. 이에 왕이 옥공(玉工)을 시켜 박옥을

내 장차 이 옥을 보배로 간직하리니 　　　　吾將持之藏韞櫝
옥을 다듬자면 하룻밤은 기다려야 하리[288] 　　雕琢工須待一夕

긴 여름
永夏

뜰의 오동은 짙푸르고 바람은 고요하니 　　　庭梧凝碧定風柯
지붕 위의 맑은 그늘 한낮에 더욱 짙어라 　　屋上淸陰午更多
한가로이 거문고 잡고서 긴 여름 소일하노니 　閑把玉琴消永夏
그 누가 지팡이 짚고서 이 산가를 찾아줄꼬 　何人扶杖到山家

여름날에 송십사장의 유거를 방문하여
夏日爲訪宋十四丈幽居 名珪

필마 타고 남촌으로 한가한 분 방문하니 　　匹馬南村訪逸人
소나무 아래 각건 쓴 모습이 천진하여라 　　角巾松下見天眞
고담 나누느라 해 져도 돌아가는 것 잊었는데 　高談日夕忘歸去
모르는 사이 산 앞에서는 소낙비가 몰려왔구나 　不覺山前驟雨臻

가을 매미
秋蟬

가을 바람이 늙은 나무에 이니 　　　　　　秋風起古樹

다듬게 하니 직경이 한 자나 되고 티 한 점 없는 큰 옥이 나왔다 한다. 이것이 화씨 벽이다.
《韓非子 和氏》

288 옥을…하리 : 상대방의 시편에 화답하는 시를 지어 보내는 데 하룻밤이 걸린다는 것이다.

늙은 나무에서 가을 매미 울어댄다	古樹寒蟬鳴
매미가 날마다 날마다 울어대니	寒蟬日日鳴
맑은 소리가 상성[289]을 따르는구나	淸響隨商聲
상성이 몹시도 격렬하니	商聲最激烈
듣는 이들이 모두 슬퍼라	聞者皆悲傷
슬퍼하나 말할 수 없으니	悲傷不可說
동방에서 울게 하지는 말라	莫敎鳴洞房
동방에선 그나마 울어도 되지만	洞房猶可鳴
선비들 집에는 가까이 못 가게 하라	莫近士士堂

백로
白鷺

맑은 시냇가의 새여	有鳥淸溪上
목은 길고 옷은 백설처럼 희도다	長頸白雪衣
바람을 맞으며 누구를 기다리는가	臨風何所待
종일토록 이끼 낀 바위에 서 있구나	終日立苔磯

시골 노인의 집
野老家

푸른 산 아래 해 저무는	日暮蒼山下
사립문 시골 노인의 집	柴門野老家

---

289 상성(商聲) : 가을 소리이다. 상성(商聲)은 오음(五音)의 하나로, 계절로는 가을에 배속(配屬)된다.

뜰에는 무엇이 있는고 　　　　庭中何所有
서리 맞은 국화 몇 떨기 　　　　霜菊數叢花

어떤 길손
有客

어떤 길손이 사립문 두드리기에 　　　　有客扣柴門
맞이해 이끼 긴 헌함에 앉았노라 　　　　迎坐苔軒上
서로 마주한 채 아무런 말 없이 　　　　相對默無言
그저 풍암 위를 돌아보누나 　　　　但顧楓巖上

가을 파리
秋蠅

파리란 놈이 방 안에 들어와 　　　　蒼蠅在屋房
날마다 앵앵거리며 소란스럽다 　　　　日日紛營營
앵앵거리기를 그치지 않더라도 　　　　營營縱不已
서늘한 가을바람을 어이하랴 　　　　奈此秋風凉

가을밤에 나그네로 한양에 유숙하며 감회가 일어
秋夜客宿長安感懷

장안이라 팔월의 밤에 　　　　長安八月夜
별들이 푸른 하늘에 총총하여라 　　　　衆星羅靑天
궁궐의 종은 자운[290] 속에 울리고 　　　　宮鍾紫雲裏
지친 나그네는 청루 가에 섰도다 　　　　倦客靑樓邊

대궐에 올리고픈 소회 있건만	有懷達冕旒
임금님 앞에 들어갈 길이 없어라	無由入王前

종형 신함종이 벼슬을 버리고 수감되었기에 종형은 바로 신광립[291] 씨이다.
從兄申咸從以棄官被囚 卽申光立甫

획옥에도 들어갈 수가 없고	畫獄議不入
목리에게도 변명해서는 안 되니[292]	木吏期不對
우리 임금이 이러한 뜻 불쌍히 여겨	吾君愍此意
죄인들을 많이 관대히 용서하셨지	罪辟多寬貸
형이 와서 감옥에 들어갔으나	兄來入圓扉
포승에 묶인 것은 형의 죄가 아닐세[293]	縲紲非其罪

---

290 자운(紫雲) : 자주색 구름으로, 상서로운 조짐이다. 전한(前漢) 두광정(杜光庭)의 〈하황운
   표(賀黃雲表)〉에 "한 선제(漢宣帝)가 감천궁(甘泉宮)에 거둥하니 자운이 궁전에 들어왔고,
   송 세조(宋世祖)가 즉위할 때 자운이 단문(端門)에 나타났습니다." 하였다.

291 신광립(申光立) : 본관은 평산(平山), 자는 현경(顯卿)이다. 1601년(선조 34) 신년시에 급
   제하였다. 시강원 사서(侍講院司書), 성균관 전적(成均館典籍), 사헌부 지평(司憲府持平)
   등을 거쳐 선산 부사(善山府使)를 지냈다.

292 획옥(畫獄)에도…안 되니 : 획옥은 땅에 선을 그어서 만든 감옥이고, 목리(木吏)는 나무를
   깎아서 만든 옥관(獄官)이다. 전한(前漢) 사마천(司馬遷)의 〈보임소경서(報任少卿書)〉에
   "그러므로 땅에 선을 그어 감옥을 만들어도 들어갈 수 없고 나무를 깎아서 옥관을 만들어
   도 변명할 수 없는 것은 죄를 받기 전에 죽음으로써 해명할 작정을 하였기 때문이다.[故有
   畫地爲牢 勢不可入 削木爲吏 議不可對 定計於鮮也]" 하였다. 이는 옥관이 매우 가혹함을
   말한 것이다. 남조(南朝) 양(梁)나라 간문제(簡文帝)의 〈파옹주은교(罷雍州恩敎)〉에 "나무
   를 깎아 만든 옥관에게도 감히 변명하지 못하고, 땅에 선을 그어 만든 감옥에도 감히 들어
   가지 못한다.[刻木不對 畫獄不入]" 하였다.

293 포승에…아닐세 : 관직을 박탈당하고 하옥된 것은 당쟁에 의한 것일 뿐 신광립의 죄가 아니
   라는 말이다. 공자가 공야장(公冶長)에 대해 "사위로 삼을 만하다. 비록 포승에 묶여 수감
   되었으나 그의 죄가 아니었다.[公冶長 可妻也 雖在縲紲之中 非其罪也]" 하고 자기 딸을 그
   의 아내로 준 고사에서 온 말이다. 《論語 公冶長》

담장 머리에 까치가 짖었으니　　　　　　　墻頭鵲報喜
조만간 석방될 것을 기다린다오　　　　　　脫放朝夕待

바위 위 소나무
巖松

백년이 된 바위 위 소나무　　　　　　　　百歲巖上松
옹종하여 재목감이 못 되네　　　　　　　朧腫不可材
재목감이 못 되기 때문에　　　　　　　　由其不可材
도끼의 재앙을 면할 수 있었지　　　　　　乃免斧斤灾
대들보는 비록 책임이야 막중하지만　　　棟樑雖任重
쓸모없이 오래 사는 나무[294]만 못하네　　不如散木生
풍상에도 오래도록 시들지 않고　　　　　風霜長不凋
홀로 세한의 정[295]을 지키고 있구나　　　獨保歲寒情

---

294 쓸모없이…나무 : 산목(散木)은 재목이 되지 못하는 쓸모없는 나무인데, 쓸모가 없기 때문
　　에 화를 면하고 오래 산다. 《장자(莊子)》〈인간세(人間世)〉에 한 목수(木手)가 제(齊)나라
　　로 가다가 어느 사당(祠堂) 앞에 무려 백 아름이나 되는 대단히 큰 가죽나무가 서 있는 것
　　을 보고도 전혀 눈여겨보지 않고 그냥 지나쳤다. 그의 제자들이 까닭을 묻자, 그는 "그만두
　　어라, 더 말하지 말라. 그것은 쓸모가 없는 나무이다. 그것으로 배[舟]를 만들면 가라앉을
　　것이고, 그것으로 관곽(棺槨)을 만들면 쉬 썩어 버릴 것이고,……이것이야말로 재목이 될
　　수 없는 나무로 아무 쓸모가 없으니, 그래서 이렇게 수명이 긴 것이다."라고 하였다.

295 세한(歲寒)의 정 : 날씨가 추워져도 시들지 않는 소나무는 곧은 지조를 뜻한다. 주 169 참조.

저물녘 집으로 돌아가며
暮歸

먼 산봉우리에 아스라이 석양이 지는데	遠岫微茫落日斜
흰 구름 그 아래가 바로 나의 집이로세	白雲低處是吾家
읊는 시가 껄끄러워 지어내기 어려우니	淸詩苦澁吟難就
시야에 산천이 아득히 저문 것도 몰랐노라	不覺川原望裏賖

밤에 집으로 돌아가며
夜歸

먼 하늘 밝은 달이 산을 환히 비추는데	遠天明月照山明
한양에 돌아가는 사람은 밤에도 길을 간다	洛下歸人尙夜征
생각건대 저 사람 집안에 자녀들이 있어	想得家中兒女在
화로에 밤을 구우며 밤 늦도록 기다리겠지	地爐燒栗坐深更

9월에 청계산 동쪽 기슭에 노닐며
九月遊淸溪山東麓

깊은 가을 승경에 들어가니	深秋入異境
골짜기에는 맑은 서리가 날리누나	洞壑淸霜飛
돌길에는 유람하는 사람이 적고	石逕遊子少
끊어진 다리에는 행인이 드물다	斷橋行人稀
말 타고 시 읊으며 시냇가에 가서	吟鞍卸溪頭
눈길 가는 대로 맑은 흐름 굽어본다	縱目臨淸流

갓끈을 씻고 또 발을 씻으니[296]	濯纓復濯足
맑은 흥이 참으로 유유하여라	淸興良悠悠
한가한 틈은 한때일 뿐이요	投閑在一時
백년 평생 늘 근심에 잠기지	百年憂思足
천 척의 홍진 속에서 골몰하니	紅塵没千尺
뉘라서 안목을 뜰 수 있으랴	孰能開眼目
심화(心火)가 밤낮으로 오장을 들볶으니	膏火煎日夜
세속 떠나 담박하게 놀 길이 없어라	末由游淡泊
젊은 시절이 그 얼마나 되리오	少壯知幾時
세월이 이미 빠르게 흘러간다	年光亦已迫
몸을 편안히 할 규방이 좋고[297]	安身可閨房
맑은 경치 구경도 즐길 만해라	淸覩亦可悅
세속의 사람들에게 이르노니	寄語流俗子
도도한 세파에 골몰하지 말라	滔滔勿汩没

땔나무를 하는 산골 사내
山夫折薪

산골 사내 서둘러 땔나무 하여	山夫折薪急
초가집에 밤중 땔감을 대누나	白屋供夜爇
푸른 연기가 토방에 가득하니	靑烟足土床

---

296 갓끈을…씻으니 : 《맹자》〈이루 상(離婁上)〉에 "유자(孺子)가 노래하기를 '창랑(滄浪)의 물이 맑거든 나의 갓끈을 씻고 창랑의 물이 흐리거든 나의 발을 씻는다.[滄浪之水淸兮 可以濯我纓 滄浪之水濁兮 可以濯我足]' 하셨다." 하였다.

297 몸을…좋고 : 후한(後漢) 때 사람인 중장통(仲長統)의 〈낙지론(樂志論)〉에서 은일(隱逸)의 삶을 노래하여 "규방에서 정신을 편안히 하여 노씨의 현묘(玄妙)하고 허무한 도를 생각한다.[安神閨房 思老氏之玄虛]" 하였다. 노씨는 노자(老子)를 가리킨다. 《古文眞寶 後集》

매서운 찬바람도 두렵지 않아라	不怕寒風烈
비록 두터운 갖옷 입지 않았지만	雖無着重裘
온몸에 온기가 가득 스며든다	渾身溫氣徹
장안의 고대광실에 사는 사람이	長安甲第人
이 좋은 맛을 알까 두렵구나	恐知此味足
그들이 이 좋은 맛을 안다면	若知此味足
백성들은 어디에 의탁할거나[298]	齊民何所托

신원으로 가는 도중에 신원은 과천 동쪽에 있다.
新院途中 在果川東面

아스라한 한길이 한강 나루와 닿았는데	迢遞周行接漢津
평평하기는 숫돌 같고 곧기는 띠 같아라	平如砥面直如紳
남쪽에서 오고 북쪽으로 가는 이 무수한데	南來北去人無數
모두가 다투어 잇속을 노리는 사람들뿐	盡是爭趣利窟人

늙은 말
老馬

늙은 말이 시든 풀 씹으니	老馬吃衰草
피부가 날마다 수척해지건만	皮膚日瘦枯
때로 구유 아래에서 우는 것은	時鳴槽櫪下
흡사 장도를 치달리는 듯하여라	若或騁長途

---

298 백성들은 어디에 의탁할거나 : 벼슬아치들이 이 맛을 알면 이마저 빼앗아 가 백성들이 살
곳이 없어질 것이라는 뜻이다.

담배
南草

남국에 풀이 하나 있는데	南國有一草
염제[299]도 예전에 맛본 적이 없지	炎帝嘗無前
비록 신선의 불사약은 아니지만	雖非不死藥
먹으면 풍연[300]을 다스릴 수 있어라	服之治風涎
늘 손에 담뱃대를 들고서	長時手鵝管
쉼 없이 빨고 연기를 토하네	吞吐無休□
골초라고 사람들이 웃지만	傍人笑成癖
나는 스스로 시속을 따른다	我自能循俗
시속을 따름이 나쁘지 않나니	循俗亦不惡
외톨이 행동은 아무 이익이 없지	獨行無所益

추운 밤의 다듬이소리
寒杵

서릿바람이 그치지 않고 부는데	霜風吹不輟
추운 밤 다듬이소리 이웃에서 들린다	寒杵鳴西鄰
어젯밤 문전에 찾아왔던 아전이	昨夕門前吏
세금 독촉하며 주인을 꾸짖었지	催租譴主人

---

299 염제(炎帝) : 중국 고대의 삼황(三皇) 중 한 사람인 신농씨(神農氏)를 가리킨다. 신농씨가 농사를 가르치고 백초(百草)를 맛보아 약초를 가려냈다고 한다.

300 풍연(風涎) : 심한 편두통이나 두통에 열을 동반하는 병이다. 《삼국지연의(三國志演義)》에는 조조(曹操)가 이 병을 앓아 화타(華陀)가 "날카로운 도끼로 두골(頭骨)을 쪼개고 뇌수를 꺼내어 풍연(風涎)을 씻어버리면 깨끗이 나을 수 있을 것입니다."라고 하자 조조가 자신을 죽이려는 음모로 알고 대로하여 화타를 죽였다고 한다.

외로운 마을
孤村

산 아래 외로운 마을에 늦서리 내리니　　山下孤村落晚霜
올 가을의 벼농사는 모두 타작하였어라　　一秋禾稼盡登場
전원에도 편안히 사는 즐거움 있으니　　田間自有安居樂
무엇하러 벼슬하여 태창의 곡식 먹으랴　　解帶何須食太倉

송십사장의 실내에 대한 만사 송십사장의 이름은 규인데, 후실을 잃었다.
挽哭宋十四丈室內 名珪喪後室

이 분이 시집 와서 부덕이 훌륭했건만　　之子于歸婦德宜
일생에 아들이 없는 게 늘 한스러웠지　　一生長恨是無兒
홍안이 늙기도 전에 세상을 떠났으니　　紅顔未改先朝露
백발 홀아비가 외로운 밤에 슬퍼하누나　　白首鰥翁獨夜悲

까마귀 부리
烏喙

주린 까마귀가 고목을 쪼니　　飢烏啄古樹
고목에서 찬바람이 일어난다　　古樹生寒風
찬바람은 날마다 불어오고　　寒風日日吹
까마귀는 끝없이 쪼아대누나　　烏啄長不窮
아무리 끝없이 쪼아댄다 하더라도　　雖能啄不窮
뉘라서 너의 주림을 생각해 주랴　　孰能念爾飢
너의 주림은 근심할 게 없고　　爾飢不足恤

단지 증삼을 위해 슬퍼하노라[301]	但爲曾參悲
증삼을 세상에 아는 이 없고	曾參世莫知
네가 쪼는 것도 그칠 때 없어라	爾啄無歇時

흰 구름
白雲

가을 골짜기에 이는 흰 구름	白雲起秋壑
봉우리 같고 솜뭉치 같아라	如峯復如絮
오는 것이 본래 자취가 없거니와	其來本無迹
가는 것도 정녕 정처가 없구나	其去還無處
무심하면서도 도리어 유심하며	無心却有心
형체가 있는 듯 형체가 없어라	欲體如未體
하늘과 땅 사이에 날아다니니	飛揚天地間
만고에 속절없이 유유하구나	萬古空悠悠

---

301 너의…슬퍼하노라 : 까마귀는 자라면 어미에게 먹이를 물어다 준다고 하여 반포조(反哺鳥)라 한다. 그래서 공자(孔子)의 제자 중 가장 효성이 지극했다고 하는 증삼(曾參)에 비긴다. 백거이(白居易)의 〈자오야제(慈烏夜啼)〉란 시에 까마귀의 효성을 노래하여 "자애로운 까마귀가 그 어미 잃고, 까악까악 구슬피 우누나. 밤낮으로 날아가지 않고, 해가 지나도록 옛 숲을 지키네. 밤이면 밤마다 한밤중에 우니, 듣는 이 눈물로 옷깃을 적시네.…자애로운 까마귀여, 자애로운 까마귀여! 새 가운데 증삼이로다.[慈烏失其母 啞啞吐哀音 晝夜不飛去 經年守故林 夜夜夜半啼 聞者爲霑襟…慈烏復慈烏 鳥中之曾參]" 하였다. 《古文眞寶 前集》 여기서는 까마귀가 효성이 지극하여 어미를 봉양하기 때문에 까마귀의 굶주림을 슬퍼한다는 뜻이다.

가을날 척질 신자장이 유곡 찰방이 되어 돌아가는 길에 방문했기에
秋日戚姪申子長爲幽谷察訪歸路歷訪

대낮에 사립문을 닫고 지내니	白日掩柴門
산성에는 가을 낙엽이 날린다	山城秋葉飛
이끼 낀 뜰에는 삽살개가 졸고	苔庭睡靈尨
돌길에는 다니는 사람이 드무네	石路行人稀
문을 두드리는 관리 행차 있더니	剝啄有官行
문 앞에 그대의 행차가 이르렀구나	門前君旆踵
혹여 골육의 정이 아니라면	倘非骨肉情
어찌 이처럼 찾아주었으랴	何能此珍重
산중에는 술과 음식이 없어	山中無酒食
다과만 상 위에 차려놓았다	茶果羅床前
손을 잡고서 인사를 나누니	握手敍暄凉
서로 그리워한 지 몇 해였던가	相思曾幾年
그대는 청운의 선비가 되었고	君爲靑雲士
나는 임하의 사람이 되었으니	我爲林下客
영고의 길이야 비록 다르지만	榮枯縱異路
교결한 마음은 예전 그대로지	皎潔同素臆
만날 기약은 절로 있으리니	相逢自有期
무엇하러 이별을 탄식하리오	別離何足歎
자네 영남으로 돌아간 뒤에	君歸嶺表後
잊지 말고 서신을 보내주구려	勿替南中翰

귀뚜라미
秋蛩

귀뚜라미가 앞뜰에서 울어	秋蛩庭際鳴
밤마다 슬픈 소리 다급하여라	夜夜悲聲急
어찌하여 이러한 소리를 내어	胡然有此聲
이렇게 만감이 교차하게 하는가	使我萬感集
가을의 기운은 참으로 싸늘하니	秋之一氣信慄冽
벌레로 가을을 욺302은 하늘이 시켰지	以蟲鳴秋天使令
오호라 하늘이 그렇게 시켰으니	嗚呼天使令
어찌 너의 소리에 만감이 일지 않으랴	安得不感爾之聲

가을 회포
秋懷

가을 빛은 절로 소슬하고	秋光自蕭瑟
가을 물은 비단처럼 환해라	秋水明如綺
광사의 회포303가 없는 건 아니나	非無曠士懷
밤낮으로 시름겨운 생각 많구나	日夕多愁思
바위 가에서 가을 국화를 따니	巖邊摘秋花
자잘한 꽃잎 한 줌도 못 되어라	細瑣不盈掬

---

302 벌레로 가을을 욺 : 당(唐)나라 한유(韓愈)의 〈송맹동야서(送孟東野序)〉에 "새로써 봄을 울고, 우레로써 여름을 울고, 벌레로써 가을을 울고, 바람으로써 겨울을 운다.[以鳥鳴春 以雷鳴夏 以蟲鳴秋 以風鳴冬]" 하였다.

303 광사(曠士)의 회포 : 광사는 흉금이 넓게 트인 선비이다. 남조(南朝) 송(宋)나라 포조(鮑照)의 〈대방가행(代放歌行)〉에 "소인은 본디 악착스러우니, 어찌 광사의 회포를 알리오.[小人自齷齪 安知曠士懷]" 하였다.

그리운 사람에게 부치려 하니	欲寄相思人
아득한 산 너머 소식이 끊겼어라	千山斷消息
방황하며 오래도록 떠나지 못하는데	彷徨久不去
남쪽 골짜기에 땅거미가 지누나	暝色生南谷

좋은 선비
佳士

한양에 좋은 선비가 있는데	洛下有佳士
베옷 걸치고 배는 늘 주린다	被葛腹長飢
길게 양보음[304]을 읊조리며	長吟梁甫句
희황의 시대[305]를 아득히 생각한다	緬憶羲皇時
임금이 불러도 조정에 가지 않고	有詔不入國
글이 있어도 조정에 올리지 않네	有書不入府
편안한 수레는 내 탈 것이 아니고	安車非我乘
좋은 폐백은 내 가질 게 아니라네	束帛非我取
그저 소원은 아무런 시비 없이	志願無是非
낙토에서 몸소 농사나 짓는 게지	躬耕在樂土

---

304 양보음(梁甫吟) : 큰 뜻을 품은 고사(高士)가 울울한 심정을 토로하는 노래를 뜻한다. 주 99
참조.

305 희황(羲皇)의 시대 : 상고의 제왕인 복희씨(伏羲氏)이다. 상고의 시대에는 인심이 순박하고
태평하였기 때문에 이상세계의 전형으로 여긴다.

보금자리 찾는 새
宿鳥

보금자리 찾는 새 급히 숲에 들어가	宿鳥投林急
서쪽 봉우리에 가을 해가 잠기는구나	西峯秋日沈
나는 사람이면서 새만도 못한데	人而不似鳥
날 저물어 밤은 빨리도 찾아든다	暮夜尙駸駸

장송과 세류
長松細柳

산 위의 장송은 푸르디 푸르며	嶺上長松碧復碧
문 앞의 세류는 파랗고 파랗구나	門前細柳靑且靑
자라는 계절에는 빛깔이 같지만	節當長養看同色
날씨가 추워진 뒤엔 마음이 다르지[306]	歲寒之後異其情
그대는 보지 못했는가	君不見
모두 임금 은혜 입은 상신이지만	衣君食君盡商臣
오직 이제만이 능히 간쟁하였지[307]	唯見夷齊能諫諍

---

306 날씨가…다르지 : 소나무는 겨울에도 시들지 않고 세한(歲寒)의 절개가 있지만 버들은 겨
　　울이 오면 잎이 시들어 지조를 잃고 만다는 뜻이다.

307 모두…간쟁하였지 : 상신(商臣)은 상(商)나라 신하이고, 이제(夷齊)는 백이(伯夷)와 숙제
　　(叔齊) 형제이다. 무왕(武王)이 상나라 주왕(紂王)을 정벌하려 하자 백이·숙제 형제가 말
　　고삐를 잡고 말리며 말하기를 "아버지가 죽어 장례도 치르지 못했는데 전쟁을 벌이는 것이
　　효라 할 수 있습니까? 신하로서 임금을 시해하는 것이 인이라 할 수 있습니까?[父死不葬
　　爰及干戈 可謂孝乎 以臣弑君 可謂仁乎]"라고 하였다. 끝내 상나라가 망하자 수양산(首陽
　　山)에 들어가 고사리를 캐 먹다 죽었다 한다.《史記 卷61 伯夷列傳》

가을빛은 엷고
秋光薄

먼 봉우리에 가을빛은 엷고	遠岫秋光薄
가까운 숲에 나뭇잎은 드물어라	前林木葉稀
주인은 시름에 술 취해 누워	居人愁醉臥
날 저물도록 사립문 닫혀 있다	日暮掩柴扉

기심을 잊고
忘機

물 맑아 물고기 셀 수 있고	水淸魚可數
산 가까워 새가 잘 찾아든다	山近鳥能馴
모두 기심을 잊은 것이니	等是忘機事
온통 한가로워 물외의 몸이로세	渾閑物外身

뱀이 바위틈에서 나와 연못 물 위에 떠 있기에 때려서 죽이려다 그만두다
蛇出石間浮于池水欲打還止

긴 뱀이 바위틈에서 기어 나와	長蛇挺石間
머리 치켜들고 맑은 물 위에 떠 있네	矯首浮淸瀾
맑은 물이 잔잔하고 드넓으니	淸瀾平且濶
사방을 돌아봐도 숨을 곳이 없네	四顧愁無依
독한 뱀이 제 살 곳을 잃었으니	毒虫失其所
잡아 죽일 기회는 바로 이 때라	捕殺當其機

돌을 쥐고 또 몽둥이를 쥐고서　　　　持石且持梃
서성이며 나오길 기다린다　　　　攀桓俟其出
물고기가 끓는 솥에 들어간 셈이니　　　　遊魚在沸鼎
실오라기 목숨이 경각에 끊어지리라　　　　縷命頃刻絶
문득 생각건대 군자는　　　　忽聞君子人
남의 위태로운 틈을 타서는 안 된다지　　　　因危非其志
동물이 사람과 다르지만　　　　雖云物異人
이 도리는 다 같은 것이라　　　　此道同一理
손을 거두고 바위 위에 앉아　　　　歛手坐石上
문득 아무것도 못 본 체한다　　　　忽若無所視
뱀도 이런 마음을 아는 양　　　　蛇乎似有知
머리 돌려 제 굴로 돌아가누나　　　　回首還其穴
뉘라서 뱀의 보답을 계산하여　　　　誰能計其報
감히 명주를 얻으리라 생각했으랴[308]　　　　敢謂明珠得
이 일은 나만 홀로 알 뿐　　　　此事獨已知
남들은 아무도 알지 못하네　　　　傍人莫能識

비가 올 듯

欲雨

깊은 가을날 비가 올 듯　　　　欲雨深秋日

---

308 뱀의…생각했으랴 : 《회남자(淮南子)》〈남명훈(覽冥訓)〉에 “수후의 구슬과 화씨(和氏)의
　　구슬을 얻는 자는 부유해지고 잃는 자는 가난해진다.” 하였는데 그 주(注)에 “수후는 한
　　(漢)나라 동쪽에 있는 나라의 희성(姬姓)을 가진 제후이다. 수후가 배가 갈라진 큰 뱀을 보
　　고 약을 붙여 치료해 주었는데, 후일에 그 뱀이 강 속에서 큰 구슬을 물고 나와 보답하였
　　다.” 하였다.

산중에 나뭇잎이 흩날리는데	山中葉正飛
울밑에 몇 떨기 국화꽃만	籬邊數叢菊
초췌한 모습으로 꽃잎을 지킨다	憔悴守芳菲

기러기 울고
雁叫

먼 남쪽 하늘에 기러기 울고	雁叫南天遠
후미진 북쪽 섬돌에 귀뚜라미 우네	蛩吟北砌深
지음의 벗은 천 리 밖에 있는데	知音千里隔
한가히 휘파람 불며 거문고 만진다[309]	閑嘯撫長琴

갑자년(1624) 가을에 일이 있어 여주에 갈 때 두모포에서 배를 타고 강물을 거슬러 올라가다
甲子秋以事往驪州自豆毛浦乘舟泝流

산의 형세는 겹겹이 모이고	山勢重重合
강의 흐름은 굽이굽이 통한다	江流曲曲通
외로운 배로 종일토록 가며	孤舟行盡日
위험한 고비를 하늘에 맡기노라	夷險信杳工

---

309 지음(知音)의⋯만진다 : 멀리 있는 벗을 그리워하는 것이다. 주 244 참조.

강물 속 반석
江中盤石

강물 속에 반석이 있으니	江中有盤石
물 위에 나온 게 겨우 몇 자	水出纔數尺
흐르는 물결이 날마다 부딪치니	流波日舂撞
벼랑 모서리 깎은 듯 날카롭다	崖角如新削
내 아노라 조물주의 조화가	吾知造化工
이처럼 사물을 빚어내는 줄	□能如磅礴

배로 저도를 지나며 박 감사의 정자 터를 보고 감회가 있어 박 감사
는 바로 박자흥[310]이다.
舟過楮島仰見朴監司亭基有感 卽自興

큰 정자가 강물 속에 솟아	龍樓起江心
우뚝이 푸른 하늘에 닿았지	突兀凌蒼穹
누가 이 높은 정자 지었는가	阿誰架高亭
멀리 도성 거리와 통하누나	紫陌遙相通
다리 건너 팔진미를 보내오고	木道迲八珍
성상의 조서가 대궐에서 왔지	徽音來法宮
나날이 늘 즐거이 놀았으니	歡娛日復日
백년토록 이와 같으리라 했건만	百歲云如斯

---

310 박자흥(朴自興) : 1581~1623. 본관은 밀양(密陽), 초명은 흥립(興立), 자는 인길(仁吉)이다.
   영의정 승종(承宗)의 아들이다. 인조반정이 일어나자 아버지와 함께 군사를 일으키려 하였
   으나 뜻대로 되지 않자, 함께 과천에 있는 절에서 목을 매어 죽었다. 이이첨의 사위였으나
   서로 반목하였다. 인목대비 폐비 때에는 형조 참판으로 폐비절목을 정하는 등 앞장섰고, 딸
   이 세자빈이 된 뒤 권세를 얻어 민전(民田)을 탈취하고 사치하여 백성들의 원망을 샀다.

고명의 집은 귀신이 엿보는 법[311]	高明鬼所瞰
즐거운 일이 도리어 슬픔이 됐어라	樂事還成悲
사람이 죽고 정자도 허물어지니	人亡亭亦破
잡초만 무성하고 적막하구나	寂寞荒園蕪
사물은 성하면 반드시 쇠하느니	物盛則□衰
이 이치는 속일 수가 없어라	此理難可誣

배를 끌고 여울을 거슬러 오르며 2수
牽舟逆灘 二首

백 길이나 깊은 여울 물결을 거슬러 가며	逆折波頭百丈灘
진종일 배를 끌고 오르느라 고생을 겪는다	牽舟盡日上艱關
시름겨워라 지척 거리도 끝내 못 나아가니	愁看咫尺終無進
인간세상 행로가 어려움을 비로소 알겠노라	始識人間行路難

협곡 속에서 배를 끌고 백 척을 나아가니	峽裏行舟牽百尺
고생스럽기가 흡사 하늘에 오르는 듯하여라	艱關洽似上天梯
마치 이 몸이 파강에 있는 것만 같은데	怳如身在巴江上
단지 벼랑에서 우는 원숭이만 없을 뿐일세[312]	只欠淸猿挾岸啼

---

311 고명(高明)의…법 : 한(漢)나라 양웅(揚雄)의 〈해조(解嘲)〉에 "고명한 사람의 집안은 귀신이 그 집을 엿본다.[高明之家 鬼瞰其室]" 하였다. 고명한 사람은 부귀한 사람을 뜻한다. 황정견(黃庭堅)의 〈박박주(薄薄酒)〉에 "필부가 보배를 품은 탓에 죽고, 백귀가 고명한 집을 엿본다.[匹夫懷璧死 百鬼瞰高明]" 하였다.

312 마치…뿐일세 : 파강(巴江)은 중국 호북성(湖北省) 파동현(巴東縣) 서쪽에 있는 파협(巴峽)이다. 물살이 세고 원숭이 울음이 유난히 애절하다고 하여 파협원명(巴峽猿鳴)의 성어로 알려져 있다. 사관(謝觀)의 〈청부(淸賦)〉에 "파협에 가을이 깊으면 오밤중 원숭이가 달을 보고 부르짖네.[巴峽秋深 五夜之哀猿叫月]" 하였다.

배를 타고 두미를 거슬러 오르며
舟沂斗尾

십 리 맑은 강물이 깊고도 잔잔하니	十里淸江深復平
강에 비친 양쪽 봉우리 그림자 분명하여라	兩邊峯影倒江明
긴 바람이 곧바로 돛단배를 보내니	長風直送布帆去
선사를 타고 옥경으로 오르는 듯하여라[313]	疑是仙槎泝玉京

저녁에 파사성[314] 아래 배를 정박하고
晩泊婆娑城下

파사성 옛 성벽이 강가에 서 있는데	婆娑古壁倚江濆
무너진 성가퀴와 누각이 석양에 비치누나	敗堞殘樓照夕曛
아득한 옛날 흑룡강에서 정벌하여 싸울 때	邈矣黑龍征戰日
어느 누가 장수가 되어 삼군을 주둔했던가	何人持節駐三軍

---

313 선사(仙槎)를…듯하여라 : 선사는 은하수로 가는 신선의 뗏목이란 뜻이다. 전설에 어떤 사람이 바닷가에 살면서 해마다 8월이면 어김없이 뗏목이 떠오는 것을 보고, 그 뗏목에 양식을 가득 싣고 가서 은하수에 당도해, 견우와 직녀를 보았다고 하는 고사에서 유래한 말이다.《張華 博物志》옥경은 백옥경(白玉京)의 준말로 도가(道家)의 원시천존(元始天尊)이 산다는 도읍인데, 천상의 세계를 가리킨다.

314 파사성(婆娑城) : 경기 여주군 대신면(大神面) 천서리(川西里) 야산에 있는 석성(石城). 신라 파사왕(婆娑王) 3년 모녀장군(某女將軍)이 축성하였다는 전설도 있고, 삼국통일 당시 나당연합군의 대접전지요 최후의 싸움터였던 매초성(買肖城)이라는 설도 있다.

여강 앙덕촌을 지나며 이 상공 원익이 무신년 폐조(광해군) 초에 홍주로 귀양 왔다가 여강 앙덕촌에 방귀전리되었다. 계해년(1623) 반정 때 조정에 돌아와 재상이 되었다.

過呂江仰德村 李相公元翼戊申廢朝初謫洪州放歸呂江仰德村田里癸亥反正還入相

여주 고을에 별세계가 있으니	驪鄕有別區
그 지역 경치가 맑고 땅이 외지다	厥區淸且僻
앞으로는 큰 강물을 굽어보고	前臨大江水
뒤에는 긴 송백이 서 있구나	後有長松栢
일찍이 듣건대 이 상공이	曾聞李相公
죄를 받아 이곳에 와 살았는데	被譴來栖息
풍광은 비록 참으로 아름다우나	風光縱信美
칩거하며 문 밖을 나오지 않았으며	杜門身不出
물고기가 있어도 낚시하지 않고	有魚不曾釣
나물이 있어도 뜯지를 않았다지	有菜不曾掇
반정으로 나라가 새롭게 바뀌어	周邦命維新
성스러운 임금께서 등극하시니	聖辟臨寰宇
강호에서 와룡[315]을 일으키니	江湖起臥龍
조서가 와서 옛 사람 구했지[316]	鳳詔來求舊
붉은 신발로 돌아가 침착하시니[317]	赤舃歸几几

---

315 와룡(臥龍) : 누운 용이란 뜻으로, 뛰어난 경륜을 품고 재야에 있는 사람을 가리킨다. 제갈공명(諸葛孔明)을 와룡이라 불렀다.

316 옛 사람 구했지 : 사람을 쓸 때 되도록 노신(老臣)을 등용한다는 뜻이다. 《서경(書經)》〈반경 상(盤庚上)〉에 "사람은 옛 사람을 구하고, 기물은 옛 것을 구하지 않고 새 것을 구한다.[人惟求舊 器非求舊 惟新]" 하였다.

317 붉은…침착하시니 : 붉은 신발은 고대 천자나 제후가 면복(冕服)에 신는 신발이다. 《시경(詩經)》〈빈풍(豳風) 낭발(狼跋)〉에 "주공(周公)이 큰 아름다움을 사양하시니, 붉은 신발

황각[318]의 자리에 꼭 맞는 분이었지	黃閣且其人
만년에 경사 있음을 기뻐하니	暮生喜有慶
팔방이 다 같이 태평의 기운이어라	八方同一春
그런데 나는 맡은 일이 있어서	而我有幹事
양월[319]에 상류 쪽으로 돌아가노니	陽月歸上游
조각배로 푸른 물결 거슬러 올라	扁舟泝碧流
저물녘 강가에 배를 정박하노라	晚泊江之洲
상공이 살던 집 손으로 가리키니	指點相公宅
숲 저편에 몇 칸 초가집이어라	林邊數間屋
이 분은 검소한 덕이 있으니	斯人有儉德
그 정치가 필시 훌륭하리라	其政必不息
지금 내가 와서 덕을 우러르니	今我來仰德
마을 이름 헛되이 얻은 게 아닐세[320]	村名不虛得

협곡의 강물을 거슬러 오르며 여강에서 읊은 것이다.

沂峽流 呂江

먼 하늘에 가을 기러기 우니	遠天霜雁叫

신고 침착하시도다.[公孫碩膚 赤鳥几几]" 하였다. 이는 주(周)나라 성왕(成王) 때 주공이 섭정(攝政)하면서 비방과 의심을 받았으나 붉은 신을 신고 편안하고 침착하게 있었음을 찬미한 것이다. 여기서는 이원익이 재상으로서 위의(威儀)를 갖추었음을 말한다.

318 황각(黃閣) : 재상부(宰相府)를 가리킨다. 한대(漢代) 이후 승상(丞相) 또는 삼공(三公)의 관서(官署)에 붉은 색을 칠한 대궐의 주문(朱門)을 피하여 청사(廳舍) 문에 황색을 칠했던 데서 온 말이다.

319 양월(陽月) : 음력 10월의 이칭이다.

320 지금…아닐세 : 앙덕촌(仰德村)이란 마을 이름이 덕을 우러른다는 뜻이므로 이렇게 말한 것이다.

외로운 길손 가장 먼저 슬퍼라	孤客最先悲
협곡 길 송강이 험하니	峽路松江險
배로 강물 거슬러 오름이 더디네	舟行泝水遲
노니는 물고기는 놀라 발랄하고	游魚驚撥剌
한가한 백로는 사람을 따르는 듯	閒鷺若相隨
찬비가 저물녘에 급히 내리니	寒雨晚來急
가벼운 노가 지탱하지 못하누나	輕槳不自持

강기러기 여강에서 읊은 것이다.
江鴻 呂江

백 천 마리 구비진 물가에 떼 지어 모이니	千百爲群集曲渚
행렬인 듯 대오인 듯 군대를 정돈하는 듯	若行若伍若振旅
바람 앞 흰 물결에 찬 깃털을 씻고	風前白浪刷寒毛
강물 덮은 낙조에 가벼운 솜 흐르는 듯	蔽江落日流輕絮
강에서 밤 불빛이 짐짓 깜박거리니	江中夜火故明滅
죄 없는 네 종[321]을 쫓지 말라	莫將爾奴無罪去

원앙 여강에서 읊은 것이다.
鴛鴦 呂江

하늘 저편에서 쌍으로 날고	天際雙飛去
모래톱에서 날개 나란히 간다	沙頭比翼行

---

321 종[奴] : 기러기가 떼를 지어 물가에서 머물 때, 주위의 많은 기러기를 시켜 야경(夜警)을
　　서게 한다고 한다. 그들을 기러기 종[雁奴]이라 한다. 《玉堂閒話》

아아 날짐승의 성품도	嗟哉禽鳥性
이처럼 곧은 정절 지키는구나	如是保堅貞

강물에 흘러가는 나무 등걸
流査

어느 산의 고목이 뽑혀서	何山發古木
강물에 떠내려 오는가	漂蕩下江流
알지 못하겠네 며칠이 걸려	不知能幾日
천진에 도착할 수 있을지[322]	歸到天津頭

여씨의 강가 정자에 올라 여강에서 읊은 것이다.
登呂氏江亭 呂江

높은 정자 아스라이 찬 강물 가에 섰나니	危亭漂渺枕寒江
일대의 풍광이 팔방에서 빙 둘러쳤어라	一帶風光擁八窓
백구 한 점이 가벼이 날아 상쾌한 흥 보태고	鷗點輕輕添爽興
기러기 행렬이 줄 지어 가 시상을 어지럽히네	雁行陣陣亂詩腔
여울 소리 철썩철썩 은하수가 떨어지는 듯	灘聲淅瀝天河落
산의 형세 울뚝불뚝 지맥이 내려앉은 듯	山勢層礚地脈降
이 중에서 한가히 보매 어느 경치가 가장 좋은가	箇裏閒瞻誰最勝
황포 돛이 탈없이 가을 배에 걸려 있는 것일세	布帆無恙掛秋艭

---

322 며칠이…있을지 : 천진(天津)은 은하수이다. 강물이 은하수와 연결되어 있다는 가정 위에서
　　말한 것이다.

갑자년(1624) 겨울에 두성의 혼사로 횡성에 가며 쌍령 도중에서 짓다
甲子冬以斗成婚事往橫城雙嶺途中作

깊은 산길이 적적한데	寂寂深山路
주린 까마귀 고목에서 우누나	飢烏古樹啼
나그네 길 오늘 밤에는	客行今日夕
어느 곳에서 묵을거나	何處可安棲

지평 도중에 두성의 혼사로 횡성에 갈 때 지은 것이다. 이하 6수이다.
砥平途中 以斗成婚事往橫城時所作以下六首

막막한 높은 산은 끝없이 뻗어가고	高山漠漠行無盡
유유히 흐르는 강물은 끝없이 흘러간다	大水悠悠去無窮
진종일 말 타고 가도 사람 보이지 않으니	竟日揮鞭人不見
이 몸이 호중[323]에 들어간 것 아닌가 하노라	此身疑是向壺中

이뢰를 건너고 갈령을 넘으며 지평에 있다. 한 시내에 아홉 나루가 있고 한 길이 아홉 구비이다.
渡梨瀨踰葛嶺 在砥平一川九渡一路九曲

아홉 구비 긴 시내 아홉 구비 비탈길	九曲長川九折坡

---

323 호중(壺中) : 신선이 사는 별천지를 뜻한다. 호공(壺公)이란 신선이 저잣거리에서 약을 팔고 있었는데, 모두 그저 평범한 사람인 줄로만 알고 있었다. 비장방(費長房)이란 사람이 호공이 천장에 걸어둔 호로 속으로 들어가는 것을 보고는 비범한 인물인 줄 알고 매일같이 정성껏 그를 시봉하였다. 하루는 호공이 그를 데리고 호로 속으로 들어갔는데, 호로 속은 완전히 별천지로 해와 달이 있고 선궁(仙宮)이 있었다 한다.《神仙傳 壺公》

도중에 흰 바위들이 삐죽삐죽 솟았구나   途中白石起嵯峨
인생에 깊은 산 속 나그네 되지 말라   人生莫作深山客
도깨비 광풍이 이곳에 유독 많으니   魍魎狂風此地多

갈령을 지나며
過葛嶺

말 앞에 산봉우리가 우뚝이 솟았는데   有山突兀馬前起
험준한 바위들이 내게로 떨어질 듯해라   有石嶔嶒向我落
처음 보아서는 길이 통하지 않을 듯하더니   初看忽若路不通
곧바로 나아가매 바위틈이 열려 기쁘구나   直進方欣巖鎖闢
사방으로 뚫린 험한 돌길을 밟고 걸어   傍通曲達踏犖角
진종일 산길에서 수십 리를 가노라   盡日山程行數十
내 원컨대 천공이 두들기고 깎아서   我願天工下椎鑿
험준한 길 숫돌처럼 평평히 깎아주기를   削盡崎嶇平如砥
그런 뒤에 시인 묵객들이 이곳에 오면   然後騷人墨客到此地
시 읊느라 수염을 꼬아 끊으며[324] 퇴고하다   吟髭撚斷定敲推
채찍 드리운 채 말에 몸 맡겨도 넘어지지 않으리   信馬垂鞭能不躓

저물녘 이정촌으로 가며 이정촌은 횡성 길가에 있는 마을 이름이다.
晚向梨亭村 橫城路傍村名

산의 숲 우거졌는데 시내는 상하로 흐르고   山木森森溪上下

---

324 수염을 꼬아 끊으며 : 시를 읊느라 고심하는 것이다. 당(唐)나라 노연손(盧延遜)의 〈고음
(苦吟)〉에 시구를 생각하느라 고심하는 것을 형용하여 "읊조려 한 글자를 놓느라, 몇 가닥
수염을 꼬아서 끊는다.[吟安一箇字 撚斷數莖鬚]" 하였다.

바위 산 우뚝한데 길은 동서로 나 있구나	巖巒矗矗路東西
우러러보면 그저 하늘 한 쪽만 보일 뿐	仰面只看天一片
알지 못하겠네 어느 곳에서 사람이 사는지	不知何處有人棲

횡성을 보니 읍리가 넓게 펼쳐졌기에
見橫城邑里平曠

큰 산 긴 골짜기에 험한 길을 따라	太山長峽路崎嶇
종일 여윈 말 몰아 한 치 한 치 왔어라	竟日羸驂寸寸駈
읍에 나오매 드넓은 평지 보여 반가우니	出郭喜見平地濶
이 몸이 비로소 선계에 이른 듯하여라	怳然身始到仙區

횡성 김 교관의 별업에서 김 교관은 두성의 빙군인 김유이다.
橫城金敎官別業 即斗成聘君金愉

어느 해에 여기 와 집을 지었나	何年來卜築
별업이 이미 촌락을 이루었구나	別業已成村
그대 복지에 사는 것을 보니	見君居福地
다시는 도원[325]을 말하지 말아야겠군	無復說桃源

---

325 도원(桃源) : 무릉도원(武陵桃源)을 가리킨다. 도연명(陶淵明)의 〈도화원기(桃花源記)〉에 어떤 어부가 시내를 따라가다가 길을 잃었는데, 복사꽃이 물에 떠 있는 것을 보고 물을 거슬러 올라가 무릉도원을 만났다고 한 고사에서 온 말이다.

역신을 보내며
送疫神

어린 종에게 역질 준 명신을 잘 만났나니	好值明神疫小僮
근래에 그대 예우한 것이 더욱 공손했었지	邇來崇奉禮彌恭
이제 술과 떡을 대접해 정성껏 보내노니	今將酒餠勤相送
동서든 남북이든 마음껏 떠나가시구려	任去西南與北東

저물녘 동촌으로 가며 을축년(1625)
晚向東村 乙丑

방초 우거진 긴 들판에 비 갠 경치 환한데	芳草長郊霽景明
한 쌍의 백로가 앞 물 가에 앉누나	一雙鷗鷺下前汀
짧은 신발 낮은 모자로 절름발이 나귀 타고	短靴低帽蹇驢上
시를 많이 읊어도 심정을 다 표현하지 못하겠네	多少淸吟不盡情

봄날 정 좌랑을 방문하여 정 좌랑의 이름은 응운[326]인데 시로 세상에 이름났다.
春日訪鄭佐郎 名應運以詩鳴於世

만학천봉은 온통 금수를 놓은 듯한데	萬壑千峯錦繡光
두 사람 격의 없이 앉아 술을 마시노라	一樽相對兩疎狂
현담을 나누느라 석양이 지는 줄도 몰라	玄談不覺斜陽盡
허겁지겁 말을 타고 긴 협곡길 나온다	忙着歸鞭峽路長

---

326 정응운(鄭應運) : 본관은 동래(東萊), 자는 시망(時望)이다. 정창연(鄭昌衍)의 족질이다. 허
　균(許筠), 권필(權韠) 등과 교유했다.

저물녘의 정취
暮意

어둑한 빛이 남쪽 골짜기에 일고	暝色生南谷
갈까마귀는 먼 산으로 날아가누나	寒鴉度遠岑
처마 아래 시름겨워 홀로 섰노라니	茅簷愁獨立
초승달이 동쪽 숲에서 떠오르누나	新月出東林

솔잎과 국화를 복용하며
服松菊

흰 해가 서쪽에서 동쪽으로 가니	白日西復東
한 해는 마치 흐르는 물과 같아라	年光若流水
젊은 얼굴이 어느덧 늙어졌으니	昭顏却成老
이 생애 어찌 장구히 살 수 있으랴	此生寧久視
날아오르는 신선술 배우고 싶지만	欲學飛陞術
단약을 만들기가 쉽지 않구나	丹砂未易造
불사하는 신선술 배우고 싶지만	欲學不死法
호흡하는 도[327]를 얻기가 어려워라	呴噓難得道
애오라지 늙음을 물리치는 약으로	聊將却老劑
솔잎과 국화를 때로 복용하노니	松菊時能服
늙는 나이는 끝내 붙잡을 수 없고	頹齡終未□
젊음을 어느 정도 유지할 수 있어라	扶少猶可得

---

327 호흡하는 도 : 단전호흡과 같은 도가(道家)의 수련법을 말한다.

그리운 사람
所思

저물녘 빗줄기가 산촌을 덮으니	山雨羃暮村
병든 나뭇잎이 앞뜰에 떨어진다	病葉墜前庭
귀뚜라미는 뜰 가에서 울어대고	秋蛩庭際鳴
들국화는 울타리 가에 푸르구나	野菊籬邊靑
빈 집에 홀로 편안히 앉았노니	虛堂獨倚席
그리운 사람은 먼 길에 있어라	所思在遠道
한 통의 서신을 부치고 싶지만	欲寄一封書
남쪽 하늘 아래 물결이 드넓구나	南天波浩浩

산비
山雨

산바람은 시내에서 울고	山風鳴澗曲
산비는 길게도 오는구나	山雨到來長
들판 저편에서 늦더위 물리치고	野外鏖殘暑
처마 끝에서 저녁 서늘함 보내온다	簷端送夕凉
서책을 때로 읽을 만하고	簡編時可閱
거문고 술도 즐기기 좋아라	琴酒此宜張
원컨대 이 맑고 한가로운 생각을	願把淸閑思
자수[328]하는 곳에다 전해 주었으면	將傳炙手場

---

328 자수(炙手) : 가까이 가면 손이 덴다는 말로, 권세가 대단함을 비유한 것이다. 여기서는 권
　　세를 탐내느라 이런 행복을 모르는 사람들을 가리킨다. 당(唐)나라 두보(杜甫)의 〈여인행
　　(麗人行)〉에 "손 델 만큼 뜨거운 권세 비길 데 없으니, 조심하여 승상의 노여움에 가까이 가

산달
山月

산달이 내 옷깃을 비추고	山月照我衣
산바람이 내 두건에 불어온다	山風吹我幘
산보하며 뜰을 둘러보니	散步遶庭際
흰 이슬이 소나무 아래 떨어지네	白露松下滴
옛날에도 서늘한 가을 노래했던	緬憶詠凉天
고인의 심정이 나와 꼭 같구나	古人心一契
이런 까닭에 군자는	所以君子人
천백 년 위로 상우329하는 게지	尙友千百世

백로음
白鷺吟

아침에 백로가 동쪽으로 날아가더니	朝看白鷺東飛去
저녁에 백로가 서쪽으로 날아 돌아온다	暮看白鷺西飛還
날아오고 날아가는 건 결국 무슨 뜻인가	飛來飛去竟何意
아침저녁 구름 낀 물가에서 물고기 노리누나	朝暮窺魚雲水灣

지 말라.[炙手可熱勢絶倫 愼莫近前丞相嗔]" 하였다.

329 상우(尙友) : 위로 고인(古人)을 벗하는 것이다. 맹자(孟子)가 "한 지방의 훌륭한 선비라야 한 지방의 훌륭한 선비들과 사귈 수 있고, 한 나라의 훌륭한 선비라야 한 나라의 훌륭한 선비들과 사귈 수 있고, 천하의 훌륭한 선비라야 천하의 훌륭한 선비들과 사귈 수 있다. 천하의 선비들과 사귀는 것으로도 만족하지 못하여 다시 위로 올라가 고인(古人)을 논하는 것이니, 그 시를 외고 그 저서를 읽고도 그 사람을 알지 못해서야 되겠는가. 이런 까닭에 그 사람이 산 시대를 논하는 것이니, 이것이 상우이다.[一鄕之善士斯友一鄕之善士 一國之善士斯友一國之善士 天下之善士斯友天下之善士 以友天下之善士爲未足 又尙論古之人 頌其詩讀其書 不知其人可乎 是以論其世也 是尙友也.]" 하였다.《孟子 萬章下》

물고기 노리는 데 너무 열중하느라	窺魚如不及
네 자신이 편안하지 못해 보인다	見汝身無安
물고기 노리기를 그칠 수 없으니	窺魚不可止
이는 목숨이 달린 것이기 때문이지	所以軀命關
사람으로서 새만도 못하여	人以不如鳥
편안히 누워 늘 굶주림과 추위에 시달린다	偃臥長飢寒
굶주림과 추위에 시달림은 괜찮지만	飢寒不足恤
그저 이 몸이 늘 한가하길 바라노라	但願身長閑
한가함이 백로보다 낫다면	身閑勝白鷺
평생 무엇이 즐겁지 않으리오	一生何不歡

가을에 심 척장의 유거를 방문하여 심 척장은 이름이 전인데, 뒤에 동지중추부사가 되었다.

秋日訪沈戚丈幽居 名傳後爲同知

집은 그윽하고 산세가 험하니	宅幽山勢阻
티끌세상과는 아주 멀어졌구나	塵世永相忘
원숭이와 학[330]은 풍상에 늙어가고	猿鶴風霜老
소나무 대나무는 세월 속에 자란다	松篁歲月長
주렴을 여니 푸른 소매[331]가 가깝고	開簾翠袖近

---

330 원숭이와 학 : 원숭이와 학은 은자(隱者)가 사는 산속을 뜻한다. 즉 은거하던 곳을 그리워한
  다는 뜻이다. 남북조(南北朝) 공치규(孔稚珪)의 〈북산이문(北山移文)〉에 "혜초 장막은 비
  었는데 밤마다 학은 울고, 산인이 떠나자 새벽 원숭이 놀란다.[蕙帳空兮夜鶴怨 山人去兮曉
  猿驚]" 하였다.

331 푸른 소매 : 아름다운 여인을 가리킨다. 두보(杜甫)의 시 〈가인(佳人)〉에 "하늘은 찬데 푸른
  옷소매 얇고, 해 저물녘 긴 대에 의지하네[天寒翠袖薄 日暮倚修竹]"이라 하여, 님을 그리워
  하는 외로운 여인의 마음을 읊었다.

걸상을 쓰니[332] 푸른 구름 서늘해라	掃榻碧雲凉
본래 사람 발길이 닿지 않은 세계이니	自是鴻荒界
누가 이 은거하는 곳 찾아올 수 있으랴	誰能訪羽藏

초여름에 사신사를 유람하며 초천현 남쪽 태을산에 있다.

初夏遊捨身寺 在草川縣南太乙山

말을 타고 산림 속에 들어가	騎馬入山林
비로소 초제[333]의 세계에 발을 디뎠다	始涉招提境
산에 날씨 맑으니 햇빛이 환하고	山晴日色烱
시냇가 나무 맑은 그림자 흔들려라	磵木搖淸影
돌길은 이끼가 끼어 미끄럽고	石逕苔蘚滑
바위 모서리는 칡넝쿨이 빽빽하구나	巖角藤蘿密
구름은 산에 자욱한데	雲關正深邃
절은 산속 깊은 곳에 있어라	禪關藏山膈
승려는 스스로 한가로워서	居僧自閒逸
길손을 보고도 곤란한 기색 없네	見客無艱色
산사 주방은 음식 없어 부끄러우니	山廚愧無食
그저 다과만 상 위에 올려왔구나	茶果陳床前
현담을 오랫동안 나누다 보니	玄談久不厭
태양이 서쪽으로 떨어지는구나	曜靈垂西淵
집에 돌아갈 생각이 급해지니	茅簷歸思迫

---

332 걸상을 쓰니 : 손님을 맞이하려고 걸상을 소제하는 것이다. 송(宋)나라 육유(陸游)의 〈기제
　　서재숙수재동장(寄題徐載叔秀才東庄)〉에 "남대의 중승은 걸상을 쓸고서 만나고, 북문의 학
　　사는 신발을 거꾸로 신고서 마중한다.[南臺中丞掃榻見 北門學士倒屣迎]" 하였다.

333 초제(招提) : 절 또는 승려의 이칭이다. 주76 참조.

속세 몸이라 속세가 그리워진다 　　　　穢髓催塵心
집에 돌아와 소금[334]을 어루만지는데 　　歸來撫素琴
등라 사이로 달이 동림에 떠오르네 　　　蘿月生東林

이 정자 보[335]가 방문했기에
李正字莆見訪

푸른 창 아래 서로 마주해 　　　　　相對碧窓下
맑은 용모 사랑스레 보노라 　　　　愛看眉宇淸
회포를 토로할 제 간담이 드러나고 　　吐懷肝膽露
일을 논할 때는 귀신이 놀랄 정도 　　論事鬼神驚
준걸인 그대는 시무를 알건만 　　　俊傑知時務
무능한 나는 세정에 싫증나네 　　　疏慵厭世情
은근한 정 나누는 오늘밤 만남 　　　慇懃今夕會
좋은 우정이 평생에 이어지길 　　　蘭契百年成

동쪽 집의 분국
東家盆菊

서리 뒤에 노오란 한 섬의 금수염 　　一斛金髭霜後黃
높은 풍모 빼어난 절조 침상을 마주했네 　高標逸操對寒床

---

334 소금(素琴) : 아무런 장식도 없고 현도 걸지 않은 거문고로, 은자(隱者)의 거문고를 뜻한다.
　　《송서(宋書)》卷93 〈도잠전(陶潛傳)〉에 "도연명은 음률(音律)을 모르면서 소금(素琴) 한
　　벌을 집안에 두었는데 줄이 없다. 술기운이 얼큰하면 손으로 어루만져 뜻만 부쳤다." 하였
　　다. 이백(李白)이 이 고사를 차용하여 지은 〈희증정율양(戲贈鄭溧陽)〉이란 시에 "소금은 본
　　래부터 현이 없고, 술 거를 땐 갈건을 사용하지.[素琴本無絃 漉酒用葛巾]" 하였다.

335 이보(李莆) : 본관은 전주(全州), 자는 형숙(馨叔)이다. 1624년 증광시에 합격했다.

부탁하노니 그대 아름다운 꽃송이 꺾어서 憑君莫折皇皇朶
술병 앞 소매 가득한 향기를 줄이지 마오 減却樽前滿袖香

늙은 잣나무
老柏

일만 골짜기에 풍상이 무겁고 萬壑風霜重
일천 산에는 초목이 시들건만 千山草木凋
뜰 앞에 몇 가지 잣나무만은 庭前數枝柏
홀로 세한의 자태[336]를 지키누나 獨保歲寒條

송십사장 집의 벽에 걸린 그림에 제하다
題宋十四丈壁間畫 名珪

바위틈의 꽃은 늘 지지 않고 巖花長不落
산새는 지저귀어도 소리가 없다 山鳥語無聲
꽃 지고 새 소리 들릴 때까지 花落鳥聲亂
그대 길이 술 마시며 한가롭기를 請君長醉醒

가을날에 서쪽으로 간 벗을 생각하며
秋日憶西遊友生

서리 내리는 하늘에 기러기 소리 霜天聞一雁
외로운 밤에 이별 회포가 새롭구나 獨夜懷別新

---

336 세한(歲寒)의 자태 : 날씨가 추워도 시들지 않는 잣나무의 지조를 말한다.

만 리 밖 등잔불 앞에 있을 나그네	萬里燈前客
삼추라 이 가을 말 위에 있을 사람	三秋馬上人
오랜 시일 산 넘고 물 건너며	衣裳經跋涉
책과 검을 늘 지니고 다니겠지	書劍久相親
그 언제나 글을 토론하던 곳에서	何日論文地
술잔을 놓고 그간의 고생 얘기할꼬	開樽道苦辛

저물녘 협곡을 지나며
峽中晚行

협곡 안에는 가을도 이미 다해	峽中秋旣盡
서리 맞은 잎이 누렇게 흩날리누나	霜葉已黃飛
여우와 토끼는 빈 숲에서 달아나고	狐兎林空走
용과 뱀은 물이 빠져 드물어졌다[337]	龍蛇水落稀
돌배는 붉은 열매가 보이고	棠梨紅見實
넝쿨은 푸른 빛으로 싱싱하여라	藤子綠曾肥
석양의 흥취를 맘껏 누리다가	領得斜陽興
말 등에 몸 내맡기고 돌아가누나	垂鞭信馬歸

시내의 돌
溪石

푸르고 누른 빛 돌이 있는데	有石青黃色
그 모습 무어라 비길 데 없어라	形容無比倫

---

337 용과…드물어졌다 : 늦가을이 되어 하천에 물이 줄어서 어류(魚類)가 적어졌다는 뜻이다.

봉우리 같지만 삐죽하지 않고	如峯非峭峻
산줄기 같지만 가파르지 않구나	似嶽不嶙峋
한 구멍이 가운데 쪽에 뚫렸고	一穴通中曲
세 모서리 고르게 겉을 깎은 듯	三隅削外均
계곡 속에서 오래 정기가 모여	凝精溪壑裏
물결에 떠돈 지 몇 천 년이런가	漂轉幾千春

북을 치며
擊皷

가을 산 아래서 북을 쳐서	擊鼓秋山下
둥둥 울리며 백신을 제향한다	坎坎享百神
완구[338]는 좋은 제사가 아니고	宛丘非好祀
촌사[339]는 그 제사가 정결하여라	村社事明禋
무당을 따라 신을 맞이하고 보내며	迎送隨靈覡
제사 정성은 마을 사람에 맡겨둔다	虔誠任土人
굴평이 지금 있지 않으니	屈平今不在
누가 새 죽지사를 지을꼬[340]	誰作竹枝新

---

338 완구(宛丘) : 완구는 진(陳)나라 도읍지의 이름으로, 그 풍속이 무격(巫覡)을 숭상하여 방탕하고 혼란하였다. 《시경》〈진풍(陳風) 완구(宛丘)〉에 "그대의 방탕함이여, 완구의 위에서 하는도다.[子之湯兮 宛丘之上兮]" 하였다.

339 촌사(村社) : 농촌에서 토지신(土地神)에게 제사하는 것이다. 《구당서(舊唐書)》〈사공도전(司空圖傳)〉에 "세시(歲時)로 촌사를 지낼 때 기우제를 지내 기도하고 사람들이 모여 북을 치고 춤을 춘다." 하였다.

340 굴평(屈平)이…지을꼬 : 굴평은 전국시대 초(楚)나라 굴원(屈原)이다. 평(平)이 이름이고 원(原)은 자(字)이다. 죽지사(竹枝詞)는 주로 지방의 풍속이나 여인의 정서를 읊는 가사(歌詞)의 일종이다. 소식(蘇軾)의 〈죽지가(竹枝歌) 자서(自序)〉에 의하면, 죽지사는 본래 초(楚)나라에서 발생한 노래로 회왕(懷王)·굴원(屈原)·항우(項羽) 등의 슬픈 이야기가 전

참새
有雀

참새가 뜰의 나무에 날아와	有雀來庭樹
가만히 앉아서 달아나지 않네	安停不避驅
지저귀며 깃들 곳 있음을 기뻐하고	喈喈欣有托
자득하여[341] 몸 온전함을 즐거워한다	得得賀全軀
비록 기심을 잊은 사람[342] 만났더라도	縱遇忘機客
모름지기 색거[343]의 근심을 가져야지	須存色擧虞
세간의 무한히 많은 손들이	世間無限手
모두 활을 잡고 있으니	皆是挾彈徒

승되어 원통하고 애달픈 곡조를 이루게 되었다고 한다. 여기서는 굴원이 자신의 한을 읊은 노래라고 생각하고 말하였다.

341 자득하여 : 주 282 참조.

342 기심(機心)을 잊은 사람 : 기심은 세상의 득실과 이해를 계교하는 마음인데 여기서는 참새를 잡으려 하는 마음이다. 옛날에 바닷가에 사는 사람이 날마다 바닷가에 나가 갈매기와 놀았는데 갈매기들이 그를 의심하지 않고 함께 놀았다. 하루는 그의 아버지가 그에게 갈매기한 마리를 잡아오라고 하여 바닷가에 나갔더니 갈매기가 그에게 오지 않았다. 그에게 기심(機心)이 생겼기 때문에 갈매기가 멀리한 것이다.《列子 黃帝》

343 색거(色擧) :《논어(論語)》〈향당(鄕黨)〉에 "새가 사람의 기색을 보고 날아올라 한참을 빙빙 돈 뒤 내려와 앉는다.[色斯擧矣 翔而後集]"한 데서 온 말로, 사람이 해칠까 조심하는 것을 뜻한다.

남한산성 중수 2수 ○광주에 있다. 인조반정 후 훈신 이서[344] 등이 건설하고 중수했다. 병자호란 때 성상이 이 성에 들어가 겨울부터 봄까지 고수하다가 강화를 맺은 후 어가가 환도하였다.

南漢山城重修 二首 ○在廣州反正後勳臣李曙等建設重修丙子亂主上入城自冬至春固守講和後車駕還都也

천년의 땅에 우뚝한 옛 성첩	古堞千年地
중수한 조정의 생각 훌륭하구나	重修廟算長
성 둘레는 칠 리가 족히 되고	周遭七里足
한 사내가 막을 험준한 요새[345]로다	危險一夫當
샘물은 삼군이 마실 만큼 넉넉하고	泉富三軍吸
창고에는 백전을 치를 군량 쌓였지	倉盈百戰粮
인화에다 지리까지 겸하였으니[346]	人和兼地利
어찌 강하지 않다 할 수 있으랴	安得不云强

---

344 이서(李曙) : 1580~1637. 본관은 전주(全州), 자는 인숙(寅叔), 호는 월봉(月峰)이다. 효령대군(孝寧大君)의 후손으로, 목사 경록(慶祿)의 아들이다. 인조반정 때 세운 공로로 정국공신(靖國功臣) 1등에 책록되었으며 완풍군(完豐君)에 봉하여졌다. 1628년 형조 판서를 거쳐 1632년에는 특명으로 공조 판서가 되어 각처에 산성을 수축하여 청나라의 침입에 대비하였다. 병자호란이 일어나자 어영제조(御營提調)로 왕을 호종하고 남한산성에 들어가 지키다가 이듬해 정월에 적군이 겹겹이 포위하고 항복을 재촉하는 가운데 군중에서 죽었다. 시호는 충정(忠正)이다.

345 한 사내가…요새 : 한 사람이 만 명의 적을 막을 수 있는 요충이란 뜻이다. 당(唐)나라 이백(李白)의 〈촉도난(蜀道難)〉에 "검각이 우뚝 험준하게 서 있으니, 한 사내가 지켜도 만 사내가 열지 못한다.[劍閣崢嶸而崔嵬 一夫當關 萬夫莫開]" 하였다.

346 인화(人和)에다 지리까지 겸하였으니 : 전쟁에서 승리하는 데 가장 중요한 두 가지 요건이 갖추어졌다는 뜻이다. 맹자가 "천시가 지리만 못하고 지리가 인화만 못하다.[天時不如地利 地利不如人和]" 하였다.《孟子 公孫丑下》

백이의 금성[347]이 정녕 험준하니	百二金城險
천추에 영원히 무너지지 않누나	千秋久癈荒
뉘라서 국가의 운명 이어서	誰能綿國步
옛 요새인 이 성을 중수했는고	重設古關防
흰 성가퀴는 높아 하늘에 닿고	粉堞凌霄漢
붉은 누각은 가파른 벼랑에 섰네	丹樓倚絶崗
목숨 바쳐 지킬 충신이 많으니	信臣多效死
외적을 반드시 무찌를 수 있으리	冠賊必戡當

수리산 수리사에 묵으며

宿修理山寺

지팡이 짚고서 산사에 오니	杖錫來山寺
사는 중 한 명에 정갈하여라	居僧一洒然
숲의 바람은 밤에 송뢰 울리고	林風鳴夜籟
소나무에 뜬 달은 매미를 벗하네	松月傍寒禪
묘함을 없애도 향은 외려 묘하고	去妙香猶妙
마음이 깊으니 도가 곧 깊어라	心玄道即玄
여기서 홀연 이 세상을 잊으니	忽焉忘世界
연화로 생긴 병[348]이 낮는 듯하여라	烟火病如痊

---

347 백이(百二)의 금성(金城) : 백이는 백만(百萬)의 적군을 이만(二萬)의 군사로 막을 수 있는
요새라는 뜻으로, 원래는 진(秦)나라 수도 함양(咸陽)을 가리킨다. 금성은 금성탕지(金城湯
池)의 준말로 역시 험준한 요새를 뜻한다.

348 연화(烟火)로 생긴 병 : 화식(火食)을 하여 몸이 속된 것을 뜻한다. 연화는 불을 때어 밥을
짓는 것이다. 신선은 솔잎을 씹으며 생식을 하고, 불로 익힌 음식을 먹지 않는다고 하기 때
문에 이렇게 말한 것이다.

번민을 달래며
自遣

솔잎과 눈을 먹을 겨를 없으니	未暇餐松雪
연화의 창자를 치료하기 어렵구나	愁差烟火腸
검은 티끌이 흰 옷을 더럽히고	緇塵衣染素
흰 머리털이 검은 살쩍에 들어오네	白髮鬢侵霜
세상 득실은 광가를 부르며 잊고	得失狂歌外
일신 영고는 통음을 하며 잊는다	榮枯痛飮傍
저 좋은 천명을 즐길 뿐이니	樂夫天命好
무엇하러 서둘러 다니리오[349]	何必更遑遑

기와
陶瓦

흙을 깎아 기와를 구워서	斲土燔其瓦
지붕을 이어 눈비를 막는다	蓋爲防雨雪
사람이 맨땅에 거처하면 병드니	人生土處病
그래서 집을 짓는 것이지	所以爲宇室
훌륭해라 옛날의 성스런 왕들은	猗歟古聖辟
그 거처가 매우 비좁았건만	其居但容膝
어이하여 지금 세상 사람들은	如何今世人

---

349 저 좋은…다니리오 : 천명에 따라 즐거이 살 뿐이지 명리를 얻으려 하지 않겠다는 뜻이다. 도
연명의 〈귀거래사〉에 "애오라지 운화를 타고 다함으로 돌아갈 것이니, 천명을 즐길 뿐 다시 무엇
을 의심하랴.[聊乘化以歸盡 樂夫天命復奚疑]" 하였고, "그만이로다. 몸을 우주 안에 두고 사는
것이 다시 얼마나 되리오. 어찌하여 내 마음대로 가고 머묾을 맡겨두지 않고 무엇 때문에 서
둘러 어디로 가려는가.[已矣乎 寓形宇內復幾時 曷不委心任去留 胡爲乎遑遑欲何之]" 하였다.

필부들도 모두 큰 집을 짓는가	匹夫皆厦屋
푸른 기와를 인 천만 칸 집들이	碧瓦千萬間
산골에 즐비하게 늘어서 있구나	連營滿山谷
기와 굽는 일 이로부터 많아지니	瓦功自此多
번거롭고 바쁘지 않을 수 있으랴	得不煩且劇

사냥매

鞲鷹

푸른 매가 날개를 가다듬으니	蒼鷹整新翮
드높은 기상이 창공을 찌르누나	逸氣凌蒼穹
수호[350] 같은 눈 번개처럼 움직이니	愁胡目光疾
온갖 새들 비명 지르며 달아난다	百鳥悲群空
아아 사나운 맹금의 성질로	嗟哉鷙鳥質
오래도록 사냥꾼에게 부려지니	久爲鞲上躬
만 리를 날 뜻 없는 게 아니나	悲無萬里志
줄에 묶인 몸임을 어이하리오	奈此條鏇長
누가 능히 나의 속박을 풀어서	誰能解我絜
날개를 저어 날 수 있게 해줄꼬	擧翮能飛揚
위로는 높은 하늘의 붕새를 쳐서	上擊九霄鵬
털과 피가 바람에 흩날리게 하고	毛血飄風間
아래로는 깊은 숲 속 범을 쳐서	下擊長林虎
잡은 짐승들 산처럼 많이 쌓아두어	積聚如丘山

---

350 수호(愁胡) : 호인(胡人)의 눈이 움푹하여 시름에 잠긴 것 같기 때문에 생긴 말로, 매의 눈
을 형용하는 말로 쓰인다. 당(唐)나라 두보(杜甫)의 〈왕병마사이각응(王兵馬使二角鷹)〉에
"수호와 같은 눈으로 천지를 바라본다.[目如愁胡視天地]" 하였다.

한편으로는 주인에게 보답하고 　一能報主人
한편으로는 내 가슴 후련히 풀고 　一能快心臆
돌아와 마음껏 주린 창자 채우고 　歸來任飢飽
내 뜻대로 바윗골 어디로든 가련만 　巖壑從吾適

유 족장의 집 벽에 걸린 이 정자의 시에 차운하다
柳族丈壁間次李正字韻

암랑에서 육식하는 것은 운명에 달렸으니[351] 　肉食巖廊命所關
지금은 초야에 은거하여 늙어가시네 　羽藏今日老丘山
창에 달빛 밝은 제 도사[352]의 시 읊조리고 　詩窓月白吟陶謝
휘장에 맑은 바람 불 때 공안[353]의 책 읽는다 　書幌風淸對孔顔
농사일 마쳤을 때 술 마시기가 참 좋고 　農政罷時觴政好
고담을 쉴 때에는 수담[354]이 한가롭도다 　高談休處手談閑
속진의 발자취가 형문[355] 밖에 이르지 않아 　塵蹤不到衡門外
푸른 바위 사이 돌길을 실컷 볼 수 있어라 　賸見蒼巖石逕班

---

351 암랑(巖廊)에서…달렸으니 : 암랑은 의정부이다. 육식(肉食)은 《좌전(左傳)》 장공(莊公) 10
년에 "육식하는 자는 비루하여 원대한 일을 도모할 수 없다.[肉食者鄙 未能遠謀]"한 데서
온 말로, 조정에서 높은 벼슬을 하여 많은 녹봉을 받는 것을 뜻한다. 능력은 뛰어나지만 운
수가 없어 높은 벼슬에 오르지 못했음을 말한다.

352 도사(陶謝) : 뛰어난 시인인 진(晉)나라 도연명(陶淵明)과 남조(南朝) 송(宋)나라 사영운
(謝靈運)의 병칭이다. 두보(杜甫)의 〈강상치수여해세료단술(江上値水如海勢聊短述)〉에
"어찌하면 시상(詩想)이 도연명 사영운 같은 이를 얻어서, 그로 하여금 시 짓게 하고 함께
노닐꼬.[焉得思如陶謝手 令渠述作與同遊]"하였다.

353 공안(孔顔) : 공자(孔子)와 그의 수제자인 안회(顔回)의 병칭이다. 성현(聖賢)을 뜻한다.

354 수담(手談) : 바둑의 이칭이다.

355 형문(衡門) : 원래 나무를 가로로 걸쳐서 만든 소박한 문인데, 후세에는 은사(隱士)의 집을
뜻하는 말로 쓰인다. 《시경(詩經)》 〈진풍(陳風) 형문(衡門)〉에 "형문의 아래여! 편안히 살
만하도다.[衡門之下 可以棲遲]"하였다.

돌개바람
回風

돌개바람 쏴쏴 산골짝에서 일어나니	回風淅淅起山谷
유수처럼 빠르고 말처럼 치달리누나	疾如流水馳如馬
긴 숲에는 우수수 나뭇가지가 흔들리고	長林軋軋聳枝柯
낙엽들이 휘돌면서 어지러이 떨어지네	落葉回回驚復下
이 늙은이 나가 보고는 그만 겁에 질려	老夫出看惻衝襲
옷깃 여미고 황급히 달려 집에 들어온다	攝衣遑遑趨入門
잠깐 사이 불어와 지붕의 이엉에 부딪쳐	須臾來觸屋上茅
이엉을 곧바로 하늘 높이 날아올리누나	直上茅屋干天雲
천지를 경륜하는 기운이 자못 많으니	經綸天地氣頗多
동서남북 모두에 미치는 풍화가 있어라[356]	西北東南皆有風
동남풍은 만물을 기르는 바람이요	東南風屬長萬物
서북풍은 농사를 이루는 바람이건만	西北風能成歲功
아아 이 북풍은 어디서 오는 것인가	嗚呼北風自何方
이 바람은 없어야지 있어서는 안 된다	此風可無不可有
그대는 보지 못했는가	君不見
그 옛날 요순(堯舜)의 시대에는	唐虞上世
온화한 바람 단비에 백곡이 잘 여무니	和風甘雨百穀登
이러한 북풍은 그 당시 불지 않았으리라	此風其時應不吼

---

356 천지를…있어라 : 바람이 천지 사이에 불어서 만물을 성장 소멸시키기 때문에 이렇게 말한
것이다. 풍화(風化)는 교화와 같다. 계강자(季康子)가 정치에 대해 묻자 공자(孔子)가 "군
자의 덕은 바람과 같고 소인의 덕은 풀과 같다. 풀 위에 바람이 불면 반드시 눕는다.[君子之
德風 小人之德草 草上之風 必偃]" 하여 임금을 비롯한 위정자(爲政者)의 덕화를 바람에 비
겼기 때문에 이렇게 말한 것이다.《論語 顏淵》

을축년(1625)에 큰 풍년이 들었기에
乙丑歲大有年

올해는 큰 풍년이 들었으니	今年大有秋
쌀 한 말이 베 한 자 값이로세	斗米布一尺
사방에서 백성들은 즐거워하고	四境民懽虞
조정에는 창고가 넉넉하여라	朝家倉廩足
그 누가 정치를 잘하였기에	誰能燮理善
이러한 아름다운 상서 이루었나	致此嘉祥臻
위로는 주선[357]과 같은 임금 계시고	上有周宣君
아래에는 방소[358]와 같은 신하 있어라	下有方召臣
군신이 한 자리에서 도유[359]하니	都兪一堂上
온화한 바람이 천지에 가득 불어	和風紛氤氳
단비가 되어서 단비를 내리니	化甘注甘注
팔방이 한 구름 은택을 입었어라	八方同一雲
높은 땅과 낮은 땅 가릴 것 없이[360]	汚邪及甌窶
오곡이 논밭에 가득 여물었구나	禾稼盈田疇
지붕 이엉처럼 수레 채장처럼[361]	如茨且如梁

---

357 주선(周宣) : 쇠미해져 가는 왕실을 중흥한 주(周)나라 선왕(宣王)을 가리킨다.

358 방소(方召) : 주(周)나라 선왕(宣王)을 도와 선치(善治)를 이룬 방숙(方叔)과 소호(召虎)의 병칭이다.

359 도유(都兪) : 밝은 임금과 어진 신하가 정사를 토론함을 뜻한다. 도유는 우불도유(吁咈都兪)의 준말로, 우불은 반대, 도유는 찬성을 뜻한다. 요(堯)·순(舜) 우(禹) 등 성왕(聖王)이 신하들과 정사를 토론할 때 찬성과 반대의 의견을 기탄없이 개진하였던 데서 유래한다.《書經 堯典·舜典·大禹謨》

360 높은…없이:《사기(史記)》〈골계전(滑稽傳)〉에 "농민들이 '높은 밭의 수확은 상자에 가득 차고 낮은 논의 수확은 수레에 가득 차기를[甌窶滿篝 汚邪滿車]' 기원했다." 하였다.

집집마다 곡식이 쌓여 있어라	穰穰滿家室
아아 이 늙은 몸이	吁嗟老夫身
태평한 날을 다시 보게 됐구나	復見含哺日
임금을 근심함이 바로 농사 때문이니	憂君正爲此
군국이야 말할 필요가 있으리오	軍國何須說

호드기 소리를 듣고
聞笳

어디에서 부는 호드기 소리인고	何處金笳動
물 서쪽 건너서 맑은 소리 들려온다	淸音隔水西
바람에 섞여 끊어졌다 이어졌다	和風聞斷續
달빛에 끌려 다시금 높았다 낮았다	惹月更高低
고향 떠난 나그네는 눈물을 닦고	拭淚離邦客
멀리 아내를 생각하며 탄식하노라	興嗟憶遠妻
새벽녘에 와선 백설을 불어오니	曉來吹白雪
서리 기운이 더욱 싸늘하구나	霜氣轉凄凄

---

361 지붕…채장처럼 : 곡식이 많이 쌓여 있음을 형용한 것이다. 《시경(詩經)》〈소아(小雅) 보전
(甫田)〉에 "증손의 농사가 지붕 이엉 같고 수레 채장 같다.[曾孫之稼 如茨如梁]" 하였다.

대나무를 북돋워주며
封竹

푸른 대가 본래 외롭고 곧으니	綠竹本孤直
굳센 절개는 겨울 여름이 없어라	勁節無冬夏
군자의 절개에다 비겨 본다면	比之君子人
고락에도 관계없이 변치 않는 게지	夷險無不可
그래서 내가 차군[362]을 사랑하여	而我愛此君
옮겨 심은 지 세월이 지났어라	移栽經歲月
낯선 땅에 외로운 뿌리 내리니	孤根托異土
가지와 잎이 무성하기 어렵지	枝葉難茂密
한여름에도 쑥쑥 자라지 못하거니	盛夏不脩脩
한겨울에 하물며 울창하리오	隆冬況鬱鬱
서리 찬바람이 한창 매서우니	霜風正凛冽
푸른 잎이 죄다 시들고 말았네	綠葉盡萎薾
아아 세한의 자태[363]가	嗟哉歲寒姿
여느 초목처럼 누렇게 잎 지지만	黃落同衆木
누른 잎 떨어짐이 어찌 그 본성이랴	黃落豈其性
제 땅을 떠나 제 본성이 다친 게지	離土傷其天
아이를 불러서 낙엽을 긁어모아	呼童聚木葉
튼튼하게 뿌리 쪽을 북돋워주어	覆封完且堅
이에 그 뿌리를 따뜻하게 해서	於焉暖根本

---

362 차군(此君) : 대나무의 이칭이다. 진(晉)나라 왕휘지(王徽之)가 늘 집에 대나무를 심어 놓고
"하룬들 차군이 없어서야 되겠는가." 하며 친근히 부른 데서 유래하였다.

363 세한(歲寒)의 자태 : 겨울에도 시들지 않는 송백(松柏)의 지조를 가리키는 말인데, 여기서
는 겨울에 시들지 않는 대나무를 가리킨다.

추위에 얼어 죽지 않게 하노니	使免寒凍裂
봄이 와도 행여 죽지 않는다면	春來倘不死
틀림없이 용손[364]이 나올 수 있으리	定得龍孫出
용손이 만약 크게 잘 자라면	龍孫若長盛
서리와 눈 이기는 지조 볼 수 있고	可見凌霜雪
내 죽지 않고 오래 산다면	吾生久不死
해마다 그 열매[365]를 먹을 수 있으리	歲歲餤其實

겨울밤에 정공과 유숙하며 애기를 나누다
冬夜與鄭公留話

오랜 이별 끝에 다시 만난 밤	闊別重逢夜
외로운 등잔불 하나 차가워라	孤燈一穗寒
회포 있어 깊은 정 토로하지만	有懷深見吐
술이 없어 즐겁게 놀 수 없구나	無酒不成歡
백설을 읊는 건 얼마나 괴로운가	白雪吟何苦
청춘은 머물러 두기 더욱 어려워라	靑陽駐更難
그대는 자기 재능 드러내지 않으니	歎君羞自衒
빈 골짜기에 그윽한 난초만 늙어간다[366]	空谷老幽蘭

---

364 용손(龍孫) : 죽순을 비유한 말이다. 주 97 참조.

365 열매 : 대나무의 열매인 죽실(竹實)을 가리킨다. 봉황은 죽실이 아니면 먹지 않는다고 한다.
은사(隱士)가 먹는 양식을 뜻하기도 한다. 진(晉)나라 손성(孫盛)의 《위씨춘추(魏氏春秋)》
에 "예전에 소문산(蘇門山)에 간 적이 있다. 한 은자(隱者)가 있었는데 그 성명은 알 수 없
고 죽실 한 섬과 절구만 있을 뿐이었다." 하였다.

366 그대는…늙어간다 : 뛰어난 재능을 가지고도 벼슬길에 나가지 않고 초야에 묻혀 사는 것을
뜻한다. 난초는 은자에 비유된다.

콩죽
豆粥

동짓달에 서리 눈이 내리니	復月霜雪至
농가에는 월동 준비를 마쳤다	田家寒事畢
오지 솥에는 콩죽이 끓는 소리	瓦釜鳴豆粥
먹으니 그 맛이 꿀처럼 달구나	食之甘如蜜
한 사발에 땀이 조금 나고	一椀輕汗出
두 사발에 몸이 훈훈하여라	二椀溫氣發
아내와 자식들을 돌아보며	相顧語妻孥
이 맛이 깊고도 좋다고 했더니	此味深且長
아내와 자식들은 웃고 돌아보며	妻孥笑相顧
밥상에 고량진미가 없다고 하네	盤膳無膏粱
고량진미를 어찌 말할 수 있으랴	膏粱安可說
육식은 무상한 것[367]임을 아노라	肉食知無常

남의 상여를 보고 감회가 일어
見人靈轝有感

십 리라 황량한 마을은 먼데	十里荒郊遠
황천길을 인도하는 해가[368] 소리	薤歌引路長

---

367 육식은 무상한 것 : 육식(肉食)은 고기를 먹는 것으로 높은 벼슬을 하여 호의호식(好衣好食)하는 것을 가리킨다. 즉 호의호식하는 사람들도 권세를 잃으면 불행해지기 때문에 육식은 믿을 수 없는 무상한 것이라는 뜻이다.

368 해가(薤歌) : 만가(輓歌)인 〈해로가(薤露歌)〉의 준말이다. 원래 옛날 〈해로가〉의 1장(章)이 "염교 위 아침 이슬은 어찌 그리 빨리 마르는가.[薤上朝露何易晞]"로 시작하기 때문에 이런 명칭이 붙게 되었다.

유소는 금빛 봉황이 토하고[369]	流蘇金鳳吐
푸른 깃발에 채색이 빛난다	油碧彩翬汰
흰 운삽(雲翣)은 찬 달빛에 흔들리고	素翣搖寒月
붉은 명정(銘旌)은 새벽 서리에 나부낀다	丹旌拂曉霜
사람이 살다 이 날에 이르면	人生到此日
만사가 그만 망양[370]인 것을	萬事已忘羊

---

369 유소(流蘇)는…토하고 : 유소는 채색 깃털 또는 실로 만든 수술 장식이다. 당(唐)나라 노조린(盧照鄰)의 〈장안고의(長安古意)〉에 "용이 문 보배 일산은 아침 햇살을 받고, 봉황이 토하는 유소는 저녁 노을을 띠었다.[龍銜寶蓋承朝日 鳳吐流蘇帶晚霞]" 하였다. 여기서는 상여의 장식을 가리킨다.

370 망양(亡羊) : 다기망양(多岐亡羊)의 준말로 여기서는 덧없는 인생을 마침을 뜻한다. 양자(楊子)의 이웃 사람이 양을 잃고 그 무리를 다 동원하고 다시 양자의 종까지 동원하여 찾으려 하였다. 이에 양자가 묻기를 "한 마리 양을 잃고 찾으러 가는 사람이 어찌 이렇게 많은가?" 하자, "갈림길이 많기 때문입니다." 하였다. 찾으러 갔다가 돌아오는 것을 보고, 양자가 "양을 찾았는가?" 하고 묻자 "잃었습니다." 하였다. 양자가 다시 "어째서 잃었는가?" 하자, "갈림길 속에 다시 갈림길이 있어 나는 어디로 양이 어디로 갔는지 알 수 없기에 돌아오고 말았습니다." 하였다. 이에 심도자(心都子)가 말하기를 '대도(大道)는 갈림길이 많아 양을 잃고 학자는 방도(方道)가 많아 생명을 잃는다.' 하였다." 한다.《列子 說符》

안 좌랑 병풍에 석양군[371]이 그린 바람 불 때의 대나무·비 올 때의 대
나무·서리 맞은 대나무·눈 속의 대나무·죽순·떨기 대나무·고
죽·어린 대나무·마른 대나무·늙은 대나무 등 열 종류의 묵죽을
보고 안 좌랑은 바로 안홍중이다. 종실 석양군이 묵죽을 잘 그렸다.
見安佐郎屛間石陽君所畫風雨霜雪筍叢苦嫩枯老十種墨竹 佐郎卽安弘重也
宗室石陽君善墨竹

병풍에 그린 열 가지 묵죽	十種屛間竹
높은 품격이 저마다 좋구나	高標面面宜
바람이 오면 서늘한 기운 일고	風來生颯爽
비에 흠뻑 젖어 드리워진 모습	雨重色摛披
눈이 눌러 옥가지 나직하고	雪壓低瓊杪
서리가 맑아 옥가지 빛나누나	霜淸暎玉枝
용처럼 늠름한 풍모 맘에 들고	筍龍憐偉表
추위에도 푸르른 절개 사랑하노라	苦節愛寒姿
어린 잎은 새로운 자태를 머금고	嫩□含新態
떨기 가지는 푸른 장막 울창해라	叢條鬱翠帷
마른 몸이 그래도 우뚝 섰고	枯形猶削立
늙은 줄기는 여위었건 말건	老幹任癯衰
이를 그린 공자 훌륭하여라	灑墨多公子
그림이 터럭만큼도 틀림이 없구나	毫釐得不差

---

371 석양군(石陽君) : 조선조 세종(世宗)의 현손(玄孫)인 이정(李霆)을 가리킨다. 자는 중섭(仲
  燮)이고 호가 탄은(灘隱)이며, 석양정(石陽正)으로 있다가 선양군(石陽君)에 봉(封)해졌다.
  그는 시(詩)·서(書)·화(畫)에 모두 뛰어났으며 특히 대나무 그림으로 이름을 떨쳤다.

밝은 달이 방문에 들어오기에
明月入戶

밝은 달이 방문에 들어오니	明月入戶牖
맑은 빛이 방 안에 가득해라	淸光滿一室
마치 수정처럼 맑게 보이고	看如水晶瑩
마주하면 빙호[372]처럼 깨끗해	對若氷壺潔
정신이 맑고 뼛속도 서늘해져	魂淸骨亦冷
밤이 새도록 잠이 오지 않누나	徹夜無夢寐
뉘라서 능히 옥황상제께 아뢰어	誰能奏玉皇
달빛이 늘 이대로 변치 않아서	月色長不貳
하늘에는 그믐과 초하루가 없고	上天無晦朔
땅에는 어둡고 캄캄함이 없으며	下地無昏墨
깊은 산 외진 골짜기 속에도	深山窮谷中
밝고 밝기가 대낮처럼 환하여	皎皎明如晝
두억시니는 자취를 감추고	魑魅遁其迹
도깨비는 끝내 멀리 도망쳐	魍魎終遠走
천하의 모든 사람들로 하여금	能令天下身
암흑 속 사람이 안 되게 할꼬	勿作長夜人

---

372 빙호(氷壺) : 얼음으로 만든 호로병이다. 남조(南朝) 송(宋)나라 포조(鮑照)의 〈대백두음
(代白頭吟)〉에 "곧기는 주사의 줄과 같고, 맑기는 옥호로의 얼음과 같다.[直如朱絲繩 淸如
玉壺水]" 하였다.

흐르는 강물
江流

질펀하게 동쪽으로 흐르는 물	瀁瀁東流水
어느 때 서쪽으로 다시 돌아올꼬	何時西復還
천 이랑 대해를 향해 흘러가며	朝宗千頃海
만 겹의 산들을 휘감아 도누나	回護萬重山
몇 곳의 나루 정자 지나가며	幾處津亭過
이별의 눈물이 많이 보태졌을까	多添別淚潜
이 봄 들어 빗줄기를 보소서	春來看雨脚
흘러간 네가 돌아온 줄 아노라	知爾汰汰

시냇가에서
川上

사람들은 시냇물을 보고서	衆人見川水
돌아오지 않는다 슬퍼하지만	徒傷不復還
나는 이 물 돌아오는 것이	吾謂此水還
며칠 내로 빨리 돌아오리라 여긴다	速在數日間
하늘이 시냇물을 치면	上天激川水
시냇물이 말라 없어지지만	川水涸且渴
잠깐 사이에 비가 퍼부으면	須臾雨翻覆
시냇물이 다시 넘쳐 흐른다	川水復漲溢
하늘의 도는 진실로 이와 같으니	天道苟如此
만물은 아주 가는 이치가 없어라	物無去盡理
그대는 보지 못했는가	君不見

| 소낙비가 지나갈 때 잉어가 떨어지는 것을 | 驟雨過時墜素鯉 |
| 물이 하늘로 안 올라갔다면 물고기가 어찌 떨어지리오 | 水不上魚豈墜 |

제비가 와서 둥지를 틀기에
燕來巢

한 쌍 두 쌍씩 제비들이	一雙兩雙燕
처마와 방문을 날아서 돈다	飛飛繞簾戶
진흙을 물고 나날이 와서는	含泥日復日
튼튼하게 제 집을 지었구나	作壘完且固
어느 곳인들 깃들 나무 없으랴	何所獨無木
감히 내 집에 와 둥지를 트느냐	敢來巢我屋
근일에는 너 때문에 자주 놀라니	近日數驚恐
정신이 바싹 타는 것 같구나	靈烟且燻灼
아아 제비와 내가	吁嗟物與我
저마다 몸 깃들일 곳이 있나니	托身皆有所
나 또한 늘 인에 의거하여	吾亦依於仁
춥고 굶주려도 떠나지 않는다[373]	寒飢且不去

---

373 나 또한…않는다 : 공자(孔子)가 "군자가 인을 떠나면 어찌 군자라는 이름을 이룰 수 있으
리오. 군자는 밥 한 끼를 먹는 사이에도 인을 떠남이 없으니, 아무리 다급할 때에도 반드시
인에 있고 아무리 위태할 때에도 반드시 인에 있는다.[君子去仁 惡乎成名 君子無終食之間
違仁 造次必於是 顚沛必於是]" 하였다.《論語 里仁》

검의 노래

劍歌

검의 시의가 원대하니	劍之時義遠矣哉
검의 쓰임이 오늘과 같지 않았도다	劍之爲用非今似
창룡검은 아득한 옛날 갈천[374]이 주조한 것이고	蒼龍遠出葛天鑄
설악검은 또 헌황[375]이 남긴 것이라지	雪鍔又得軒皇遺
철주의 정기 흐려지니 두 마리 용이 나오고[376]	鐵柱淪精兩龍出
검광이 움직였다 하면 삼군이 패주했네[377]	星文動色三軍疲
모공은 검을 잡고 나아가 초왕을 위협하고[378]	毛公按進怯楚王
계자는 서나라로 돌아갈 때 묘소 나무에 검을 걸었어라[379]	季子還徐懸墓枝

---

374 갈천(葛天) : 상고(上古) 때 있었다는 전설상의 제왕 갈천씨(葛天氏)를 가리킨다.

375 헌황(軒皇) : 상고 때의 삼황(三皇) 중 한 사람인 황제헌원씨(黃帝軒轅氏)를 가리킨다.

376 철주(鐵柱)의…나오고 : 진(晉)나라 때 허손(許遜)이 정양(旌陽)의 수령이 되었는데, 당시 강서(江西) 지방에는 교룡(蛟龍)이 백성들에게 해를 끼치고 있었다. 허손이 부하와 함께 검을 가지고 가서 교룡을 죽이고 큰 철주를 만들어 다시는 교룡이 나오지 못하도록 그 구멍을 눌러 봉하였다고 한다. 강서 남창(南昌) 고을에 있는 철주관(鐵柱觀)이 그 유적이라 한다. 《江西通志》

377 검광(劍光)이…패주했네 : 춘추시대 구야자(歐冶子)란 사람이 월왕(越王)을 위해 거궐(巨闕)·담로(湛盧)·승사(勝邪)·어장(魚腸)·순구(純鉤)의 5검을 만들고, 초왕(楚王)을 위해 용연(龍淵)·태아(泰阿)·공포(工布)의 3검을 만들었는데, 성 위에 올라가 태아검(太阿劍)을 휘두르면 삼군(三軍)이 패주(敗走)한다고 하였다. 이 고사를 차용하여 두보(杜甫)의 〈전출새(前出塞)〉 9수 중 여덟째 수에 "웅검이 네다섯 번 움직이니 저 군대가 나 때문에 도망치누나.[雄劍四五動 彼軍爲我奔]" 하였다.

378 모공(毛公)은…위협하고 : 모공은 모수(毛遂)이다. 전국시대 때 진(秦)나라가 조(趙)나라의 수도 한단(邯鄲)을 포위하여 공격할 때 조나라 평원군(平原君)이 식객 19명을 초(楚) 나라에 보내어 구원을 요청하러 가는데 식객 중 평소에 재능이 드러나지 않던 모수가 평원군에게 자천(自薦)하여 함께 갔다. 초나라에 도착하여 남들은 초왕의 위세에 눌려 있는데 모수가 홀로 당당하게 검을 어루만지며 앞으로 나아가 초왕(楚王)을 위협하여 종약(從約)을 맺게 했다.《史記 卷76 平原君列傳》

379 계자(季子)는…걸었어라 : 계자는 춘추시대 오(吳)나라 현인(賢人)인 계찰(季札)을 가리킨

풍생은 기이함을 좋아해 검 자루를 어루만졌고[380]	馮生好奇撫剻緱
조나라 사신은 부유함을 자랑해 주옥으로 장식했지[381]	趙使誇富粧珠玉
진왕이 한 번 잡으매 제후가 서쪽으로 오고[382]	秦王一按諸侯西
연객이 싸서 돌아오니 밝은 해가 캄캄해졌지[383]	燕客韜歸白日黑

다. 계찰이 상국(上國)으로 사신 가는 길에 서(徐)나라에 들렀는데, 서나라 임금이 계찰이 차고 있는 보검(寶劍)을 보고 좋아하면서도 차마 말을 꺼내지 못했다. 계찰은 그의 마음을 알고 보검을 주고 싶었으나 사신 가는 길이라 주지 못하고 떠났다. 돌아오는 길에 다시 서나라에 들르니 서나라 임금이 이미 죽었다. 계찰이 서나라 임금 묘소 가의 나무에 보검을 걸어놓았다. 종자(從者)가 "누구에게 주십니까?" 하니, 계찰이 "마음으로 이미 주기로 승낙했으니 어찌 그 사람이 죽었다고 하여 내 마음을 저버릴 수 있겠는가." 하였다.《史記 卷31 吳太伯世家》

380 풍생(馮生)은…어루만졌고 : 풍생은 전국시대 맹상군(孟嘗君)의 식객인 풍환(馮驩)을 가리킨다. 원문의 괴구(剻緱)는 풀을 꼬아 만든 노끈을 맨 검 자루이다. 풍환은 몹시 가난했고 검 한 자루 밖에 없었는데 그나마 풀로 만든 노끈을 맨 것이었다. 그가 자신의 재능을 알아주지 않는 데 불만을 품고 칼을 두들기면서 노래하기를 "장검이여! 돌아갈거나. 밥을 먹음에 생선이 없구나.", "장검이여! 돌아갈거나. 문을 나섬에 수레가 없구나.", "장검이여! 돌아갈거나. 편안히 지낼 집이 없구나." 하였다 한다.《史記 卷75 孟嘗君列傳》

381 조(趙)나라…장식했지 : 초(楚)나라 춘신군(春申君)은 식객(食客)이 3천 명이고, 조(趙)나라 평원군(平原君)도 식객이 3천 명이었다. 평원군이 자기의 식객을 춘신군에게 보냈는데 식객이 호화로움을 자랑하기 위하여 대모잠(玳瑁簪)을 꽂고 칼집도 주옥(珠玉)으로 장식하였는데, 춘신군의 식객은 모두 주옥으로 신을 만들어 신었기에 매우 부끄러워했다고 한다.《史記 卷76 平原君列傳》

382 진왕(秦王)이…오고 : 남조(南朝) 양(梁)나라 강엄(江淹)의 〈한부(恨賦)〉에 "진나라 황제가 검을 잡으니 제후들이 서쪽으로 달려와 조공을 바쳤다.[秦帝按劍 諸侯西馳]" 하였다. 왕한(王翰)의 〈고장성음(古長城吟)〉에는 "옛날 진왕이 검을 잡고 일어서니 제후들이 무릎으로 기며 감히 바라보지 못했다.[當昔秦王按劍起 諸侯膝行不敢視]" 하였다. 진왕은 진 시황(秦始皇)을 가리킨다.

383 연객(燕客)이…캄캄해졌지 : 연객은 전국 시대 자객 형가(荊軻)이다. 연(燕)나라에 노닐면서 그곳의 개백정으로 축(筑)을 잘 치던 고점리(高漸離)와 친하게 지냈다. 날마다 연시(燕市)에서 그들과 술을 마시고 노래를 부르며 지내다가, 뒤에 연나라 태자 단(太子丹)의 부탁으로 그의 원수를 갚아주기 위해 비수를 숨긴 채 진왕을 죽이려고 자객으로 갔다. 그가 떠날 적에 슬피 노래하기를 "바람은 쌀쌀하고 역수는 차갑기도 해라, 장사가 한 번 가면 다시 돌아오지 않으리[風蕭蕭兮易水寒 壯士一去兮不復還]." 하고 떠났다. 밝은 해가 캄캄해졌다는 것은 빛을 잃고 쓸쓸하게 비장한 기운을 띠었다는 말이다.《史記 卷86 刺客列傳 荊軻》

항왕은 한 사람 대적하는 것을 배우지 않았고[384]	項王不學一人敵
맹씨는 필부의 일이라 능히 말했었네[385]	孟氏能言匹夫事
대택에서 뱀을 베어 죽여 제업을 이루었고[386]	斬蛇大澤成帝業
말을 죽여 제단에 올리고 토지를 나누었지[387]	刑馬郊壇裂土地
돼지 어깨죽지를 썰어 먹으니 장사라 일컬었고[388]	切食豚肩稱壯士

---

384 항왕(項王)은…않았고 : 항왕은 초패왕(楚覇王) 항우(項羽)를 가리킨다. 주 17 참조.

385 맹씨(孟氏)는…말했었네 : 맹씨는 맹자(孟子)를 가리킨다. 어진 마음을 가지고 천하를 다스리는 사람은 군자(君子)이고, 칼 한 자루를 가지고 자신의 무용(武勇)을 믿고 한 사람을 대적(對敵)하는 사람은 용렬한 필부(匹夫)라는 의미이다. 맹자가 제 선왕(齊宣王)에게 인정(仁政)을 베풀 것을 부탁하면서 말하기를 "왕은 부탁하옵건대 작은 용맹(勇猛)을 좋아하지 마소서. 칼을 어루만지면서 흘겨보며 '제놈이 어찌 감히 나를 당하랴?' 하면 이는 필부의 용맹이니 한 사람을 대적하는 사람일 뿐입니다. 왕이시여 부디 큰 용맹을 가지소서.[請無好小勇. 夫撫劍疾視曰 彼惡敢當我哉. 此匹夫之勇 敵一人者也 王請大之]" 하였다.《孟子 梁惠王下》

386 대택(大澤)에서…이루었고 : 한(漢)나라는 화운(火運), 즉 불의 운수를 탔기 때문에 금운(金運)을 탄 진(秦)나라를 이겼다 한다. 한 고조 유방(劉邦)이 천자가 되기 전의 일이다. 밤에 늪지대를 지나가다가 큰 뱀이 앞을 가로막고 있기에 검을 뽑아서 그 뱀을 베어 죽였다. 뒤를 따르던 사람이 뱀이 있는 곳에 이르니 한 노파가 밤에 곡하면서 "우리 아들은 백제(白帝)의 아들로 뱀이 되어 길에 있었는데, 이제 적제(赤帝)의 아들이 베어 죽였다." 하고는 문득 사라졌다 한다. 백제는 금운을 탄 진(秦)을 상징하고 적제는 화운을 탄 한(漢)을 상징하므로, 이는 한나라가 진나라를 멸망시킬 조짐이라는 것이다.《史記 卷8 高帝本紀》

387 말을…나누었지 : 고대에 제후들을 모아놓고 맹약할 때 칼로 말을 죽여 피를 내어서 함께 마셨다. 토지를 나눈다는 것은 제후들에게 봉토(封土)를 나누어 주는 것이다.

388 돼지…일컬었고 : 장사는 유방의 수하 장수 번쾌(樊噲)이다. 유방(劉邦)이 먼저 진(秦)나라 수도 함양(咸陽)을 함락하고 군사를 보내 함곡관(函谷關)을 지키고 있었는데, 항우(項羽)가 뒤미처 와서 홍문(鴻門)에 진주하고 유방을 치려 하였다. 이에 겁이 난 유방이 홍문으로 찾아가 항우에게 사죄하였는데, 이 때 연회가 벌어진 자리에서 항우는 유방을 죽이려는 계략을 꾸몄다. 장량(張良)이 이 위급한 상황을 번쾌에게 알리자 번쾌가 군문(軍門) 병사의 저지를 뚫고 들어가 유방을 구출하였다. 당시에 번쾌가 눈을 부릅뜨고 머리카락을 곤두세운 채 항우를 노려보았는데, 항우가 말술을 주니 선 채로 마셨고 생돼지를 주니 어깨죽지를 잘라서 씹어먹었다. 항우가 술을 더 마실 수 있겠느냐고 묻자 번쾌가 "죽음도 피하지 않는데, 말술을 피하겠습니까?" 하였다고 한다.《史記 卷7 項羽本記》

군중에서 일어나 검무 추니 용호가 노한 듯했네[389]	起舞軍中龍虎怒
홍문에서 연회를 마치자 옥두를 때려 부수었고[390]	宴罷鴻門撞玉斗
남궁에서 술 취하여 다투다 기둥을 쳤지[391]	酒酣南宮爭擊柱
소하는 총애를 입어 어전에도 차고 갔었고[392]	蕭何有寵帶上殿
동방삭은 해학을 하며 고기를 잘라 먹었지[393]	方朔諧詼能斫肉

---

389 군중에서…듯했네 : 홍문의 연회에서 범증(范增)이 항장(項莊)을 시켜 검무를 추다가 유방을 찔러 죽이라고 하였다. 이에 범증이 나와 검무를 추며 유방에게 다가가 기회를 노리자, 항우의 숙부인 항백(項伯)이 일어나 검무를 추면서 유방을 보호하고 항장을 막았다.《史記 卷7 項羽本記》

390 홍문(鴻門)에서…부수었고 : 옥두(玉斗)는 옥으로 만든 주기(酒器)이다. 홍문의 연회 때 범증이 항우에게 유방을 죽일 것을 권하였으나 항우가 듣지 않아 실패하고 말았다. 연회가 끝난 뒤 유방이 장량(張良)을 시켜 옥두를 범증에게 선사하니, 범증이 검으로 옥두를 쳐서 깨며 말하기를 “항왕(項王)의 천하를 빼앗을 자는 반드시 패공일 것이며, 우리들은 포로가 되고 말 것이다.” 하였다.《史記 卷7 項羽本紀》

391 남궁(南宮)에서…쳤지 : 남궁은 진(秦)·한(漢) 때의 궁전 이름이다. 유방이 제위(帝位)에 오른 뒤 진(秦)나라의 가혹한 의법(儀法)을 모두 없애고 임금과 신하 사이의 예절을 간이하게 만들었다. 이후로 신하들이 술을 마시는 자리에서 서로 자기의 공로가 많다고 다투다가 취하면 함부로 소리쳐 부르고 검을 뽑아서 기둥을 치기까지 하니 유방이 더욱 싫어하였다. 이에 숙손통(叔孫通)이 유방에게 건의하며 예의범절을 가르쳤다.《史記 卷99 叔孫通列傳》

392 소하(蕭何)는…갔었고 : 유방이 천하를 얻은 뒤에 원공(元功) 18명의 위차(位次)를 정할 때 전공(戰功)이 가장 많은 조참(曹參)을 제치고 후방에서 군사와 군량을 보급하며 관중(關中)을 지킨 소하를 제일(第一)로 삼았다. 그리하여 소하에게 검을 차고 신발을 벗지 않고 어전(御殿)에 오를 수 있는 특전을 주었다.《漢書 卷39 蕭何列傳》

393 동방삭(東方朔)은…먹었지 : 전한(前漢) 무제(武帝) 때 사람으로 해학(諧謔)을 잘하기로 이름났다. 한 번은 복일(伏日)에 황제가 종관(從官)들에게 고기를 하사했는데 태관 승(太官丞)이 날이 저물도록 오지 않아 고기를 나누어 가질 수 없었다. 이에 동방삭이 검으로 자기 몫의 고기를 자르고 동료 관원들에게 “복날에는 일찍 돌아가야 하니 하사한 고기를 가지고 가겠소.” 하고는 고기를 가지고 가버렸다. 태관(太官)이 이 사실을 상주(上奏)하여 황제가 동방삭에게 자책하게 하니, 동방삭이 “검으로 고기를 베었으니, 그 얼마나 씩씩한가. 벤 고기가 많지 않으니, 또 얼마나 청렴한가. 돌아가 아내에게 주었으니, 또 얼마나 어진가.” 하였다.《前漢書 卷65 東方朔傳》 당(唐)나라 두보(杜甫)의 〈사일양편(社日兩篇)〉에 “생각하노니 옛날 동방삭은 해학하며 고기를 잘라 가지고 돌아갔지.[尚想東方朔 詼諧割肉歸]” 하였다.

충신은 보검을 빌려 영신의 목을 베고자 했고[394]	忠臣欲借斷佞臣
영주는 책상을 찍어서 강한 적을 무찔렀어라[395]	英主斫案破勁敵
장군이 검으로 산을 가리키니 산에서 샘이 솟고	將軍指山山出泉
열사가 검광을 날리니 구름 색깔이 변했으며	烈士揚芒雲變色
용광은 위로 두우 사이를 쏘고[396]	龍光上射斗牛間
신물은 마침내 연평 안에서 합쳤어라[397]	神物竟合延平裏

---

394 충신은⋯했고 : 한(漢)나라 성제(成帝) 때 주운(朱雲)이 괴리(槐里)의 수령(守令)으로 있으면서 성제에게 "상방참마검(尙方斬馬劍)을 주면 간신 한 사람을 참수하여 나머지 사람들을 경계하겠다."고 하였다. 성제가 "그 간신이 누구냐."고 묻자, 바로 성제가 총애하는 안창후(安昌侯) 장우(張禹)라 하였다. 이에 성제가 크게 노하였으나 주운은 굽히지 않고 직간하며 어전(御殿)의 난간을 잡아당겨 부러뜨렸다. 성제가 뒤에 주운의 말이 옳음을 깨닫고 난간을 그대로 두어 직간(直諫)하는 신하의 본보기로 삼게 하였다.《漢書 卷67 朱雲傳》

395 영주(英主)는⋯무찔렀어라 : 영주는 삼국시대 오(吳)나라 군주인 손권(孫權)을 가리킨다. 조조(曹操)의 대군이 강동(江東)을 침공할 것이라는 소문이 들리자 장소(張昭) 등 대부분의 신하들은 항복해야 한다고 주장하고 주유(周瑜)와 노숙(魯肅)만이 결사항전을 주장하였다. 이에 손권이 검을 뽑아 책상을 찍고 "장수와 관원들 중 조조에게 항복해야 한다고 주장하는 자가 있으면 이 책상과 같이 될 것이다." 하였다. 그리고 주유·정보(程普)·노숙 등을 보내 3만 명의 병력을 거느리고 유비(劉備)와 합세하여 적벽대전(赤壁大戰)에서 조조의 대군을 크게 격파하였다.《三國志》

396 용광(龍光)은⋯쏘고 : 용광은 고대의 명검인 용천검(龍泉劍)의 빛이다. 두우(斗牛)는 북두성(北斗星)과 견우성(牽牛星)이다. 오(吳)나라 때 북두성과 견우성 사이에 늘 보랏빛 기운이 감돌기에 장화(張華)가 예장(豫章)의 점성가(占星家) 뇌환(雷煥)에게 물었더니 보검의 빛이라 하였다. 이에 풍성(豊城) 감옥 터의 땅 속에서 춘추시대에 만들어진 전설적인 보검인 용천검과 태아검(太阿劍) 두 보검을 발굴했다 한다.《晉書 卷36 張華傳》이 고사를 차용하여 왕발(王勃)의 〈등왕각서(滕王閣序)〉에 "용천검의 빛이 우성(牛星)과 두성(斗星)의 자리를 쏘았다. [龍光射斗牛之墟]" 하였다.

397 신물은⋯합쳤어라 : 진(晉)나라 뇌환(雷煥)이 용천과 태아 두 보검을 얻어 그 중 하나를 장화에게 주었는데, 후에 장화가 주살당하자 그 칼의 소재를 잃었다. 뇌환이 죽고 그 아들이 칼을 가지고 연평진(延平津)을 지날 때 칼이 갑자기 손에서 벗어나 물에 떨어졌다. 이에 사람을 시켜 물 속을 찾게 하니, 다만 두 마리 용만이 있고 물결이 세게 일 뿐 보검은 이로부터 보이지 않게 되었다고 한다. 성어(成語)로 '연진검합(延津劍合)' 또는 '연진지합(延津之合)'이라 한다.《晉書 卷36 張華傳》

몸을 막는 것은 멀리 두초당을 사모하고[398]	防身遠慕杜草堂
검무를 잘 추기로는 공손씨를 일컫는다[399]	善舞妙稱公孫氏
촉 땅의 검각(劍閣)이 우뚝하니 이름이 헛되지 않고[400]	蜀閣崢嶸名不虛
이씨 심보 사악함은 무엇으로 비길 수 있을까[401]	李腹憸邪能取比
고운 여인이 검무 배우매 남의 간장을 끊고[402]	嬋娟能學斷人腸
천자라는 이름[403] 참으로 까닭이 있어라	天子之名眞有以

---

398 몸을…사모하고 : 두보(杜甫)가 토번(吐蕃)의 침략을 막기 위해 공동산(崆峒山)에 주둔하고 있던 가서한(哥舒翰)에게 보낸 시 〈투증가서개부이십운(投贈哥舒開府二十韻)〉에 "몸을 막는 장검 한 자루를 공동산에서 빗겨 들고 싶다오.[防身一長劍 將欲倚崆峒]" 하였다.《古文眞寶 前集》

399 검무(劍舞)를…일컫는다 : 공손씨는 공손랑(公孫娘)을 가리킨다. 그녀는 당(唐)나라 개원(開元) 연간에 살았던 교방(敎坊)의 저명한 무기(舞妓)로 검무(劍舞)에 특히 뛰어났다. 그녀가 혼탈무(渾脫舞)를 출 때에 서가(書家)인 장욱(張旭)이 그 춤을 보고 초서(草書)의 묘(妙)를 터득했다고 한다. 공손랑의 검무에 대해 읊은 두보(杜甫)의 〈관공손대랑제자무검기행(觀公孫大娘弟子舞劍器行)〉이란 시가 있다.

400 촉(蜀) 땅의…않고 : 검각은 중국 촉 지방으로 가는 길에 있는 대검(大劍)과 소검(小劍) 두 산인데, 높고 험준하기로 이름났다.

401 이씨(李氏)…있을까 : 당(唐)나라 이임보(李林甫)가 재상이 되었을 때, 문학을 잘하는 선비들을 매우 시기하여 겉으로는 잘 대하는 척하면서 몰래 음해했다. 그래서 세상 사람들이 이임보를 두고 "입에는 꿀이 있고 뱃속에는 검이 있다.[口有蜜 腹有劍]" 하였다.《資治通鑑 唐開元天寶元年》

402 고운…끊고 : 자태가 고운 미인이 검술을 배워 검무를 추면 그 아름다움이 보는 사람의 애를 끊게 할 수 있다는 말이다. 당나라 두광정(杜光庭)의 〈제곽산진존사(題霍山秦尊師)〉에 "아름답게 화장한 여인의 검이, 세상사람 모두 죽여도 사람들 모르네.[翠娥紅粉嬋娟劍 殺盡世人人不知]" 하였고, 당나라 왕적(王適)의 〈강상유회(江上有懷)〉에 "낙양 규방에 밤은 몹시도 깊은데, 아름다운 미인이 사람의 간장을 끊네.[洛陽閨閣夜何央 蛾眉嬋娟斷人腸]"라고 한 것을 조합하여 표현한 것이다.

403 천자라는 이름 :《장자(莊子)》〈설검(說劍)〉에 천자(天子)의 검, 제후의 검, 서인(庶人)의 검을 말하였다. "천자의 검은 연(燕)나라 연계(燕谿)와 석성(石城)으로 칼끝을 삼고, 제(齊)나라 대산(岱山)으로 칼날을 삼고, 진(晉)나라와 위(衛)나라로 칼등을 삼고, 주(周)나라와 송(宋)나라로 칼콧등을 삼고, 한(韓)나라와 위(魏)나라로 칼 손잡이를 삼아서, 사방의 이적(夷狄)을 포괄하고 사계절을 감싸며 발해(渤海)를 두르고 상산(常山)을 띠처럼 두른다. 오행(五行)으로 세상을 제어하고 형벌과 음덕으로 따지며 음양의 기운으로 시작하고, 봄여름으

헤어질 때 증표로 주니 누가 불평하랴[404]	臨分把贈孰不平
이별 아쉬워 미소 띠니 귀신이 시름한다[405]	惜別含笑愁神鬼
허리에 찬 늙은 물건은 광채를 움직이고[406]	腰間老物動光芒
소매 속에 푸른 뱀은 담기가 크도다[407]	袖裏青蛇麤膽氣
천하에 검을 잡은 사람 분분히 많으나	紛紛天下握劍多
몇 명의 남아가 강개한 의분 풀었나	幾箇男兒攄慷慨
나도 한밤중에 검을 어루만지는 사람이니	我亦中夜撫劍人
한 번 용천검을 잡고 변방을 평안케 했으면	一把龍泉平四塞

로써 기르며 가을겨울로써 숙살(肅殺)한다. 이런 검으로 대들면 앞을 막을 자가 없고 치켜들면 위에서 감당할 자가 없으며, 내려치면 밑에서 받아낼 자가 없고 휘두르면 사방에서 당해낼 자가 없다. 위로는 뜬 구름을 자르고 밑으로는 지축을 자른다. 이 검을 한 번 사용하면 제후들을 바로잡고 천하가 복종한다. 이것이 천자의 검이다.[天子之劍 以燕谿石城爲鋒 齊岱爲鍔 晉魏爲脊 周宋爲鐔 韓魏爲夾 包以四夷 裏以四時 繞以渤海 帶以常山 制以五行 論以刑德 開以陰陽 持以春夏 行以秋冬 此劍 直之無前 擧之無上 案之無下 運之無旁 上決浮雲 下絶地紀 此劍一用 匡諸侯 天下服矣 此天子之劍也]하였다.

404 헤어질⋯불평하랴 : 당(唐)나라 가도(賈島)의 〈검객(劍客)〉에 "십년 동안 검 한 자루를 갈았건만 서릿발 같은 칼날 시험해 보지 못했다. 금일 이 검을 그대에게 주노니 누가 불평한 일이 있는가.[十年磨一劍 霜刀未曾試 今日把贈君 誰有不平事]"하였다.

405 이별⋯시름한다 : 이별할 때 마음의 정표로 검을 주니, 서운한 마음에 미소를 머금고 검을 바라본다는 의미이다. 두보의 시 〈후출새(後出塞)〉에 "소년이 이별할 때 검을 주니, 미소 머금으며 오구검을 보노라.[少年別有贈 含笑看吳鉤]"한 것을 인용한 표현이다. 오구검은 남방 지방에서 쓰던 칼날이 넓고 구부러진 검이다.

406 허리에⋯움직이고 : 본문의 노물(老物)은 오래된 검이다. 송(宋)나라 마존(馬存)의 시 〈요월정(邀月亭)〉에 "그대 위해 달의 정기 죽이려 하니, 허리의 옛 검에 광망이 싸늘하네.[爲君殺却蝦蟆精 腰間老劍光芒寒]"한 것을 인용한 표현이다.

407 소매⋯크도다 : 푸른 뱀[青蛇]은 검의 이칭이다. 당(唐)나라 백거이(白居易)의 〈한고황제친참백사부(漢高皇帝親斬白蛇賦)〉에 "저 고래를 죽이고 코뿔소를 벤 것이 내가 푸른 뱀을 잡고서 흰 뱀을 죽인 것만 못하다.[彼戮鯨鯢與截犀兕 未若我提青蛇而斬白蛇]"하였다. 흰 뱀은 진시황을 가리킨다.

새벽의 일
曉事

금계[408]가 울어 그치지 않으니	金鷄鳴不已
하늘 가득한 별들이 지는구나	滿天星斗落
집집마다 등잔 불꽃 피워놓고	家家燈花閙
시골 아낙들이 길쌈을 하누나	村婦事紡績
산골 아이는 소를 먹이려고	山童亦飯牛
오지솥에다 콩깍지를 삶는다	瓦釜烹豆殼
이윽고 소죽이 다 익으니	旣已爛牛食
소가 죽을 먹는 소리 들리네	聞粥□□粥
소의 음식 소홀히 해선 안 되나니	牛食不可忽
우리 집이 그의 힘으로 먹고 사는 것을	農家食其力

질풍
疾風

질풍이 불어 초가지붕을 걷으니	疾風捲蔀屋
밝은 해도 얼어붙었나 빛이 없어라	白日凍無色
사방 들판에는 시냇물이 말랐고	四野川澤涸
하늘과 땅에는 기운이 막혔구나	天地氣閉塞
이러한 때에는 마음이 울적해져	此時少歡意
문 닫고 들어앉아 나가지 않노라	閉門身不出

---

408 금계(金鷄) : 천상(天上)에 있다는 전설상의 닭으로, 새벽이 올 때 이 닭이 울면 인간 세상
  의 닭들이 따라서 운다고 한다.

오직 정녀[409]만 가까이할 수 있고	唯能近丁女
찬 샘물을 끓이는 것만 일삼을 뿐	但事烹寒泉
청한하기가 한 번 취하기보다 나으니	淸閑勝一醉
성현[410]을 잔으로 따르려 하지 않노라	不求斟聖賢

쇠병
衰病

회상하노니 스무 살 소년 시절에는	憶昔少年二十時
기력이 강하고 피부도 탱탱하였지	氣力强剛肌膚實
만 권 서적을 읽느라 시일이 부족하고	搜看萬軸日不給
높은 바위산 오를 때도 걸음이 빨랐네	陟降千巖行步疾
그러나 지금은 쉰 살이 다 되어 노쇠하니	而今衰病近半百
엉성한 흰 머리털이 양쪽 귀밑 덮었어라	素髮蕭疎被兩鬢
마을에선 가는 곳마다 겉으로만 존경하고	鄉隣到處便陽尊
술자리나 기생집에서 모두 싫어하누나	酒席花場皆見擯
동촌에 고맙게도 좋은 시벗이 있어서	東村賴有好詩朋

---

409 정녀(丁女) : 불의 이칭이다. 간지(干支)에서 병(丙)·정(丁)이 불에 해당하며, 도가(道家)에서 육정(六丁)을 음신(陰神)으로 삼아 육정옥녀(六丁玉女)라 하기 때문에 이렇게 부르는 것이다. 여기서는 화롯불을 가리킨다.

410 성현(聖賢) : 술의 이칭이다. 현(賢)은 탁주(濁酒)를, 성(聖)은 청주(淸酒)를 가리키는 은어(隱語)이다. 삼국시대 위(魏)나라 서막(徐邈)이 상서랑(尙書郞)으로 있을 때 조조(曹操)가 금주령(禁酒令)을 내렸으나, 서막이 술을 먹고 대취하였다. 교사(校事) 서달(徐達)이 그에게 관사(官事)를 물었는데, 술에 취해 대답하기를 "나는 성인에 취하였다.[中聖人]" 하였다. 서달이 조조에게 보고하자 조조가 대노하였다. 다른 사람이 그를 위해 해명하기를 "평소에 취객들이 청주를 성인이라 하고 탁주를 현인이라 합니다. 서막은 성품이 조심스러운데 우연히 술에 취하여 한 말일 뿐입니다." 하니, 마침내 조조가 서막을 용서하였다고 한다.《三國志 魏書 卷27 徐邈傳》

달 밝은 밤이면 늘 한가한 정을 토로한다　　每把閑情論月夕
고아한 노래 한 곡조에 귀신이 있으니[411]　　高歌一曲有鬼神
세월이 간다고 늘 시름에 잠기지 않노라　　莫用流年長慨慨

바람이 쏴쏴 불어
風浙浙

아침에 보니 구름 색깔이 검더니만　　朝瞻雲色黑
저녁에 보니 하늘에 해가 나왔어라　　晚見天日出
이윽고 싸락눈이 조금 내리더니만　　俄看微霰零
다시금 바람 소리 쏴쏴 들리누나　　復聞風浙浙
어이하여 겨우 하루 사이에　　如何一日間
기상이 천만 가지로 바뀌는가　　氣像千萬狀
천지에는 기운이 오르내리고　　天地氣升降
음양이 서로 부딪치며 뒤바뀌니　　陰陽自相盪
맑고 흐림 조석으로 달라지고　　陰晴異朝夕
밝고 어둠 잠깐 사이에 나뉜다　　明暗斯須間
아아 조물주의 권능이여　　嗟哉造化權
참으로 크니 누가 범할 수 있으랴　　浩大誰能干

411 고아한…있으니 : 당(唐)나라 두보(杜甫)의 〈통음진오사(痛飲眞吾師)〉에 "다만 고아한 노
　　래에 귀신 있음을 알 뿐, 굶어 죽어 산골짜기에 버려짐이야 어이 알랴.[但覺高歌有鬼神 焉
　　知餓死塡溝壑]" 하였다.

따스한 겨울 날씨
冬暖

골짜기 어귀에 바람이 따스하니	谷口風習習
겨울인데도 얼음과 눈이 적구나	玄冬少氷雪
시내에는 물이 흐를 판이고	川中水欲達
산길에는 미끄러운 진창 많아라	山逕多泥滑
흡사 이월 날씨 같아서	渾如二月天
풀 위에 아지랑이 보이누나	草頭看野馬
음양이 어긋난 것이 아니라	不是陰陽愆
겨울이 따스해야 풍년이 든다네	年豐在冬暖
겨울이 따스해야 풍년이 드니	年豐在冬暖
절후를 따져서 무엇하리오	節候何足算

'눈을 감음과 입을 닫음'을 우연히 기억해 시를 지어 자식들에게 보이다
以闔眼緘口偶記示諸子

눈을 감음은 양생하는 일이요	闔眼養生事
입을 닫음은 보신하는 방도로다	緘口保身道
우뚝한 저 선각자들께서는	卓彼先覺人
이 두 가지가 좋음을 아셨네	知斯二者好
내가 이 도리를 실천한 지가	吾能行此道
지금에 어언 삼십 년인데	於今三十年
늙은 나이에도 머리털 검고	年衰鬢髮黑
혼란한 세상에도 목숨을 보전했네	世亂軀命全

아아 너희 어린 자식들아	嗟嗟小子輩
이 지극한 말을 잊지 말라	勿替斯言至
이 말을 혹 믿지 못하겠거든	斯言倘不信
이 늙은 아비의 경우를 보거라	請看老父事

눈이 내릴 듯
雪欲落

참담하게 숲의 나무들이 울고	慘慘林木鳴
솨솨 바람이 계곡을 흔드누나	颼颼溪谷動
음산한 하늘에 눈이 내릴 듯	陰陰雪欲落
어둑어둑 산색은 얼어붙었어라	暗暗山色凍
나무꾼은 낫질을 서두르고	樵夫折薪急
목동은 소몰이를 재촉하네	牧竪驅牛促
하늘이 아직 캄캄해지기 전에	迨天未昏黑
아낙과 아이들 모두 방에 든다	婦子皆入室
산성에는 범과 표범이 많으니	山城多虎豹
날 저물면 집 밖에 나가선 안 되지	暮夜無輕出

녹기
綠驥[412]

녹기가 가벼운 발을 구르며	綠驥頓輕足

---

[412] 녹기(綠驥) : 주(周)나라 목왕(穆王)이 천하를 주유하면서 타고 다녔다는 여덟 필 준마 중 하나인 녹이(綠耳)의 이칭이다. 준마를 뜻한다.

외양간 구유에서 길게 우누나 　　　　　長鳴槽櫪間
시국이 위태하니 치달리고 싶고 　　　　時危思騁力
세상 어려우니 큰 일 맡으려는 게지 　　世難任投艱
빼어난 기운은 운해를 가르는 듯 　　　逸氣橫雲海
씩씩한 마음은 벌써 옥관[413]을 지난다 　雄心度玉關
뉘라서 능히 이 말을 타고서 　　　　　誰能跨此馬
치달려 연연산[414]에 오를꼬 　　　　　馳上燕然山

눈 내린 밤의 달
雪月

산에 뜬 달이 백설을 비추니 　　　　　山月照白雪
맑은 빛이 양쪽 다 청결하여라 　　　　清光兩自潔
사람들은 달이 눈을 비춘다 하고 　　　人言月照雪
다시 눈이 달을 비춘다고도 하네 　　　復謂雪照月
이 두 말이 모두 분명치 않으니 　　　二說皆不明
같이 밝아서 서로 비추는 것을 　　　　同明自相照
같이 밝아서 서로 비추니 　　　　　　同明自相照
만고에 늘 교교히 밝아라 　　　　　　萬古恒皎皎

---

413 옥관(玉關) : 만리장성에 있는 옥문관(玉門關)의 준말로 변방을 뜻한다.

414 연연산(燕然山) : 후한(後漢) 두헌(竇憲)이 국경을 자주 침입하던 흉노족을 크게 무찌르고, 연연산에 올라 그 공을 비석에 새겼다. 반고(班固)가 그 명(銘)을 지었다.《後漢書 卷53 竇憲列傳》

병인년(1626) 5월에 오랜 가뭄 끝에 큰 비가 내리기에
丙寅歲五月久旱大雨

산골 사람들이 가뭄을 걱정하니	峽人憂旱氣
논바닥이 죄다 거북 등처럼 갈라졌네	田疇盡龜坼
호미를 메고 날마다 논밭에 가건만	荷鋤日日歸
안타깝게도 벼와 기장 말라 죽었구나	禾黍憫濯濯
봄 농사가 이미 아무런 효과 없거늘	東作已無功
가을 수확을 어찌 얻을 수 있으리오	西成安可得
때는 바야흐로 유월 초인데	時惟六月初
큰 비가 천 리에 걸쳐 내린다	大雨亘千里
앞 시내에 홀연 물이 불어나더니	前川忽漲溢
흰 물살이 벌써 땅에 가득하구나	白水已滿地
농부들은 만나서 서로 축하하고	田夫遇相賀
장사치들도 길 가며 서로 기뻐한다	商旅行相慶
올해 농사도 지난해와 같아서	今年似去年
쌀 한 말 값이 삼사 전 밖에 안 되리	斗米三四錢
이 늙은이는 따로 기쁨이 있으니	老夫別有喜
성현[415]을 마시는 일 그치지 않는 것일세	不輟斟聖賢

동쪽 시냇물이 불어난 것을 보고
觀東溪水漲

장맛비로 시냇물 불어나	積雨溪水漲

---

415 성현(聖賢) : 술의 은어(隱語)이다. 주 410 참조.

시냇물이 한 자나 높아졌구나	溪水一尺上
세차게 흘러서 대 아래를 지나니	奔流過臺下
급하기가 마치 치달리는 준마이어라	急若馳駿馬
바위에 부딪치면 흰 뱀이 일어나는 듯	觸石白蛇起
푸른 바위에 맑은 구슬이 끓어오르는 듯	蒼石明珠沸
한참을 가지 않고 이 광경을 보노니	耽看未久去
혹 정신을 허비할까 걱정이 된다	或恐神精費
정신을 허비한들 무슨 상관이랴	神精費何損
그저 속진의 번뇌 말끔히 씻었으면	但願塵心淨
속진의 번뇌를 길이 씻는다면	塵心若長淨
나의 거처가 시종 정해지리라[416]	我居終始定

별밤
星夜

반짝반짝 별들이 맑은 밤하늘에 가득하여	錯落群星滿太淸
은하수 너머 멀리 밝은 북신을 향하누나[417]	隔河遙拱北辰明
본래 형혹성[418]의 광망이 다 사라졌으니	由來熒惑光芒盡
우리나라가 태평해질 것임을 알겠노라	認得吾邦向太平

---

416 나의…정해지리라 : 나의 거처는 인(仁)을 가리킨다. 맹자(孟子)가 인을 편안한 집에 비유
　　했는데, 속진의 번뇌가 다 사라지면 마음이 순수하고 맑아 인의 상태가 되기 때문에 이렇게
　　말한 것이다. 주 278 참조.

417 북신(北辰)을 향하누나 : 북신은 하늘의 북쪽 축으로, 이 북신에 가장 가까운 별이 북극성이
　　다. 여기서는 밝은 북신이라 한 것으로 보아 북극성을 가리킨다. 뭇 별들이 마치 신하가 임
　　금을 공경하듯이 북극성을 중심으로 선회하는 것을 말한다. 주 60 참조.

418 형혹성(熒惑星) : 형혹성은 화성(火星)의 별명으로, 이 별이 나타나면 큰 병란 등 좋지 않은
　　일이 일어난다고 한다. 춘추시대 송(宋)나라 분야에 해당하는 하늘에 형혹성이 나타나 임금

바람 앞에 서서
臨風

비단 장막 같은 뜬구름 흩어지고	綃幕浮雲盡
맑은 바람이 북쪽에서 불어오누나	淸風自北來
화양건[419]을 불어서 벗기려 하니	華陽吹欲脫
속진의 생각들이 함께 걷히는구나	塵抱與俱開

잠에서 깬 뒤
睡罷

훈풍이 언뜻 불어 서늘한 기운 보내오니	熏風乍動送微凉
빈 집에 사람은 없고 해는 한가히 길어라	虛室無人白日長
산새가 한 번 울어서 낮잠을 깨우는데	山鳥一聲驚晝夢
박산향로에는 아직도 향 연기가 남았구나	博山猶藝未銷香

경공(景公)이 이를 근심하니, 사성(司星)인 자위(子韋)가 그 재앙을 짐승이나 백성, 또는 연세(年歲)에 옮길 수 있다고 했다. 경공이 "정승은 나의 팔다리고, 백성은 내가 의지하는 바이며, 연세는 흉년이 들면 백성이 곤궁해지니 옮길 수 없다."고 하니, 자위가 경공에게 "임금다운 말 세 마디를 했으니 하늘이 반드시 감동할 것입니다." 하였다. 과연 형혹성이 1도(度)를 옮겨갔다 한다. 《十八史略 殷紀 周紀》

419 화양건(華陽巾) : 도사(道士)들이 쓰는 두건이다. 학창의(鶴氅衣)와 함께 도사들이 상용하는 복장이다.

밤에 읊다
夜詠

밝은 달은 구름 끝에서 나오고	明月出雲端
하늘 바람은 쉬지 않고 부누나	天風吹不休
그 옛날 맹호연을 생각하노니	有懷孟浩然
좋은 밤에 노닐기를 좋아하였지[420]	好作良宵遊
이 사람이 세상을 떠난 지 이미 오래	斯人歿已久
맑은 뜻을 그 누가 알 수 있으랴	淸意誰能知
빈 집에서 홀로 잠들지 못하고	空齋獨不寐
정신이 말똥한 채 슬퍼하노라	耿耿徒傷悲

저녁 정황 2수
夕況 二首

서쪽 봉우리 낙조에 동쪽 봉우리 보이고	西岑落照東岑見
남쪽 포구에 맑은 구름 북쪽 포구 멀어라	南浦晴雲北浦遠
백로 한 쌍이 한가로이 날아가니	鷗鷺一雙閑自去
이 몸이 그림 속에 있는 게 아닌가 하노라	此身疑在畵圖間

동쪽 산에 달이 떠서 서쪽 산 비추고	東山月出西山照
북쪽 성곽에 인 구름 남쪽 성곽에 난다	北郭生雲南郭飛
지친 새는 천천히 푸른 나무로 돌아가고	倦鳥遲遲還碧樹
시름겨운 사람은 적막 속에 사립을 닫는다	愁人寂寂掩紫扉

---

420 맹호연(孟浩然)을⋯좋아하였지 : 맹호연은 당(唐)나라 때의 시인이다. 〈추소월하유회(秋宵月下有懷)〉라는 시를 지어 달이 뜬 밤의 정취를 읊었다.

산전
山田

바위 곁 산전을 진종일 경작하여　　　　　巖畔山田盡日耕
메조를 많이 심어 밭에 가득 자랐다　　　　黃粱多種滿畦生
호미로 김 매어 잘 여물었으니　　　　　　鋤荒去穢能成熟
이 밖에 생계 위한 일 더 하지 않노라　　此外營生更不營

앞산
前山

산이 문 앞을 빙 둘러쳤는데　　　　　　　有山環拱對門前
산 위에는 푸른 솔 백천 길이어라　　　　山上靑松丈百千
사철 가릴 것 없이 늘 울창하니　　　　　不計四時能鬱鬱
우리 자손 면면히 이어지리라　　　　　　子孫應是保綿綿

백출을 복용하고
服朮

반백 살이 가까우니 기혈이 쇠약해져　　　半百年侵氣血衰
날이 갈수록 눈 흐리고 머리털 쇠누나　　眼昏頭白日相隨
산중에 고맙게도 신령한 백출 있으니　　山中賴有多神朮
복용하면 불로장생 기약할 수 있으리　　服食長生庶可期

유종숙이 세상에 은거하여 이름이 알려지지 않는 것을 달갑게 여기기에 이름은 인보이다

柳從叔甘於隱淪 名仁甫

세인들은 거개가 구차히 얻기를 좋아해	世人擧皆貴苟得
세상 작태란 늘 속진 속에 달려가거늘	俗狀每苦趨塵寰
숙부가 은거하는 것을 나는 사랑하노니	而我愛叔甘隱淪
청산 속에서 솔잎과 눈을 먹은 지 오래	久餐松雪靑山間
장안으로 가는 길 나서지 않고	長安有道不敢向
청운의 사닥다리 오르지 않는다[421]	靑雲有梯不敢上
이 어찌 결신난륜[422]하고자 하는 것이리오	此豈潔身亂倫謀
나라에 도가 있으면 벼슬에 나갈 수 있도다	邦之有道亦可穀
앞에 공손히 꿇어앉아서 그 도를 물으니	床前長跪問其道
말이 띠를 내려가지 않아도[423] 먼저 심복하도다	言不下帶心先服
숙부를 따르고 싶으나 한 해가 저물어	欲往從之歲將暮
바람이 쓸쓸하게 초가집에 불어오누나	天風瑟瑟吹茅屋

---

421 장안으로…않는다 : 장안으로 가는 길과 청운(靑雲)의 사닥다리는 모두 출사하여 벼슬에 오름을 뜻한다.

422 결신난륜(潔身亂倫) : 도사(道士)나 승려들과 같이 세상을 떠나서 일신(一身)을 깨끗이 지키는 것을 가리킨다. 자로(子路)가 세상을 버리고 은거하는 노인에 대해 "출사하지 않는 것은 의리가 아니니, 장유(長幼)의 예절도 없애서는 안 되는데 군신(君臣)의 의리를 어떻게 없앨 수 있겠는가. 자기 일신을 깨끗이 하고자 큰 인륜을 없애는 짓이다.[不仕無義 長幼之節 不可廢也 君臣之義 如之何其廢之 欲潔其身而亂大倫]" 하였다.《論語 微子》

423 말이…않아도 : 말이 비근(卑近)하여 알아듣기 쉬움을 뜻한다. 맹자가 "말은 비근하고 뜻은 원대한 것이 좋은 말이고, 지킴은 간약하고 베풂은 넓은 것이 좋은 도이니, 군자의 말은 허리띠를 내려가지 않아도 그 속에 도가 있고 군자의 지킴은 그 자신만 닦아도 천하가 평안해진다.[言近而指遠者 善言也 守約而施博者 善道也 君子之言也 不下帶而道存焉 君子之守 脩其身而天下平]" 하였다.《孟子 盡心下》

병인년(1626)에 벼와 기장 농사가 매우 잘 되었기에
丙寅歲大有禾黍

지난 해에 논밭에 벼와 기장 가득하더니	去年田中禾黍滿
올해도 벼와 기장이 논밭에 가득하구나	今年禾黍滿田中
올해도 지난해도 모두 풍년이 들었으니	今年去年歲皆熟
배 불리 먹고 즐거워하는 농부가 많아라	含哺鼓腹多田翁
농부들이 배 두드림은 진실로 까닭 있으니	田翁鼓腹實有由
백성의 즐거움 즐거워하는[424] 우리 임금 정성 때문	樂民之樂吾王誠
우리 임금이 진실로 백성의 즐거움 즐거워하시니	吾王眞實樂民樂
어찌 성인의 백성이 되길 즐거워하지 않으랴[425]	何不樂爲聖人氓

가을 장마
積雨

오랜 비가 완전히 걷히지 않아	積雨非全歇
흐릿한 빗발이 그치지 않누나	濛濛洒不休
밥 짓는 연기 푸른 빛으로 젖고	廚烟靑更濕
섬돌에도 물이 젖어 흘러내린다	礎水潤還流
푸른 물결이 막 뒤집혀 일렁이고	翠浪翻初動

---

424 백성의 즐거움 즐거워하는 : 맹자가 제 선왕(齊宣王)에게 "백성의 즐거움을 즐거워하는 자는 백성도 그 즐거움을 즐거워하고, 백성의 근심을 근심하는 자는 백성도 그 근심을 근심한다.[樂民之樂者 民亦樂其樂. 憂民之憂者 民亦憂其憂]" 하였다.《孟子 梁惠王下》

425 어찌…않으랴 : 어진 임금의 백성이 됨을 즐거워한다는 뜻이다. 진량(陳良)의 제자인 진상(陳相)이 그 아우와 함께 쟁기와 보습을 지고 와서 말하기를 "듣건대 임금께서 성인의 정치를 행하신다고 하는데 역시 성인이십니다. 원컨대 성인의 백성이 되고자 합니다.[聞君行聖人之政 是亦聖人也 願爲聖人氓]" 하였다.《孟子 滕文公上》

누른 구름은 베어 거두지 못했네[426]   黃雲割未收
김매는 농부는 참으로 고생하누나   鋤夫辛且苦
도롱이에 삿갓 쓰고 논두렁에서 밥 먹는다   蓑笠飯田頭

하늘의 구름
天雲

하늘에 흰 구름이 많아   上天多白雲
흰 구름이 서쪽으로 동쪽으로 가누나   白雲西復東
동쪽 서쪽으로 감에 뜻이 없나니   東西本無意
그저 하늘의 바람을 따를 뿐   但自隨天風
하늘의 바람은 그 언제나 그칠꼬   天風幾時歇
흰 구름은 길이 없어지지 않는다   白雲長不滅
바람과 구름은 만고에 길이 있고   風雲萬古存
하늘과 땅은 다 같이 다함이 없네   天地同無盡
다함이 없고 또 다함이 없으니   無盡復無盡
한 기운[427]은 소멸할 때가 없어라   一氣無時泯

---

426 푸른…못했네 : 푸른 구름과 누른 구름은 들판의 곡식을 형용한 것이다. 푸른 구름은 아직
　　익지 않은 벼이삭들을 가리키고, 누른 구름은 익은 벼이삭들을 가리킨다.

427 한 기운 : 천지(天地)의 근원이 되는 기운이다. 《장자(莊子)》〈대종사(大宗師)〉에 "저 지극
　　한 이(理)는 바야흐로 조물주와 더불어 사람이 되어서 천지의 한 기운에서 노닌다.[彼方且
　　與造物者爲人 而遊乎天地之一氣]" 하였다.

유월에 초승달이 발에 비쳐들기에 아이들을 시켜 시를 짓게 했는데, 말구에 주(舟) 자를 쓴 것이 모두 온당하지 못했다. 그래서 내가 두 수를 지어 보았다. 2수

六月初月入簾令兒曹作詩末號舟字皆未穩得余遂試綴 二首

초승달이 고운 모습으로 나무 위에 걸려	纖月娟娟掛樹頭
새로운 빛이 느릿느릿 서쪽 누각에 들어온다	新光冉冉入西樓
어느 누가 섬궁[428]의 계수나무를 베었는가	何人半斫蟾宮桂
틀림없이 천공이 배를 만든 것이리라	定是天工造得舟

옥황상제 머리 빗은 은빛 빗을	銀梳櫛罷玉皇頭
하늘 가 열두 누각[429]에 높이 걸어 두었구나	高掛天邊十二樓
내가 가져오고 싶으나 여덟 날개[430] 없으니	我欲取來無八翼
누가 날 위해 은하수 오르는 배[431] 매어줄꼬	何人爲繫沂河舟

---

428 섬궁(蟾宮) : 달 속의 궁전으로, 달을 가리킨다. 달에 두꺼비가 산다고 하여 이렇게 부른다.

429 열두 누각 : 신선의 세계를 뜻한다. 현포(玄圃)는 곤륜산 정상에 있는 신선이 산다는 곳인데, 여기에는 다섯 금대(金臺)와 열두 옥루(玉樓) 및 기이한 꽃과 바위가 많다고 한다.

430 여덟 날개 : 진(晉)나라 도간(陶侃)이 젊을 때 여덟 개의 날개가 몸에 돋아서 하늘로 날아 올라가니 하늘 대궐의 문이 아홉 겹이었다. 여덟 개는 날아서 지나갔는데 마지막 한 문에서 문지기가 지팡이로 때리자 날개가 부러져 땅에 떨어졌다 한다. 뒤에 그는 8주(州)의 도독(都督)을 지내는 등 41년 동안 장상(將相)의 자리에 있었다. 그가 8주 도독이 되어 국가의 병권(兵權)을 휘어잡고 있을 때 몰래 왕의 자리를 엿보고 싶은 뜻이 생겼지만 그때마다 날개가 부러졌던 꿈을 생각하면서 스스로 억제하였다고 한다.《晉書 卷66 陶侃傳》

431 은하수 오르는 배 : 옛날에 뗏목을 타고 황하를 거슬러 올라 은하수에 이르렀다는 고사가 있다. 주 61 참조.

씨아에서 목면의 씨를 빼는 광경을 보고
見綿車木綿去核

쌍룡이 두 봉우리 사이에서 얽혀 싸우니	雙龍轉戰兩峯間
대낮에 가벼운 구름이 만 갈래로 쏟아진다	白日輕雲瀉萬端
벽력 소리 진동해 천지가 움직이더니	霹靂聲振天地動
잠깐 사이에 큰 우박이 산처럼 쌓였어라[432]	須臾大雹積如山

흥을 달래며
遣興

좋은 절기라 가을이 가까운데	好節新秋近
사립대문이 물을 향하여 선 집	柴門水面家
어죽으로 쟁반의 음식이 넉넉하고	羹魚盤味足
기장밥 지어 내니 향기가 많아라	炊黍飯香多
죽장은 비틀걸음을 가누기에 알맞고	竹杖宜傾步
등나무 침상은 취해 노래하기에 좋구나	藤床可醉歌
자연 속에 사니 맑은 흥취가 많아	林居淸興富
날마다 그저 시를 읊조리노라	日日但吟哦

---

432 쌍룡(雙龍)이…쌓였어라 : 두 봉우리 사이에서 쌍룡이 싸운다는 것은 두 기둥 사이에서 두 개의 세로로 된 굴대가 돌아가는 것을 말한다. 가벼운 구름은 목화씨가 제거된 뒤의 하얀 목화솜이다. 큰 우박은 씨아에서 발라진 목화씨이다.

병인년(1626) 윤유월 보름에 좁쌀과 청채[433]를 보고 기뻐서
丙寅歲閏六月望日喜見粟米菁菜

윤유월도 반이 지나 가을이 오니	閏六月半生秋節
농가에 햇곡식이 많이 보여 좋구나	田家喜覿多新物
절구에 가득한 황금은 향긋한 좁쌀	黃金滿臼粟米香
쟁반에 수북한 백옥은 새로운 청채	碧玉崇盤菁菜新
닭은 집 아래서 날아 무리로 뛰놀고	鷄飛舍下已騰群
물고기는 시냇물에서 자라 낚시할 만하다	魚長川中堪下綸
편안히 제 땅 곡식 먹음이 임금 은혜이니	安食土芼寔君恩
금마와 태창[434]은 내가 바라는 바 아니로세	金馬太倉非吾願
낙토에서 농사를 지으며 늙어가노니	躬耕樂土老將至
어찌 남의 녹 먹어서 원망을 부르리오	豈可待哺招人怨

남촌의 제공들이 광릉의 벗들과 함께 뱃놀이를 하기로 약속했다는 말을 듣고
聞南村諸公與廣陵諸友同約遊船

제공들이 좋은 유람을 하고자	群公要良覿
통지를 보내 벗들에게 알렸구나	遣書通相好
초가을이라 물이 한창 드넓으니	新秋水正闊
맑은 물에 배를 띄워 노시겠지	泛舟遊淸滈

---

433 청채(靑菜) : 통배추의 연한 잎을 데쳐서 간장, 식초, 겨자 등의 양념을 넣고 무친 나물이다.

434 금마(金馬)와 태창(太倉) : 금마는 한(漢)나라 미앙궁(未央宮)의 대문인 금마문(金馬門)이다. 문 앞에 구리로 만든 말이 있으므로 이렇게 부르며, 조칙(詔勅)을 작성하는 문학의 선비들이 이 문으로 출입하였다. 태창은 옛날 수도에 있는 큰 곡식 창고이다. 즉 조정에 벼슬하여 녹봉을 받는 것을 뜻한다.

술과 악기를 배에 싣고	載酒與管絃
노소가 모두 한가한 심정	少長同閑抱
바람이 가벼우니 물결이 그치고	風輕波浪息
하늘빛은 참으로 높게 틔었으리	天色得寥郭
적벽의 그 흥취[435]를 생각하노니	有懷赤壁興
천추의 뒤에 그 때와 꼭 같아라	千秋共一的
중류에서 계수나무 노[436]를 저으며	中流蕩桂楫
교룡이 몹시 성냄도 두려워 않고	不怕蛟嗔高
공명을 친다는 노래[437]를 부르니	歌擊空明賦
시에 맑고 참된 곡조가 많아라	詩多淸眞調
빼어난 경치는 하늘이 준 것	奇觀天所餉
비단 장막에는 초승달이 걸렸겠지	綃幕懸新月
흔연히 저마다 술잔을 비우지만	欣然各盡觴
백 병의 술을 어이 다 마시리오	百壺那云竭
이 늙은이는 더위 먹은 병으로	老夫嬰暑病
좋은 자리에 참석하지 못하고	不得同華筵
속절없이 좋은 광경 상상하며	徒思勝賞極
물 건너편에서 침만 흘릴 뿐	隔水空垂涎
부끄럽게도 한 편의 시를 가지고	羞將一片玉
멀리 술자리 앞에 부쳐 보낸다오	遠寄淸樽前

---

435 적벽의 그 흥취 : 송(宋)나라 소동파(蘇東坡)의 〈적벽부(赤壁賦)〉에 보이는 놀이를 가리킨다. 주 203 참조.

436 계수나무 노 : 소동파의 〈적벽부〉에 "계수나무 노와 목란 상앗대로 공명을 치며 물결을 거슬러 오른다.[桂棹兮蘭槳 擊空明兮泝流光]" 하였다. 공명은 달빛이 물에 비치어 텅 비고도 밝은 모습이다.

437 공명(空明)을 친다는 노래 : 소동파의 〈적벽부〉를 가리킨다.

맑은 밤
晴夜

오래 내리던 비가 막 갠 밤에	積雨新晴夜
하늘은 높고 달은 참 밝구나	天高月正明
처마는 비어 구름이 가득 머물고	簷虛雲滿宿
바람이 고요해 이슬 더욱 맑아라	風定露還淸
물 건너편에서 벌레 소리 끊어지고	隔水虫聲斷
높은 둥지에는 새의 꿈이 놀라 깬다	危巢鳥夢驚
창에 기대 시상에 잠긴 시인은	倚窓人覓句
외로운 그리움을 읊어내기 어렵구나	孤思詠難成

저녁 어스름
薄暮

저녁 어스름에 서늘한 바람 이니	薄暮凉風發
가을 구름이 만 조각으로 떠 있구나	秋雲萬片浮
병이 나은 건 더위가 다 갔기 때문	病蘇緣暑盡
시 읊기 적은 건 마음이 쉬기 때문	吟少爲心休
술을 대하니 대작할 이 없어 걱정이요	對酒愁無酢
회포를 풀자니 옛 친구들이 생각난다	論襟憶舊遊
동쪽 숲에서 지는 석양을 보며	東林看夕照
난간에 기대 맘껏 눈길을 보내노라	徒倚騁雙眸

유거
幽居

속세를 멀리 떠난 지 오래 絶世離群久
태일[438]의 언덕에 은거하노라 幽居太一阿
높은 집은 적막한 물가요 高齋濱寂寞
참된 경지라 무하[439]에 드누나 眞境入無何
약초를 캐느라 숲을 다 뒤지고 採藥搜林遍
꽃을 옮겨 심느라 땅을 많이 판다 移花斸地多
소중[440]에 한가한 흥취가 많아 消中閑興足
소나무 아래서 차를 달이노라 松下自煎茶

신추에 정삼 덕훈이 방문했기에 이름은 형원이고, 벼슬은 직장에 이르렀다.
형주[441]의 증조이다.
新秋鄭三德薰來訪 名馨遠官至直長衡周曾祖

옥을 써는[442] 좋은 계절을 만나 切玉逢佳節

---

438 태일(太一) : 중국 종남산(終南山)의 이칭이다.

439 무하(無何) : 《장자(莊子)》 〈소요유(逍遙遊)〉에 보이는 무하유지향(無何有之鄕)을 가리킨
다. 상대적인 세계인 현실의 제약을 벗어난 무위자연(無爲自然)의 세계이다.

440 소중(消中) : 소갈병(消渴病)의 이칭이다. 두보의 〈증왕이십사시어계사십운(贈王二十四侍
御契四十韻)〉에 "소중에 단지 자신 건강을 아끼노니, 늦게 일어나매 쓸쓸해 누구와 친할
꼬.[消中秖自惜 晩起索誰親]" 하였다.

441 정형주(鄭衡周) : 1680~? 본관은 동래(東萊), 자는 평보(平甫), 거주지는 광주(廣州)이다.
1713년(숙종 37) 증광시에 합격하였다. 생몰년으로 보아 정형원이 증조이고 정형주가 증손
이 된다.

442 옥을 써는 : 가을에 먹는 물고기회를 가리킨다. 당나라 두보의 〈협애(峽隘)〉에 "흰 물고기는
옥을 썰어놓은 듯하고, 붉은 귤은 흔해 값을 묻지 않는다.[白魚如切玉 朱橘不論錢]" 하였다.

초가을 해가 기울려 하누나　　　　　　　　　新秋日欲斜
얘기도 흡족히 나누지 못해　　　　　　　　　談鋒交未洽
이별이 아쉬워 높이 노래한다　　　　　　　　惜別且高歌

적막
寂寞

장년 나이에 마음이 적막해　　　　　　　　　壯行心寂寞
초가집에 지친 몸을 누였노라　　　　　　　　茅閣臥殘骸
중이 외나무다리 건넘을 보고　　　　　　　　野椎看僧度
학이 솔숲에 돌아옴이 보인다　　　　　　　　松林見鶴廻
거적문[443]에선 늘 손님을 물리치니　　　　　席門長擯客
이끼 낀 길엔 인적 없은 지 오래　　　　　　　苔逕久無媒
잠 깨어 양보음[444]을 읊조리노라니　　　　　睡罷吟梁甫
맑은 바람이 북쪽에서 불어오누나　　　　　　清風自北來

초가을
新秋

서늘한 바람이 촌락에 부니　　　　　　　　　凉風動墟落
초가집이 절로 서늘하구나　　　　　　　　　茅閣自清冷
병든 잎은 숲에서 떨어지고　　　　　　　　　病葉林中墜
가을 매미는 비온 뒤에 운다　　　　　　　　　殘蟬雨後聲

---

443 거적문 : 거적을 매달아 만든 누추한 문으로, 자기 집을 가리키는 겸사이다. 주 284 참조.
444 양보음(梁甫吟) : 큰 뜻을 품은 고사(高士)가 울울한 심정을 토로한 노래를 뜻한다. 주 99
　　참조.

거문고 노래로 긴 밤 보내노니　　　　　琴歌聊永夕
술과 시에 맑은 흥이 넉넉해라　　　　　酒賦有餘淸
여름 절기도 이제 다 갔으니　　　　　　節序朱明盡
신추가 늙은 내 마음에 맞구나　　　　　新秋老我情

변방 소식
邊報

듣자하니 용사의 무리[445]들이　　　　　聞道龍沙衆
우리 땅 잠식할 마음 품어　　　　　　　猶懷荐食心
서로 대치하다 군사는 늙어가고　　　　相持兵欲老
무력을 겨루니 염려가 깊어라　　　　　角壯慮還深
파목[446]은 지금 어디에 있는고　　　　　頗牧今安在
선광[447]이 불끈 노해 정벌하리니　　　　宣光赫怒臨
오랑캐 망할 운수 이미 정해졌으니　　亡胡運旣屬
속히 적의 괴수 사로잡을 수 있으리　應速月支擒

---

445 용사(龍沙)의 무리 : 오랑캐를 가리킨다. 용사는 중국 신강(新疆)의 천산(天山) 남쪽에 있는 사막인 백룡퇴(白龍堆)의 이칭이다. 이 사막은 원래 흉노족의 영토 안에 있었는데, 일반적으로 북쪽 변방을 뜻하는 말로 쓰인다.

446 파목(頗牧) : 전국시대 명장인 염파(廉頗)와 이목(李牧)의 병칭이다. 염파는 인상여(藺相如)와 함께 조(趙)나라를 지킨 명장으로 유명하다. 이목은 조(趙)나라 북쪽 변방을 지키던 장수로, 흉노족을 잘 방비하여 10년 동안 흉노족이 변방을 침입하지 못했으며, 또 진(秦)나라를 대파한 공으로 무안군(武安君)에 봉해졌다.

447 선광(宣光) : 중국 역대 중흥주(中興主) 중 대표적인 왕인 주(周)나라 선왕(宣王)과 한(漢)나라 광무제(光武帝)의 합칭이다.

윤 6월 15일 밤에 달을 읊다 2수
閏六月十五夜詠月 二首

십오야라 은빛 달이 떠오르니	十五銀蟾出
맑은 빛이 팔방에 두루 비친다	淸光遍八垓
소나무에 들어 금빛이 반짝이고	入松金瑣瑣
섬돌에 비치니 눈빛이 하얗구나	當砌雪皚皚
어로를 구별해[448] 책을 다 볼 수 있고	魚魯看書帙
사현을 술잔에서 변별하도다[449]	蛇弦辨酒盃
토원에 사람은 이미 떠났건만[450]	兔園人已去
금잔에 술 마시던 일 속절없이 생각한다	空想酌金罍
옥토끼의 둥근 빛이 환한 밤	玉兔圓光夜
은두꺼비 광채가 빛나는 때	銀蟾曜彩時
발을 드리워도 빛이 새어들고	垂簾輝更透
자리를 옮겨도 그림자는 따른다	移坐影還隨
만학에는 옥빛 굴이 환하고	萬壑明瑶窟
천림에는 옥빛 가지 비치누나	千林暎璐枝

---

448 어로(魚魯)를 구별해 : 달빛이 밝아 비슷한 글자를 식별할 수 있다는 것이다.

449 사현(蛇弦)을 술잔에서 변별하도다 : 두선(杜宣)이란 사람이 하지(夏至)에 술을 마실 때 술잔에 뱀이 있는 것 같았으나 감히 마시지 않을 수 없는 자리라 그냥 마셨다. 그 뒤로 가슴과 배가 몹시 아파 백방으로 치료해 보았으나 소용이 없었다. 그러다 벽에 걸린 적노(赤弩), 즉 붉은 색 활이 술잔에 비친 것임을 알고는 곧바로 병이 나았다.《風俗通 怪神》여기서는 달빛이 밝아서 술잔에 비친 것이 뱀이 아니라 활임을 식별한다는 것이다.

450 토원(兔園)에…떠났건만 : 토원은 양원(梁苑)이라고도 하는데 서한(西漢)의 양효왕(梁孝王)이 조성한 매우 크고 호사스런 원림(園林)이다. 양효왕이 이곳에서 당대의 문사들인 사마상여(司馬相如), 매승(枚乘), 추양(鄒陽) 등과 함께 주연(酒筵)을 베풀고 놀다가 눈이 오자 흥에 겨워 시를 주고받았던 고사가 유명하다.《史記 梁孝王世家》

그리워하며 멀리서 금자[451]를 수놓을 제	遙憐挑錦字
맑은 경치가 더욱 처량하겠지	淸景轉凄悲

심장의 모재에서 도팽택가계주수양도[452]를 보고 심장은 이름이 보준(溥浚)이다. 동지중추부사가 되었고 광주 하도에 산다.

沈丈茅齋見陶彭澤家繫舟垂楊圖

팽택이 한가히 읊조리며 벼슬 그만두고[453]	彭澤閑吟解印歸
조각배 타고 밤낮으로 가 고향집에 이르렀지	扁舟日夕到荊扉
전원의 물색은 전혀 변한 것이 없는데	園中物色渾無改
무엇보다 옛날 모습 그대로인 수양버들이 눈에 띠네	最見垂楊帶舊輝

---

451 금자(錦字) : 비단에 수놓은 글자로, 남편을 그리워하는 아내의 마음을 뜻한다. 전진(前秦) 때 두도(竇滔)가 진주 자사(秦州刺史)가 되어 멀리 유사(流沙) 지방으로 가게 되자, 그의 아내 소씨(蘇氏)가 그리운 마음을 담아, 전후 좌우 어디로 읽어도 문장이 되는 회문선도시(回文旋圖詩)를 지어 비단에 수놓아 보냈다는 고사에서 유래하였다.《晉書 烈女傳 竇滔妻蘇氏》

452 도팽택가계주수양도(陶彭澤家繫舟垂楊圖) : 도팽택(陶彭澤)은 진(晉)나라 은사(隱士)인 도연명(陶淵明)을 가리킨다. 그가 팽택현령(彭澤縣令)을 역임했기 때문에 이렇게 부른다. 도연명이 집 주위에 수양버들 다섯 그루를 심고 자신을 오류선생(五柳先生)이라 불렀다. 즉 도연명의 집 앞 수양버들에 배를 매어둔 광경을 그린 그림이다.

453 팽택이…그만두고 : 도연명이 팽택현의 현령으로 있을 때 군(郡)에서 독우(督郵)를 보냈다. 현리(縣吏)가 도연명에게 의관을 갖추고 독우를 만나 뵈라고 하자 "오두미(五斗米)를 위하여 구차히 향리의 소아(小兒)에게 허리를 굽힐 수 없다." 하고는, 즉시 인끈을 풀고 귀거래사(歸去來辭)를 읊고 고향으로 돌아갔다고 한다.

참새 쫓기
駈雀

참새란 놈이 논밭 곡식 먹으며	黃雀食田粟
떼를 지어 이리저리 날아다닌다	群飛來倏忽
이에 내가 동복들을 시켜서	於焉命僮僕
종일토록 줄곧 쫓게 하였으나	竟日駈不輟
참새란 놈 몹시도 교활하여	雀性最奸詰
요리조리 피하며 기막히게 훔친다	拚回巧偸窃
장대 휘둘러도 달아나지 않고	揮竿且不起
소리쳐 쫓아도 겁내지 않누나	叱逐終無怕
가는 듯 마침내 도로 오고	若去竟還來
잠자는 듯 다시금 내려오니	如夢旋復下
아이들은 기력이 바닥나서	兒童盡氣力
밤낮으로 소리치지 못하누나	日夕呼不得
하늘이 만물을 만들어 낼 때	皇天賦萬物
참새는 누굴 위해 세상에 나왔나	黃雀爲誰出
난봉은 없어서는 안 되지만	鸞鳳不可無
참새는 외려 없어도 괜찮으며	黃雀猶可無
난봉은 없애서는 안 되지만	鸞鳳不可去
참새는 외려 없애도 괜찮을 텐데	黃雀猶可去
세상에 내어놓고 없애지 않으니	旣賦且不去
하늘의 뜻을 끝내 알기 어려워라	天意終難知
아아 이 참새란 놈은	吁嗟此黃雀
작게 영리하지만 크게 어리석구나	小詰還大痴
어디인들 먹이가 없을까만	何所獨無食

굳이 사람의 곡식을 먹네 　　就食必人粟
사람의 곡식을 먹기 때문에 　　惟其食人粟
그물에 걸려 종족이 다 죽지 　　網羅殲其族
그대는 보라 높은 집 위에 　　君看高堂上
제비가 와서 깃들어 살지만 　　玄鳥來棲息
제비는 사람에게 해물이 아니라 　　爲禽不害物
매일 가까워도 서로 잘 지내며 　　日近無相酷
해마다 옛 둥지를 찾아와서 　　年年訪舊巢
해마다 즐거이 깃들어 사는 것을 　　歲歲欣相托

남쪽 들판의 저녁 풍경
南郊晚眺

벼가 익어가는 남쪽 들판 저편에 　　禾稼南郊外
나귀 타고 가노라니 흥이 각별해라 　　蹇驢興不群
논에는 푸른 물결 가득 출렁이고 　　盈疇翻翠浪
성곽 저편까지 누른 구름 일렁인다 　　漫郭動黃雲
시골 늙은이들 서로 만나는 곳에서 　　野老相逢處
농사 얘기로 석양이 지는 줄 몰라라 　　農談到夕曛
돌아올 제 산길이 비좁아서 　　歸來山逕狹
이슬이 잠방이를 다 적시는구나 　　行露濕蘿褌

거미줄
蛛網

은빛 실이 뱃속 가득 나와서	銀絲生滿腹
처마 틈에 비스듬히 줄을 친다	簷隙掛橫斜
빗방울 젖어 거미 그물 뒤집히고	帶雨飜蛛網
바람결에 비단 장막 흔들리누나	因風拂綺羅
반딧불 걸리니 별이 움직이는 듯	螢罹星欲動
금빛 부서짐은 달빛이 비쳐든 것	金碎月穿華
이르노니 꽃을 찾는 나비들아	爲報探花蝶
날아다니다 걸릴까 걱정일세	飛飛恐見遮

한적
閑寂

동산에 나무는 푸르고 꾀꼬리 가벼이 나는데	園木靑靑鸎轉輕
정원에 꽃은 적적하고 새 울음소리 맑아라	庭花寂寂鳥吟淸
주인은 한단의 베개[454]에서 꿈을 깨어	主人覺夢邯鄲枕
한가히 책상 앞 거문고를 잡고 퉁긴다	閑把床前玉柱鳴

| 봉우리가 늘 푸른 빛으로 처마 앞에 마주하니 | 有峯長對簷前碧 |
| 한 마리 새가 언제나 뜰 나무에 와서 운다 | 一鳥每來庭樹鳴 |

---

454 한단(邯鄲)의 베개 : 한단몽(邯鄲夢)을 가리킨다. 당(唐)나라 심기제(沈旣濟)가 지은 《침중기(枕中記)》에 실려 있는 이야기이다. 노생(盧生)이란 이가 한단의 객점에서 도사 여옹(呂翁)을 만나 그가 주는 베개를 베고 잠들어 꿈 속에서 수십 년 동안 부귀영화를 누렸다. 꿈에서 깨어 보니, 자신이 잠들기 전에 객점 주인이 삶고 있던 황량(黃粱)이 채 익지 않았다 한다.

산사람은 이러한 때 무슨 일을 하는가 山客此時何所事
바둑알 가지고 소나무 바둑판에 놓아 본다 戲將棊子落松枰

서늘한 비
咏凉雨

산비는 서늘한 기운 작은 섬돌에 보내고 山雨吹凉到小墀
흰 구름은 더위 끌고서 시냇가를 둘렀어라 白雲拖暑擁川湄
대문 앞 금빛 곡식에는 향기가 떠 있으니 門前金粟浮香氣
그야말로 농가의 유월 시절이로구나 正是田家六月時

매미 소리를 듣다 2수
聞蟬 二首

비온 뒤 슬픈 매미 울음 그치지 않아 雨後悲蟬咽不休
맑은 음향이 이어져 와 한낮에 시끄럽네 淸音繹繹午來稠
뉘 집 베틀 위에서 붉은 비단을 짜다가 誰家機上挑紅綿
손길을 멈추고 서글피 먼 시름을 일으키나 怊悵停梭起遠愁

수놈 암놈 번갈아 요란스레 울어대니 雄吟雌唱迭相鳴
남쪽 정원에서 들리다 북쪽 정자로 옮겼네 纔聽南園又北亭
옥황상제가 적막한 생활 불쌍하게 여겨 疑是玉皇憐寂寞
잠시 하늘 음악을 서생에게 나눠 주나 보다 暫分天樂餉書生

비가 그쳤기에
雨止

오랜 비가 아침에 말끔히 그치더니	宿雨朝全歇
저물녘 시내에는 바람이 부는구나	溪風晚更颸
하늘이 열리니 맑은 들판 드넓고	天開晴野濶
구름이 흩어지니 옥빛 봉우리 높아라	雲散玉峯高
물의 학은 높은 둥지에 서 있고	水鶴危巢立
산의 비둘기는 우거진 나무에서 운다	山鳩暗樹號
사립문에는 아무도 오지 않아	柴門人不到
밤새도록 그저 붓으로만 놀리네	終夕但揮毫

막 날이 개어
初晴

아침의 빗줄기 산문에서 걷히더니	朝來雨脚揭山門
집 아래 시냇물이 저녁에 더욱 시끄럽네	屋下溪流晚更喧
사람은 구름 반쯤 걷힌 옥봉우리 보고	人對玉峯雲半捲
학은 이슬 도로 흩날리는 소나무로 돌아간다	鶴歸松樹露還飜
앞 들판에 풀빛은 젖은 망사 치마인 듯	前郊草色羅裙濕
북쪽 물가 안개 빛은 푸른 흔적 띠었구나	北渚烟光翠帶痕
홀로 술 떠서 마시고 홀로 취하니	獨酌匏樽仍獨醉
이 중에 맑은 흥취를 어떻게 말하리오	箇中清興若爲言

한거
閑居

검 한 자루의 생애 늙을수록 더 외로워	一劍生涯老更單
몇 칸 초가집에 쇠잔한 얼굴로 누웠노라	數間茅屋倚屛顔
소나무 침상 부들자리에 잠이 늘 넉넉하고	松床蒲薦眠恒足
현미밥 나물국이 내 분수에 편안하구나	糲食藜羹分所安
반곡은 땅이 외지니 마음이 절로 속세와 멀고[455]	盤谷地偏心自遠
종산[456]은 구름이 적막하니 마음도 함께 한가해라	鍾山雲寂意俱閑
울타리 가에 고운 국화꽃을 많이 보노니	多看嫩菊籬邊淨
가을 꽃잎 피거든 저녁에 따서 먹으리라	剩待秋英可夕粲

흰 물은 무정하게 대나무 난간을 두르고	白水無情繞竹欄
푸른 산은 늘 그렇듯 처마 끝에 들어온다	青山有素入簷端
문 앞에 이끼 밟히니 외로운 중 오는 게고	門前苔破孤僧到
골짜기 어귀 구름 개니 한 마리 학 돌아오네	谷口雲開一鶴還
여장을 짚고 고요히 저물녘 화단 가 거닐며	藜杖晚移花塢靜
나의[457]를 입고 한가로이 때로 버들마을 지난다	蘿衣時拂柳村閑

---

455 반곡(盤谷)은…멀고 : 반곡은 골짜기 이름으로 은자(隱者)가 사는 곳을 뜻하는데, 여기서는 작자 자신이 사는 곳을 가리킨다. 당(唐)나라 한유(韓愈)가 태항산(太行山) 남쪽의 반곡으로 돌아가는 벗 이원(李愿)을 전별하는 뜻에서 지은 〈송이원귀반곡서(送李愿歸盤谷序)〉란 글에서 반곡이 낙토(樂土)임을 누누이 말하였다. 또 도연명(陶淵明)의 〈잡시(雜詩)〉에 "사람이 사는 지역에 집을 지었건만 수레와 말의 시끄러움 없어라. 그대에게 묻노니 어찌하여 이럴 수 있는가. 마음이 속세와 머니 지역이 절로 외지네.[結廬在人境 而無車馬喧 問君何能 爾 心遠地自偏]" 하였다. 이 시에서는 두 가지를 아울러 차용하였다.

456 종산(鍾山) : 은자(隱者)가 사는 곳을 뜻하는데 여기서는 작자 자신이 사는 곳을 가리킨다.

457 나의(蘿衣) : 여라(女蘿) 넝쿨로 띠를 두른 은자의 옷을 뜻한다. 《초사(楚辭)》〈구가(九歌) 산귀(山鬼)〉에 "벽려로 옷을 입고, 여라로 띠를 둘렀도다.[被薜櫚兮帶女蘿]" 하였다.

빗질하매 머리털 천 올이 하얗게 세었건만 　梳邊鬢髮千莖白
인간세상 행로의 어려움은 알지 못했노라 　不識人間行路難

농가
農家

농가에선 날마다 밭 갈고 김매는 일 　農家日日事耕薅
한가로운 세상에 농사 지어 먹고 사는구나 　閑作齊民食土芼
죽순 데치고 아욱 삶으니 아침 반찬 넉넉하고 　燒筍煮葵朝饌足
좁쌀 찧고 기장 익히니 저녁 밥그릇이 그득해라 　春粱炊黍夕盤高
나라의 녹봉을 받아먹는 게 무슨 일인가 　倉頒廩食知何事
나라에 내는 세금도 절로 고생스럽지 않네 　里布田租不自勞
세상을 살며 화복을 범한 적이 없으니 　身世未曾干禍福
복랍[458]에 송료[459] 마시고 취하는 것만 기다린다 　漫期伏臘醉松醪

우중에 뜰의 풀을 매며
雨中除庭草

윤유월 경신이라 내리던 비 그치기에 　閏六庚申時雨歇
아이 불러서 뜰의 풀을 다 매게 하노라 　呼童斸盡庭中草
뜰에 풀 다 없어져 뜰 중심 넓어졌건만 　庭中草盡庭心寬
나의 단전[460]을 일찍 못 넓힌 게 후회스럽다 　悔我丹田擴不早

---

458 복랍(伏臘) : 사시복랍(四時伏臘)의 준말로 명절과 같은 좋은 날을 가리킨다.

459 송료(松醪) : 소나무를 재료로 담근 막걸리이다. 송(宋)나라 소식(蘇軾)의 〈중산송료부(中山松醪賦)〉에 "뽕나무 느릅나무에서 재료를 거두어, 중산의 송료를 담근다.[收薄用於桑楡 製中山之松醪]" 하였다.

460 단전(丹田) : 본래는 도가(道家)의 용어로 이마, 명치, 배꼽의 삼단전(三丹田)이 있는데 여

하 도인의 집 벽에 제한 이동악의 시에 차운하다 동악은 곧 사백인 이안눌[461] 씨이다.

次李東岳題河道人屋壁韻 東岳卽詞伯安訥甫

예전에 소를 타고 진나라 관문을 나가서[462]	乘牛當日出秦關
십년 동안 바닷가 산속에 자취를 감추었어라	千載藏蹤海外山
단약의 기이한 술법이 여윈 몸 가볍게 하고	丹竈術奇輕瘦骨
청낭[463]의 신기한 비법이 젊은 얼굴 지키누나	靑囊法秘保昭顏
창 앞의 백호는 순하게 잘 복종하고	窓前白虎馴能伏
상 아래 청룡은 길들어 절로 한가롭다	床下蒼龍擾自閑
바둑 마치고 선옹들이 흩어져 간 뒤	碁罷仙翁分散去
바둑판에는 검은 돌 흰 돌만 놓여 있구나	枰間黑白子班班

기서는 심성(心性)을 가리킨다.

461 이안눌(李安訥) : 1571~1637. 본관은 덕수(德水), 자는 자민(子敏), 호는 동악(東岳)이다. 이식(李植)의 종숙(從叔)이다. 동년배인 권필(權韠)과 선배인 윤근수(尹根壽), 이호민(李好閔) 등과 교우를 맺었는데, 이러한 모임을 동악시단(東岳詩壇)이라고 하였다. 두보(杜甫)의 시를 만번이나 읽었다고 하며, 시를 지을 때 일자일구도 가벼이 쓰지 않았다고 한다. 특히, 당시(唐詩)에 능하여 이태백에 비유되었고 글씨도 잘 썼다. 시호는 문혜(文惠)이다. 저서로 는《동악집(東岳集)》이 있다.

462 소를…나가서 : 하 도인을 노자(老子)에 비겼다. 진(秦)나라 관문은 함곡관(函谷關)을 가리 킨다.《사기평림(士氣評林)》〈노장신한열전(老莊申韓列傳)〉의 주(註)에 "노자(老子)가 서 쪽으로 갈 때 관령(關令) 윤희(尹喜)가 바라보니 자주색 기운이 관에 떠 있었다. 노자가 과 연 푸른 소를 타고 함곡관을 지나갔다." 하였다.

463 청낭(靑囊) : 진(晉)나라 곽박(郭璞)이 곽공(郭公)이란 이인(異人)으로부터 푸른 주머니에 든 책인《청낭중서(靑囊中書)》9권을 받아서 오행(五行)·천문(天文)·점복(占卜) 등에 통 달하였다 한다.《晉書 郭璞傳》

윤유월 24일 비 온 뒤 밤중에 앉았노라니 풀벌레가 일제히 우는 소리가 들리기에 감회가 일어 즉시 읊다
閏六月卄四日雨後夜坐聞草蟲齊聲鳴有感卽吟

촉직[464] 소리가 실솔 소리와 섞여서	促織聲和蟋蟀聲
찍찍 귀뚤귀뚤 산골집 뜰에 가득해라	喓喓趯趯滿山庭
그야말로 공자의 삼천 제자들 중에서	渾如孔席三千子
증점의 슬[465]과 안회의 금[466]이 함께 울리는 듯	點瑟回琴一竝鳴

아침에 밖에 나와 손님을 전송하며
晨出送客

산 위에 성근 별 두셋이 반짝이고	岑上踈星三兩明
지붕 위의 닭이 오경이라 우는구나	新鷄屋頭五更聲
손님이 문 나서니 하늘이 밝아오는데	客子出門天色白
서로 손을 잡고 먼 이별을 아쉬워한다	臨分握手遠離情

---

464 촉직(促織) : 찌륵찌륵 우는 귀뚜라미 소리를 말한다. 우는 소리가 마치 베 짜는 소리와 같으므로 가을이 되었으니 사람에게 베 짜기를 재촉하는 듯하다는 뜻에서 이렇게 불렀다 한다.

465 증점(曾點)의 슬(瑟) : 슬은 거문고와 비슷한 현악기이다. 공자의 제자 증점이 자신의 뜻을 말하라는 공자의 명에 슬(瑟)을 울리다 말고, "늦은 봄날 봄옷이 이루어지거든 어른 대여섯 사람, 동자 예닐곱 사람과 함께 기수(沂水)에 목욕하고 무우(舞雩)에서 바람을 쐬고 시를 읊으면서 돌아오겠다." 하였다. 공자가 증점의 이 말을 듣고 그의 쇄락(灑落)한 기상을 허여(許與)하였다 한다.《論語 先進》

466 안회(顔回)의 금(琴) : 금은 거문고와 비슷한 현악기이다. 공자가 안회에게 "집안이 가난한데 어찌 벼슬하지 않느냐?" 하니, 안회가 대답하기를 "벼슬하기를 원치 않습니다. 저는 성곽 밖에 밭 50묘(畝)가 있어 죽을 먹을 만하고 성곽 안에 밭 10묘가 있어 명주와 삼베를 얻을 수 있으며, 금(琴)을 연구하여 스스로 즐길 만하고 배우는 선생님의 도로 스스로 즐길 만하니, 저는 벼슬하기를 원치 않습니다." 하였다.《莊子 讓王》

신 판관 자구가 내방했기에 이름은 이우[467]이다.

申判官子久來訪 名易于

한번 이별한 뒤 십년 동안 소식이 뜸했는데	一別十年音問踈
문득 오늘 밤 만나니 그저 탄식할 뿐일세	忽逢今夕但欷歔
우리 문중 가까운 친척이 몇 사람 있는가	吾門强近幾人在
더구나 그대는 멀리 호서에 살고 있는 것을	況子遠栖湖右居

장맛비가 내리기에 유종숙에게 삼가 드리다 이름은 우인이다.

久雨敬呈柳從叔 名友仁

열흘에 걸친 장마로 북쪽 시냇물이 불어	積雨連旬漲北溪
집안에 있을 뿐 지팡이 짚고 외출하지 못했어라	杜門未得動靑藜
창 앞에 소나무 대나무가 늘 눈에 삼삼하니	窓前松竹長森目
날이 개길 기다렸다가 맘껏 구경하러 가리라	要待新晴滿眼携

사직 주상 인조께서 계해년(1623) 3월에 반정하셨다. 그리고 5년 뒤 정묘년에 청인이 침공하여 관서의 고을들을 함락시키고 평산에 이르러 강화를 맺고 물러갔다. 그 해 4월에 주상께서 강도로부터 서울로 돌아오셨다.

社稷　主上反正於癸亥三月後五年丁卯淸人攻陷關西諸都至平山講和而迎其年四月主上自江都還京

사직이 다시 회복되는 날에	社稷重恢日

---

467 신이우(申易于) : 본관은 평산(平山), 자는 자장(子長) 또는 자구(子久), 호는 도촌(道村)이다. 신광필(申光弼)의 아들로, 1612년 증광시에 합격했다. 이안눌(李安訥), 정충신(鄭忠信) 등과 교유하였다.

문성이 이미 규성에 모였어라[468]	文星已聚奎
바야흐로 칼과 화살촉 만드는 때요	時當鑄鋒鏑
고래를 베어 죽이는[469] 시운이로다	運屬斬鯨鯢
옥촛불[470]이라 어진 인재 등용하고	玉燭調賢俊
천리마가 끄는 난여를 타셨어라[471]	鸞輿駕駃騠
이 늙은이 태평성세에 살며	老夫生壽域
암혈에서 은거를 보전할 수 있구나	巖穴保幽棲

군공
群公

성스런 임금께서 용흥[472]하시는 날	聖主龍興日
군공들이 초려에서 일어나도다	群公起草廬
양구[473]는 칠리[474]에서 숨어 살았고	羊裘□七里

---

468 문성(文星)이…모였어라 : 금(金), 목(木), 수(水), 화(火), 토(土)의 다섯 별이 문운(文運)을 관장하는 별인 규성(奎星)에 모인 것으로, 문운이 크게 번창할 것임을 예시한다. 송 태조(宋太祖) 건덕(建德) 5년 3월에 오성(五星)이 규성에 모이는 현상이 나타났다 한다.《宋史 太祖紀》

469 고래를 베어 죽이는 : 외적을 무찌름을 뜻한다. 당(唐)나라 이백(李白)의 〈증장상호(贈張相鎬)〉에 "맹서하노니 고래를 베어 죽여서 낙양의 물을 맑게 하고자 하노라.[誓欲斬鯨鯢 澄淸洛陽水]" 하였다.

470 옥촛불 : 태평성세를 뜻한다. 옥촛불은 사시(四時)의 기운이 화창한 것으로,《이아(爾雅)》〈석천(釋天)〉에 "사시의 기운이 화창한 것을 일러 옥촛불[玉燭]이라 한다." 하였다. 궁중의 촛불을 뜻하는 말로도 쓰인다.

471 천리마가…타셨어라 : 국운(國運)이 융성할 것임을 뜻한다. 난여(鸞輿)는 왕이 타는 수레이다.

472 용흥(龍興) : 용은 제왕의 비유이다. 즉 훌륭한 임금이 흥기함을 뜻한다.

473 양구(羊裘) : 전한(前漢) 때 장후(蔣詡)의 벗 양중(羊仲)과 구중(裘仲)의 병칭이다. 장후는 자가 원경(元卿)으로, 두릉(杜陵)에 은거하였다. 그의 집 안 대숲에 삼경(三徑) 즉, 세 갈래

물고기 뱃속에 든 삼려[475]를 탄식한다	魚腹歎三閭
궁궐에서 약법[476]을 선포하고 나니	約法彤庭罷
백성 집에선 원망을 펼 수 있어라	寃呼白屋攄
묘당에서 버리는 인재가 없건만	廟堂無棄物
초야의 선비는 주저하는구나	林叟亦躊躇

백수
白水

참된 세계는 홍진 밖에 있고	眞境紅塵外
이내 생애는 백수 가에 있어라	生涯白水邊
밭에 물을 주어 채소를 내다 팔고	灌園蔬自鬻
낚시 드리워 붕어를 자주 낚는다	垂釣鯽頻牽
입을 헹구고 나니 정신이 상쾌해지고	漱口神初爽
술잔을 띄우니[477] 흥이 누차 도도해라	流觴興屢圓

길을 만들어 놓고 당시 고사(高士)였던 양중과 구중, 두 사람하고만 어울렸다 한다.《漢書 卷72 蔣詡傳》일반적으로 은자(隱者)를 말한다.

474 칠리(七里) : 부춘산(富春山)에 있는 여울인 칠리탄(七里灘)을 가리킨다. 후한(後漢) 때 은사(隱士)인 엄광(嚴光)이 광무제(光武帝) 유수(劉秀)의 부름을 완곡하게 거절하고 은둔하여 낚시질을 하던 곳이다. 이로부터 고사(高士)가 은거하는 곳을 뜻한다.《後漢書 卷83 逸民列傳 嚴光》

475 물고기…삼려(三閭) : 삼려는 전국시대 초(楚)나라 삼려대부(三閭大夫)인 굴원(屈原)을 가리킨다. 굴원은 초 회왕(楚懷王)을 섬겨 신임을 받다가 상관대부(上官大夫)의 참소로 임금에게 버림받았다. 방축되어 귀양살이를 하다가 5월 5일 단오에 장사(長沙)의 멱라수(汨羅水)에 투신 자살하여 물고기밥이 되었다.《史記 卷84 屈原列傳》

476 약법(約法) : 한 고조(漢高祖)가 나라를 세워 진(秦)나라의 가혹한 법을 없애고 약법삼장(約法三章)을 제정 선포하였다.

477 술잔을 띄우니 : 물결 위에 술잔을 띄워서 마시는 유상곡수(流觴曲水)를 가리킨다.

백년 평생 늘 이와 같다면	百年長若此
무엇하러 굳이 신선이 되려 하리	何必强求仙

가는 세월을 탄식하며
歎逝

그 언제나 교목에 옮겨갈꼬	喬木遷何日
그윽한 곳에서 스스로 즐기노라[478]	幽棲但自娛
의상은 성스런 임금 드리우셨고[479]	衣裳垂聖主
빈한한 선비는 서검으로 늙어간다[480]	書劍老寒儒
절후가 바뀌어 꾀꼬리 울음에 놀라노니	節序驚黃鳥
세월이 백구처럼 빠름[481]을 슬퍼하노라	年光悼白駒
교외 사립문은 낮에도 늘 닫혔으니	郊扉常晝掩
적적한 시름은 처자식이 달래 주누나	愁寂破妻孥

---

478 그윽한…즐기노라 : 벼슬하지 않고 은거하는 삶을 살아가겠다는 뜻이다. 《시경》〈소아(小
雅) 벌목(伐木)〉에 "쩡쩡 울리며 나무를 베거늘, 꾀꼴꾀꼴 꾀꼬리는 울도다. 그윽한 골짜기
에서 나와, 높은 나무로 올라가도다.[伐木丁丁 鳥鳴嚶嚶 出自幽谷 遷于喬木]" 하였고, 맹자
가 "나는 어두운 골짜기에서 나와 교목으로 옮겨간다는 말은 들었으나 교목에서 내려와 어
두운 골짜기로 들어간다는 말은 듣지 못했다.[吾聞出於幽谷 遷于喬木者 未聞下喬木而 入於
幽谷者]" 하였다. 《孟子 滕文公上》

479 의상(衣裳)은…드리우셨고 : 성왕(聖王)의 무위(無爲)의 다스림을 뜻한다. 《주역(周易)》
〈계사전 하(繫辭傳下)〉에 "황제(黃帝)와 요순(堯舜)은 의상을 드리운 채 가만히 앉아 있었
으나 천하가 지극히 잘 다스려졌다.[黃帝堯舜 垂衣裳而天下治]" 한 데서 유래하였다.

480 빈한한…늙어간다 : 서검은 책과 검(劍)으로, 옛날의 선비가 가지고 다니던 물건이다. 벼슬
하지 못한 채 늙어감을 뜻한다. 당(唐)나라 맹호연(孟浩然)의 〈자락지월(自洛之越)〉에 "삼
십 년을 허둥지둥 보내고 책과 검 둘 다 이루지 못했네.[遑遑三十年 書劍兩無成]" 하였다.

481 백구(白駒)처럼 빠름 : 세월이 덧없이 빨리 흐름을 비유한 것이다. 백구는 흰 망아지이다.
《장자(莊子)》〈지북유(知北遊)〉에 "사람이 천지의 사이에 사는 것이 마치 흰 망아지가 달려
틈 사이를 지나는 것과 같다.[人生天地之間 若白駒之過卻]" 하였다.

저녁에 앉아서
夕坐

서늘한 바람은 산마루 넘어오고	凉風度岑首
산 위에 뜬 달은 숲 위로 나온다	山月出林梢
맑은 이슬은 또르르 떨어지고	玉露翻還落
외로운 구름은 돌아가 사라지네	孤雲返自消
벌레 소리는 끊어졌다 이어지고	蟲聲聞斷續
시상에 잠겨 퇴고하는 중일세	詩思屬推敲
맑은 밤에 앉았음은 기쁘지만	縱喜清宵坐
해 뜨면 시끄러움을 어이하리오	其如日出喧

어버이 연세
親年

일흔세 해가 이르렀으니	七十三年至
본래 기쁨과 두려움이 깊은 법[482]	由來喜懼深
색동옷 입는 것 노자를 따르지만[483]	班衣追老子
뜻을 봉양함[484]은 증삼에게 부끄럽네	養志愧曾參

---

482 기쁨과 두려움이 깊은 법 : 부모가 오래 살았기 때문에 기쁘고 부모가 앞으로 살 날이 많지 않기 때문에 두려운 것이다. 주 262 참조.

483 색동옷…따르지만 : 노자(老子)는 춘추시대 효자인 노래자(老萊子)를 가리킨다. 주 22 참조.

484 뜻을 봉양함 : 어버이의 뜻을 봉양하는 것을 양지(養志)라 하며, 이를 진정한 효양(孝養)이라 한다. 공자의 제자로 효성이 뛰어난 증삼(曾參)이 그 아버지 증석(曾晳)을 봉양할 때 반드시 술과 고기를 밥상에 올렸으며, 상을 치울 때 증석에게 "누구에게 주시겠습니까?"라고 여쭈고, 증석이 "남은 것이 있느냐?"라고 물으면 반드시 "있습니다."라고 대답하였는데, 이에 대해 맹자가 뜻을 봉양한 것이라 설명하였다.《孟子 離婁上》

열정[485]을 원하지 않는 건 아니지만	列鼎非無願
전성하려던 옛날 마음을 저버렸다[486]	專城負夙心
다만 땅의 이로움을 통해서[487]	但能因地利
내 정성을 다해 받들어 모실 뿐	供奉盡吾忱

화답을 구하는 김 대언에게 삼가 부치다
敬寄金代言求和

보리피리 불고 죽마를 타던 날엔	吹蔥騎竹日
타향으로 헤어지리라 생각지 못했는데	不謂異鄉離
나는 백석으로 노년을 마치고[488]	白石終吾老
그대 청명을 지녔음을 기뻐하노라	淸名喜子持
창가 매화에서 그대 고결한 인품 생각하고	窓梅思玉潔
들보에 비친 달빛에서 그대 얼굴 보는 듯[489]	樑月見芝眉

---

485 열정(列鼎) : 높은 벼슬아치가 정(鼎)을 벌여놓고 성찬(盛饌)을 먹는 것이다. 공자의 제자 자로(子路)가 젊었을 때 가난하여 거친 음식을 먹었다. 그럼에도 어버이를 위해서 100리 떨어진 곳에서 쌀을 구해 등에 지고 오곤 하였다.〔爲親負米百里之外〕 뒤에 자로가 높은 벼슬을 하여 온갖 솥을 늘어놓고 진수성찬을 맛보는[列鼎而食] 신분이 되었지만, 그때는 이미 어버이가 돌아가신 뒤였다. 이에 자로가 거친 음식을 먹으며 어버이를 위해 쌀을 지고 왔던 그때의 행복을 다시 느낄 수 없게 되었다고 탄식했다.《孔子家語 致思》

486 전성(專城)하려던…저버렸다 : 고을 수령이 되어서 부모를 봉양하는 것을 전성지양(專城之養)이라 하여 매우 영광스러운 일로 여겼다. 즉 전성지양을 하리라 생각했던 마음을 이루지 못해 부끄럽다는 뜻이다.

487 땅의 이로움을 통해서 : 벼슬을 하여 녹봉으로 봉양하지는 못하고 농사를 지어 봉양할 뿐이라는 뜻이다.

488 백석(白石)으로 노년을 마치고 : 자신을 알아주는 임금을 만나지 못함을 탄식하는 것이다. 주 164 참조.

489 들보에…보는 듯 : 두보가 이백을 그리워하며 지은 시 〈몽이백(夢李白)〉에 "지는 달이 들보에 가득 비치니, 오히려 그대의 안색을 보는 듯해라[落月滿屋梁 猶疑見顔色]" 하였다.《古

약을 팔러 저자로 돌아갈 제[490]	賣藥歸城市
깊은 가을에 좋은 만남 이루길	深秋作好期

나의 노쇠함
吾衰

옛날 어린 시절에는	昔我孩竪時
타고난 기품이 많이 허약하여	稟氣多不足
오랜 세월 질병을 안고 살아	長年抱疾病
모습이 이처럼 쇠잔하게 됐어라	形骸任殘翁
어떤 때는 위로 기운이 뜨고	或時上盛滿
어떤 때는 가운데 기운이 텅 비어	或時中氣空
이에 책을 읽을 수 없었으니	玆焉不可讀
시서의 공부를 이루지 못했어라	未遂詩書功
중년에는 약을 잘 복용하여	中年事服食
신체가 제법 충실해졌기에	軀殼頗充實
그나마 분전[491]을 파고들 수 있어	猶能索墳典
못한 공부를 수습할 수 있었지만	亦可收其失
이미 노년에 이르렀으니	年齡忽已暮
쉰 살이 다가오는 나이였어라	五十將焉至
잠자리도 편안할 때가 드물고	當寢少安穩

文眞寶 前集》

490 약을⋯돌아갈 제 : 속세를 떠나 은거하다 저잣거리에 나왔음을 뜻한다. 여기서는 상대방이
외출하여 자신을 만나러 올 수 있길 바라는 것이다.

491 분전(墳典) : 삼분(三墳)과 오전(五典)의 준말이다. 삼황(三皇)·오제(五帝)의 전적으로, 고
대의 전적을 뜻한다.

음식도 입맛이 좋을 때가 없으며　對食無甘味
책을 보면 눈꼽이 끼려 하고　觀書眼欲眵
글씨를 쓸 땐 손이 떨리려 하네　臨紙手欲戰
그래서 근래 네댓 해 동안은　邇來四五年
세월만 속절없이 흘러갔구나　歲月空轉轉
고인의 시구나 한가로이 읊고　閑吟古人句
때가 이르면 그저 붓을 휘두를 뿐　時至徒揮翰
문장이 이미 황폐해졌으니　文苑已就荒
문맥이 꿰어지기 참 어렵구나　詞脈誠難貫
단상(斷想)은 모을 수 없어 괴롭고　片意苦無綜
척자는 짝이 없어 가슴 아파라　隻字傷無伴
깊이 생각해도 오랫동안 이루지 못하고　沈思久未卒
억지로 찾아서 끝내 반만 이룬다　强覓終成半
아아 이 늙은이의 일이란　吁嗟老夫事
일마다 모두 엉성하고 무능하여라　事事皆疎散

형문
衡門

형문이 대낮에도 닫혀 있으니　衡門關白日
외진 거리가 더욱 깊고 그윽해라　窮巷轉深幽
병든 지 오래라 신발에 먼지가 앉고　病久塵生履
나이가 늙으니 머리에 눈이 내린 듯　年衰雪在頭
탁주를 때때로 혼자서 마시지만　濁醪時自引
좋은 시구 주고받을 사람 없구나　佳句歎無酬
고요히 홀로 거처함을 기뻐하노니　有喜端居靜

무엇하러 힘들여 한만의 유람[492] 하리오　　　　　　何勞汗漫遊

초당에서 밤에 읊다 2수
草堂夜吟 二首

비 온 뒤에 높고 낮은 귀뚜라미 울음　　　　　　蟋蟀高低雨後聲
별들이 출몰하니 구름이 환하게 밝네　　　　　　星辰出沒雲頭明
밤 이슥한데 푸른 창가에 기대노니　　　　　　夜深徙倚碧窓下
수염 꼬아 끊음[493]은 고금의 정이어라　　　　　　撚斷吟髭今古情

서쪽 산 위에 몇 그루 소나무가 보이고　　　　　　數株松樹看西嶺
저무는 봉우리에 돌아가는 두세 마리 갈까마귀　　　三兩歸鴉見暮岑
밝은 달이 문득 솟아 구름 위가 환하니　　　　　　明月忽生雲首白
시내에 가득한 은빛이 눈 안에 잠기누나　　　　　　滿川銀色眼中沈

---

492 한만(汗漫)의 유람 : 먼 곳으로 유람함을 뜻한다. 노오(盧敖)가 북해(北海)에 노닐다가 태음
　　(太陰)을 지나고 현관(玄關)에 들어가 몽곡(蒙穀) 위에 이르러서 한 선비를 보았다. 그 모습
　　이 눈은 움푹하고 수염은 검고 기러기의 목에 솔개의 어깨였다. 그와 벗하려 하자 그가 웃
　　으며 "나는 남쪽으로 망량(罔兩)의 들판에서 노닐고 북쪽으로 침묵(沈黙)의 고을에서 쉬며,
　　서쪽으로 요명(眘冥)의 마을을 다니고 동쪽으로 홍몽(鴻濛)의 앞을 꿰뚫고, 구해(九垓)의
　　위에서 한만(汗漫)과 노닐려 하오." 하고는 팔을 들고 몸을 솟구쳐 구름 속으로 들어갔다.
　　《淮南子·道應訓》
493 수염을 꼬아 끊음 : 시를 읊느라 고심하는 것이다. 주 324 참조.

중국 사신이 한강을 유람했다는 말을 듣고 중국 사신의 이름은 왈광[494]이다.
聞華使遊覽漢江 名曰廣

누선을 타고 한강을 유람하며	樓船遊漢水
비단 닻줄 매고 맑은 놀이 벌였네	錦纜作淸遊
물 가에 서서 선악을 연주하고	倚渚飄仙樂
중류에서 뱃노래를 불렀어라	中流發棹謳
푸른 봉황 깃발이 펄럭이니	旌旗翻翠鳳
사신 행차에 백구가 놀랐구나	使節起沙鷗
도성 백성들 자기[495]를 바라보며	紫氣都民望
아름다운 왕명 받들고 왔다 모두 말하네	咸稱奉命休

성상께서 은대에 술을 하사하셨다는 말을 듣고 김 대언에게 부쳐 주다
聞銀臺賜酒寄贈金代言

은대는 지위와 명망이 높나니	銀臺崇地望
후설[496]이라 임금을 가까이 모시지	喉舌接堯眉

---

494 왈광(曰廣) : 천계(天啓) 병인년(1626), 황태자 탄생을 알리러 온 조사(詔使) 한림원 편수(翰林院編修) 강왈광(姜曰廣)을 가리킨다. 그가 공과 급사중(工科給事中) 왕몽윤(王夢尹)과 더불어 해로(海路)로 우리나라에 왔다.

495 자기(紫氣) : 자주색 기운으로 상서로운 기운이다. 여기서는 중국 사신의 행차를 가리킨다.

496 후설(喉舌) : 은대(銀臺)는 승정원(承政院)의 이칭이다. 근신(近臣)인 승정원 관원들의 직책으로, 왕의 명령을 아래로 전달하고 하부(下部)의 보고나 청원을 위로 전달하는 일을 맡기 때문에 임금의 목구멍과 혀란 뜻에서 후설이라 한다. 《시경》〈대아(大雅) 증민(烝民)〉에 "왕명을 출납하니, 왕의 목이요 혀로다.[出納王命 王之喉舌]" 하였다.

옥촛불 빛에 감을 전해 주는[497] 밤	玉燭傳柑夜
금잔에 술을 따라 주는 때	金罍命酒時
향 연기는 드리운 패물 따르고	香烟隨委佩
은총은 논사[498]의 신하에 들어간다	恩寵入論思
어수의 만남[499]에 서로 기쁜 일이	魚水相歡事
멀리 혜유[500]에까지 들려오누나	遙聞到蕙帷

7월 2일, 풀벌레가 침상 아래서 울기에
七月初二日草蟲鳴于床下

어떤 벌레가 침상 아래서 찍찍 울어댄다	有虫喞喞鳴床下
옷 줄 추위[501] 아닌데 어찌 찾아왔느냐	寒未授衣何近人

---

497 감을 전해 주는 : 북송(北宋) 때 상원일(上元日) 밤에 궁중에서 근신(近臣)들에게 연회를 베풀어 줄 때 귀척(貴戚) 궁인(宮人)들이 황감(黃柑)을 서로 주던 풍습이 있었다. 소식(蘇軾)의 〈상원시음루상(上元侍飲樓上)〉에 "돌아오니 한 점 가물거리는 등잔불 있는데, 그래도 황감을 전하여 아내에게 주누나.[歸來一點殘燈在 猶有傳柑遺細君]" 하였다.

498 논사(論思) : 의론하고 사색하는 것인데 임금이 근신(近臣)들과 학문을 토론함을 가리킨다. 조선시대에는 주로 홍문관(弘文館) 관원의 직책을 뜻한다. 전한(前漢) 반고(班固)의 양도부서(兩都賦序)에 "아침과 저녁으로 논사하고 날과 달로 충언(忠言)을 올린다.[朝夕論思 日月獻納]" 하였다.

499 어수(魚水)의 만남 : 밝은 임금과 어진 신하가 서로 뜻이 맞음을 뜻한다. 유비가 제갈공명을 처음 만나서 곧 친밀해지자 관우와 장비가 불평하였다. 이에 유비가 말하기를 "내가 공명을 얻은 것은 고기가 물을 얻은 것과 같으니, 자네들은 다시 말하지 말게." 하였다.《三國志 卷 35 諸葛亮傳》

500 혜유(蕙帷) : 은자가 사는 산속을 뜻한다. 여기서는 작자 자신이 사는 곳을 가리킨다. 남북조(南北朝) 공치규(孔稚珪)의 〈북산이문(北山移文)〉에 "혜초 장막은 비었는데 밤마다 학은 울고, 산인이 떠나자 새벽 원숭이 놀란다.[蕙帳空兮夜鶴怨 山人去兮曉猿驚]" 하였다.

501 옷 줄 추위 : 9월이 되면 가을이라 날씨가 쌀쌀해져 두터운 옷을 주고, 이 때에야 풀벌레들이 울기 시작한다.《시경(詩經)》〈빈풍(豳風) 칠월(七月)〉에 "칠월에 대화심성이 서쪽으로 내려가면, 구월에는 두터운 옷을 준다.[七月流火 九月授衣]" 하였다.

어젯밤 서늘한 바람이 지붕 모서리에 불더니 　　昨夜凉風吹屋角
감히 추운 시절에 앞서 몸을 잘 감추는구나 　　敢先時節好藏身

처질 김유선이 연적을 부쳐 주기에
妻姪金由善寄送硯滴

조카가 내 심부름꾼을 만나서 　　姪郎逢我使
멀리 옥두꺼비[502]를 보내왔구나 　　遠寄玉蟾蜍
둥근 것은 천체를 따른 것이요 　　圓正依天體
안이 빈 것은 태허공을 본뜸이라 　　中空像太虛
졸졸 샘처럼 물이 흘러 나오고 　　涓涓泉出渾
방울방울 이슬인 양 물방울 떨어져 　　滴滴露凄舒
붓과 벼루 이제부터 윤택하리니 　　筆硯從玆潤
이내 회포를 쓰고도 남음이 있구나 　　書懷卽有餘

규방의 원망
閨怨

교하[503] 저편으로 백마를 타고 　　白馬交河外
낭군은 출정하여 북군에 갔어라 　　郎征赴北軍
옥문관은 천 리 밖 꿈속에 뵈고 　　玉關千里夢
붉은 난간엔 향로 연기뿐 　　朱檻一鑪薰

---

502 옥두꺼비 : 연적의 이칭이다. 춘추시대 진(晉)나라 영공(靈公)의 무덤에서 옥두꺼비 하나가
　　나왔다. 크기가 주먹만하고 뱃속은 비어서 5홉의 물이 들어갈 수 있었으며 새로 만든 것처
　　럼 광택이 있었기에 연적으로 사용했다.《西京雜記》

503 교하(交河) : 중국의 지명으로, 변방을 뜻한다.

한가한 밤 금자[504]를 수놓나니 　　　　　錦字挑閑夕
규방에 세월이 빨리 감이 슬퍼라 　　　　雲屛悼隙曛
자연히 용모가 시들어가니 　　　　　　　自然顏貌謝
붉은 치마 더 이상 입을 수 없구나 　　　無復着紅裙

대나무를 심으며
種竹

이내 생애 녹록하여 남의 틈에 끼어 사니 　吾生碌碌厠人生
매사를 다 남을 통해 이루거나 못 이루거나 　每事因人成不成
대나무 볼 땐 유독 남의 비웃음을 잊고서 　看竹獨忘人笑癖
남을 시켜 앞뜰에 가득하게 많이 심노라 　倩人多種滿前庭

누각에서 조망하며
樓眺

검은 구름장이 하늘 끝에 드리우고 　　　雲黑垂天末
푸른 산들이 저 들판을 둘러쌌어라 　　　山靑擁野頭
저물녘에는 비가 많이도 내리니 　　　　晚來多雨勢
산객이 바람 부는 누각에 앉았노라 　　　山客坐風樓

---

504 금자(錦字) : 아내가 남편에게 보내는 편지를 뜻한다. 주 451 참조.

유종숙의 집 벽에 적다
題柳從叔屋壁

아득히 높은 산 아래	莫莫高山下
구름 속에 홀로 닫힌 사립문	雲中獨掩扉
대나무 성그니 향 절로 가늘고	竹疎香自細
소나무 늙으니 그림자 더욱 희미하다	松老影還微
뜰의 학은 길들어 사람을 가까이하고	庭鶴馴能狎
섬돌의 쥐는 잘 먹어서 살이 쪘구나	階鼯得食肥
주인은 마음이 고요하고	主人心靜寂
찾아온 손도 기심을 잊었어라	來客亦忘機

안십오 향장 집의 벽에 적다
題安十五鄕丈屋壁

집을 지은 것이 어느 해던고	鑿室知何歲
뜰의 솔이 이미 아름으로 자랐구나	庭松已滿圍
각건을 쓰고 시 읊으며 취하나니	角巾吟復醉
벼슬하려던 계획은 어긋났어라	車服計還違
대나무 재배는 고절이 사랑스럽고	養竹憐孤節
꽃을 심는 건 뭇 향기가 좋기 때문	栽花爲衆馡
행여 그대가 여기 집 짓지 않았다면	倘非賢卜築
이 맑은 경치 뉘 덕분에 볼 수 있으랴	淸景抵誰依

한가한 정
閑情

초가집이 시냇물 가에 섰으니	草屋臨溪水
사립문이 푸른 봉우리 마주한다	柴門對翠微
손님이 오면 놀란 학 울음[505] 들리고	客來聞鶴警
장사치가 이르니 닭 나는 게 보여라	商到看鷄飛
국화를 기르며 긴 여름 소일하고	養菊消長夏
아욱밭 김매며 석양을 기다린다	鋤葵待夕暉
자연 속에는 즐거운 일 많으니	林泉多樂事
무엇하러 높은 관직을 바라리오	何必願金緋

흰 오리
白鴨

눈처럼 하얀 흰 오리가	白鴨白如雪
둥둥 연못에 헤엄친다	浮浮遊沼中
쌍쌍이 출몰하는 게 보이고	雙雙看出沒
두 마리씩 동서로 맘껏 다니네	兩兩任西東
종일토록 깃털을 물에 적셔도	竟日沾毛羽
끝내 몸이 젖는 법 없어라	終無濕體躬
일생 동안 늘 물에만 있으니	一生長在水
양조[506]와 성품이 아마도 같으리	陽鳥性應同

---

505 놀란 학 울음 : 은사(隱士)가 사는 곳에 손님이 찾아왔음을 학이 알리는 것이다. 주 180 참조.

506 양조(陽鳥) : 기러기의 이칭이다. 기러기는 따스한 곳을 찾아서 남북으로 이동한다. 그래서
　　기러기를 양조(陽鳥)라 한다. 두보(杜甫)의 〈동제공등자은사탑(同諸公登慈恩寺塔)〉에 "그

호남의 벗이 보낸 답서의 지미에 적다
題湖南友生報書紙尾

먼 길손이 서신을 전해주고 돌아가기에	遠客爲傳音信歸
봉함을 뜯어보니 흡사 용모를 대한 듯해라	開緘玉貌見依俙
편지 보며 그리운 마음을 알리고 싶으나	臨箋欲報相思意
만 리 먼 강호에 기러기[507]가 날지 않는 것을	萬里江湖雁不飛

안 좌랑의 모정에서 즉시 읊다
安佐郎茅亭卽唫 名弘重

모정이 작은 못가에 있는데	茅亭臨小澤
울타리 안은 무하[508]의 세계라	籬落境無何
수초에 서리 내려 잎이 시들고	水荇霜催葉
갈대에 바람 부니 눈꽃을 인 듯	風蘆雪戴花
평평한 초원은 시야에 아득하고	平蕪一眼遠
늘어선 산들은 기이한 자태 뽐낸다	列岫衆奇誇
셋이 앉아서 오래 현담을 나누느라	鼎坐談玄久
해가 저물도록 기심을 잊었노라	忘機日欲斜

대는 볕 따르는 기러기를 보라. 저마다 곡식을 먹을 꾀 있도다.[君看隨陽雁 各有稻粱謀]"
하였다.

507 기러기 : 기러기가 서신을 전한 고사가 있기 때문에 차용한 것이다. 한(漢)나라 소무(蘇武)
　　가 흉노(匈奴)에 사신으로 가서 억류되어 있었다. 한나라 조정에서는 소무가 흉노족에 잡혀
　　죽은 줄 알고 있었다. 하루는 천자(天子)가 상림원(上林苑)에서 활을 쏘아 흰 기러기를 잡
　　았는데, 기러기의 다리에 '소무가 어느 못 가에 있다'고 적혀 있었다 한다. 그리하여 소무는
　　19년 만에 본국으로 귀환하였다.《漢書 卷54 蘇武傳》

508 무하(無何) : 무하유지향(無何有之鄕)의 준말로《장자(莊子)》〈소요유(逍遙遊)〉에 보인다.
　　상대적인 세계인 현실의 제약을 벗어난 무위자연(無爲自然)의 세계이다.

가을밤에 홀로 읊으며 벗을 생각하다
秋夜獨吟思友

문 닫으니 세상 시끄러움 그치고	門掩喧囂息
뜰은 텅 비었는데 반딧불 난다	庭空螢火飛
바람은 맑아 은빛 이슬 무겁고	風淸銀露重
밤이 깊어 옥승[509] 별이 드물어라	夜久玉繩稀
잠자던 새는 놀랐다 다시 자고	宿鳥驚還定
친한 벗은 약속해 놓고 오지 않네	親朋約未歸
그 언제나 술병을 마주하고서	何當對樽酒
꽃이 핀 달밤에 함께 즐길거나	花月共淸輝

벼루에 매화 · 대나무 · 구름 · 학 · 산 · 물을 새겨 놓았기에
畫硯刻梅竹雲鶴山水

좋은 장인이 오랜 시일 공들여	良工費歲月
귀신의 솜씨인 양 조각했구나	雕琢竊神機
대나무 곁에 매화는 피려 하고	映竹梅將拆
구름 찌르며 학은 함께 난다	冲雲鶴竝飛
맑은 물결은 잔잔하게 자고	淸瀾看不動
푸른 산은 가까운데도 희미해라	翠岫近還微
묵객들이 어루만진 지 오래이니	墨客摩挲久
몇 번이나 붓 휘둘러 시를 지었을꼬	詩成筆幾揮

---

509 옥승(玉繩) : 새벽이 오면 빨리 져버리는 별 이름이다. 두보의 〈대운사찬공방(大雲寺贊公房)〉에 "옥승은 아스라이 끊어지고 철봉은 삼연(森然)히 나는구나.[玉繩迥斷絶 鐵鳳森翶翔]" 하였다.

맑은 가을 2수
高秋 二首

쓸쓸히 낙엽 지는 소리 들리고	蕭蕭聞木葉
바람 소슬한 가을이 또 왔어라	颯颯復高秋
산골의 해는 흐렸다 다시 밝고	谷日陰還白
시내에 구름은 흐르다가 머물다가	溪雲去復留
시 읊으며 흰 머리털 스스로 가련해	自憐吟鬢素
이 마음 쉬도록 뉘라서 위로해 주랴	孰慰此心休
새 시구 적었다가 늘 고치고	新句題常改
글씨를 쓰려다 글자 다시 찾는다	臨書字更搜
간밤에 서리가 내리더니	昨夜傳霜信
산중에 흰 기러기 날아왔어라	山中白雁來
소슬한 찬바람 소리에 놀라노니	寒風驚颯颯
머리털 세어서 참으로 하얗구나	衰鬢正皚皚
들국화는 울타리 가에 곱게 피고	野菊籬邊淨
지당의 연꽃은 수면 위에 꺾였어라	池荷水面摧
한 해도 이제 반이 지났으니	一年今過半
술잔 잡는 것 망설이지 말자	休惜把金盃

호서로 가는 안 좌랑을 보내며
送別安佐郞遊湖右

초목이 시들어 가는 늦가을에	草木淸秋晚
호서로 멀리 나그네는 떠나누나	湖中遊子歸
기러기는 그대 옷소매 따라 멀어지고	雁隨征袂遠
구름은 그대 말안장 좇아서 날아간다	雲逐去鞍飛
이별의 뜻은 금굴[510]에서 보겠고	別意看金屈
가슴 속 기약은 저 햇빛을 가리킨다[511]	襟期指日暉
돌아오는 길 응당 지체하지 않겠지	還車應不滯
학발의 어버이가 문 밖에서 기다리니	鶴髮倚郊扉

가을밤
秋夜

풀숲에 벌레 울음소리 급한데	草際蟲聲短
성긴 별빛은 담담하고 밝아라	疎星淡月明
가을바람은 멎었다 불었다 하고	金風吹斷續
은빛 이슬은 싸늘하고 맑게 내리네	銀露下凄淸
잠들지 못해 외로운 등잔불만 환해	不寐孤燈烱
길게 읊조리매 온갖 감회가 일어난다	長吟百感生

---

510 금굴(金屈) : 금굴치(金屈卮)의 준말로 좋은 술잔이다. 당(唐)나라 맹교(孟郊)의 시 〈권주(勸酒)〉에 "그대에게 금굴치를 권하노니, 취한 얼굴 불콰하다 사양 말라.[勸君金屈卮 勿謂朱顏酡]" 하였다.

511 햇빛을 가리킨다 : 해를 두고 맹서하는 것이다. 《시경(詩經)》〈왕풍(王風) 대거(大車)〉에 "살아서는 방을 달리했으나, 죽어서는 무덤을 같이하리라. 나를 믿지 못한다고 한다면, 저 밝은 해가 있다.[穀則異室 死則同穴 謂予不信 有如皦日]" 하였다.

| 질그릇 사발 술잔이 만족스러워 | 瓦甌斟旣足 |
| 소갈이 든 장경[512]처럼 맘껏 마시노라 | 消渴任長卿 |

청나라 군사가 안주성을 함락시켰다는 소식을 듣고 정묘년(1627) 정월에 청나라 군사가 안주성을 포위하여 함락시키니 병사 남이흥[513]이 전사했다. 청나라 군사가 평산에 이르러 강화한 뒤에 물러갔다.

聞淸兵陷安州城 丁卯正月淸兵圍陷安州城兵使南以興死之淸兵至平山講和後還退去

철마가 서쪽 변새에 돌진하여	鐵馬穿西塞
깊이 쳐들어와 기세 더욱 강하니	長驅勢轉强
뉘라서 즉묵[514]을 지킬 수 있으랴	誰能保卽墨
이미 수양[515]을 잃고 만 것을	已是失睢陽
아이들도 모두 활과 창 들고 나섰고	貫槊嬰兒盡

---

512 소갈(消渴)이 든 장경(長卿) : 한(漢)나라 때 대문호인 사마상여(司馬相如)의 자가 장경이다. 그는 소갈병을 앓아 벼슬을 그만두고 은퇴하여 무릉(茂陵)에 살다가 죽었다.《史記 卷 117 司馬相如列傳》소갈병은 오늘날 당뇨와 같은 것인데 갈증이 심하다 하여 소갈이라 한 것이다. 갈증이 심하여 술을 마신다는 것이다.

513 남이흥(南以興) : 1576~1627. 본관은 의령(宜寧), 자는 사호(士豪), 호는 성은(城隱)이다. 안주 목사(安州牧使), 평안도 병마절도사(平安道兵馬節度使) 등을 역임하였다. 1627년 정월 정묘호란이 일어나자 안주성에 나가 후금군을 저지하려 하였다. 이때 후금의 주력부대 3만여 명이 의주를 돌파하고 능한산성(凌漢山城)을 함락한 뒤 안주성에 이르렀다. 이에 목사 김준(金浚), 우후(虞候) 박명룡(朴命龍), 강계 부사 이상안(李尙安) 등을 독려하여 용전하다가 무기가 떨어져 성이 함락되자, 성에 불을 지르고 뛰어들어 죽었다. 뒤에 영의정에 추증되고, 의춘 부원군에 추봉되었다. 시호는 충장(忠壯)이다.

514 즉묵(卽墨) : 전국시대 때 연(燕)나라의 침공으로 즉묵의 성에서 포위되어 있던 제(齊)나라 전단(田單)이 성 안의 소 천여 마리를 모아서 용의 무늬를 그린 붉은 비단옷을 입히고 뿔에는 예리한 칼을 묶어 세우고 꼬리에는 기름을 적신 갈대를 매어 단 다음, 성의 수십 곳에 구멍을 뚫고 밤중에 그 구멍으로 꼬리에 불을 붙인 소를 적진으로 내모는 한편 장사 5천 명으로 하여금 소의 뒤를 따르게 하여 크게 승리를 거두었다.《通鑑節要》

515 수양(睢陽) : 주 26 참조.

창을 놓고서 장사들은 죽었어라	投戈壯士亡
금구[516]가 이제부터 이지러졌으니	金甌從此缺
무슨 수로 이 강토를 지킬거나	何以守封疆

초여름
初夏

사월이라 남풍이 불어오니	四月南風至
농가에 해는 바야흐로 길어라	田家日正長
제호[517]는 가까운 언덕에서 울고	提壺鳴近岸
포곡[518]은 사방에서 소리치누나	布穀喚無方
농가의 반찬으로 산고사리 삶고	農餉燒山蕨
누에 치려고 밭두둑의 뽕을 딴다	蠶功掇陌桑
늙어 가매 계절 변화에 놀라나니	衰年驚節序
양쪽 귀밑에 흰 머리털이 늘었구나	雙鬢覺添霜

---

516 금구(金甌) : 금으로 만든 사발로 흠이 없고 견고하다 하여 흔히 강토(疆土)에 비유된다. 양
　　무제(梁武帝)가 일찍 일어나 무덕각(武德閣)에 이르러 혼잣말로 "나의 국토는 오히려 금구
　　와 같아 하나의 상처도 흠도 없다." 하였다는 데서 유래하였다.《南史 卷62 朱异傳》

517 제호(提壺) : 제호로(提壺蘆)라고도 하는 새이다. 그 울음소리가 한문으로 술병을 들라는
　　뜻이 된다. 구양수(歐陽修)의 〈제조(啼鳥)〉란 시에 "꽃 위에 홀로 제호로가 있어서, 술 사서
　　꽃그늘 앞에 취하라고 권하누나.[獨有花上提壺蘆 勸我沽酒花前醉]" 하였다.

518 포곡(布穀) : 뻐꾸기의 이칭이다. 뻐꾸기 울음을 형용한 의성어로 곡식을 파종하라는 뜻이
　　된다.

5월
五月

계절이 여름날에 속하니	節屬朱明日
서쪽 전원에 더운 기운 생긴다	西園暑氣生
제비 새끼는 지저귀기 시작하고	燕雛能解語
꾀꼬리 어미는 이제 노래하지 않네	鶯母始無聲
눈 같은 고치를 켜서 흰색 이루고	繭雪繰成白
구름 같은 모를 꽂아 푸른색 가득해라	秧雲挿滿靑
고요히 보매 눈에 느낌이 많으니	靜觀多感目
사물은 스스로 변천해 가는구나	群物自遷更

변구
變句

바야흐로 여름철을 맞으니	朱明當節序
무더위가 지금 한창이구나	溽暑今方行
지저귀기 시작한 건 새끼 제비요	解語分雛燕
노래하지 않는 건 늙은 꾀꼬리라	無聲寂老鶯
고치를 켜니 눈처럼 새하얗고	成繰雪白繭
모를 꽂으니 푸른 구름 움직이네	秧挿動雲靑
사물이 시절을 따라 변천하니	品物隨時變
어찌 마음이 서글프지 않으랴	云何不愴情

또 변구
又變

한여름에 훈풍이 불어오니	仲夏薰風至
농가에 때 맞춰 비가 내린다	田家時雨行
귀여운 꾀꼬리는 목소리 쇠고	嬌鶯聲欲老
새끼 제비는 말할 줄 아는구나	雛燕語能成
모를 꽂으니 구름이 막 움직이고	秧挿雲初動
고치를 켜니 눈처럼 뽀얗게 환해라	繭繅雪欲明
계절이 사물을 따라 변천하니	節隨群物變
어찌 마음에 놀라지 않으리오	何以不心驚

골짜기에 들어가서
入谷

지팡이 짚고 어둑한 골짜기 들어가니	杖策歸陰壑
이끼 낀 협곡에 경사진 길이 있어라	苔深峽路傾
시냇가 꽃은 저마다 종류가 있건만	溪花各有種
산의 새는 도무지 이름을 모르겠구나	山鳥總無名
향기로운 풀은 숲 저편에 모였고	芳草林邊合
맑은 샘은 바위 구멍에서 우네	清泉石竇鳴
적성[519]은 속절없이 아스라이 머니	赤城空縹渺

---

519 적성(赤城) : 적성산(赤城山)으로 은거지를 뜻한다. 진(晉)나라 손작(孫綽)이 천태산(天台
山) 자락인 적성산(赤城山)에 표지를 세우고 은거 생활을 즐기면서 〈수초부(遂初賦)〉를 지
었다. 또 손작의 〈유천태산부(遊天台山賦)〉에 "적성산에 연하(煙霞)가 일어나 절로 표지를
세운다.[赤城霞起而建標]" 하였다.

어찌 가서 은거하고 싶지 않으리오　　　　　安得費退情

높은 누각에서 여름에 읊다
高閣夏詠

사방에 산이 와 날마다 에워싸고　　　　　四山來日擁
높은 누각은 긴 들판을 굽어보누나　　　　高閣俯長郊
모이 먹는 참새는 처마에서 시끄럽고　　　　哺雀喧簷隙
둥지 트는 꾀꼬리는 나무 끝에서 운다　　　巢鶯喚樹梢
꿈꾸며 게으른 탓에 잠이 늘고　　　　　　睡增緣夢懶
책을 던졌기에 시가 껄끄럽네　　　　　　詩澁用書抛
외출하지 않은 지 석 달이 지나니　　　　　不出經三月
친한 벗들도 절로 사귐이 끊어진다　　　　親朋自絕交

농가의 우중 풍경
田家雨中卽事

농가에 장맛비 내려 농사일 어긋나니　　　積雨山家農□虧
밭에서 보리 베어 서둘러 아침 짓는다　　　田中刈麥急朝炊
생나무는 습기를 띠어 푸른 연기 이니　　　生薪帶濕靑烟起
그야말로 밥 짓는 계집종 투덜댈 때일세　　正是廚鬟作歎時

우연히 남령(담배)을 얻어 김 상사를 불러 함께 먹으며
偶得南靈奉邀金上舍共餉

남쪽에서 온 한 봉지 신령한 풀　　　　　一封靈草自南傳

습증과 풍병을 다스리는 기운이 있어라 擊濕攻風氣獨專
좋은 사람 함께 먹고자 오시게 하여 要得可人勞杖屨
함께 담뱃대 쥐고 앉아 푸른 연기 뿜는다 共携鵝管坐靑烟

새집 을축년(1625) 봄에 산내에 새집을 짓고 뒤미처 이 시를 지었다.
新屋 乙丑春構新屋于山內追述此詩

선대의 터전 이어 새집을 지어 創屋承先業
여덟아홉 칸 집채를 지었는데 經營八九間
겨우 무릎을 들여놓을[520] 만하지만 纔我容膝好
머리 부딪치는 고생[521]은 면하겠구나 應免打頭艱
제비와 까치는 제 집 생겼다 기뻐하고 燕雀欣相托
닭과 돼지도 편안히 살 수 있게 됐네 鷄豚得自安
이 집에 거처한 뒤로 틀림없이 定從爰處後
기쁨이 집안에 가득 넘치리라 歡喜溢門欄

여름 밤 산가 마루에서 본 풍경
夏夜山軒卽事

한여름 무더위가 몹시 심하지만 盛夏苦炎熱

---

520 무릎이나 용납할 : 집이 좁음을 뜻한다. 도연명의 〈귀거래사(歸去來辭)〉에 "남창에 기대어
오연(傲然)히 즐거워하니, 무릎이나 들어갈 작은 집이 편안하기 쉬움을 알겠노라.[倚南窓以
寄傲 審容膝之易安]" 하였다.
521 머리 부딪치는 고생 : 집이 너무 작아 천장에 머리를 부딪치는 것이다. 송(宋)나라 소식(蘇
軾)의 〈희자유(戱子由)〉에 "완구 선생은 산처럼 체구가 큰데, 완구의 학사는 작기가 배 만
하네. 늘 머리 숙이고 책을 읽다가, 홀연 기지개를 켜면 천장에 머리 부딪친다.[宛丘先生長
如丘 宛丘學舍小如舟 常時低頭誦經史 忽然欠伸屋打頭]" 하였다.

밤 마루에는 풍경이 아름다워라 　　宵軒美景婍

구슬이 빠진 듯 별이 시내에 비치고 　　珠涵星照澗

금이 새는 듯 달빛이 안개를 뚫는다 　　金漏月穿霞

이슬이 무거우니 매화꽃이 촉촉하고 　　露重梅魂濕

바람이 싸늘하니 대나무 운치 많구나 　　風凄竹韻多

앉았노라니 함께 구경할 사람 없어 　　坐來無共賞

그윽한 흥을 시에 담아서 읊노라 　　幽興屬吟哦

이 정자가 부채를 준 데 사례하다 2수

奉酬李正字遺扇 二首

쇠를 녹일 무더위에 땀이 마르지 않으니 　　溽暑流金汗未乾

가슴 헤치고 맨머리로 소나무 난간에 앉았노라 　　披襟露髮坐松欄

옥경의 신선 벗이 나를 지성스레 생각해 주어 　　玉京仙伴勤相念

맑은 바람 한 줄기를 나누어 보내주었구려 　　分送淸風一陣寒

펄럭펄럭 한 쌍의 백설처럼 흰 부채를 　　雙扇翩翩白雪皚

우리 벗이 나를 위해 죽헌에 보내셨구려 　　故人分送竹軒來

시원한 맑은 바람이 품 안에서 일어나 　　淸風颯爽懷中發

천일주[522]에 취한 산옹을 깨워주는구나 　　醒得山翁千日盃

---

522 천일주(千日酒) : 고대 중산(中山) 사람 적희(狄希)가 만들었다는 술로, 이 술을 마시면 취
해 천일 동안 잠든다고 한다. 여기서는 매우 좋은 술을 뜻한다.

빗줄기 기세
雨勢

붉은 햇살 막 걷히고 빗줄기가 오니　　　　紅影初收雨勢來
먹구름이 들판을 덮고 가벼운 우레 울린다　雲陰垂野動輕雷
저편 숲에 새들은 놀라 서로 모여드니　　　林邊鳥雀驚相集
그야말로 농부가 서둘러 보리타작 할 때로세　正是田翁打麥催

보리를 햇볕에 말리다
曝麥

햇볕 좋은 뜰에 누른 구름을 펼치나니　　　中庭白日布黃雲
긴긴 여름 더운 날씨 불타는 듯 뜨겁구나　　長夏炎炎氣似焚
모르는 사이 산 앞에 빗줄기가 이르는데　　不覺山前行雨至
주인은 마루에 앉아 삼분[523]을 대하누나　　主人堂上對三墳

서촌에서 저물녘 길을 가며
西村晚行

제비는 쌍쌍이 어지러이 날아 풀을 스쳐 지나고　亂燕雙雙掠草過
들판 난초는 산하에 두루 흐드러지게 피었어라　野蘭開滿遍山阿
동촌의 묵객이 서촌으로 가며　　　　　　　東村墨客西村去
동남풍이 얼굴에 많이 불어대건 말건　　　　一任熏風拂面多

---

523 삼분(三墳) : 고서(古書)를 뜻한다. 주 491 참조.

쉬는 삶
偃息

은거하여 한가히 세월 보내며	栖遲閑日月
자연에서 몇 성상이 흘렀던가	林壑幾星霜
손수 심은 소나무 대나무는 늙었고	手種松篁老
몸소 가꾼 기장과 보리는 자랐어라	躬耕黍麥長
쉬는 삶을 자연히 달게 여기나니	自然甘偃息
늦게 세상에 나감을 싫어함은 아닐세	非厭晚趨蹌

회포를 읊다
咏懷

생각이 어지러우니 몸이 늙어	念亂身專老
외진 시골에서 세월만 흘러간다	窮村歲月更
조정은 바다 섬으로 바라보고	朝廷瞻海嶼
왕업은 이미 신경을 떠났어라[524]	王業去神京
세상사는 그저 이나 잡을 뿐[525]	世務空捫虱
터무니없는 생각은 청영[526]하고 싶어라	狂謀但請纓
서생은 부질없이 비분강개할 뿐	書生徒慷慨

---

524 조정은…떠났어라 : 명(明)나라 조정이 청(淸)나라에 의해 바닷가로 쫓겨났기 때문에 이렇게 말한 것이다. 신경(神京)은 황제가 사는 수도이다.

525 세상사는…잡을 뿐 : 세상사는 말로 논할 뿐 어떻게 할 수 없다는 뜻이다. 전진(前秦) 때 왕맹(王猛)이 관중(關中)에 병사를 이끌고 와 있던 동진(東晉)의 대장 환온(桓溫)을 만났을 때 한편으론 천하의 일을 이야기하고 한편으론 이를 잡으며 방약무인(傍若無人)했다 한다. 《晉書 卷114 王猛傳》

526 청영(請纓) : 적의 괴수를 사로잡기 위해 출전하겠다는 뜻이다. 주 149 참조.

| 국가의 장성이 될 길이 없구나 | 無路作長城 |

여름날 안 공부가 생각나기에 호서의 우거로 부치다
夏日憶安工部因寄湖西避寓

그대는 남포의 누각에 올라	君登南浦閣
긴긴 여름 홀로 창에 기대겠지	長夏獨憑櫳
오랜 비는 이어진 산들에서 개고	積雨連山晴
외로운 노을은 바다에 떨어져 붉다	孤霞落海紅
시름에 잠긴 나머지 시가 이뤄지고	詩成愁緒外
고향을 그리는 중에 술잔을 들테지	盃酒望鄕中
유원의 만남[527]이 더없는 다행이니	莫幸劉袁會
오랜 병을 잊을 수 있는 건 같아라	能忘舊病同

남포
南浦

남포의 풍광이 아름답고 빛나니	南浦風光美且輝
지팡이 짚고 날마다 물가에 이르노라	扶筇日日到苔磯
한 쌍의 갈매기는 왔다가 도로 떠나고	一雙鷗鷺來還去
두 마리 잠자리는 앉았다 다시 난다	兩箇蜻蜓坐更飛
풀을 스치며 벌을 잡는 어린 제비 빠르고	掠草貪蜂乳燕疾

---

527 유원(劉袁)의 만남 : 유원은 삼국시대 위(魏)나라 광록대부(光祿大夫) 유송(劉松)과 원소
(袁紹)의 자제들을 가리킨다. 유송이 원소의 군대를 진압하러 가서 원소의 자제들과 삼복
(三伏) 더위에 밤낮으로 술을 마셔서 흠뻑 취했다는 고사가 유래한다.《曹丕 典論》이를 성
어(成語)로 하삭음(河朔飮)이라 하는데 여름에 피서하면서 술을 마시는 흥취를 뜻한다.

숲을 뚫고 나비 쫓아 늙은 꾀꼬리 돌아가네   穿林趁蝶老鶯歸
두건 젖혀 쓰고 홀로 서매 맑은 흥 많아   岸巾獨立饒淸興
모르는 결에 석양빛이 벌써 옷에 가득해라   不覺斜陽已滿衣

여름날 이 교서가 강도로부터 찾아왔기에
夏日李校書自江都來訪

군사들은 남북으로 흩어져 달아나   鳥竄分南北
세상이 전쟁으로 가득했던 가을에   干戈滿地秋
아득히 강해에서 우리 이별한 뒤   蒼茫江海別
아스라이 수운[528]의 시름에 잠겼었지   迢遞樹雲愁
술잔을 잡으매 같이 청안[529]을 뜨고   把酒同靑眼
글을 토론하매 둘 다 백발이어라   論文共白頭
다시 만날 날이 그 언제런고   重逢知幾日
손을 잡고 다시금 머뭇거린다   握手更淹留

수졸[530]
守拙

수졸하는 것이 장왕[531]과도 같고   出拙如長往

---

528 수운(樹雲) : 멀리 있는 벗을 그리워할 때 쓰는 말이다. 주 245 참조.

529 청안(靑眼) : 반가운 눈길을 뜻한다. 주 16 참조.

530 수졸(守拙) : 졸렬함을 지킨다는 뜻으로, 분수를 지키고 재주를 부리지 않으며 벼슬길에 나
  아가지 않음을 뜻한다. 진(晉)나라 도연명의 〈귀원전거(歸園田居)〉에 "남쪽 들판에서 황폐
  한 밭 일구며 졸렬함을 지켜 전원으로 돌아왔다.[開荒南野際 守拙歸園田]" 하였다.

531 장왕(長往) : 장왕불반(長往不返)의 준말로, 세상을 버리고 아주 은둔함을 뜻한다. 승려와
  도사(道士)들이 이에 해당하는 사람들이다.

한거하는 것은 은둔한 듯하여라	閑居隱似淪
시국 위태하니 근심이 나라에 있고	時危憂在國
세월이 가니 늙음이 사람을 따른다	歲去老隨人
원래 세상 평정할 무략이 없거늘	武定元無術
유관이 어찌 몸을 그르치는 것이랴[532]	儒冠豈誤身
평소 행실은 돈독하고 공경스러우니	素行唯篤敬
이 마을 풍속이 아마도 순박하게 되리	村俗庶還淳

아침 누각에서 들을 바라보며

朝閣野望

동 틀 무렵에 초가 누각에 오르니	平明登草閣
온갖 경치가 흥을 일으키누나	供興景多顏
간밤의 안개는 산에 짙게 끼었고	宿霧栖山重
맑은 구름은 산허리에 한가롭다	晴雲半嶺閑
중은 와서 들판의 다리를 건너고	僧來經野橋
백구는 가서 시냇가에 점점이 앉누나	鷗去點溪灣
용면[533]의 솜씨를 얻어서	欲得龍眠手
맑은 풍광을 그림에 담고파라	清光入畫看

---

532 원래…것이랴 : 원래 세상을 안정시킬 무략이 내게 없지만, 이는 선비로서 공부만 했기 때문이니 무능한 것이 아니라는 뜻이다. 유관은 유자(儒者)가 쓰는 관이다. 두보(杜甫)의 〈봉증위좌승장이십이운(奉贈韋左丞丈二十二韻)〉에 "비단 고의를 입은 자 굶어죽지 않거늘, 유관은 몸을 그르치는 경우가 많아라.[紈袴不餓死 儒冠多誤身]" 하였다.《古文眞寶 前集》

533 용면(龍眠) : 송(宋)나라 때의 유명한 화가 이공린(李公麟)의 호이다. 이공린이 벼슬을 그만두고 용면산(龍眠山)에 들어가서 지내며 용면거사(龍眠居士)라 자호(自號)하였다. 송나라 한구(韓駒)의 〈제태을진인연엽도(題太乙眞人蓮葉圖)〉에 "용면거사 그림 솜씨 노련해 입신의 경지라, 흰 깁에서 진짜 천인을 만들어 내었구나.[龍眠畫手老入神 尺素幻出眞天人]" 하였다.《古文眞寶 前集》

여름 구름
夏雲

푸른 허공의 바탕이 변화했으니	變化靑空質
보건대 색색이 사랑스럽구나	看來色色憐
바람 앞엔 얇은 버들솜 같고	風前如薄絮
비온 뒤엔 무거운 솜과 같아라	雨後似重綿
뜨거운 불길이 타오르듯 일어나고	烈火熾還起
높은 봉우리에 떨어질 듯 걸렸구나	危峯落欲懸
뉘라서 은택 내리는 것을 가지고	誰將沛澤物
하늘을 가린다고 잘못 말했는가[534]	錯道漫遮天

한여름의 절구
中夏絶句

나무 저편 꾀꼬리 소리 분간할 수 없고	隔樹鶯兒語未分
숲속의 꿩 새끼는 움직여 무리 이루누나	中林雉子動成群
섬돌 앞 파초 잎은 난새 꼬리처럼 펄럭이고	堦前蕉葉翻鸞尾
뜰 아래 석류꽃은 다홍치마마냥 붉어라	庭下榴花輝茜裙

---

534 은택…말했는가 : 구름은 비를 내려 만물에 은택을 끼치는 것인데 하늘을 가린다고 한다는
것이다. 여기서 하늘은 임금에, 구름은 임금의 총명을 가리는 소인에 비유하기 때문에 이렇
게 말하였다. 고시(古詩)에 〈행행중행행(行行重行行)〉에 "뜬구름이 밝은 해를 가리니, 쫓겨
난 신하 다시 돌아오지 않는다.[浮雲蔽白日 遊子不顧返]" 하였다.《古文眞寶 前集》

고요한 중에
静中

빈 누각 매우 한가해 해는 뉘엿뉘엿	虛閣閑多白日遲
적적한 사립문에 그 누가 찾아오는가	柴門聞寂到來誰
갈건으로 매양 연명의 술을 거르고[535]	葛巾每漉淵明酒
오동잎에는 늘 자미의 시를 적노라[536]	桐葉常題子美詩
옥기둥 높은 누각에 침상은 고요해	玉柱高撑床上靜
청평[537]은 날 칼집 속에서 슬피 우는구나	青萍長□匣中悲
시국 위태해도 나라 구할 계책 못 올리고	時危未獻平邦策
때로 높은 산에 가서 자지나 캐노라[538]	時向高山採紫芝

---

535 갈건(葛巾)으로…거르고 : 갈건은 갈포(葛布)로 만든 두건이다. 진(晉)나라 도연명(陶淵明)은 갈건을 쓰고 다니다가, 술이 마시고 싶으면 벗어서 탁주를 걸러 마셨다 한다. 이백(李白)의 〈희증정율양(戲贈鄭溧陽)〉이란 시에 도연명의 고사를 노래하여 "소금은 본래부터 현이 없고, 술 거를 땐 갈건을 사용하지.[素琴本無絃 漉酒用葛巾]"하였다.

536 오동잎에는…적노라 : 당(唐)나라 두보의 〈중과하씨(重過何氏)〉에 "돌난간에 벼루를 비스듬히 놓고, 붓을 적셔 앉아서 오동잎에 시를 적노라.[石欄斜點筆 桐葉坐題詩]"하였다.

537 청평(青萍) : 고대의 보검인 청평검(青萍劍)으로, 보검을 뜻한다.

538 자지(紫芝)나 캐노라 : 세상을 떠나 은거함을 뜻한다. 자지는 약초인데 도교(道敎)에서 선약(仙藥)으로 친다. 진(秦)나라 말기에 난세를 피하여 은거하였던 상산사호(商山四皓), 즉 동원공(東園公)·하황공(夏黃公)·녹리선생(角里先生)·기리계(綺里季)가 불렀다는 〈자지가(紫芝歌)〉가 있는데, 그 가사에 "막막한 상락 땅에 깊은 골짜기 완만하니, 밝고 환한 자지로 주림을 달랠 만하도다. 황제와 신농씨의 시대 아득하니, 내 장차 어디로 돌아갈거나. 사마가 끄는 높은 수레는 그 근심 매우 크나니, 부귀를 누리며 남을 두려워하느니 차라리 빈천하더라도 세상을 깔보며 살리라.[漠漠商洛 深谷威夷 曄曄紫芝 可以療飢 黃農邈遠 余將安歸 駟馬高蓋 其憂甚大 富貴而畏人 不若貧賤而輕世]"하였다. 은자(隱者)의 노래를 뜻한다.

경월에 감회가 있어
庚月有感

난리가 지금 해독을 끼치는데	亂離今瘼矣
시국의 소식은 전해 듣지 못하네	時事未聞傳
절서는 이미 삼복이 지났으니	節序經三伏
풍광은 한 해에 반이 갔구나	風光半一年
이른 아침에는 남쪽 논밭에 가고	侵晨南畝往
한낮에는 북창 가에서 자노라[539]	亭午北窓眠
편안히 살 수 있는 곳 좋아서	自喜偸安地
이 산골에 들어와 한가히 사노라	閑居入洞天

시국에 감회가 일어 2수 ○ 정묘년(1627) 정월에 청나라 군사가 의주를 함락시키고 이어 제군을 함락시켰다. 어가가 강도에 들어가 남이흥을 시켜 안주를 지키게 했는데 남이흥이 전사하였다. 청나라 군사가 평산에 이르러 강화를 청하기에 종실 원창군을 왕자로 삼고 볼모로 보냈다. 청나라 군사가 원창군을 데리고 갔다.

感時 二首 ○丁卯正月清兵陷義州轉陷諸郡車駕入江都使南以興守安州死之清兵至平山請和以宗室原昌君爲王子爲質清兵退去

전란의 먼지가 나라 안에 가득하니	黃塵玄甲滿中州
임금과 왕자 공주 배 타고 피난했네	翠蓋金支泛海舟

---

539 북창(北窓) 가에서 자노라 : 진(晉)나라 도연명이 여름에 북창 아래 누워 있다가 맑은 바람이 불어오자 스스로 복희씨 시대의 사람이라 하였다 한다. 이백의 〈희증정율양(戲贈鄭溧陽)〉이란 시에 "맑은 바람이 부는 북창 아래서, 스스로 복희씨 시대 사람이라 하네.[淸風北窓下 自謂羲皇人]"이라 하였다.《古文眞寶 前集》

포로를 묶어서 흑수[540]에까지 가고	束縛秦俘連黑水
공사 간에 통곡 소리 청구를 덮는다	公私燕哭捲青丘
빈 성에 원융의 뼈를 피눈물 흘리며 묻고	血埋元師空城骨
끌려가는 왕손의 갖옷을 눈물이 적시네	淚濕王孫出塞裘
슬퍼라 난리를 풀 사람 아무도 없으니	惆悵無人能釋亂
장군이 어느 날에나 투구를 벗을거나	將軍何日脫兜鍪
철마와 병기가 북쪽 변새 진동하니	鐵馬金槍動北邊
위세가 매우 커서 투편[541]할 정도일세	兵威孔棘勢投鞭
수양이 이미 함락되니[542] 충혼이 끊어졌지만	睢陽已陷忠魂斷
즉묵[543]이 그래도 온전해 나라 명맥 이어지네	卽墨猶全國步綿
관문을 나온 맹상은 범의 소굴 벗어났고[544]	關出孟嘗違虎穴

---

540 흑수(黑水) : 지명인데, 여기서는 청(淸)나라 여진족을 가리킨다. 《산해경(山海經)》 대황서경(大荒西經)에 "서해의 남쪽과 유사(流沙)의 물가, 적수(赤水)의 뒤와 흑수(黑水)의 앞에 큰 산이 있는데, 이름을 곤륜산(崑崙山)이라 한다. 이곳에 신인(神人)이 있고 그 아래에 약수가 있다." 하였다. 흑수말갈(黑水靺鞨)이 여진국(女眞國)을 세웠다.

541 투편(投鞭) : 투편단류(投鞭斷流)의 준말로 군사가 매우 많음을 뜻한다. 전진(前秦)의 부견(苻堅)이 진(晉)나라를 정벌하려 할 때 석월(石越)이 "장강(長江)이 가로막고 있으니 출병해서는 안 된다."고 하였다. 이에 부견이 "우리 군사들의 말채찍을 장강에 던지면 물을 못 흐르게 막을 수 있다." 하였다. 《晉書 卷113 苻堅載記》

542 수양(睢陽)이 이미 함락되니 : 결사적으로 지키던 성이 함락됨을 뜻하는데 여기서는 안주성(安州城) 함락을 가리킨다. 주 26 참조.

543 즉묵(卽墨) : 나라의 명맥을 잇는 최후의 보루를 뜻한다. 여기서는 강도(江都)를 가리킨다. 주 514 참조.

544 관문을…벗어났고 : 맹상(孟嘗)은 제(齊)나라 맹상군(孟嘗君)을 가리킨다. 맹상군이 진(秦)나라에 들어가 잡혀 있었는데, 맹상군에게는 호백구(狐白裘)라는 명품이 있었다. 맹상군이 진왕(秦王)의 총애하는 여자에게 구명(救命)을 요청하자, 그녀는 호백구를 줄 것을 요구했다. 그러나 이미 진왕에게 바친 뒤였으므로 그녀의 요청에 응할 수가 없었는데, 마침 수행한 문객(門客) 중에 개처럼 도둑질을 잘하는 자가 있어 진나라의 궁중에 들어가 호백구를 훔쳐다가 그녀에게 주고 풀려날 수 있었다. 맹상군이 풀려나 밤중에 함곡관(函谷關)이라는 관문에 이르니, 관문의 규정에 새벽닭이 울어야 관문을 열어주게 되어 있었다. 마침 문객 중에 닭울음소리 흉내를 내는 자가 있어 '꼬끼오'하고 울자, 뭇닭이 모두 울어 관문을 무

뗏목을 타고 돌아온 박망은 용천을 띠었어라[545]	槎廻博望帶龍泉
기미[546] 한 방책을 그 누가 내놓을 수 있으랴	羈縻一策誰能畫
보국안민의 방법으로 이보다 나은 게 없지	保國安民莫此賢

십오야의 달
十五夜月

십오야 추운 밤에 돌난간에 기대 서니	十五寒宵倚石欄
한창 둥근 달빛이 참 많이도 보이누나	多看月色正團團
영마루 위에 막 떴을 땐 금거울을 연 듯	初陞嶺首開金鏡
하늘 중앙에 올라가서는 옥쟁반을 건 듯	轉上天中掛玉盤
검은 토끼 절구 가에 빛이 절로 가득하고	玄兎杵邊光自滿
항아의 창 밖에는 그림자 깎이지 않았어라[547]	姮娥窓外影無剜
누가 옥황상제에게 청해 달을 늘 둥글게 해	誰干上帝同弦望
맑은 빛이 길이 세상을 두루 비치게 할꼬	長使淸輝遍世間

사히 탈출할 수 있었다. 《史記 卷75 孟嘗君列傳》 여기서는 볼모로 잡혀간 원창군(原昌君)이 무사히 귀환하기를 바라는 뜻을 담고 있는 듯하다.

545 뗏목을…띠었어라 : 한(漢)나라 때 장건(張騫)이 뗏목을 타고 서역으로 사신 가서 대완(大宛), 강거(康居), 월씨(月氏), 대하(大夏) 등 여러 나라들을 모두 한나라에 복속(服屬)시키고 이 공훈으로 박망후(博望侯)에 봉해졌다. 용천(龍泉)은 보검인 용천검(龍泉劍)을 가리킨다. 즉 장건과 같은 사람이 나와서 용천검을 차고 오랑캐를 평정해줄 것을 바라는 뜻을 담고 있는 듯하다.

546 기미(羈縻) : 적국과 적당히 친선관계를 유지함으로써 외환을 막는 방책이다. 전한(前漢) 사마상여(司馬相如)의 〈난촉부로(難蜀父老)〉에 "대개 천자가 이적을 다루는 것은 그 이치가 기미의 방책을 써서 관계를 끊지 않는 것일 뿐이다.[蓋天子之牧夷狄也 其義羈縻勿絶而已]" 하였다.

547 검은…않았어라 : 완전히 둥근 보름달임을 뜻한다. 달 속에서는 토끼가 절구에 약을 찧는다 한다. 항아(姮娥)는 달 속에 산다는 여선(女仙)으로, 서왕모(西王母)의 선약(仙藥)을 훔쳐 먹고 달로 도망가 신선이 되었다 한다.

소쩍새 소리를 듣고
聞鼎小

외로운 밤 산중에 소쩍새가 우는데 　　　　　　獨夜山中鼎小號
남쪽 들녘에서 울더니 곧 동쪽 언덕에서 우네 　　　纔聞南陌又東皐
무슨 마음으로 이 새는 풍년을 기원하며[548] 　　　何心此鳥祈豊穰
무슨 마음으로 호로는 죽로를 외치는가[549] 　　　底性胡蘆喚粥勞

훈상인에게 주다
贈薰上人

북산으로부터 외로운 중이 석장을 짚고서 　　　杖錫孤僧自北山
석양 무렵 아스라이 멀리 나를 찾아왔다 　　　迢迢來問夕陽間
청낭을 홀연 열더니 신령한 풀[550]을 남겨두어 　　　靑囊忽坼留靈草
이 서생의 중늙은이 얼굴을 더 늙지 않게 하네 　　駐得書生半老顏

---

548 무슨…기원하며 : 소쩍새 울음이 솥이 적다는 뜻이 되기 때문에 이렇게 말한 것이다. 즉 풍
　　년이 든 덕에 양식이 넉넉하여 밥 짓는 솥이 적다는 뜻이 되는 것이다.

549 호로(胡蘆)는 죽로(粥勞)를 외치는가 : 미상이다. 호로는 새의 이름인데 그 울음이 '후루룩' 죽
　　먹는 소리로 들리기 때문에 이렇게 말한 듯하다. 죽로는 죽을 먹기도 힘들다는 뜻이 된다.

550 신령한 풀 : 담배를 가리킨다. 담배를 남령(南靈)이라 하기 때문에 이렇게 말하는 것이다.

시사십육운 정묘년(1627) 청나라 군사가 물러간 뒤 지은 것이다. 상산이 격파되었다고 한 것은 안주성이 함락되었고 즉묵이 위태하다고 한 것은 용골대가 산성을 포위한 것을 말한다. 일표는 어가가 강도에 들어갔음을 말한다. 천구는 종묘가 강도에 들어갔음을 말한다. 왕손은 원창군을 말한다. 사자는 박증을 말한다. 황옥을 맞이했다는 것은 어가가 환도했음을 말한다.

時事十六韻 丁卯退兵後作也常山破安州城陷卽墨危謂龍骨圍山城也日表謂車駕入江都也天球謂宗廟入江都也王孫謂原昌君也使者謂朴橧也迎黃屋車駕還都

국가의 운수가 어려운 날	國祚迍邅日
서쪽 변방이 무너진 때에	西關失守時
군사를 지휘할 좋은 장수 없거니	援枹無上將
누가 결사적으로 적진에 돌격하랴	飮血孰登陴
힘이 다하여 상산이 격파되었고[551]	力竭常山破
병사가 지쳐서 즉묵이 위태하였지[552]	兵殘卽墨危
봉화 연기는 바닷가에 이어지고	烽烟連海岱
적군의 기세는 임치를 에워쌌어라[553]	兵氣繞臨淄
일표는 강국에 이르렀고[554]	日表臨江國

---

551 상산(常山)이 격파되었고 : 안녹산(安祿山)의 난리 때 상산 태수(常山太守) 안고경(顏杲卿)이 안녹산의 군사에 대항하여 싸우다가 중과부적으로 사로잡혀 사지가 찢기면서도 큰 소리로 안녹산을 꾸짖었다 한다.《唐書 卷192 顏杲卿傳》

552 즉묵(卽墨)이 위태하였지 : 주 514 참조.

553 임치(臨淄)를 에워쌌어라 : 한신(韓信)이 역하(歷下)란 곳을 지키던 제나라 군대를 습격하여 무찌르고 제나라의 수도인 임치로 진격하자 제왕(齊王)이 군대를 거느리고 동쪽 고밀(高密)로 도주하였다.

554 일표(日表)는 강국에 이르렀고 : 일표는 옛날 제왕의 의표(儀表), 즉 모습을 가리킨다. 강국은 지금의 강화도인 강도(江都)를 가리킨다. 인조(仁祖)가 피난하여 강화도로 간 것을 말한다.

천구[555]가 바닷가에 왔어라	天球轉海湄
건곤이 촉금 쪽에 치우쳤고[556]	乾坤偏蜀錦
종사는 용자에 부쳤어라[557]	宗社寄龍玆
백성들은 어육이 되는 화를 입고	魚肉生靈禍
병졸들은 충원[558]이 되는 슬픔 겪었네	蟲猿甲卒悲
노약자들은 포로로 끌려가고	秦俘輸老弱
재물은 공사 간에 바닥났구나	燕貨盡公私
왕손의 검은 온갖 보배로 장식했고	百寶王孫劍
사신이 갖고 가는 재물은 천금이었지	千金使者貲
기미의 방책이 참으로 좋고	羈縻好大計
우호를 맺음이 또한 좋은 법	修好亦良規
검각에서 황옥을 되돌려[559]	劍閣廻黃屋
장안에 임금 행차가 들어갔네	長安入翠旗
치세 도모함은 임금의 새로운 생각이요	圖治新聖思
우러러보느니 예전 성군의 얼굴일세	瞻望舊堯眉

---

555 천구(天球) : 종묘(宗廟)의 보기(寶器)를 뜻한다. "대옥과 이옥과 천구와 하도가 동서에 있다.[大玉 夷玉 天球 河圖在東序]"《書經 顧命》

556 건곤이⋯치우쳤고 : 촉금(蜀錦)은 중국 촉(蜀) 땅인 성도(成都)의 금관성(錦官城)을 가리킨다. 당(唐)나라 현종(玄宗)이 안녹산의 난리로 촉에 몽진(蒙塵)하였다. 이는 천하의 주인인 황제가 촉 땅에 가 있는 것이므로 건곤이 촉 땅에 치우쳤다 할 수 있는 것이다. 여기서는 인조가 외진 강화도에 피난해 있는 것을 말한다.

557 종사(宗社)는 용자(龍玆)에 부쳤어라 : 국가의 운명은 청나라를 재물로 회유하여 우호를 맺는 것에 달려 있다는 말이다. 용자는 진귀한 보배의 한 종류이다.

558 충원(蟲猿) : 전사하였다는 말이다. 주 148 참조.

559 검각(劍閣)에서 황옥(黃屋)을 되돌려 : 검각은 촉(蜀) 땅의 지명이고 황옥(黃屋)은 황색 비단으로 만든 천자의 수레 덮개이다. 원래는 안녹산의 난리 때 촉 땅으로 몽진했던 당(唐)나라 현종(玄宗)이 도성(都城)으로 돌아가는 것을 뜻하는데, 여기서는 강화도로 몽진했던 인조(仁祖)가 한양으로 환도(還都)한 것을 가리킨다.

종묘의 모습은 예전 그대로 맑고	廟貌淸如故
원릉은 숙연하여 허물어지지 않았다	園陵肅不隳
선리[560]의 왕업이 거듭 빛나고	重光仙李業
한관의 위의를 다시 보도다[561]	復覩漢官儀
율리에서는 마음이 비록 멀지만[562]	栗里心雖遠
오계의 공적비가 어찌 늦은고[563]	浯溪頌豈遲
어이 한 말의 피를 가지고	安將一斗血
이 몇 줄의 시를 쓸거나[564]	寫盡數行詞

---

560 선리(仙李) : 도가(道家)의 시조격인 노자(老子)가 태어나서 오얏나무를 가리켜 자기 성 (姓)으로 삼아 이씨(李氏)가 되었기 때문에 이씨를 이렇게 부른다. 조선의 종성(宗姓)이 이 씨이기 때문에 차용한 것이다. 두보(杜甫)의 〈동일낙성북알현황제묘(冬日洛城北謁玄皇帝 墓)〉에 이씨(李氏)인 당(唐)나라 종실(宗室)을 두고 "신선 오얏은 뿌리를 크게 서렸고, 아 름다운 난초는 여러 잎이 빛나도다.[仙李盤根大 猗蘭奕葉光]" 하였다.

561 한관(漢官)의⋯보도다 : 난리를 겪은 뒤 조정이 다시 회복되었음을 뜻한다. 한관의 위의(威 儀)는 중국 관리의 복식과 의장(儀仗), 예의(禮儀) 등이다. 후한(後漢) 광무제(光武帝)가 왕 망(王莽)을 무찌르고 즉위하자 늙은 관리가 눈물을 흘리며 "오늘 한관의 위의를 다시 보게 될 줄은 생각지도 못했다." 하였다.《後漢書 卷1 光武帝紀 上》

562 율리(栗里)에서는⋯멀지만 : 자신이 세상을 멀리하고 초야에 은거해 있음을 뜻한다. 율리 는 진(晉)나라 도연명(陶淵明)이 살던 마을이다. 도연명의 〈잡시(雜詩)〉에 "사람이 사는 지 역에 집을 지었건만 수레와 말의 시끄러움 없어라. 그대에게 묻노니 어찌하여 이럴 수 있는 가. 마음이 속세와 머니 지역이 절로 외지네.[結廬在人境 而無車馬喧 問君何能爾 心遠地自 偏]"한 것을 차용하였다.

563 오계(浯溪)의⋯늦은고 : 난리를 평정하는 것이 늦음을 탄식하는 것이다. 오계는 호남성(湖 南省) 기양현(祁陽縣) 서남쪽 5리 거리에 있는 시내이다. 당(唐)나라 때 안녹산의 난리가 일어나 현종(玄宗)은 촉(蜀) 땅으로 몽진하였다. 그때 현종의 장남 숙종(肅宗)이 즉위하여 곽자의(郭子儀)와 이광필(李光弼)에게 명하여 양경(兩京)을 수복하고 현종을 환도(還都)하 게 하였다. 이에 원결(元結)을 시켜 〈대당중흥송(大唐中興頌)〉을 짓게 하고 명필 안진경(顏 眞卿)을 시켜 글씨를 쓰게 하여 오계 가 바위 벼랑에 새기게 하였다. 그래서 이 비석을 마애 비(磨崖碑)라 부른다.《古文眞寶 後集 大唐中興頌 》

564 어이⋯쓸거나 : 청(淸)나라 오랑캐에 대한 적개심에 가슴 속 가득 들끓는 충분(忠憤)을 가 지고 시를 쓰려니 시가 잘 되지 않는다는 뜻이다. 명(明)나라 당숙(唐肅)의 〈제장맹겸소주 사고서대통곡기후(題張孟兼所注謝翶西臺慟哭記後)〉에 "여릉의 충간에서 나온 한 말의 피

호중

壺中

쓸쓸한 초가 누각에 솔과 계수 쌓였나니	草閣蕭蕭松桂堆
아침저녁 경치 좋아도 시기하는 이 없어라	朝昏景色好無猜
시내 바람이 서늘한 기운 보내오건 말건	溪風任送些凉至
산 위의 달은 늘 맑은 빛 자랑하며 온다	山月常誇霽色來
출서[565]는 이미 다 기울였고 계서[566]는 익었으며	朮醑已傾桂醑熟
석류꽃은 다 졌고 연꽃이 이제 피었구나	榴花看盡藕花開
호중에 절로 고요한 건곤이 있으니	壺中自有乾坤靜
무엇하러 멀리 한만의 유람[567]을 할 게 있으랴	何必長遊汗漫隈

고요히 앉아

静坐

한가히 높은 집 소제하고 잠을 청하니	閑掃高軒却睡媒
빈 뜰은 적적한데 이끼만 고요히 끼었다	空庭寂寂静莓苔
한 조각 그늘이 문득 처마 끝을 지나니	片陰倐忽簷端過
산 앞을 돌아가는 두루미인 줄 알겠네	知是山前水鶴廻

가, 가서 연연산 아래 흙이 되었다.[廬陵忠肝一斗血 去作燕然山下土]" 하였다.

565 출서(朮醑) : 백출(白朮)이란 약초를 넣고 빚은 술이다.

566 계서(桂醑) : 계화(桂花)를 넣고 빚은 술로 계화주(桂花酒)라고도 한다. 대체로 미주(美酒) 를 뜻하는 말로 쓰인다.

567 한만(汗漫)의 유람 : 먼 곳을 유람함을 뜻한다. 주 492 참조.

아침에 일어나서
早起

백발의 산인이 혜유[568]를 얻고는	霜髮山人捲蕙帷
베옷을 막 입고 아침 햇살 마주한다	麻衣初着對朝暉
구름이 골짜기 어귀에 깊으니 시내 빛 어둑하고	雲深谷口溪光暗
안개가 시내 다리를 누르니 들판 빛이 희미해라	霧壓川橋野色微
무능한 몸 스스로 출사하지 않으리라 기약하고	樗散自期時不用
산야에 묻혀 살며 길이 세상을 멀리하도다	巖居長與世相違
한가한 중에 늘 여름 가을을 보내노니	閒中每送炎凉過
틀림없이 하얗게 센 머리털을 보게 되리라	會見歲華鬢上歸

동지
東池

시냇가엔 네모난 연못[569] 연못가엔 단이라	磎上方塘塘上壇
유인이 한가로이 넉넉한 별천지 차지했구나	幽人閑占別區寬
천 가닥 실버들은 바람에 하늘대고	千絲弱柳牽風細
백 척의 높은 솔은 햇살 가려 차가워라	百尺長松翳日寒
긴 밤에도 고아한 회포는 여전히 시구 찾고	永夕高懷猶覓句

---

568 혜유(蕙帷) : 은자(隱者)가 사는 산 속의 집을 뜻한다. 주 500 참조.

569 네모난 연못 : 방당(方塘)이라 부르는 네모 모양의 연못은 주자(朱子)의 시 〈관서유감(觀書有感)〉의 영향으로 우리나라에서 많이 만들었다. 그 시에 "반 이랑의 방당이 거울 하나로 펼쳐지니, 하늘 빛 구름 그림자 그 속에 배회하누나.[半畝方塘一鑑開 天光雲影共徘徊]" 하였다.

노년에 깊은 취미는 물결 구경[570]에 있어라　　　　老年深趣在觀瀾
이곳의 기이한 형상 보고 싶으면　　　　欲看此地眞奇狀
서산 쪽으로 봉우리들을 보아야 하리[571]　　　　須向西山仰衆巒

쯧쯧

咄咄

쯧쯧 관서의 일[572]이여　　　　咄咄關西事
사십 개 고을이 바람에 날려갔구나　　　　風飛四十州
남아여 그 누가 절의가 있는가　　　　男兒誰節義
백성들이 모두 포로로 잡혀갔어라　　　　民物入俘囚
업하[573]에는 비록 병사들이 모였으나　　　　鄴下兵雖聚
양양[574]의 수비는 이미 위태한 것을　　　　襄陽守已危
종군하여 적을 무찌를 책략 없어　　　　從軍無壯略
부질없이 두 줄기 눈물만 흘리노라　　　　徒復淚雙垂

---

570 물결 구경 : 맹자가 "물을 보는 데는 방법이 있으니 반드시 그 물결을 보아야 한다.[觀水有 術 必觀其瀾]" 하였다.《孟子 盡心上》이는 물결이 세찬 물은 그 원천(源泉)이 깊듯이 성인 (聖人)의 학문도 그 근원이 깊음을 말한 것이다.

571 이곳의…하리 : 이 시의 제목인 동지(東池)는 동쪽 연못인데, 이 연못에 서쪽 산봉우리들이 비쳐 기이한 형상을 이루기 때문에 이렇게 말한 듯하다.

572 관서(關西)의 일 : 관서 지역이 청(淸)나라 군대에 유린된 것을 가리킨다.

573 업하(鄴下) : 도성을 뜻한다. 업(鄴)은 삼국시대 위(魏)나라의 도성이다.

574 양양(襄陽) : 중국의 지명으로 중국 동진(東晉)과 남송(南宋) 때 도성을 방어하는 요충이었 다. 동진 때 주서(朱序)는 자가 차륜(次倫)이다. 그가 영강(寧康) 초에 양주 자사(梁州刺史) 로 있으면서 양양(襄陽)을 진수(鎭守)하고 있었다. 이때 전진(前秦)의 부견(符堅)이 장수를 보내 성(城)을 공격, 주서가 패하여 잡혀갔다.《晉書 卷81 朱序列傳》

독서
讀書

만년에 봉창[575] 가에서 설경[576]을 일삼노니	晚歲蓬窓事舌耕
귀밑에는 흰 머리털이 이미 천 올이어라	鬢邊霜髮已千莖
휘장 드리우고[577] 걸상 뚫은[578] 공부는 매우 근면했고	下帷穿榻功殊切
눈에 비추고 반딧불 주머니 만들어[579] 뜻이 성실했어라	映雪囊螢志自誠
글자는 어려운 것 지나치니 응당 두찬[580]의 설일 테고	字卽過難應杜說

---

575 봉창(蓬窓) : 쑥대를 엮어서 만든 창으로 매우 가난한 집을 뜻한다. 공자(孔子)의 제자인 원헌(原憲)이 매우 가난하여 오두막에서 쑥대를 엮어서 방문을 만들고 깨진 독으로 구멍을 내서 바라지창으로 만들었다. 그리고 위로는 비가 새고 아래는 습기가 찬 방에서 바르게 앉아 금슬(琴瑟)을 연주했다고 한다.《莊子 讓王》

576 설경(舌耕) : 혀로 밭을 간다는 말로 책을 읽는 것, 또는 학생을 가르쳐 생계를 도모하는 것을 뜻한다.

577 휘장 드리우고 : 공부에 매우 열중함을 뜻한다. 한(漢)나라 경제(景帝) 때 박사(博士)였던 동중서(董仲舒)가 강석(講席) 앞에 휘장을 드리운 채 강학(講學)하였기에 제자들이 수업하면서도 그 얼굴을 보지 못한 사람이 있을 정도였다. 동중서는 그렇게 학문에 전력을 기울여서 3년 동안 집안의 정원(庭園)에 나가 구경하지도 않았다 한다.《史記 卷121 儒林列傳 董仲舒傳》

578 걸상 뚫은 : 삼국시대(三國時代) 위(魏)나라 관녕(管寧)은 자가 유안(幼安)인데 55년 동안 탑상(榻床)에 단정히 꿇어앉아서 공부하여 양쪽 무릎이 닿은 곳이 움푹 패었다 한다.《小學 善行》

579 눈에…만들어 : 진(晉)나라 때 손강(孫康)은 학문에 힘썼는데 집이 가난하여 기름을 살 수 없는 형편이라 겨울에 눈의 빛에 비추어 책을 읽었다. 역시 진나라 사람인 차윤(車胤)은 기름을 살 돈이 없어 여름에 반딧불을 주머니에 넣어서 그 빛으로 책을 보았다 한다.《蒙求》 성어(成語)로 형설지공(螢雪之功)이라 하여 고학(苦學)함을 뜻한다.

580 두찬(杜撰) : 시문(詩文)이나 저술(著述) 등에서 정확한 근거 없이 엉터리로 설을 만드는 것을 말한다. 진(晉)나라 때 두예(杜預)의 설이 엉터리가 많아서 생겨난 말이라 하기도 하고, 송(宋)나라 때 두묵(杜黙)이 시를 짓는데 거의가 율(律)에 맞지 않았기 때문에 생겨난 말이라 하기도 한다.

글은 깊이 알려 하지 않노니 도연명의 마음이로다[581]　　書無甚解見陶情

먹과 붓이 때로 내 앞에 올라오니　　玄靈管子時相進

새로운 시심 움직여 날마다 시를 짓노라　　催動新詩日不停

안 공부가 호서의 피우에서 부쳐온 시에 차운하다

次安工部自湖西避寓中寄韻 卽安正郎弘重

초가을이라 병든 잎 먼저 떨어지려 하고　　新秋病葉欲先凋

날 저무는 산촌 집 문에서 나무꾼이 보인다　　日夕山門見採樵

강호에 서신은 드물고 구름은 아득한데　　澤國書稀雲渺渺

초당에 사람은 누웠고 꿈길은 아스라해라　　草堂人臥夢迢迢

창 밖에 비 오는데 함께 술 마실 벗 없으니　　芳樽未屬燈前雨

달 밝은 밤 금슬[582]을 함께할 사람 누구인고　　錦瑟誰同月滿宵

얼마나 다행인가 하늘이 옥 같은 시 보내니　　何幸天敎傳片玉

소나무 걸상에서 읽으매 마음이 멀리 달려간다　　披吟松榻意還遙

---

581 글은…마음이로다 : 글을 깊이 알려고 하지 않는다는 것은 천착(穿鑿)하지 않고 대의만 파
　　악한다는 뜻이다. 진(晉)나라 도연명(陶淵明)이 자신을 주인공으로 삼아 지은 〈오류선생전
　　(五柳先生傳)〉에 "독서를 좋아하되 깊이 알려고 하지 않고, 매양 뜻에 맞는 대목이 있으면
　　기뻐하여 밥 먹는 것도 잊는다.[好讀書 不求甚解 每有會意 便欣然忘食]" 하였다.

582 금슬(錦瑟) : 옻칠에 비단 문양을 새긴 좋은 거문고이다. 두보의 〈곡강치우(曲江値雨)〉에
　　"어느 때나 어명으로 이 금전회를 내려, 가인의 금슬 곁에서 잠시 취할거나.[何時詔此金錢
　　會 暫醉佳人錦瑟傍]" 하였다.

안 공부가 호서에서 부쳐온 시에 차운하다
次安工部湖西寄韻

서쪽 변방에서 온 봉화가 금용[583]을 비추니	西關烽火照金墉
구중에서 옥식이 늦다[584]는 소식이 들리누나	玉食猶聞旰九重
준걸인 그대는 필시 세상의 실무를 알 것이니	俊傑必能知世務
위태한 시국 구제할 소장을 기탄없이 올리라	持危休惜一章封

유종숙 백씨·중씨 형제분이 한 집에서 해로하는 것을 축하하며 순인·우인이다.
賀柳從叔伯仲偕老一堂 卽純仁友仁

자형의 봄뜻이 늙었어도[585]	紫荊春意老
해가 긴 때 즐거이 어울린다	遲日好相怡
승부 겨룸은 바둑 한 판이요	勝負碁一局
슬픔과 기쁨엔 술 열 잔이라	悲歡酒十卮

---

583 금용(金墉) : 중국 하남성(河南省) 낙양현(洛陽縣)의 옛 낙양성(洛陽城) 서북 모퉁이에 있는 성(城)으로, 삼국시대 위(魏)나라 명제(明帝)가 쌓았다. 견고한 성을 뜻하는 금성(金城)을 가리키는 말로도 쓰인다. 여기서는 도성을 가리킨다.

584 옥식(玉食)이 늦다 : 임금이 국사(國事)로 근심한다는 뜻이다. 옥식은 좋은 음식으로 임금의 음식을 뜻하는 말이다. 《서경(書經)》 〈홍범(洪範)〉에 "오직 임금만이 옥식한다.[惟辟玉食]" 하였다. 임금이 국사에 힘쓰는 것을 날이 새기 전에 일어나 옷을 입고 해가 진 후에 늦게서야 저녁을 먹는다는 뜻으로 소의간식(宵衣旰食)이라 한다.

585 자형(紫荊)의 봄뜻이 늙었어도 : 노년에 이르러도 형제가 우애로움을 뜻한다. 자형은 자형화(紫荊花)란 꽃으로 형제간의 우애를 뜻한다. 남조(南朝) 양(梁)나라 경조(京兆) 사람인 전진(田眞) 삼형제가 각기 재산을 나누어 가졌다. 마지막으로 뜰에 심긴 자형화를 갈라서 나누어 가지려 하니 자형화가 곧 시들었다. 삼형제가 이에 뉘우치고 다시 재산을 합하니, 자형화가 다시 무성하게 자랐다 한다. 《續齊諧記 紫荊樹》

한 집에서 머리가 함께 무겁고[586]	一堂頭共重
나란히 잠자매 몸이 모두 노쇠했다	連榻體俱衰
백년 동안 강피[587]를 함께하니	百歲同姜被
훈지[588]를 길이 서로 불겠구나	塤篪永胥吹

병이 많아서
多病

이끼 낀 길에 인적이 끊어지고	苔逕人行斷
개울 가에 사립문만 홀로 있구나	柴荊獨礀湄
가을 만나매 시 읊느라 더욱 고심하고	逢秋吟更苦
병이 많아서 일어나는 게 늘 늦어라	多病起常遲
의관을 갖추고 손님 맞는 게 걱정이오	束帶愁迎客
술자리에선 술잔 다 비우기 겁난다	當筵怯盡巵
세월은 급박하게 흘러가니	年光相促迫
희게 센 머리털 천 올이어라	衰颯鬢千絲

---

586 한 집에서…무겁고 : 함께 술에 취해 다같이 머리가 무겁게 느껴지는 것이다. 당(唐)나라 백
거이(白居易)의 〈낙교한식일십운(洛橋寒食日十韻)〉에 "숙취에 머리 여전히 무겁지만, 아침
에 노니니 눈이 언뜻 밝아진다.[宿醉頭仍重 晨遊眼乍明]" 하였다.

587 강피(姜被) : 강굉(姜肱)의 이불이란 말로 형제간의 우애를 뜻한다. 강굉은 후한(後漢) 때
사람으로 자가 백해(伯海)이다. 두 아우 중해(仲海)·계해(季海)와 우애가 지극하여 혼인한
뒤에도 넓은 이불을 만들어 늘 형제와 함께 덮고 잤다 한다. 《後漢書 卷53 姜肱傳》

588 훈지(塤篪) : 《시경(詩經)》〈소아(小雅) 하인사(何人斯)〉의 "백씨가 질나팔을 불거든 중씨
는 젓대를 분다.[伯氏吹塤 仲氏吹篪]"는 구절에서 온 말로, 형제간의 우애를 뜻한다.

정 원외에게 삼가 올려 화답을 요구하다 정 원외는 바로 좌랑 응운 씨인데 계해년(1623)에 벼슬을 그만두고 광주 아래 도성촌에 내려가 살았다.

奉呈鄭員外求和 卽佐郞膺運甫癸亥作散下居廣州下道省村

숲 속에서 함께 속세 피해 사니	林間同避俗
산 아래 두 개의 사립문이 있어라	山下兩荊柴
나의 뜻은 한갓 광간[589]할 뿐이오	我志徒狂簡
그대의 재주는 홀로 노성하구나	君才獨老成
꽃 피는 봄 처마 아래 술 함께 마시고	簷花春酒共
비 오는 저녁 창가에 바둑을 둔다	窓雨晩碁爭
세상사는 전란 속에 있으니	世事干戈裏
이 생애에 고락을 같이하누나	榮苦一此生

호사스런 길손

繁華客

가벼운 갖옷 빠른 말을 탄 호사스런 길손	軟裘快馬繁華客
나는 듯한 수레에 채찍 울리며 마을 지나간다	飛蓋鳴鞭過別村
평생토록 농사짓는 일은 알지 못하고	身世不知耕稼事
임금 은혜 보답하고자 한다고만 말하네	但言終欲報君恩

---

589 광간(狂簡) : 이상만 크고 높을 뿐 현실은 잘 알지 못하는 것이다. 공자(孔子)가 진(陳)에 있을 때 "돌아가자, 돌아가자. 우리 고을의 소자들은 뜻만 크고 일에는 소략하여 찬란하게 문채만 이루었을 뿐이요 스스로 재단할 줄을 모르도다.[歸歟歸歟 吾黨之小子狂簡 斐然成章 不知所以裁之]" 하고 탄식하였다.《論語 公冶長》

정 원외 형에게 삼가 드리다

奉呈鄭員外兄

서로 사는 마을이 우명[590]의 거리에 있으니	幽村相住隔牛鳴
푸른빛 산허리 하나를 나누어 차지하였어라[591]	分占雲山一翠橫
귀신을 울리는 그대 시[592]는 만 섬의 보배 구슬	泣鬼君詩珠萬斛
시국을 상심해 나의 머리는 흰 털이 천 올이어라	傷時儂鬢雪千莖
담요 없으니[593] 고헌[594]이 들르게 하지 말고	無氈莫致高軒過
만안을 기울인 묵은 빚은 갚기가 어렵구나[595]	欠債難謀滿眼傾
우리 우정이 담수 같음[596]을 다행으로 여기노니	自幸交情如淡水
노년에 함께 백구의 맹약[597]을 맺고자 하오	衰年同結白鷗盟

---

590 우명(牛鳴) : 큰 소 한 마리의 울음이 미치는 거리를 일우후지(一牛喉地) 또는 일우명지(一牛鳴地)라 하여 대략 5리쯤의 거리를 뜻한다.

591 푸른빛…차지하였어라 : 친한 벗끼리 경치 좋은 곳에서 함께 사는 것으로, 이를 성어(成語)로 분산(分山)이라 한다.

592 귀신을…시 : 시가 매우 뛰어나 귀신이 보고 탄복하여 울 것이라는 뜻이다. 두보(杜甫)의 〈기이백(寄李白)〉이란 시에서 이백(李白)의 뛰어난 시재(詩才)를 찬탄하여 "붓이 떨어지면 풍우가 놀라고, 시가 이루어지면 귀신이 울었지.[落筆驚風雨 詩成泣鬼神]" 하였다.

593 담요 없으니 : 추운 날 손님이 찾아와도 덮게 할 담요도 없을 정도로 가난하다는 뜻이다. 당(唐)나라 두보(杜甫)의 〈희간정광문겸정소사업(戲簡鄭廣文兼呈蘇司業)〉이란 시에서 정건(鄭虔)의 빈한한 생활을 형용하여 "재명을 삼십 년 동안 떨쳤건만, 찾아온 손님은 추워도 덮을 담요조차 없어라.[才名三十年 坐客寒無氈]" 하였다.《古文眞寶 前集》

594 고헌(高軒) : 고헌은 높은 사람이 타는 수레이다. 당나라 이하(李賀)가 소년 시절 당대에 문명이 높던 한유와 황보식의 방문을 받고 지은 〈고헌과(高軒過)〉라는 시가 있다.

595 만안(滿眼)을…어렵구나 : 정 원외가 술을 대접해준 것을 갚기 어렵다는 뜻이다. 만안은 병에 가득 담긴 술을 뜻한다. 두보의 〈입주행증서산검찰사두시랑(入奏行贈西山檢察使竇侍郎)〉에 "그대를 위해 술을 사되 만안으로 사고 종에게는 흰 밥을 주고 말에게는 푸른 꼴을 주리라.[爲君酤酒滿眼酤 與奴白飯馬靑蒭]" 하였다. 만안(滿眼)의 안(眼)은 술을 담아오는 죽통(竹筒) 위 쪽에 끈을 꿰는 구멍이다. 즉 그 구멍까지 차도록 술을 가득 통에 담아온다는 뜻이다.

596 우정이 담수(淡水) 같음 :《장자(莊子)》〈산목(山木)〉에 "군자의 사귐은 담담하기가 물과 같고, 소인의 사귐은 달콤하기가 단술과 같다.[君子之交淡若水 小人之交甘若醴]" 하였다.

맹추 초열흘 밤에 앉아서
孟秋初十日夜坐

맑은 가을 선선한 바람이 작은 집에 드는데	淸秋疎風入小堂
이 늙은이 다리 뻗고 앉아 가을 바람 쐬노라	老夫箕坐作秋凉
구름 가에 이지러진 달은 부서진 금가락지인 듯	雲端缺月金環破
헌함 너머 밝은 은하수는 길게 펼친 흰 깁이런가	檻外明河素練長
세 갈래 길[598]에 낙엽이 지는데 반딧불이 보이고	三逕葉低看熠燿
한 연못에 연꽃 고요하니 원앙이 잠자누나	一池荷靜睡鴛鴦
뜰에 가득한 이슬이 옷소매를 적시니	滿庭白露霑衣袖
술병 앞에 높고 맘껏 마셔 취해야겠다	合對芳樽醉十觴

규방의 정 2수
閨情 二首

울며 낭군과 이별한 뒤 세월이 얼마나 흘렀나	泣別郎君歲幾更
빈 규방에서 홀로 지내며 늘 잠을 못 이루누나	空閨隻影久庚庚
군대가 자새[599]로 옮겨가 서신을 부치기 어렵고	兵移紫塞書難寄
전투가 금하[600]에서 벌어지니 소식에 늘 놀란다	戰合金河報每驚
피눈물은 은연중에 외로운 촛불 따라 다하고	血淚暗隨孤燭盡

---

597 백구의 맹약 : 백구와 함께 놀리라는 맹서로 자연에 은거하겠다는 결심을 뜻한다. 송(宋) 나
　라 육유(陸游)의 〈숙흥(夙興)〉이란 시에 "학의 원망은 누굴 의지해 풀거나. 백구와의 맹서
　이미 식었을까 염려되네.[鶴怨憑誰解 鷗盟恐已寒]" 하였다.

598 세 갈래 길 : 정원을 뜻한다. 주 473 참조.

599 자새(紫塞) : 만리장성의 흙이 자주색이기 때문에 생긴 만리장성의 이칭(異稱)이다. 여기서
　는 변방을 뜻한다.

600 금하(金河) : 주 156 참조.

꽃다운 마음은 헛되이 조각구름 따라가누나 芳心虛逐片雲征
젊은 얼굴 이미 시들어 전혀 옛모습 아니니 昭顏已謝非全盛
낭군을 만나도 응당 옛날 같은 정은 없으리 相見應無舊日情

먼 변방에는 해마다 전란이 그치지 않으니 遠戍頻年不解兵
낭군은 한 번 가서 변방의 성에서 늙어가네 郎君一去老邊城
떠날 때 심은 나무는 까치가 둥지를 틀고 歸時種樹堪巢鵲
뱃속의 아이는 이미 자라 장정이 되었어라 遺腹生兒已作丁
촛불만 헛되이 타고 마음은 끊어지는 듯 錦燭虛燒心斷絶
거문고 타고 난 뒤 눈물만 줄줄 흐르누나 瑤琴彈罷淚縱橫
들리는 소문으론 화친을 맺기로 했다니 傳聞國有和親策
관군이 전쟁 그만두고 돌아오길 기다리리 剩待官軍偃旆旌

정 원외 형의 술자리에서 취중에 지어 주다
鄭員外兄席上醉贈

정형의 높은 풍모 그 누가 당하랴 鄭子高風孰敢當
자칭 늙고 소광한 몸이라 말하누나 自稱身是老疎狂
삼장에서 지은 부는 앵무를 능가하고[601] 三場作賦凌鸚鵡
일대를 울린 시는 봉황[602]을 능가한다 一代鳴詩駕鳳凰

---

601 삼장(三場)에서…능가하고 : 삼장은 과거(科擧)에서 초장(初場)·중장(中場)·종장(終場)
  세 번의 시험을 말한다. 앵무는 〈앵무부(鸚鵡賦)〉를 가리키는 말로 매우 뛰어난 시문을 뜻
  한다. 후한(後漢)의 예형(禰衡)이 황석(黃射)이 차린 연회에서 어떤 사람이 가져온 앵무새
  를 보고 일필휘지(一筆揮之)로 부를 지었는데, 한 글자도 고칠 데가 없이 매우 미려(美麗)
  했다 한다. 두보의 〈봉증태상장경기이십운(奉贈太常張卿其二十韻)〉에 "건장한 붓은 앵무
  를 능가한다.[健筆凌鸚鵡]" 하였다.

백부에서 일찍이 참된 어사가 되었고[603]	柏府曾爲眞御史
계산에서 지금 병든 옛 관원이어라	溪山今病舊曹郎
좋은 날 만나는 것이 참으로 어려우니	良辰會面誠難事
꽃 앞에서 열 잔을 통음하고 취합시다	痛飮花前醉十觴

가을날 연못가에서 김 상사 중사와 연구로 짓다 김 진사 채문이다.

秋日蓮塘上與金上舍仲思聯句 卽金進士蔡文

작은 연못에 풍경이 저무는데 이응희	小塘風色晚
그윽한 경치에 기심(機心)을 잊노라 김채문	幽賞却忘機
연잎이 깨지니 물고기는 덮개 없고 이응희	荷破魚無蓋
이끼 생기니 물에는 옷이 있구나 김채문	苔生水有衣
금빛 시드는 국화를 대하고 이응희	金殘霜菊對
비단잎 단풍 든 숲가에 있노라 김채문	錦葉露林依
저물녘 앉았으니 산도 저물어 가 이응희	坐夕山將夕
안개 저편에 지친 새가 돌아가누나	烟邊倦鳥歸

---

602 봉황(鳳凰) : 당(唐)나라 시인 이백(李白)의 〈등금릉봉황대(登金陵鳳凰臺)〉를 가리킨다. 이백의 이 시는 매우 유명하여 인구에 회자(膾炙)되는데 특히 이 시의 함련(頷聯)에서 "삼산은 청천 밖에 반쯤 떨어지고, 이수는 백로의 모래톱에서 나누어진다.[三山半落靑天外 二水中分白鷺洲]" 한 구절이 유명하다.

603 백부(柏府)에서…되었고 : 백부는 사헌부(司憲府)의 이칭이다. 어사(御使)는 사헌부의 관원이다. 상대방 정응운(鄭膺運)이 사헌부 좌랑(佐郎)을 역임했으므로 이렇게 말한 것이다.

귀경하는 태묘령 안팔수를 삼가 전별하며
奉別安八受太廟令歸京

용천이 오래도록 두우의 분야에 숨었으니	龍泉久蟄斗牛分
땅에서 파냈을 당시에 세상에 알려졌어라[604]	掘劚當年世有聞
며칠이나 한가한 틈 얻어 백수를 읊었던가	幾日投閑吟白首
오늘 길을 얻어서 청운에 오르는구나[605]	今辰得路上靑雲
숲 속의 고사리는 비록 캐지 않지만	林中紫蕨雖無採
몸에 찬 은어는 태우기 쉽지 않아라[606]	身上銀魚未易焚
채복을 입고[607] 환향함을 모쪼록 서두를지니	綵服還鄕須更早
매일같이 백발의 어버이 문에 기대 기다린다오[608]	朝朝鶴髮倚門勤

---

604 용천(龍泉)이…알려졌어라 : 용천은 고대의 명검인 용천검(龍泉劍)으로 여기서는 상대방의 뛰어난 재능을 뜻한다. 즉 뛰어난 재능을 지니고도 오래 세상에 알려지지 못하다가 늦게 벼슬길에 올랐음을 말한다. 주 396 참조.

605 며칠이나…오르는구나 : 안팔수가 백발의 몸으로 휴가를 얻어 낙향해 있다가 다시 소명(召命)을 받고 귀경하여 청운의 벼슬길에 오르기 때문에 이렇게 말한 것이다.

606 몸에…않아라 : 벼슬을 그만두기 쉽지 않음을 뜻한다. 은어(銀魚)는 5품 이상의 벼슬아치가 차던 관인(官印)이다. 두보(杜甫)의 〈제백학사모옥(題柏學士茅屋)〉에 “벽산 학사가 은어를 불태우고 백마를 타고 달려가 산야에 은거했네.[碧山學士焚銀魚 白馬却走身巖居]” 하였다.

607 채복(綵服)을 입고 : 어버이를 효성으로 봉양함을 뜻한다. 주 22 참조.

608 매일같이…기다린다오 : 전국시대(戰國時代) 왕손가(王孫賈)의 어머니가 말하기를 “네가 아침에 나가서 저녁에 돌아오면 나는 문에 기대어 기다리고, 네가 저녁에 나가 돌아오지 않으면 여(閭)에 기대 기다린다.” 한 데서 온 말로, 자식을 기다리는 부모의 간절한 마음을 뜻한다.《戰國策 齊策六》여(閭)는 마을 어귀에 있는 문인 이문(里門)이다.

겨울날 정 원외 형과 사신사에 노닐며 사신사는 태을산에 있다.
冬日與鄭員外兄遊捨身寺 在太乙山

벗과 함께 산사에 노니노니	携朋遊寶地
선경 유람 소원을 이루었도다	仙賞願無違
골짜기 깊어 겨울에도 따스하고	谷邃冬生煖
산이 높으니 달은 작게 빛나누나	山高月小暉
사찰 건물은 새로 지은 것이고	琳宮新棟宇
바위 틈 국화는 옛 향기일세	巖菊舊芳菲
셋이 앉아서 현담을 맘껏 나누니	鼎坐玄談劇
속진의 마음 지난 잘못을 깨닫노라[609]	塵心悟昨非

눈 내린 뒤 호서로 귀근하는 안 형부를 보내며
雪後奉別安刑部歸覲湖西

추정[610]을 허락하는 왕명을 받고서	趨庭因命許
채복을 입고[611] 남쪽 고향에 가누나	綵服向南棲
눈 녹아 물이 분 하교[612]는 멀고	雪漲河橋遠

---

609 속진(俗塵)의…깨닫노라 : 지난날 속진 속에 골몰하던 것이 잘못이었음을 깨달았다는 뜻이
　　다. 진(晉)나라 도연명(陶淵明)의 〈귀거래사(歸去來辭)〉에 "실로 길을 잃음이 멀지 않으니
　　지금이 옳고 지난날이 그름을 깨달았다.[實迷塗其未遠 覺今是而昨非]" 하였다.

610 추정(趨庭) : 자식이 가정에서 어버이를 모시는 것이다. 공자(孔子)가 홀로 서 있을 때 그
　　아들 백어(伯魚)가 추창(趨蹌), 즉 종종걸음으로 뜰을 지나가는데 공자가 그에게 시(詩)와
　　예(禮)를 배웠는지를 물었던 데서 유래한다.《論語 季氏》

611 채복(綵服)을 입고 : 주 22 참조.

612 하교(河橋) : 황하의 다리인데 벗과 이별하는 곳을 뜻한다. 한(漢)나라 이릉(李陵)이 흉노
　　(匈奴)의 땅에서 소무(蘇武)와 이별하면서 지은 〈여소무(與蘇武)〉에 "손을 잡고서 하수의
　　다리에 오르노니, 그대는 저물녘 어디로 가느뇨.[携手上河梁 遊子暮何之]" 한 구절에서 유

구름에 묻힌 바닷가 나무는 아득해라	雲埋海樹迷
짧은 해에 가는 행차를 재촉하고	征輨催短景
새벽 닭 울음에 길을 나서리	行旆動晨鷄
동쪽으로 나는 해오라기 되지 말라	莫作東飛鷺
임금 수레를 끄는 천리마를 뽑으니[613]	鑾輿簡駃騠

부령에 귀양 간 김 교관이 생각나서 김 교관은 두성의 빙군으로, 이름은 유이다. 무진년 역적 이인거의 공초로 죄에 연루되었다가 용서를 받아 부령에 귀양갔다.

有懷金教官謫居富寧 金教官乃斗成聘君名愉戊辰李仁居逆口辭連蒙宥居富寧

대궐문 밖에서 만나 작별하고	面別靑門外
갈림길에서 그저 한숨만 쉬었지	臨歧但一唏
모습은 저 변방 멀리 떠나갔고	音容關塞阻
소식이 전해오는 것도 드물었네	消息羽鱗稀
목숨은 그물에 걸린 기러기요	性命鴻罹網
심정은 굴레에 매인 말이어라	心情馬縶鞿
가련해라 그대 백발이 된 때에도	憐君頭白日
정건과 같은 굶주림[614]에 시달리다니	翻作鄭虔饑

래하였다. 북주(北周) 유신(庾信)의 〈이릉소무별찬(李陵蘇武別贊)〉에 "하교 양쪽 기슭에서, 길 떠나려니 마음이 처연해라.[河橋兩岸 臨路悽然]" 하였다.

613 동쪽으로…뽑으니 : 조정에서 어진 인재를 곧 등용할 터이므로, 친구인 나를 두고 영원히 떠나 산림에 은거하지 말라는 말이다. 동쪽으로 나는 해오라기는 고악부(古樂府)인 〈동비백로가(東飛伯勞歌)〉에 벗과 서로 이별하는 것을 두고 "동쪽으로 나는 백로, 서쪽으로 나는 제비.[東飛伯勞西飛燕]"라고 하였는데, 이를 차용하여 당나라 잠삼(岑參)이 〈청문가송동대장판관(靑門歌送東臺張判官)〉이란 시에서 "동쪽으로 나는 백로, 서쪽으로 나는 제비가 되지 마오.[莫作東飛伯勞西飛燕]"라고 하였다. 쾌재는 준마(駿馬)의 이칭이다. 천자에게는 비황(飛黃)·길량(吉良)·용매(龍媒)·도여(騊駼)·쾌재(駃騠)·천원(天苑) 등 육한(六閑)이 있는데 모두 천리마를 기르는 천자의 마굿간이다.

614 정건(鄭虔)과 같은 굶주림 : 정건은 당(唐)나라 때 이름난 문사(文士)인데 매우 가난하였다.

겨울날 동촌에서 그윽한 모임을 가졌다. 안 형부는 기생을 데리고 오고 구 안협은 매를 어깨에 얹고 개를 끌고 와서 서로 호방함을 자랑하기에 장난 삼아 이 시를 써서 보내다
冬日幽會東村安刑部挾妓具安峽臂鷹牽犬相誇豪放回以戲筒

형부 낭중은 기생을 데리고 오고	刑部郎中携粉黛
관동 태수는 창황[615]을 데리고 왔네	關東太守帶蒼黃
서생은 이런 맛 참으로 알기 어려우니	書生此味眞難識
속절없이 술병 앞에서 주정이나 부린다	空向樽前作醉狂

동촌에서 밤에 술을 마시다가 먼저 집으로 돌아가며
東村夜飮先出還家

은은하고 맑은 노래 점차 멀리 들리고	隱隱淸歌聽漸遙
말 앞에 쌍 횃불은 숲의 가지 비춘다	馬前雙炬映林稍
산촌 삽살개는 제 주인 맞을 줄 몰라	山尨不識迎其主
구름 사이에서 시끄럽게 짖어대는구나	却在雲間吠自啖

두보(杜甫)의 〈취시가(醉時歌)〉에서 정건에 대해 "제공들은 많이 몰려 대성에 오르건만 광문 선생의 관청은 홀로 썰렁하고, 좋은 집에선 어지러이 고량진미 실컷 먹는데 광문 선생은 밥이 부족하여라.[諸公衮衮登臺省 廣文先生官獨冷 甲第紛紛厭粱肉 廣文先生飯不足]" 하였다.

615 창황(蒼黃) : 매와 개를 가리킨다. 매를 창응(蒼鷹)이라 하고 개를 황견(黃犬)이라 하므로 이렇게 말한 것이다. 진(秦)나라 승상 이사(李斯)가 조고(趙高)의 모함을 받아 형장에 끌려 갈 때 자기 아들을 돌아보며 말하기를 "이제 황견을 끌고 창응을 어깨에 얹고 상채(上蔡)의 동문으로 나가 토끼 사냥을 하고 싶어도 할 수 있겠는가." 하며 탄식했다 한다.《史記 卷87 李斯列傳》

처질 김공이 부여 수령이 되어 가는 길에 찾아왔기에 김공은 승지 김
경여이다.

妻姪金公作宰扶餘歸歷見 卽承旨慶餘

친친[616]의 후한 의리를 알아서	親親知厚義
내게 들렀다 무성[617]으로 돌아가누나	過我武城歸
옥수는 풍연 앞에 서 있고[618]	玉樹臨風烟
동장[619]은 햇살을 받아 빛난다	銅章暎日暉
행주[620]는 대숲 가에 설치했고	行廚依竹塢
관리들은 사립문에 둘러섰어라	官吏擁荊扉
종일토록 진귀한 음식 내오니	竟日供珍饌
온 집안 주린 창자 달랠 만하네	能療渾舍饑

---

616 친친(親親) : 먼저 가까운 친척부터 친애(親愛)하는 것이다. 《맹자(孟子)》〈진심 상(盡心
上)〉에 "친척을 친애하고서 백성을 인애하며 백성을 인애하고서 물(物)을 사랑한다." 하였
다. 물은 동식물(動植物)을 가리킨다.

617 무성(武城) : 훌륭한 수령의 고을을 뜻한다. 주 119 참조.

618 옥수(玉樹)는…있고 : 풍채가 매우 준수함을 뜻한다. 옥수는 옥으로 빚은 듯 준수한 풍모를
형용한 것이다. 두보(杜甫)의 〈음중팔선가(飮中八仙歌)〉에 "종지는 씻은 듯 맑은 풍모의 미
소년이라, 환하기 마치 옥으로 된 나무가 바람 앞에 선 듯해라.[宗之瀟洒美少年 皎如玉樹臨
風前]" 하였다.《古文眞寶 前集》

619 동장(銅章) : 지방 수령이 차는 구리로 만든 관인(官印)이다.

620 행주(行廚) : 음식을 장만히기 위해 임시로 차려 놓은 부엌이다. 두보(杜甫)의 〈엄공중하왕
가초당겸휴주찬득한자(嚴公仲夏枉駕草堂兼携酒饌得寒字)〉에 "대숲 속 행주에서 옥쟁반을
씻는다.[竹裏行廚洗玉盤]" 하였다.

겨울날 심·이 두 선비가 찾아왔기에 심경징과 이정읍이다.
冬日沈李兩措大見訪 沈景澄李廷揖

골짜기 어귀엔 잔설이 환하고	谷口明殘雪
황량한 마을엔 까막까치 짖어댄다	荒村烏雀喧
두 분 옥수[621]를 반가이 만나고	欣逢兩玉樹
한 사립문에서 서로 이별하도다	臨別一蓬門
절의로는 평원[622]이 있고	節義平原在
문장으로는 자건[623]이 있어라	文章子建存
섬돌 앞에서 전송하고 나니	階前相送罷
산 위에 해가 머물려 하누나	山日欲生昏

섣달에 심 선비와 사신사에서 노닐며
臘月遊拾身寺沈措大

용궁[624]은 절벽에 감추어졌고	龍宮藏絶壁
선방은 높은 봉우리 마주했어라	禪幌對層巒
바위틈에 패옥 소리를 듣고[625]	石竇聽環玦

---

621 옥수(玉樹) : 풍채가 준수한 사람을 형용한 것이다. 주 618 참조.

622 평원(平原) : 전국시대 때 조(趙)나라 공자(公子) 평원군(平原君)을 말한다. 의리를 숭상하고 선비를 존중하여 식객이 3천이나 되었다고 한다. 《史記 卷76 平原君列傳》

623 자건(子建) : 조조(曹操)의 아들로 뛰어난 문사(文士)이며 건안칠자(建安七子) 중 한 사람인 조식(曹植)의 자이다. 남조(南朝) 송(宋)나라 사영운(謝靈運)이 "천하의 재주는 모두 한 섬인데 조자건(曹子建)이 혼자서 여덟 말을 가지고 내가 한 말을 가지고 천하 모든 사람들이 한 말을 나누어 가졌다." 한 말에서 유래한다. 《釋常談 八斗之才》

624 용궁(龍宮) : 사찰의 이칭이다. 용왕이 영축산(靈鷲山)에서 와서 불타의 설법을 듣고 불타를 용궁으로 초청하여 공양을 올리니, 불타가 보살과 비구들을 거느리고 가서 공양을 들고 설법하였다는 고사에서 온 말이다. 《海龍王經 請佛品說》

구름 저편에서 옥쟁반을 보노라[626]	雲端看玉盤
길손은 좋아 신선 흥이 많고	客佳仙興足
중은 늙어서 범패 소리 잦아든다	僧老梵音殘
송료를 다 마시고 취하노니	一醉松醪盡
안개를 마시기 원하지 않노라[627]	明霞不願餐

호남으로 가는 벗을 보내며
送友人之湖南

사해에는 풍진이 자욱한데	四海風塵暗
아 그대는 먼 길을 가는구려	嗟君作遠遊
짧은 해에 말을 타고 시 읊으며	吟鞭揮短景
행차가 맑은 지역에 들어가리	征斾入淸區
역로는 차령과 잇닿아 있고	驛路連車岺
뱃길로 금강을 건널 테지	江船渡錦流
오구를 벗겨서 주고자 하노니[628]	吳鉤脫欲贈
이별 앞에 다시금 머뭇거리노라	臨別重淹留

---

625 바위틈에…듣고 : 바위틈에서 졸졸 흐르는 물소리를 패옥이 부딪치는 소리로 비유한 것이다. 소식(蘇軾)의 〈호포천(虎跑泉)〉에 "지금은 노니는 사람이 씻기를 마치고, 누워서 빈 섬돌에 패옥 소리 듣는다.[至今遊人灌濯罷 臥聽空堦環玦響]" 하였다.

626 구름…보노라 : 구름 가에 뜬 달을 옥쟁반에 비유한 것이다. 이백(李白)의 〈고랑월행(古朗月行)〉에 "소싯적에는 달인 줄 몰라 백옥 쟁반이라 불렀지.[小時不識月 呼作白玉盤]" 하였다.

627 송료(松醪)를…않노라 : 송료는 소나무를 재료로 만든 탁주이다. 신선은 안개를 마시고 산다고 한다. 즉 작자 자신은 도도한 흥에 겨워 술을 마시고 흠뻑 취할 뿐 이 산속에서 안개나 마시는 신선이 되고 싶지는 않다는 뜻이다.

628 오구(吳鉤)를…하노니 : 전란 중이므로 검을 주고자 한다는 뜻이다. 오구는 춘추시대 오(吳)나라 사람이 만든 갈고리 모양의 병기로 보검을 뜻한다. 당(唐)나라 노은(盧殷)의 〈장안친고(長安親故)〉에 "초나라 난초 차지 않고, 오구검을 차고서 술 가지고 성 앞에서 친구와 이별한다.[楚蘭不佩佩吳鉤 帶酒城頭別舊遊]" 하였다.

겨울날 신자장이 방문했기에 척질인 좌랑 신이우이다.
冬日申子長來訪 卽戚侄佐郎易于

외로운 나무 황량한 마을 저무는데	獨樹荒村暮
교외의 사립문은 반쯤 닫혀 있구나	郊扉半掩時
고인이 적막한 나를 생각해 주어	故人憐寂寞
깊은 산골로 안부 물으러 왔구나	深谷問栖遲
묵은 회포 풀며 술잔 자주 기울이고	道舊盃頻屬
시를 짓느라 촛불 자주 옮겨 비춘다	題詩燭屢移
바라는 바는 교칠처럼 굳은 우정[629]	所求膠漆固
무엇하러 이별을 한탄하리오	何必歎相離

불성사를 찾아가니 골짜기 아래 산수가 아름다워 한참을 머물며 구경하다 불성사는 관악산에 있다.
往尋佛性寺洞下山水明麗愛賞留連 在冠岳山

아름다운 경치 구경 좋아하여	愛看淸景麗
소나무 아래 수레를 멈추었다	松下駐征輪
좋아하는 것마다 좋은 경치이니	每好每眞境
어디로 갈지 물을 필요 있으랴	何曾問要津
선분이 많음을 스스로 아노니	自知仙分厚

---

629 교칠(膠漆)처럼 굳은 우정 : 교칠은 아교와 옻인데, 아교와 옻을 합하면 매우 견고하게 결합한다. 뇌의(雷義)와 진중(陳重)이 우정이 매우 두터웠으므로 그때 사람들이 말하기를 "아교(阿膠)와 옻[漆]을 섞으면 굳게 합하지만 그래도 뇌의와 진중 두 사람의 우정만큼 굳지는 못하다.[膠漆自謂堅 不如雷與陳]" 하였다.《後漢書 卷81 雷義列傳》

거령이 성냄을 어찌 두려워하랴[630]

현포를 만약 찢어온다면

새 그림을 보배로 삼을 만하리[631]

寧怕巨靈嗔

玄圃如將裂

新圖可作珍

추운 밤에 홀로 읊다
寒宵獨詠

만학에 솔바람 소리 고요하고

추운 밤은 이경에 이르렀어라

창을 여니 달은 나무에 걸렸고

문을 닫으니 눈이 뜰에 가득하네

보금자리 찾는 새는 숲으로 가고

날랜 노루는 물 건너편에서 운다

초가집에 사람은 홀로 누웠노니

고요한 밤 어떻게 마음 달랠거나

萬壑松風靜

寒宵到二更

窓開月在樹

門掩雪盈庭

宿鳥依林定

輕麕隔水鳴

茅齋人獨臥

岑聞若爲情

---

630 선분(仙分)이…두려워하랴 : 선분은 신선세계를 구경할 수 있는 인연을 말한다. 거령(巨靈)은 황하(黃河)의 신으로, 화산(華山)을 손으로 쳐서 쪼개어 황하의 흐름을 틔웠다 한다. 즉 '선경(仙境)을 구경할 인연이 많아 이런 경치를 만났으니, 계곡이 아무리 험준한들 어찌 두려워하겠는가.'라는 뜻이다. 당(唐)나라 이백(李白)의 〈서악운대가송단구자(西嶽雲臺歌送丹邱子)〉에 "거령이 포효하며 두 산을 쪼개니, 큰 물결이 쏟아져 동해로 흘러간다.[巨靈咆哮擘兩山 洪波噴箭射東海]" 하였다.

631 현포(玄圃)를…만하리 : 이 아름다운 절경을 그대로 옮겨 그린다면 그 그림이 보배로 삼을 만큼 훌륭할 것이라는 뜻이다. 현포는 곤륜산 정상에 있다는 신선이 사는 곳으로, 다섯 금대(金臺)와 열두 옥루(玉樓), 그리고 기이한 꽃과 바위가 많다 한다. 두보의 〈봉선유소부신화산수장가(奉先劉少府新畫山水障歌)〉에 잘 그린 산수화를 형용하여 "현포를 찢어온 게 아니라면 소상강 뒤집어온 게 아닌가.[得非玄圃裂 無乃瀟湘翻]" 하였다.

병들어 삼춘 내내 한번도 꽃구경을 하지 못했는데 병이 나았기에 김 상사에게 보이다
抱病三春一未賞花病已示呈金上舍

삼춘이라 좋은 계절이 병중에 돌아와	三春佳節病中廻
금수 같은 봄 풍광을 전혀 구경 못했네	錦繡韶光摠未裁
정원에 가득한 신록이 도리어 볼 만하니	新綠滿園還可賞
한 동이 술을 그대 오면 열어 마시리라	一樽聊復待君開

종형 신함종이 성천에 시사하러 갔다가 강선루[632]에 시를 남겼기에 뒤미처 그 시에 차운하다 신함종은 표종형 신광립이다.
從兄申咸從試士成川留題降仙樓追次其韻 即表從光立

우리 형의 명성과 절조는 청류에 으뜸이라	吾兄名節冠淸流
상대[633]에 출입한 지도 어언 십년이 되었구나	出入霜臺且十秋
한 편의 소장을 올렸다가 벼슬에서 물러났네	一袖封章媒遠退
반생 동안 서검 가지고 한가히 노닐었네[634]	半生書劍作閑遊
상담에서 홀연 봄 우레가 울더니만[635]	湘潭忽報春雷動
강현에서 덕정을 베푼단 소문이 들리네	江縣還聞德政休

---

632 강선루(降仙樓) : 평안남도 성천(成川)에 있는 누각으로 관동팔경(關東八景)의 하나이다.

633 상대(霜臺) : 사헌부(司憲府)의 이칭이다.

634 서검(書劍)…노닐었네 : 선비로서 유유자적하며 살았다는 뜻이다. 주 480 참조.

635 상담(湘潭)에서…울더니만 : 귀양 간 죄인이 사면되었음을 뜻한다. 《주역》〈해괘(解卦) 상전(象傳)〉에 "뇌우가 일어나는 것이 해(解)이니 군자가 이를 본받아 허물과 죄를 관대히 용서한다.[雷雨作解 君子以 赦過宥罪]" 하였다. 상담은 전국시대 초(楚)나라 충신 굴원(屈原)이 찬축(竄逐)되어 거닐다가 빠져죽은 곳이다.

서향에 일보러 가게 하늘이 편의를 주어[636]　　借使西鄕天借便
뛰어난 경관인 강선루를 구경할 수 있었네　　竒觀剩得降仙樓

늦봄에 벗들과 대곡폭포를 찾아가다
暮春與友往尋大谷瀑流

유거가 본래 시끄러운 속세에서 멀지만　　幽居本自謝囂塵
청산에 들어와 보니 흥취가 더욱 새롭네　　來入靑山興更新
세 갈래 옥 같은 물이 바위 위에 흐르니　　三道玉泉流石上
맑고 맑은 것이 어쩌면 유람객을 반기는 듯　　冷冷還似悅遊人

앞 지당에 버들솜
前池柳絮

저 숲 나무 위에서 사뿐히 날아 내려　　飄然飛下自林端
지당에 어지러이 들어가 푸른 물결 덮누나　　亂入方塘覆碧湍
흡사 여인네 동방의 밝은 거울 속에　　恰似洞房明鏡裏
긴 바람 차가운 눈꽃을 불어 떨어뜨리는 듯　　長風吹落雪花寒

관악산 영주대에 올라
上冠岳山靈珠臺

바위 벼랑 부여잡고 가파른 봉우리 올라　　攀巖捫壁陟崔嵬

---

636 서향(西鄕)에…주어 : 서향은 성천(成川)이 관서(關西)의 고을이므로 이렇게 말한 것이다.
　　즉 성천으로 시사(試士)하러 간 것을 하늘이 좋은 경치를 구경하도록 편의를 준 것이라는
　　뜻이다.

높고 높은 이 영주대에 올라왔어라 來上靈珠上上臺
생각건대 여기서 천상이 멀지 않으리 想得去天應不遠
우러러보니 머리 위에 삼태성이 있으니 仰看頭上有三台

비 온 뒤에 김 상사 중사의 시 〈한거〉에 차운하다
雨後次金上舍仲思閑居韻 名蔡文字仲思

간밤의 비가 아침에 그치니 宿雨當朝歇
맑은 구름이 어지러운 봉우리 덮었다 淸雲冪亂岑
홰나무 뿌리엔 오르는 개미 보이고 槐根看上蟻
소나무 뒤에는 돌아가는 새 보여라 松背見歸禽
물색은 호중[637]에서 늙어가고 物色壺中老
광음은 머리털에 침노하누나 光陰鬢上侵
한거하는 중에 좋은 벗 없더니 端居無好伴
이웃에 마음 알아주는 그대 있어라 隣翁有知心

한거 중에 읊어서 옥담에게 삼가 드리다 원운
閑居吟敬呈玉潭 元韻

초가집이 외진 숲가에 있어 草屋依林僻
쑥대 사립이 먼 봉우리 마주한다 蓬扉對遠岑
지역이 깊으니 속된 사람 안 오고 境深無俗客
밤이 고요해 그윽한 새들만 우누나 夜靜□幽禽
시내 안개는 시 읊는 곁에서 젖고 澗靄吟邊濕

---

637 호중(壺中) : 호로병 안이란 말로 한 구역에 있는 별세계를 뜻한다. 주 323 참조.

산 기운은 자리 위에 스며든다 　　　　　　　　山嵐席上侵
서성이며 긴긴 낮을 보내노니 　　　　　　　　徘徊消永晝
천석이 절로 마음 즐겁게 하네 　　　　　　　　泉石自娛心

유종숙의 국오 벽에 걸린 안수재의 시에 차운하다 2수
柳從叔菊塢壁上次安秀才韻 二首

이끼 낀 헌함 고요히 소제하고 박산향로 대하니 　　静掃苔軒對博山
한 떼 귀여운 새들은 꽃 속에서 지저귀누나 　　　一群嬌鳥語花間
주인의 그윽한 흥취가 그 얼마나 많은가 　　　　主人幽興知多少
새 시를 읊느라 잠시도 한가롭지 않아라 　　　　賦得新詩不暫閑

한 구비 시내 한 자락 산에 　　　　　　　　　一曲溪流一片山
쓸쓸한 초가집 두세 칸이 있어라 　　　　　　蕭條白屋兩三間
집이 가난하니 술 떨어져도 한탄 않고 　　　　家貧莫恨樽無酒
담배를 길게 들여마시니 또한 한가해라 　　　　長吸烟茶亦自閑

삼암에게 삼가 바치다 삼암은 채문이다.
奉呈三巖 卽蔡文

그대는 시내 북쪽에 가고 나는 시내 동쪽 　　　君去溪北我溪東
둘 사이엔 하나의 푸른 봉우리가 막았을 뿐 　　只隔中間一翠峯
산 위의 달이 떠오를 때는 시상이 함께 일고 　　山月欲來吟思共
바위틈에 꽃이 활짝 피면 구경하는 마음 같다 　　巖花灼坼賞心同

공부처럼 글 짓는 데 마음 쏟은 사람 아니건만[638]	遊神翰苑非工部
이옹이 티끌세상에서 만나길 청함에 감격하였네[639]	識面塵途感李邕
이제부터 우리 교칠의 우정[640]을 가지고서	從此好將膠漆道
임하에서 지팡이 짚고 날마다 서로 만나세	扶筇林下日相逢

차운 김채문
次韻 金蔡文

푸른 시내 동쪽에 유거를 막 정하니	幽居初占碧溪東
봉우리 하나 너머 좋은 이웃 기뻐라	正喜芳隣隔一峯
달빛 비친 시내에 낚시하매 고기 잡는 마음 함께하고	月澗投綸漁思共
안개 어린 창가에서 붓 잡고 취해 시 읊음이 같아라	霞窓把筆醉吟同
빈한한 아이 누추한 모습이라 장백을 슬퍼하고[641]	寒兒陋態悲張伯
어린 아낙네 새로운 글이라 채옹을 우러른다[642]	幼婦新詞仰蔡邕

---

638 공부(工部)처럼…아니건만 : 공부는 공부 원외랑(工部員外郎)을 지낸 두보(杜甫)를 가리
킨다. 두보의 〈장유(壯遊)〉에 "옛날 열네다섯 살 때 나가서 글 짓는 자리에 노닐었다.[往者
十四五 出遊翰墨場]" 하였다.

639 이옹(李邕)이…감격하였네 : 자신을 두보에 비기고 상대방 삼암(三巖) 김채문을 이옹에
비긴 것이다. 두보가 아직 세상에 알려지지 않았을 때 당대의 명사(名士)인 이옹이 두보
의 시에 탄복하여 먼저 만나러 찾아온 일이 있었다. 〈봉증위좌승장이십이운(奉贈韋左丞丈
二十二韻)〉에 "이옹이 만나기를 청하였다.[李邕求識面]" 하였는데, 바로 당시에 쓴 시이다.

640 교칠(膠漆)의 우정 : 변치 않는 우정이다. 주 629 참조.

641 빈한한…슬퍼하고 : 미상

642 어린…우러른다 : 동한(東漢)의 채옹(蔡邕)이 지은 유명한 〈조아비(曹娥碑)〉에 "황견유부
외손제구(黃絹幼婦外孫䪲臼)"라고 써 두었다. 양수가 이를 파자(破字)하여 "황견은 색이
있는 실[色絲]이므로 절(絶) 자가 되고, 유부는 소녀(少女)이므로 묘(妙) 자가 되고, 외손은
딸의 아들[女子]이므로 호(好) 자가 되고, 제구[䪲臼]는 매운 것을 받아들이는[受辛] 것이
므로 사(辭)가 된다. 따라서 '절묘호사(絶妙好辭)' 즉 절묘한 좋은 글이란 뜻이 된다."고 풀
이하였다. 양수는 그 말의 뜻을 바로 깨달았으나, 조조는 30리를 더 가서야 깨달았다.《世說

| 담소하며 연사[643]의 교분을 잘 이루거늘 | 談笑好成蓮社契 |
| 세상에서 지기 만나기 어렵다 누가 말했던가 | 孰云知己世難逢 |

영흥정의 집에 작약이 활짝 핀 것을 보고 짓다 주인이 상경하여 돌아오지 않았기에 김중사에게 보이다. 2수
觀永興正家芍藥滿開 主人上洛未還仍示金仲思 二首

기이한 꽃 그 이름이 낙양홍인데	奇花名是洛陽紅
붉은 꽃잎 노란 꽃술 섬돌을 휘감았다	紫朵金鬚繞砌濃
다만 아쉽게도 왕손[644]이 대궐에 갔으니	獨恨王孫朝北闕
누가 술병 열어 이 산옹 취하게 하리오	開樽誰復醉山翁

듣건대 열흘 붉은 꽃이 없다고 하는데	聞道花無十日紅
섬돌 앞에 작약이 바야흐로 농염해라	階前芍藥艶方濃
꽃구경에 어진 주인이 있을 필요 없나니	尋芳不必須賢主
허리에 술통을 차고 두 늙은이 취하노라	要帶酒筒醉兩翁

新語 捷語》여기서 채옹은 상대방을 비긴 것이다.

643 연사(蓮社) : 고사(高士)들의 모임을 뜻한다. 동진(東晉)의 혜원법사(慧遠法師)가 혜영(慧永)·유유민(劉遺民)·뇌차종(雷次宗) 등 18명과 여산(廬山)의 동림사(東林寺)에서 백련사(白蓮社)라는 정토 신앙 단체를 결성한 데서 온 말이다. 이 모임에 사영운(謝靈運)·도연명(陶淵明)·육수정(陸修靜) 등도 참여하였다.

644 왕손(王孫) : 영흥정(永興正)이 왕족이므로 이렇게 부른 것이다.

차운 김채문
次韻 金蔡文

백 송이 꽃 교태부리며 난만히 붉으니	百朶爭嬌爛熳紅
사람에게 끼치는 향기 온 뜰에 짙어라	逼人香氣滿庭濃
왕손은 본래 풍류를 즐기는 분이니	王孫自是風流客
꽃 앞에서 술 취하지 않으려 할 것인가	肯作花前不醉翁

기이한 꽃이 바람에 나부껴 특히 붉으니	異萼翻風特地紅
다정하게도 이슬을 흠뻑 머금고 있구나	多情初帶露華濃
어이하여 술병의 술을 마시지 않고	如何不飮淸樽酒
속절없이 인간세상 백발 늙은이 되는가	空作人間白髮翁

한거
閑居

은거하는 집 바로 푸른 시냇가에 있는데	幽居端在碧溪潯
흰 머리털에 가는 세월만 속절없이 시름한다	衰鬢空愁歲月侵
화정은 바둑 못 두니 소일하기가 어렵고[645]	和靖不碁難遣日
무홍은 술 못 마시니 마음 달랠 수 없어라[646]	茂弘艱酒未寬心

---

[645] 화정(和靖) : 송(宋)나라 임포(林逋)의 시호가 화정선생(和靖先生)이다. 그는 당대의 고사(高士)로서 서호(西湖)의 고산(孤山)에 은거하여 20년 동안 성시(城市)에 발을 들여놓지 않았다. 처자식 없이 매화를 심고 학을 기르면서 살아 당시에 '매처학자(梅妻鶴子)'라고 불렸다. 그가 말하기를 "나는 세간의 일은 다 할 줄 아는데 똥지게를 지는 것과 바둑을 두는 것만 할 줄 모른다." 하였다. 《事文類聚 卷42 碁》

[646] 무홍(茂弘)은…없어라 : 진(晉)나라 때 명재상인 왕도(王導)의 자가 무홍이다. 그는 술을 좋아하는 원제(元帝)에게 눈물을 흘리며 간(諫)하여 술을 끊게 함으로써 중흥의 위업을 이루

집안에는 옥경만 걸려 있어 속세 얘기 끊어졌고[647] 家懸玉磬塵談絶
몸에는 금어가 없어 길에 풀이 우거졌다[648] □□金魚草逕深
만년에 뜰 앞에 세 개의 대나무 심어 晩有庭前三箇竹
아침마다 잘 가꾸어 푸른 그늘 기다린다 朝朝封植待淸陰

삼암의 고시에 삼가 차운하다
奉次三巖古詩韻

푸른 바위 단단하여 바람에 아니 깎이고 靑石漠漠風不磨
흰 물은 찰랑찰랑 물빛이 투명해라 白水粼粼光秀澈
내 여기에 집을 두어 날마다 몸을 씻노니 我家于此日洗濯
몸을 깨끗이 씻으니 마음도 청결해진다 潔身之餘心亦潔
언덕은 깊고 골짜기 그윽해 속인이 안 오니 岸深谷密斷俗子
평생에 마음의 벗은 오직 어사[649] 뿐이로세 百年心契惟漁社

게 했다. 그리고 술을 좋아하는 공군(孔群)에게 경계하여 "경(卿)은 술독을 덮은 천이 세월
이 흐르면 썩어 문드러지는 것을 보지 못했는가." 하였다.

647 옥경(玉磬)만…끊어졌고 : 집안에 옥경만 걸려 있다는 것은 집안이 몹시 가난하여 천장에
대들보가 경쇠 모양으로 걸려 있을 뿐 아무것도 없다는 뜻이다. 《국어(國語)》〈노어 상(魯
語上)〉에 "집안은 경쇠를 걸어놓은 것 같고 들에는 푸른 풀이 없으니, 무엇을 믿고 두려워
하지 않으리오.[室如懸磬 野無靑草 何恃而不恐]" 하였다. 여기서는 옥경이 사찰에서 사용
하는 경쇠이므로 속세의 이야기가 끊어졌다고 하였다.

648 금어(金魚)가…우거졌다 : 높은 관직에 있는 몸이 아니어서 찾아오는 사람이 없어 집앞의
길에 풀이 우거졌다는 의미이다. 금어는 귀천을 나타내는 장신구이다. 《송사(宋史)》〈여복
지(輿服志)〉에 "어대(魚帶)의 제도는 당(唐)나라 때에 시작하였다. 대개 고기 모양으로 생
긴 병부[符契]를 넣어 가지고 다니므로 어대라 했다. 송나라에서도 그 제도를 인습하여 금
이나 은으로 고기 모양처럼 만들어서 귀천을 표시하였다." 하였고, 《금사(金史)》〈여복지〉
에도 "왕은 옥어(玉魚)를 차고, 1품(品)부터 4품까지는 금어를 찬다." 하였다.

649 어사(漁社) : 고기잡이하는 어부들과 이웃이 되어 벗하는 것이다. 송(宋)나라 주필대(周必
大)의 〈발이차산설계어사도(跋李次山雪溪漁社圖)〉에 "당(唐)나라 원결(元結)은 자가 차산
(次山)이다. 번천(樊川) 가에 살면서 어부들과 이웃이 되어 종다래끼를 어깨에 메고 뱃노래

봄 산에는 새 울고 자지가 자라는데	春山礫礫長紫芝
막막한 높은 노래 화답하는 이 적어라[650]	漠漠高歌和者寡
호중에는 태곳적 일월이 길고[651]	壺中太古日月長
비옥한 들판에는 말이 풀 뜯기 좋구나	膴膴原頭不害馬
남에게 보이려 자신을 갈고 닦으려 않나니[652]	洗磨莫肯向人前
어찌 문아를 지켰던 안석[653]과 같길 기약하랴	豈期安石持文雅
주진[654]이라 바로 이웃에 살며 절로 마을 이루니	朱陳隔屋自成村
달을 낚고 구름 낚음[655]은 이 집 덕분일세	月釣雲耕爲此舍

를 부르며 자호(自號)를 오수(聱叟)라 했다. 지금 하양(河陽) 이군(李君)은 이름이 원명(元名)이고 자는 원자(元字)인데 삽계(霅溪) 가에 집을 짓고 살면서 자호를 어사(漁社)라 하니, 원결을 잘 배우는 사람이라 하겠다." 하였다.

650 봄 산에는…적어라 : 세상을 떠나 은거하는 곳을 형용하였다. 진(秦)나라 말기에 난세를 피하여 은거하였던 상산사호(商山四晧)가 불렀다는 〈자지가(紫芝歌)〉에 "막막한 상락 땅에 깊은 골짜기 완만하니, 밝고 환한 자지로 주림을 달랠 만하도다.[漠漠商洛 深谷威夷 曄曄紫芝 可以療飢]" 하였다.

651 호중(壺中)에는…길고 : 호중은 한 구역의 경치 좋은 곳을 뜻한다. 즉 경치가 좋은 삼암이 늘 태곳적처럼 태평하다는 뜻이다.

652 남에게…않나니 : 남에게 보이기 위해 자신의 인품과 학식을 갈고 닦지 않고, 마음대로 유유자적하며 산다는 뜻이다. 송(宋)나라 소식(蘇軾)의 〈화조낭중견희(和趙郎中見戲)〉에 "술 취하매 그저 풍채를 꾸미면 그만이니, 남에게 보이려 자신을 갈고 닦지 않노라.[醉顚只要裝風景 莫向人前自洗磨]" 하였다.

653 문아(文雅)를 지켰던 안석(安石) : 중국 동진(東晉)의 명신(名臣) 사안(謝安)의 자가 안석이다. 그는 풍채가 뛰어나고 식견이 높았는데 40세까지 회계(會稽)의 동산(東山)에 은둔하여 음악과 기생으로 풍류를 즐겼다. 뒤에 환온(桓溫)의 부름을 받고 세상에 나가 외적(外敵)을 물리치고 내정(內政)을 닦는 데 탁월한 공을 세워 벼슬이 태보(太保)에 이르렀다. 《晉書 卷79 謝安傳》

654 주진(朱陳) : 당(唐)나라 백거이(白居易)의 시 〈주진촌(朱陳村)〉에 나오는 옛 마을의 이름으로, 한 마을에 주씨(朱氏)와 진씨(陳氏) 두 성씨만 살면서 대대로 서로 혼인했다 한다. 양쪽 집안 사이에 대대로 혼인을 맺은 세의(世誼)가 있으며 한 마을에 사는 경우를 뜻한다.

655 달을…낚음 : 자연 속에 사는 은자(隱者)의 고답적인 생활을 형용한 것이다. 송(宋)나라 관사복(管師復)이 숭산(崇山)에 은거하였다. 어떤 사람이 그에게 "무슨 즐거움이 있느냐?"고 묻자 "언덕에 덮인 흰 구름은 갈아도 다함이 없고, 못에 가득한 밝은 달은 낚아도 흔적이 없

늘 어로를 식별하는⁶⁵⁶ 것은 누구와 할거나   常分魚魯與者疇

날마다 모기떼 모인 듯⁶⁵⁷ 촌스런 사람들뿐   日聚飛蚊徒朴野

빙호옥뢰⁶⁵⁸ 같은 그대 문득 찾아와주니   氷壺玉罍忽一眄

청풍이 천지간에 시원히 부는 것 보겠구나   可見淸風六合洒

웅명⁶⁵⁹이 어찌 아름다운 시구만 독차지하랴   雄鳴豈特擅美句

적선⁶⁶⁰과 소릉⁶⁶¹조차도 그대 밑이로다   謫仙少陵風斯下

아득히 먼 옛날 요순 시대를 생각하나니   唐虞世遠寄遐想

네.[滿塢白雲耕不盡 一潭明月釣無痕]"하였다.

656 어로(魚魯)를 식별하는 : 어(魚) 자와 로(魯) 자는 모양이 비슷하다. 그래서 무식한 사람이 쉬운 글자도 식별하지 못하는 것을 어로를 식별하지 못한다고 한다. 여기서는 자신의 독서를 겸손하게 표현한 것이다.

657 모기떼 모인 듯 : 시문(詩文)을 모르는 무식한 사람들을 비유한 것이다. 당(唐)나라 한유(韓愈)의 시 〈취증장비서(醉贈張秘書)〉에 장안(長安)의 부잣집 자제들이 고상하게 시문을 즐기면서 술을 마실 줄 모르고 음식과 기생만 탐닉하는 것을 꼬집어 "비록 한식경의 즐거움을 얻을지라도, 마치 모기떼가 모여 윙윙거리는 것과 마찬가지로구나.[雖得一餉樂 有如聚飛蚊]"하였다.

658 빙호옥뢰(氷壺玉罍) : 빙호는 빙호추월(氷壺秋月)의 준말이다. 주자(朱子)의 스승인 연평(延平) 이통(李侗)의 인품을 형용한 말로, 얼음으로 만든 호리병에 맑은 가을달이 비친 것과 같이 티없이 고결한 정신을 뜻한다.《朱子大全 卷87 祭延平李先生文》옥뢰는 옥으로 만든 귀한 술잔이다. 옥뢰를 사람의 인품에 비긴 것은 보이지 않으나 이 구절의 문맥으로 보아 빙호와 같은 뜻이 되어야 한다.

659 웅명(雄鳴) : 고대 황제(黃帝) 때 악관(樂官)인 영륜(伶倫)이 곤륜산 해계(嶰谿)라는 골짜기에서 나는 대나무로 열두 개의 피리를 만들어 봉황의 울음소리를 냈다. 그 중에 수컷의 울음인 웅명(雄鳴)이 여섯 개이고 암컷의 울음인 자명(雌鳴)이 여섯 개였다 한다. 이것이 십이율(十二律)이다.《呂氏春秋 仲夏紀 古樂》여기서는 뛰어난 시를 짓는 것을 가리킨다.

660 적선(謫仙)) : 당(唐)나라 이백(李白)을 가리킨다. 하지장(賀知章)이 일찍이 장안(長安)의 자극궁(紫極宮)에서 이백을 보고 '적선인(謫仙人)'이라 하였다. 이백의 시 〈대주억하감(對酒億賀監)〉에 "장안에서 처음 만났을 때 나를 귀양 온 신선이라 불렀네.[長安一相見 呼我謫仙人]"하였다.

661 소릉(少陵) : 당나라 두보(杜甫)를 가리킨다. 두보의 조상이 소릉(少陵)의 망족(望族)이었으므로, 두보 또한 자호(自號)를 소릉야로(少陵野老)로 하였다.

완염[662]을 공연히 내게 준 지 두 해가 되었어라 　　琬琰空抛當再夏
넉넉하고 뛰어난 면모는 왕사[663]를 능가하고 　　優餘卓犖駕王謝
남다르고 우뚝한 풍모는 굴가[664]를 밀쳐낸다 　　異範高標推屈賈
지미[665]의 풍모로 너그럽게 누차 맞아 주었고 　　芝眉成疑屢容接
진심을 다 쏟아 보이고 가식이 없었어라 　　罄盡眞衷非外假
창 앞에는 푸른 대나무가 늘 서 있었고 　　窓前綠玉每相柱
책상 위의 〈황정경〉을 때로 함께 읽었지 　　案上黃庭時共把
남금[666]을 한가한 중에 다시 부쳐 주시니 　　南金能復靜中寄
남은 빛을 수습하여 버려질까 염려한다[667] 　　綴拾餘光恐見捨
빈한한 아이가 누추한 모습 추한 줄 모르고 　　寒兒不識陋態醜
누가 더 용모가 고운지 서자와 겨루려 하네[668] 　　欲與西子爭顏婉
문형을 잡아 행여 내 글을 평가해 주시면 　　文衡倘得賜勤詮

---

662 완염(琬琰) : 완염은 주(周)나라 때 홍벽(弘璧)과 함께 서서(西序)에 보관되어 있던 보옥이
　　다.《書經 顧命》 매우 진귀한 보옥으로, 여기서는 상대방의 시를 가리킨다.

663 왕사(王謝) : 진(晉)나라 때의 명족(名族)으로 풍류가 뛰어났던 인물들인 왕도(王導)와 사
　　안(謝安)을 가리킨다. 두보의 시 〈장유(壯遊)〉에 "왕사의 풍류가 멀어졌다.[王謝風流遠]"
　　하였다.

664 굴가(屈賈) : 전국시대 초(楚)나라의 문장가로 초사(楚辭)를 지은 굴원(屈原)과 전한(前漢)
　　때의 정치가요 문장가인 가의(賈誼)의 병칭이다.

665 지미(芝眉) : 미간에 지초(芝草)의 무늬가 있는 관상으로 귀상(貴相)이라 한다. 주(周)나라
　　강태공(姜太公)에게 지미가 있었다 한다. 일반적으로 상대방의 모습을 높여 이르는 말이다.

666 남금(南金) : 남쪽 지방에서 나는 금으로 매우 품질이 좋아 값이 곱절로 비싸기에 쌍남금
　　(雙南金)이라 한다. 여기서는 상대방의 시를 비유하였다.

667 남은…염려한다 : 상대방의 시가 한 편이라도 버려질까 염려하여 소중히 모아 간직한다는
　　뜻이다.

668 빈한한…하네 : 서자(西子)는 춘추시대 월(越)나라 미인 서시(西施)이다. 서시가 위장이 아
　　파 얼굴을 찡그리면 그 모습이 너무 아름다웠는데, 동쪽에 살던 못생긴 여인인 동시(東施)
　　가 이를 흉내내어 찡그리니 더욱 모습이 추해졌다고 한다.《莊子 秋水》 여기서는 작자 자신
　　을 빈한한 아이에 비기고 상대방 삼암(三巖)을 서시에 비겼다.

대장간에서 만들듯 나를 다듬을 수 있으련만	利器還如出陶冶
그런 뒤에 빈빈하게 질과 문이 조화 이루리니[669]	然後彬彬質與文
나는 지금 사숙[670]하는 자가 되고자 한다오	我願爲今私淑者

연환체[671]로 회포를 써서 삼암께 삼가 바치다
用連環體寫懷奉呈三巖

참새 나는 황량한 마을이 저잣거리와 멀어	鳥雀荒村遠市城
줄지어 선 소나무 잣나무에 한가한 정 부친다	成行松柏寄閑情
청산에 길은 막혔는데 세월 빨리 흐르고	靑山路隔年光迫
백설의 곡조[672]는 높고 머리털 희게 세었어라	白雪調高鬢髮明
달빛 비친 정자에서 거문고 타니 맑은 흥 일고	月榭携琴淸興至
흙침상에 누워 노래하니 취한 잠이 깨누나	土床歌枕醉眠醒
별빛이 허리에서 잘 움직이니	星芒動色腰間好
한밤에 용천검이 칼집에서 우는구나[673]	子夜龍泉匣裏鳴

---

669 빈빈(彬彬)하게…이루리니 : 공자(孔子)가 "문과 질이 빈빈한 연후에야 군자이다.[文質彬彬 然後君子]" 하였다. 대체로 문은 형식이고 질은 본질이다. 빈빈은 잘 조화를 이루고 있는 모습이다.《論語 雍也》

670 사숙(私淑) : 직접 배우지 못하고 남긴 글을 통해 배우는 것을 말한다. 여기서는 상대방을 매우 존경하여 배우겠다는 뜻으로 말한 듯하다. 맹자가 일찍이 "나는 공자의 문도(門徒)가 되지는 못하였으나, 나는 남에게서 사사로이 선(善)하게 하였노라. [予未得爲孔子徒也 予私淑諸人也]" 하였다.《孟子 離婁下》

671 연환체(連環體) : 옥연환체(玉連環體)라고도 한다. 송(宋)나라 풍애자(馮艾子)가 지은 사패(詞牌)의 이름으로, 이별의 슬픔을 노래한 것이다. 그 가사 첫 구절에 "적선은 떠났는데 그 당시의 술자리 벗들은 이제 누가 남았는고.[謫仙往矣 問當年飮中儔侶 於今誰在]" 하였다.《詞律拾遺》

672 백설의 곡조 : 뛰어난 시문(詩文)을 말한다. 여기서는 상대방의 시를 가리킨다. 주194 참조.

673 별빛이…우는구나 : 상대방이 뛰어난 재능을 품고도 세상에 알려지지 못함을 비유한 것이다. 상고의 제왕 전욱(顓頊)에게 예영(曳影)이란 검이 있었다. 사방에서 적이 쳐들어올 경

삼가 연환체 시에 차운하다 김채문
敬次連環韻 金蔡文

조운[674]하는 신세로 강성에서 살고 있노니　　　　鳥耘身世寄江城

연하를 몹시 좋아함이 만년의 마음이로세　　　　成癖烟霞晚歲情

푸름이 호숫가 밭에 들어오니 봄농사 급하고　　　　靑入湖田春事迫

흰빛이 산옹의 귀밑에 보태지니 머리털 하얗다　　　　白添山鬢雪莖明

달빛 어린 창가로 시인이 와 주니 늘 고맙고　　　　月窓每荷騷人至

토방에서는 초객의 술 깸이 몹시 가련해라[675]　　　　土室偏憐楚客醒

성두[676]가 찬란하여 시가 더욱 좋으니　　　　星斗燦然詩更好

자첨이 어찌 홀로 웅명을 독차지하리오　　　　子瞻何獨擅雄鳴

우 이 검이 스스로 허공에 뛰어올라 어느 곳을 가리키는데, 그곳을 공격하면 반드시 승리하
였다. 또한 사용하지 않을 때는 이 검이 갑 속에서 늘 울었다 한다.《拾遺記 顓頊》즉 가슴속
에 있는 상대의 재능을 갑 속에 있는 보검에 비긴 것이다.

674 조운(鳥耘) : 농사를 지음을 뜻한다. 순(舜)임금이 역산(歷山)에서 농사를 지을 때 새들이
와서 밭을 갈아 주었다는 고사에서 온 말이다.

675 달빛…가련해라 : 시인은 상대방인 옥담(玉潭)을 가리키고, 초객(楚客)은 김채문 자신을 가
리킨다. 초객은 춘추시대 초나라 충신으로 상강에 유배되었던 굴원(屈原)을 가리킨다. 굴원
의 〈어부사(漁父辭)〉에 "온 세상이 흐린데 나만 홀로 맑고, 뭇사람들은 모두 취했는데 나만
홀로 깨어 있다.[世人皆濁我獨淸 衆人皆醉我獨醒]"한 데서 온 말이다.《古文眞寶 後集》

676 성두(星斗) : 아름다운 문장을 뜻한다. 송(宋)나라 장뢰(張耒)의 〈마애비후(磨崖碑後)〉에
당(唐)나라 원결(元結)의 문장을 찬양하여 "수부의 가슴 속에는 성두와 같은 문장이 있
다.[水部胸中星斗文]" 하였다.《古文眞寶 前集》성두는 하늘의 별이다. 아름다운 문장을 일
천성두(一天星斗)라 한다.

민사호의 정자에서 홍칠 고령을 만나서 주다 민사호는 민안협의 호이고 고령은 홍익한[677]이다.

閔四湖亭遇洪七髙靈仍贈 閔四湖安峽鎬高靈卽翼漢

동남방에서 헤어진 지 이십 년 동안	弦矢東南二十秋
몇 번이나 들보의 달빛 보며 꿈속에 그렸던가[678]	幾看樑月夢悠悠
그대는 벼슬길에 올라 일찍 관복을 걸쳤고	君登鵩路紆靑早
나는 어촌에서 병들어 목칠[679]을 그만두었다	我病漁村沐漆休
강해에서 거듭 만남 참으로 운수 있으니	江海重逢眞有數
연못 정자 한가한 곳에서 함께 머문다	池臺閑處卽相留
오늘밤에는 한바탕 흠뻑 취해야 하리	今宵一醉須應盡
변방에는 전란의 먼지가 만 리에 자욱하니	玉塞黃塵萬里浮

---

677 홍익한(洪翼漢) : 1586~1637. 본관은 남양(南陽), 초명은 습(霫), 자는 백승(伯升), 호는 화포(花浦)이다. 병자호란 때 화의를 극구 반대하였고, 화친을 배척한 사람의 우두머리로 청나라에 지목되어 오달제(吳達濟)·윤집(尹集)과 함께 청나라로 잡혀갔다. 이른바 '병자 삼학사'의 한 사람이다. 강화의 충렬사(忠烈祠), 고령의 운천서원(雲川書院) 등에 제향되었다. 저서로는《화포집(花浦集)》,《북행록(北行錄)》,《서정록(西征錄)》이 있다. 영의정에 추증되었으며, 시호는 충정(忠正)이다.

678 들보의…그렸던가 : 멀리 있는 벗을 그리워하는 것이다. 주 489 참조.

679 목칠(沐漆) : 미관말직을 뜻한다. 송(宋)나라 장뢰(張耒)의 〈송진소장서(送秦少章序)〉에서 진관(秦觀)이 가족을 위해 관리(官吏) 노릇을 벗어날 수 없는 자신의 신세를 한탄하여 "옻으로 머리를 감으면서 머리를 펴려고 하는 것과 같다.[如沐漆而求解]" 하였다.《古文眞寶後集》

차운 홍익한
次韻 洪翼漢

하루를 이별해도 삼추와 같거늘[680]	暌離一日卽三秋
하물며 호산에 이별하는 길이 멂에랴	況是湖山岐路悠
은퇴하리라 깊이 약속해 놓고 이 몸 늙었거늘	深約已知終自老
작은 벼슬을 무엇 때문에 그만두지 못하는가	小官何事未能休
시를 구상하느라 짙게 우거진 녹음에 가고	濃陰綠樹尋詩至
가랑비 올 제 등잔불 아래 술 취해 머문다	細雨燈花被酒留
부평초 만남에 그저 행락을 즐길 따름이니	萍水但令行樂耳
우리네 인생 어딘들 덧없지 않은 곳 없어라	此生無處不相浮

연환체를 써서 회포를 읊다
用連環體詠懷

산인이 푸른 구름 사이에 높이 은거하며	山人高臥碧雲間
날마다 조롱 속에 든 백한[681]을 짝하노라	日日籠中伴白鷳
조수와 무리지어 사는[682] 건 내 뜻이 아니나	鳥獸爲群非我志

---

680 하루를…같거늘 : 《시경》 〈왕풍(王風) 채갈(采葛)〉에 "하루 보지 못하면, 삼추 동안 못 본
것 같다.[一日不見 如三秋兮]" 하였다.

681 조롱 속에 든 백한(白鷳) : 백한은 조롱에 넣고 기르는 애완용 새이다. 당(唐)나라 옹도(雍
陶)의 〈화손명부회구산(和孫明府懷舊山)〉에 "가을이 와 달을 보매 고향에 돌아가고픈 생
각이 많아, 스스로 일어나 조롱을 열고 백한을 날려 보낸다.[秋來見月多歸思 自起開籠放白
鷳]" 하였다.

682 조수(鳥獸)와 무리지어 사는 : 세상과 인류을 등지고 은둔함을 뜻한다. 세상을 피해서 살던
은자(隱者) 걸닉(桀溺)에 대해 공자(孔子)가 "조수와 더불어 무리지어 살 수 없으니, 내가
사람과 함께 살지 않고 누구와 더불어 살겠는가.[鳥獸不可與同群. 吾非斯人之徒與而誰與]"
하였다. 《論語 微子》

산속을 등지지 않으리 마음으로 기약한다 　　　　　心期不欲負林巒

달밤
月夕

구름 가에 달빛이 바야흐로 배회하고 　　　　　雲端月色正徘徊
창 밖에는 솔바람이 만 리에 불어온다 　　　　　窓外松風萬里來
이러한 때 광경은 한 마디로 말할 수 없으니 　　光景此時非一槩
유연히 이는 맑은 흥을 주체하기 어렵네 　　　　悠然淸興也難裁

과거에 낙방한 김 상사 중사에게 위로 삼아 주다
慰贈金上舍仲思下第 卽金蔡文

그대 재주는 우뚝하여 참으로 출중하니 　　　　君才卓犖能超乘
지금에 가장 뛰어난 인재라 일컬어지지 　　　　俊彩于今第一稱
도협의 문장은 자건을 가볍게 보고[683] 　　　倒峽詞源輕子建
현하의 담설은 진등을 작게 여긴다[684] 　　　懸河談說小陳登

---

683 도협(倒峽)의…보고 : 도협은 골짜기에 쏟아져 흐르는 물처럼 거침없는 문장을 말한다. 자
　　건(子建)은 삼국시대 위(魏)나라 조조(曹操)의 아들로 건안칠자(建安七子)의 한 사람인 조
　　식(曹植)의 자이다. 송(宋)나라 구양철(歐陽澈)의 〈세필화수인계운이증지(世弼和酬因繼韻
　　以贈之)〉에 "가슴 속 기염은 하늘의 별에 닿고 붓 아래 문장은 골짜기에 쏟아져 흐르는 물
　　이어라.[胸中氣焰摩星斗 筆下詞源倒峽流]" 하였다.

684 현하(懸河)의…여긴다 : 현하는 쏟아지는 황하처럼 도도한 문장의 기세이다. 진등(陳登)은
　　삼국시대 사람으로 자는 원룡(元龍)인데 호기가 높기로 이름났다. 허사(許汜)가 형주목사
　　(荊州牧使) 유표(劉表)와 천하의 인물을 논하면서 "진원룡은 호해(湖海)의 선비라 호기가
　　없어지지 않았다." 하였다. 이에 유표가 무슨 까닭이 있느냐고 묻자, 허사가 "하비(下邳)를
　　지나다 그를 방문하니 손님을 맞는 예도 갖추지 않고 오랫동안 아무 말도 하지 않은 채 자
　　신은 큰 침상 위에 올라가 눕고 손님은 침상 아래 눕게 하였다."고 대답하였다. 이 말을 들
　　은 유비(劉備)가 "그대는 국사(國士)라는 명성이 있으나 세상을 구제하는 데 유념하지 않

천리마가 잠시 실족했다고 실망할 것 없으니	霜蹄暫蹶非爲失
날개 잠시 접었으나 마침내 하늘 높이 날으리	雲翰雖垂竟有騰
듣건대 우리 성상께서 연이어 과거 연다 하니	聞道聖君連策士
틀림없이 가장 높은 성적으로 천화를 꺾으리[685]	天花須折最高層

광릉에 있는 민사호의 정자에 올라 민사호는 민호이다.
登廣陵閔四湖亭 卽閔鎬

건곤이 한 골짜기에 넓게 열린 곳	乾坤寬一壑
초가 정자가 높은 기슭에 서 있도다	茅棟勢臨危
해초는 붉은 비단을 펼친 듯하고	海草明紅錦
호산은 푸른 봉우리에 가까워라	湖山挹翠眉
연잎 깊어 만 개 일산이 펄럭이는 듯	荷深翻萬蓋
버들이 우거져 천 가닥 실이 드리운 듯	柳暗直千絲
과객이 지금 여기 올라 구경하며	過客今登賞
맑은 풍광을 칭찬해 마지 않노라	淸光說不休

달밤에 김중사와 더불어 두성의 연못가 정자에 가서
月昏與金仲思造斗成蓮亭

벗과 함께 작은 숲 속의 정자에 나아가니	携朋得造小林亭
아름다운 경치가 오늘밤 몹시도 맑구나	美景今宵分外淸

고 편안히 살 전답과 집을 사려고 하니, 이 때문에 원룡이 그대를 홀대한 것이다. 나 같으면 스스로 백척(百尺)의 누대 위에 누워 있으면서 그대를 땅바닥에 눕게 한 것과 같으니, 어찌 다만 높은 평상과 낮은 평상의 차이일 뿐이겠는가." 하였다.《三國志 魏志 卷7 陳登傳》

685 천화(天花)를 꺾으리 : 과거에 급제함을 뜻한다. 과거에 급제하는 것을 절계(折桂), 즉 계화 (桂花)를 꺾는다고 하기 때문에 이렇게 말한 것이다.

달이 못물에 비치니 옥거울이 잠긴 듯	月印池心涵玉鏡
바람이 나뭇가지에 이니 금아쟁 울리는 듯	風生樹杪轉金箏
기이한 향기 소매에 어리니 연꽃 움직이는 줄 알겠고	奇香擁袖知荷動
맑은 기운 사람에게 스며드니 이슬이 내림을 알겠구나	灝氣侵人覺露橫
미물도 좋은 손님이 옴을 반겨주는 듯	微物亦憐佳客至
물고기 발랄하게 뛰는 소리 물에서 들리누나	跳魚撥剌水中鳴

〈국화 핀 화단에서 새로 심은 대나무를 읊다〉라는 시에 차운하다
次菊塢詠新竹韻

서리 눈 이기는 높은 풍모에 수석이 맑은데	霜雪高標水石清
몇 떨기 대나무를 이제 초당에다 심어 놓았다	數叢今寄草堂生
은을 체질하는[686] 달빛 아래 새 가지가 움직이고	篩銀月下新杪動
옥을 찧는[687] 바람 앞에 빽빽한 잎사귀 우는구나	舂玉風前密葉鳴
이미 소나무 매화와 벗하여 절조가 같으니	旣友松梅同節操
장차 복사꽃 오얏꽃을 함께 섞어 심어야겠다[688]	宜將桃李混畦町
공이 이 나무를 좋아해 정원에 심은 줄 아노니	知公愛此爲庭實
오랜 세월 고락 속에 함께 곧은 절개 지키리라	夷險多年共保貞

---

686 은을 체질하는 : 대나무 잎 사이로 달빛이 비쳐드는 것을 은가루를 체로 치는 것과 같다고
묘사하였다.

687 옥을 찧는 : 대나무를 옥으로 비유했다. 즉 바람이 불어 대나무가 서로 부딪치는 것을 옥을
찧는다고 표현한 것이다. 당(唐)나라 옹도(雍陶)의 〈위처사교거(韋處士郊居)〉에 "만 가닥
찬 옥이 섰고 한 시내엔 안개가 자욱해라.[萬條寒玉一溪煙]" 하였다.

688 이미…심어야겠다 : 소나무와 매화는 군자(君子)에 비유되고 복사꽃 오얏꽃은 소인에 비유
된다. 군자는 어려운 때에도 지조를 변치 않고 소인은 어려울 때 일신을 위해 지조를 변한
다. 이와 같이 대나무는 가을 겨울이 되어도 늘 푸른 빛을 잃지 않지만 복사꽃과 오얏꽃은
제철이 지나면 꽃이 지고 시든다. 그래서 대나무의 지조를 변치 않는 모습을 보이기 위해
복사꽃 오얏꽃을 함께 심어두고 보겠다는 것이다.

송오장의 〈아침에 일어나 보여주다〉란 시에 차운하다
次松塢丈晨興示韻

무모하고 큰 계책 하나도 이룬 게 없고	狂謀謬算百無成
만년에는 경치가 맑은 전원을 사랑하누나	晚愛田園景色淸
잎사귀 너머 꾀꼬리는 두 마리 지저귀고	隔葉黃鸝兩箇語
바람을 따라 백로는 한 줄로 가벼이 난다	隨風白鷺一行輕
장편 시 작은 글씨로 쓰는 건 한가한 중의 일	長篇小字閑中事
듬성한 머리털에 외로운 비녀는 노경의 정	短髮孤簪老境情
어이하면 좋은 사람들과 좋은 모임 가져	安得可人圖勝會
잔 가득 담긴 술 권하여 백천 번 기울일꼬	深盃相屬百千傾

연환체를 써서 서울의 벗을 생각하다
用連環體懷洛中友生

멀리서 서로 그리워하며 아침에 앉았으니	相思迢遞坐朝床
나뭇잎 이제 떨어지고 날씨도 서늘해지누나	木葉初翻天氣涼
서울에 있는 벗은 바다와 산에 막혔건만	京洛故人隔海岳
산성에는 해가 지고 서신이 끊어졌어라	山城落日斷鱗翔
술잔을 멈추면 시름을 풀기가 어렵고	羽觴停處愁難解
회오리바람이 불 때 꿈에 자주 찾아간다[689]	羊角吹時夢屢揚
주역의 말 생각하지만 참으로 망상이니	易言雖懷眞忘想
이 밤에 머리털이 희게 세었음을 아노라[690]	心知此夜鬢成霜

---

689 회오리바람이…찾아간다 : 바람을 타고 꿈속에서 벗을 찾아간다는 뜻이다.《장자》〈소요유〉에
대붕이 멀리 날아가는 모습을 형용하여 “날개를 쳐서 회오리바람을 일으켜 하늘로 올라가는
것이 구만 리이다.[搏扶搖羊角而上者九萬里]” 하였다. 원문의 양각(羊角)은 회오리바람이다.

회문체[691]를 써서 회포를 읊어 삼암에게 삼가 드리고 화답을 청하다
用回文體詠懷奉呈三巖求和

원숭이 · 학[692]과 함께 그윽한 자연 속에 살며 　　　　猿鶴同棲幽石林
삭거[693]하여 한가히 살면서 광음을 보내누나 　　　　索居閑送度晴陰
촌락의 꽃 찾아가서는 긴 붓으로 시 쓰고 　　　　村花覓處揮長筆
골짜기 물 찾아가서는 시원스레 시 읊는다 　　　　谷水尋時爽一吟
술 마시는 자리에는 바람이 흥을 끌어오고 　　　　樽酒對朝風引興
차를 달이는 저녁엔 달빛이 마음을 비추네 　　　　鼎茶燃夕月澄心
속세의 번뇌 씻고 좋은 경치 남겨 두니 　　　　煩塵滌得留佳境
거리에 찾아오는 이 누가 고관대작인가 　　　　門巷來誰人紫金

고관대작 그 누가 이 거리 찾아오는가 　　　　金紫人誰來巷門
경치 좋은 곳 머물러 속진의 번뇌 씻어낸다 　　　　境佳留得滌塵煩
달 밝은 밤 마음이 맑으니 차를 달이고 　　　　心澄月夕燃茶鼎
바람 부는 아침 흥이 일기에 술병을 대하네 　　　　興引風朝對酒樽

---

690 주역(周易)의…아노라 : 《주역(周易)》에서 벗끼리의 만남을 말한 구절이 있다. 〈건괘(乾卦)
　　　문언(文言)〉에 "같은 소리가 서로 호응하고 같은 기운이 서로 찾는다.[同聲相應 同氣相求]"
　　　하였으니, 이는 뜻이 같은 사람끼리의 만남을 뜻한다. 〈계사 상(繫辭上)〉에 "두 사람이 마음
　　　을 같이하니 그 예리함이 쇠를 끊는다. 마음을 같이하는 말은 그 향기가 난초와 같다.[二人
　　　同心 其利斷金 同心之言 其臭如蘭]" 하였으니, 이는 금란지교(金蘭之交)라 하여 매우 두터
　　　운 우정을 뜻한다. 즉 《주역》의 이러한 구절들을 생각하지만 우리가 이미 늙었으니 다시 만
　　　나기 어려울 것이라는 뜻인 듯하다. 다만, 첫 구절의 뜻이 분명치 않아 오자(誤字)가 있을
　　　가능성이 많다.

691 회문체(回文體) : 거꾸로 읽어도 뜻이 통하게 지은 것이다. 이하 회문은 거꾸로 읽고 번역한
　　　것을 아래에 첨부한다.

692 원숭이 · 학 : 은자(隱者)가 사는 깊은 곳을 뜻한다. 주 330 참조.

693 삭거(索居) : 벗들과 헤어져 홀로 외딴 곳에 산다는 뜻이다. 주 166 참조.

한 번 상쾌히 읊을 제 물 흐르는 계곡 찾아가고	吟一爽時尋水谷
긴 붓을 휘두르는 곳에 꽃이 핀 마을 찾아간다	筆長揮處覓花村
흐리고 맑은 날씨 속에 한가한 세월 보내니	陰晴度送閑居索
그윽한 자연 속에 원숭이·학과 같이 사누나	林石幽棲同鶴猿

선산의 초당에서 호운으로 지어 기생이 없음을 탄식하는 신 찰방 자장에게 보이다
善山草堂呼韻示申察訪子長歎無妓

객지에서 잠이 안 와 등잔불 대하노니	旅館無眠對碧燈
꽃다운 인연 어느 곳에서 홍승[694]을 맺을꼬	芳緣何處結紅繩
그 누가 고운 벗을 데려와 주어서	誰將玉友來相命
나그네 만 섬의 시름을 녹여줄거나	消破覊愁萬斛凝

○무진년(1628)에 종형 광립(光立) 씨가 선산 군수(善山郡守)가 되었기에 내가 외숙부를 모시고 그 관부(官府)에 갔다. 신 찰방도 선산 군수의 척질로서 와서 머물고 있었기에 함께 모여 호운하여 읊었다.

---

694 홍승(紅繩) : 남녀의 인연을 맺음을 뜻한다. 홍승은 붉은 색 노끈이다. 당(唐)나라 2대 황제인 태종(太宗)때 위고(韋固)라는 젊은이가 여행 중에 송성(宋城)에 갔는데 때 '달빛 아래 한 노인[月下老]'이 손에 붉은 색 노끈을 들고서 조용히 책장을 넘기고 있었다. 위고가 "무슨 책을 읽고 있습니까?" 하고 묻자 그 노인이 "이 세상 혼사(婚事)에 관한 책일세. 이 책에 적혀 있는 남녀를 이 빨간 끈으로 한 번 매어 놓으면 어떤 원수지간이라도 반드시 맺어진다네." 하였다.《續玄怪錄 定婚店》

차운 신이우
次韻 申易于

외로운 객관에 가을 등잔만 비추는 깊은 밤	夜深孤館照秋燈
빈 처마 아래 홀로 앉아 옥승을 바라보노라[695]	獨坐虛簷對玉繩
어이하면 서주의 세 사발 술[696]을 얻어서	安得徐州三椀酒
나그네 시름을 단번에 녹일 수 있을거나	一揮消破旅愁凝

다시 앞의 시에 보운하여서 신 찰방 자장에게 보이다
更步前韻示申察訪子長

덧없는 생은 바람 앞의 등잔불처럼 빨리 가니	浮生倏忽感風燈
가는 해를 붙잡아 맬 긴 밧줄을 구하기 어려워라	繫日難求百尺繩
한가한 밤 촛불 밝힘[697]을 그대 귀찮아하지 말라	秉燭閑宵君莫倦
관아 다락에 죽엽[698]이 푸른 빛으로 잘 익었으니	官樓竹葉綠方凝

---

695 옥승(玉繩)을 바라보노라 : 새벽녘까지 앉아 있음을 뜻한다. 옥승(玉繩)은 별 이름으로 새벽이 올 무렵에 이 별이 끊어진다고 한다. 두보의 〈대운사찬공방(大雲寺贊公房)〉에 "옥승은 아스라이 끊어지고 철봉은 삼연(森然)히 나는구나.[玉繩逈斷絶 鐵鳳森翶翔]" 하였다.

696 서주(徐州)의…술 : 송(宋)나라 소식(蘇軾)이 서주 자사(徐州刺史)로 있을 때 진소유(陳少游)를 위해 술자리를 베풀었는데 진소유가 기생을 끼고 놀았다 한다. 여기서는 선산 군수의 관아에서 식객으로 있으며 술대접을 받기 때문에 이렇게 말한 것이다.

697 한가한…밝힘 : 밤늦도록 노는 것을 뜻한다. 당(唐)나라 이백(李白)의 〈춘야도리원서(春夜桃李園序)〉에 "대저 천지란 만물의 여관이고 광음이란 백대의 과객이다. 덧없는 인생이 꿈과 같으니 즐거운 시간이 얼마나 되겠는가. 옛사람들이 촛불을 밝히고 밤 늦도록 논 것이 참으로 까닭이 있다.[夫天地者 萬物之逆旅 光陰者 百代之過客 而浮生若夢 爲歡幾何 古人秉燭夜遊 良有以也]" 하였다.

698 죽엽(竹葉) : 죽엽청(竹葉靑)이라고 하는 술을 가리킨다. 여기서는 일반적인 술을 뜻한다.

선산 동루에서 감회를 읊어 신자장에게 보이다
善山東樓感懷示申子長

맑은 가을 홀로 중선의 누각[699]에 오르니	淸秋獨上仲宣樓
영남의 풍광이 눈에 가득 보이는구나	嶺外風烟滿眼浮
임하에 어찌 어조의 흥[700]이 없으랴만	林下豈無魚鳥興
타향이라 나그네 그리움에 머리 긁적이노라[701]	異鄕羈思入搔頭

차운 신이우
次韻 申易于

천 리 타향 호산에서 홀로 누각에 오르니	千里湖山獨倚樓
가을의 경물이 눈 안에 가득 보이누나	九秋雲物眼中浮
주남에 체류한 길손[702]을 누가 가련해 하랴	誰憐留滯周南客
북쪽으로 고향 바라보매 흰 머리털만 가득해라	北望鄕關雪滿頭

---

699 중선(仲宣)의 누각 : 타향의 누각을 뜻한다. 삼국시대(三國時代) 건안칠자(建安七子)의 한 사람인 왕찬(王粲)의 자가 중선(仲宣)이다. 그가 형주 자사(荊州刺史)인 유표(劉表)의 식객으로 있을 때 성루(城樓) 위에 올라가 울울한 마음으로 고향을 생각하며 지은 〈등루부(登樓賦)〉에 "참으로 아름답지만 나의 땅이 아니니, 어찌 잠시인들 머물 수 있으리오.[雖信美而非吾土兮 增何足以少留]" 하였다.

700 어조(魚鳥)의 흥 : 물고기와 새를 구경하는 흥으로, 자연에 노니는 흥을 뜻한다.

701 머리 긁적이노라 : 그리움이나 번뇌 따위로 마음이 괴로운 모습을 형용한 것으로, 《시경》 〈패풍(邶風) 정녀(靜女)〉에 "사랑하되 만나지 못하여, 머리 긁으며 머뭇거리도다.[愛而不見 搔首踟躕]" 하였다.

702 주남(周南)에 체류한 길손 : 서한(西漢) 때 사마천(司馬遷)의 아버지인 태사공(太史公) 사마담(司馬談)이 병이 위독하여 주남(周南) 지방에 체류하느라 무제(武帝)가 태산(泰山)에 봉선(封禪)하는 의식에 참가하지 못하여 매우 유감으로 여겼다 한다. 《史記 卷130 太史公自序》 여기서는 작자 자신이 나그네로 영남에 머물러 있으므로 이렇게 말한 것이다.

신자장이 우거하는 곳에서 벗들과 모여 술을 마시고 호운하여 읊다
申子長寓所與諸友會飮呼韻

보도를 보는[703] 곳에서 곧 회포를 열고	寶刀看處卽披襟
진결을 논할 때 도리어 마음을 본다	眞訣論時却見心
만남과 이별 정처 없음을 알 것이니	聚散應知無定迹
오늘 밤에는 백 잔의 술을 비워야 하리	今宵當盡百盃深

선산의 동헌에서 신자장과 이별하며
善山東軒與申子長敍別

아득히 멀리 가 오래 돌아가지 않으니	征旆悠悠久未廻
가을이 깊으매 머리털이 이미 다 세었구나	秋深衰鬢已全皚
동강에는 물이 빠져 어류가 고요하고	東江水落魚龍靜
남포에는 서리 날리어 기러기 오누나	南浦霜飛鴻雁來
누각에 기댄 중선은 먼 고향을 생각하고[704]	樓倚仲宣羈思遠
시가 이뤄진 공부[705]는 이별의 회포 편다	詩成工部別懷開

---

703 보도(寶刀)를 보는 : 이별을 앞두고 상대방의 전도(前途)가 양양함을 찬양하는 뜻이 담겨
   있다. 위(魏)나라 때 서주 자사(徐州刺史) 여건(呂虔)이 패도를 한 자루 가지고 있었는데,
   공인(工人)이 감정해 보고 "삼공(三公)이 되는 사람이라야 이 칼을 찰 수 있다."고 하였다.
   여건이 이 패도를 왕상(王祥)에게 주었고 왕상은 임종할 때 왕람(王覽)에게 주면서 "너는
   크게 흥기하여 이 칼을 차기에 걸맞게 될 것이다." 하였다. 왕람의 집안은 그 후 대대로 인
   재가 많이 배출되어 큰 문벌이 되었다.《晉書 卷23 王祥傳》

704 누각에…생각하고 : 타향에서 고향을 그리워하는 것이다. 중선은 작자 자신을 가리킨다. 주
   699 참조.

705 공부(工部) : 두보가 공부 원외랑(工部員外郎)을 역임했기 때문에 이렇게 부르는 것이다.
   두보의 〈추진(秋盡)〉에 "만리 밖 나그네 됨을 사양하지 않노니 어느 때 회포를 한 번 풀 수
   있을꼬.[不辭萬里長爲客 懷抱何時好一開]" 하였다.

가인은 새 곡조를 멈추지 말라 佳人且莫停新曲
내일 새벽달이 지기 전에 떠나야 하니 明曉吟鞭趁月催

신년 제비
新燕

만 리 밖에서 한 쌍 제비가 옛집 찾아오니 萬里雙飛尋故壘
은근한 정이 흡사 주인의 얼굴을 아는 양 殷勤似識主人顔
지난 해 중구절에 일찍이 이별했는데 去年九九曾相別
오늘 삼짇날에 문득 다시 돌아왔구나 今日三三忽見還
들보 모서리에서 지저귐이 제 집을 좋아하는 듯 樑角呢喃欣有托
처마 아래 오고 가는 게 한가함을 탐내는 듯 簷前來去若耽閑
온 세상이 점차 태평해지고 있으니 乾坤漸入淸寧地
숲 속에 돌아가 둥지 틀 걱정 하지 말라 莫患歸巢林木間

동지에서 저물녘 읊다
東池晚吟

은거하는 이 하는 일 없어 幽人無作業
못가로 날마다 집을 삼노라 池上日爲家
땅에 솟는 외로운 대 어여뻐하고 迸地憐孤竹
섬돌 따라 뻗은 여라를 사랑한다 緣階愛女蘿
낚싯줄 드리워 비단 붕어 낚고 沈綸牽錦鯽
돌을 던져서 청개구리 희롱하네 投石弄靑蛙
저물도록 좋은 경치 찾아다녔으니 竟夕探閑勝
시로 읊은 시가 얼마나 되는가 新詩賦幾何

중추 십오야에 달을 구경하며
中秋十五夜翫月

오늘 밤에 술벗들을 불러 모아서	此夜中當會酒徒
중천에 뜬 밝은 달을 보아야겠네	要看白月到天衢
차가운 빛 일렁거리니 은두꺼비 잠기고	寒光蕩漾銀蟾沒
흰 그림자 서성이니 옥토끼가 외로워라	素影徘徊玉兎孤
머리 들어 멀리 보니 아득히 가는 맑은 생각	矯首遐觀淸思極
술잔 멈추고 한 번 물으니 마음이 몹시 즐겁네[706]	停盃一問賞心都
부디 술 취해서 일찍 잠들지 말라	憑君且莫醺眠早
이렇게 둥근 달 밝은 밤은 좀처럼 없으니	圓景明宵定得無

회문체로 성취[707]를 읊어 김중사 삼암에게 보이다
用回文體詠成趣示金仲思三巖

명리를 잊을 때 머리털 다 희고	名利忘時頭盡皚
사는 집 깊은 곳에 속진이 끊어졌다	卜居深處斷塵埃
푸른 산기운 문에 드니 산이 가까움을 알고	靑嵐入戶知山近
흰 학이 문에서 맞으니 객이 옴을 보노라	白鶴迎門見客來
이슬 떨어져 옷 적시니 등라 우거진 길 좁고	零露霑衣蘿徑狹

---

706 머리…즐겁네 : 머리를 들어서 달을 바라보니 맑은 생각이 멀리 달에까지 가고, 술잔을 멈추고 달에게 물으니 마음이 즐겁다는 뜻이다. 이백(李白)의 〈파주문월(把酒問月)〉에 "푸른 하늘에 달 있은 지 얼마나 되었느뇨. 내가 이제 잔 멈추고 한 번 묻노라.[靑天有月來幾時 我今停杯一問之]" 하였다.

707 성취(成趣) : 전원에 사는 취미(趣味)를 이루는 것이다. 진(晉)나라 도연명(陶淵明)의 〈귀거래사(歸去來辭)〉에 "전원은 날마다 거닐어 취미를 이루고, 문은 비록 만들어 두었으나 늘 닫혀 있다.[園日涉以成趣 門雖設而常關]" 하였다.

좋은 바람 대자리에 부니 대나무 창 열렸네	好風吹簟竹窓開
맑고 참된 이 도리 아무도 아는 이 없으니	淸眞此道人無會
취미를 이룬 건 무능한 내가 먼저로세	成趣閑吾先散材

무능하여 먼저 내가 한가한 취미 이루니	材散先吾閑趣成
마침 아무도 이 맑고 참된 멋 아는 이 없네	會無人道此眞淸
창을 여니 대자리에 부는 바람이 좋고	開窓竹簟吹風好
길 좁으니 나의[708]에 떨어지는 이슬 젖는다	狹徑蘿衣霑露零
손님이 오니 문에 마중하는 학이 희게 보이고	來客見門迎鶴白
산이 가까우니 문에 들어오는 산기운 푸름을 알겠다	近山知戶入嵐靑
속세 먼지 끊어진 곳에 은거하는 곳이 깊고	埃塵斷處深居卜
머리털이 하얗게 다 세었을 때 명리를 잊는다	皚盡頭時忘利名

가을날 하팔의 옛 별장으로 가며 하팔은 평택의 별호이다.

秋日向河八舊莊 河八平澤別號

나의 길 남쪽 땅으로 향하니	吾行向南土
시절은 중양절에 가까웠어라	時月近重陽
가는 국화는 가을빛으로 단장했고	細菊粧秋色
외로운 노을은 새벽빛에 흩어진다	孤霞散曉光
황량한 들판은 가는 곳마다 멀고	荒郊隨處遠
시내 길을 갈수록 어찌나 긴지	川路去何長
배와 대추가 전원에 익어 가니	梨棗田園熟
집에 돌아갈 기약 잊어선 안 되지	歸期不可忘

---

708 나의(蘿衣) : 은자(隱者)의 옷이다. 주 457 참조.

남쪽 땅의 집으로 돌아가는 현제 유덕명에게 증별하다
贈別柳賢弟德明歸南莊

사정에 보배로운 나무가 생기니	謝庭生寶樹
우리 숙부 어진 자제를 뽑았어라[709]	吾叔簡仁純
의리는 명령의 후사[710]에 무겁고	義重螟蛉嗣
정은 골육의 부모와 같아라	情同骨肉親
이별하여 산 것은 난리 때문	離居因世亂
전별에 임하매 가난해 부끄럽네	臨餞愧家貧
이곳에 그대 송추[711]가 있으니	此地松楸在
자주 만날 수 있음을 알겠어라	應知會面頻

늙은 말
老馬

사람의 집에서 기른 지 오래	伏櫪人家歲月深
지금은 힘이 다해 강가에 누웠구나	於今力盡臥江潯

---

709 사정(謝庭)에…뽑았어라 : 상대방 덕명이 작자의 숙부에게 뽑혀 양자로 갔음을 뜻한다. 사정은 진(晉)나라 사안(謝安)의 뜰이다.

710 명령(螟蛉)의 후사(後嗣) : 양자임을 뜻한다. 명령은 뽕나무벌레인데, 과라(蜾蠃)라고 하는 나나니벌이 이 벌레를 물어다가 알을 까놓으면 1주일쯤 뒤에 성충(成蟲)이 되어 벌이 된다. 그러나 옛날 사람들은 이러한 것을 모르고 나나니벌이 명령을 업어다가 '나를 닮으라.'고 오랫동안 정성을 들이면 뽕나무벌레가 나나니벌로 변하는 것으로 생각하였다. 이를 양자를 데려다 키우는 것에 비유하였다. 《시경(詩經)》〈소아(小雅) 소완(小宛)〉에 "명령의 새끼를 과라가 업어간다. 네 자식을 잘 가르쳐 너를 닮게 하라.[螟蛉有子 蜾蠃負之 敎誨爾子 式穀似之]" 하였다.

711 송추(松楸) : 송추는 소나무와 가래나무로 옛날 선산에 이들 나무를 심었기 때문에 선영(先塋)을 가리켜 말한 것이다.

피부 마르고 근육 끊어져 움직이기 어렵고	皮枯筋斷終難動
눈 움푹하고 머리 떨군 채 죽을 마음뿐	目陷頭垂有死心
번화한 큰 거리를 어찌 다시 걷겠으며	紫陌香街焉更步
누른 먼지 눈 쌓인 벌판을 어이 달리랴만	黃沙磧雪詎能駸
바람 타고 달리던 기상은 아직도 남았으니	乘風逸氣知猶在
한밤중 긴 울음을 스스로 금하지 못하네	半夜長鳴自不禁

가을날에 불성사를 유람하며
秋日遊佛性寺

맑은 서리 내리는 구월에 산행을 하니	霜淸九月作山行
눈에 가득한 가을빛이 곳곳마다 환하여라	滿目秋光處處明
가는 국화는 알록달록 돌틈에 피었고	細菊班班榮石縫
성근 소나무는 짧디짧게 바위 병풍에 누웠다	疎松短短倒巖屛
샘물을 시험하러[712] 물병 가지고 노승을 따르고	試泉瓶挈隨殘衲
술을 가득 부은 잔을 전하는 일성[713]이 있어라	崇酒觴傳有一星
선도에 오르내리매 숲이 어둑해지고	陟降仙都林色暝
반쯤 둥근 달이 이미 동쪽에서 떠올랐네	半輪新月已東生

---

712 샘물을 시험하러 : 샘물을 떠서 차를 달이는 것이다. 소식(蘇軾)의 〈혜산알전도인팽소룡단
　　등절정망태호(惠山謁錢道人烹小龍團登絶頂望太湖)〉에 "홀로 천상의 약간 둥근 달을 가지
　　고 와서, 인간세상 제이의 샘물을 시험한다.[獨攜天上小團月 來試人間第二泉]" 하였다. 인
　　간세상 제이의 샘물이란 당(唐)나라 때 사람으로 차에 조예가 깊었던 육우(陸羽)가 차를 달
　　이기에 둘째로 좋은 물이 샘물이라 했기 때문에 이렇게 말한 것이다.

713 일성(一星) : 한 주성(酒星)이란 말이다. 주성은 술을 관장하는 벼슬로, 술을 잘 마시는 사람
　　을 뜻하는 말로도 쓰인다. 이백(李白)의 〈월하독작(月下獨酌)〉에 "하늘이 만약 술을 사랑하
　　지 않았으면, 주성이 하늘에 있지 않으리.[天若不愛酒 酒星不在天]" 하였다.

작은 집
小築[714]

한가히 살 작은 집을 지어	閑居成小築
티끌세상을 길이 멀리하노라	塵世永相違
물이 빠지니 바위들 어여쁘고[715]	水落憐看石
마을이 깊으니 사립 닫지 않는다	村深不掩扉
소나무 대나무는 같이 늙어가고	松篁同作老
원숭이와 학은 함께 기심(機心)을 잊었네	猿鶴共忘機
어찌 명성을 피하는 자[716]이랴만	豈是逃名者
일년 내내 속객이 오지 않누나	終年俗客稀

지당에 이르러
到池

이미 세상과는 아주 멀어져	旣與世相遠
한가한 종적이 물가에 있도다	閑蹤在水湄
백구는 뜻이 있는 듯이 오고	白鷗來有意

---

714 작은 집[小築] : 인적이 드문 한적한 곳에 조촐한 집을 짓고 은거하는 것이다. 두보의 〈외인(畏人)〉에 "사람 두려워 작은 집을 지으니, 편협한 성품이 그윽한 곳에 맞아라.[畏人成小築 褊性合幽棲]" 하였다.

715 물이…어여쁘고 : 겨울이 되어 시내에 물이 빠져서 바위가 드러난 것이다. 구양수(歐陽脩)의 〈취옹정기(醉翁亭記)〉에 수락석출(水落石出)이란 구절을 사용한 것으로, 산중의 겨울 경치를 묘사하였다. 《古文眞寶 後集》

716 명성을 피하는 자 : 세상에 자신의 이름이 알려지는 것을 도피하여 숨는 고사(高士)이다. 《후한서(後漢書)》〈일민전(逸民傳) 법진(法眞)〉에 "법진은 그 명성은 들을 수 있어도 그 몸은 보기 어려우니, 명성을 도망쳐도 명성이 따르고 명성을 피해도 명성이 뒤쫓는다." 하였다.

꾀꼬리는 때도 없이 지저귀네	黃鳥囀無時
비에 젖어 솔잎은 빽빽하고	雨浥松鬐密
바람 가벼워 실버들이 드리웠다	風輕柳帶垂
유인은 늘 병든 몸 정양하지만	幽人長養病
그래도 앞 지당에는 갈 수 있어라	猶得到前池

한거의 노래를 읊어 삼암에게 보이다
端居吟示三巖

한 해 내내 마을을 안 벗어나고	終年不出境
마음은 더구나 한가하게 머문다	心況在端居
병중에도 외려 경치를 좋아하고	病裏猶耽景
밭을 가는 여가에 책을 읽노라	耕餘且讀書
전원에는 풀숲에 길을 열고	田園開草逕
거리에는 찾아오는 수레 적구나	門巷少軒車
늘 외로운 처지라 한탄하지 말자	莫恨常孤陋
동쪽 이웃에 날 일으키는 이[717] 있으니	東隣有起予

가을 뜻 육언이다.
秋意 六言

비온 뒤 산의 단풍은 금수요	雨後山楓錦繡

---

717 날 일으키는 이 : 지은 시를 보여 줌으로써 자신의 심지(心志)를 흥기(興起)시키고 감발(感
發)시키는 사람이란 뜻으로 상대방 삼암을 가리킨다. 공자(孔子)가 《시경(詩經)》을 가지고
자하(子夏)와 문답하면서 자하를 칭찬하여 "나를 흥기시킨 사람은 상(商)이로다. 비로소 더
불어 시를 말할 만하구나.[起予者商也 始可與言詩已矣]" 한 데서 온 말이다. 《論語 八佾》

서리 오기 전 뜰의 국화는 금닢 霜前階菊金錢
숲 아래에서 학이 춤을 추고 林下仙禽自舞
달빛 아래 객은 잠 못 든다 月中孤客無眠

가을날의 농가 풍경
秋日田家卽事

절기가 서성[718]에 가까워 날씨가 서늘하니 節近西成天氣凉
농가의 풍경을 어떻게 한량할 수 있으랴 田家風致若爲量
은어가 통발에서 나오니 횟감으로 좋고 銀脣出筍肯盤雪
청각이 상에 오르니 국거리로 좋구나 靑殼登床可鼎湯
나무에 가득한 붉은 과일은 햇살에 빛나고 滿樹丹璘方曜日
이삭에 가득한 금빛 좁쌀은 서리를 맞았다 盈枝金粟已經霜
처마 앞에 늙은 국화는 더욱 볼 만해 簷前老菊尤堪賞
노란 꽃잎 가져다 옥술잔에 띄워야겠다[719] 須把黃鬚泛玉觴

가을날의 풍경
秋日卽事

오각건을 쓴 태일산인이 太一山人烏角巾
가을 들어 병석에 누운 지 열흘이 지났네 秋來吟病臥經旬
촌락 가에 비 걷히니 무지개 끊어지고 村邊雨捲虹蜺斷

---

718 서성(西成) : 가을의 추수를 말한다. 《서경(書經)》〈요전(堯典)〉에 "서성을 고루 다스린다.[平秩西成]" 하였다.

719 노란…띄워야겠다 : 음력 9월 9일 중양절(重陽節)에 국화꽃을 술잔에 띄워 마시는 풍습이 있다.

골짜기 어귀에 서리 내리니 금수가 새롭다　　　　　谷口霜飄錦繡新

날 저무니 소와 양이 마을 북쪽에 돌아가고　　　　　日暮牛羊歸巷北

날씨 추우니 황새 두루미가 시냇가에 내려온다　　　天寒鸛鶴下溪濱

한가히 은거하니 일신에 일 없다 하지 말라　　　　　幽居莫道身無事

아침저녁 창 앞에서 시구를 자주 생각하느니　　　　早晚窓前覓句頻

임기가 찬 뒤에 방문한 이 도사에게 답하다
謝李都事瓜滿後來訪

병석에 누워 한 해가 가도록 문 밖에 안 나가니　　　吟病終年不啓關

약 달이는 창가에 누가 한적함을 달래 주리오　　　　藥窓誰與伴淸閑

사립문 두드리는 소리에 문득 잠을 깨고서　　　　　柴門剝啄驚殘夢

이끼 낀 섬돌에서 맞이하니 반가운 얼굴이어라　　　苔砌相迎喜舊顔

미미한 담론[720]은 마치 옥가루가 날리는 듯[721]하고　　亹亹談鋒飛玉屑

아련한 정서로 금란[722]의 우정을 얘기한다　　　　　依依情緒道金蘭

부디 그대 앵무[723]를 멈추지 말라　　　　　　　　憑君且莫停鸚鵡

만남과 이별은 본래 덧없이 순환하는 것일세　　　　散聚從來似轉環

---

720 미미(亹亹)한 담론 : 미미는 담론이 매우 흥미진진하여 듣는 사람의 마음을 움직이는 것이
　　다. 진(晉)나라 왕몽(王濛)이 약관(弱冠)의 사안(謝安)과 만나보고는 그의 담론에 탄복하여
　　"이 손님은 미미하여 사람을 핍박해 오는 듯하구나." 하였다.《晉書 卷79 謝安傳》

721 옥가루가 날리는 듯 : 청담(淸談)을 나눌 때 아름다운 말이 마치 옥의 가루가 부서져 흩어지
　　는 것처럼 나온다는 뜻이다. 송(宋) 나라 구양철(歐陽澈)의 〈현도사중이시시교인화운복지
　　(顯道辭中以詩示教因和韻復之)〉란 시에 "옥가루 부서지듯한 말에 듣는 사람 놀라고, 〈양춘
　　곡(陽春曲)〉에 화답하는 좌중 사람들의 노래.[談霏玉屑驚人聽 歌和陽春滿座謠]"라 한 데서
　　유래한다.

722 금란(金蘭) : 변치 않는 좋은 우정을 뜻한다. 주 690 참조.

723 앵무(鸚鵡) : 앵무새 모양의 술잔인 앵무배(鸚鵡杯)이다. 일반적으로 술잔을 뜻한다.

이 도사의 시에 차운하다
次李都事韻

계산은 수려하고 초가집은 고요한데	溪山秀麗茅齋靜
만사에 무심한 채 술잔 기울일 뿐	萬事無心酒一巵
서울의 벗이 적막한 이곳 찾아오매	京洛故人尋寂寞
회포를 풀다 보니 어느새 날이 저무네	襟期論罷鳥栖時

말 그림
畵馬

어느 곳 용면[724]이 솜씨가 매우 좋아서	底處龍眠心匠巧
신마를 그려내어 창가에 들어가게 했나	神駒寫出入窓邊
주리면 먹고 목마르면 마심을 천성대로 두나니	飢餐渴飮從天放
맨 땅에 자고 바람 속에 울게 내버려 두노라	露宿風鳴任自然
머리에 옥굴레 쓰는 건 바라는 바 아니거늘	玉勒籠頭非所願
금안장 등에 걸치는 것이 어찌 편안하리오	金鞍被背亦何便
구속 받지 않는 기상이 유일[725]과 같으니	無拘氣象同遺逸
앉고 누울 때 어루만지며 날로 더 좋아하노라	坐臥摩挲日益憐

---

724 용면(龍眠) : 송(宋)나라 때의 유명한 화가 이공린(李公麟)의 호가 용면거사(龍眠居士)이
　　다. 여기서는 뛰어난 화가를 뜻한다. 주 533 참조.

725 유일(遺逸) : 벼슬하지 않고 초야에 사는 은사(隱士)이다.

삼암에게 삼가 드리다
奉呈三巖

운산 계곡에서 같이 은거해 사니	雲山水谷共棲遲
취미가 함께 한가해 날마다 즐거워라	意味同閑日展眉
바위 위에서 바둑 두니 흰 학이 다투는 듯	石榻圍碁爭縞鶴
꽃 핀 마을에서 술 마시러 금귀를 풀도다[726]	花村覓酒解金龜
맑은 얼음 깨끗한 옥 같은 우정을 다지고	氷淸玉潔尋交義
씻은 비단 향기로운 꽃 같은 글을 보노라	錦濯葩芬見美詞
임하에서 몇 사람이나 길이 은거했던고	林下幾人長屛迹
저 세간의 하는 짓들을 백안으로 보도다[727]	看他白眼世間爲

가을밤의 감회
秋夜感懷

병든 객이 잠 못 이뤄 베개 자주 옮기노니	病客無眠枕屢移
푸른 창가의 가을 상념을 그 누가 알리오	碧窓秋思有誰知
우물 가 꽃은 닭 운 뒤에 이미 피었고	井花旣發鷄鳴後
산 위의 달은 새 잠든 때 막 지는구나	山月初沈鳥宿時

---

726 금귀(金龜)를 풀도다 : 금귀는 벼슬아치가 차는 거북 모양으로 된 인장이다. 당(唐)나라 하지장(賀知章)이 이백(李白)을 만나 서로 뜻이 맞으니 금귀를 잡혀서 술을 마셨다 한다. 이백이 고인이 된 벗 하지장을 생각하며 지은 시 〈대주억하감(對酒憶賀監)〉에 "금귀로 술을 바꾸어 먹던 곳에서 벗을 생각하며 눈물로 수건을 적시네[金龜換酒處 却憶淚沾巾]" 하였다.

727 저 세간의…보도다 : 당(唐)나라 왕유(王維)의 〈여노원외상과최처사흥종림정(與盧員外象過崔處士興宗林亭)〉에 "소나무 아래 맨상투로 다리 뻗고 앉아서, 세상 사람들을 백안으로 본다.[科頭箕踞長松下 白眼看他世上人]" 하였다. 백안(白眼)은 미워하는 눈길이다. 진(晉)나라 때 죽림칠현(竹林七賢)의 한 사람인 완적(阮籍)이 예속(禮俗)을 따지는 속된 선비를 만나면 백안을 떴던 데서 유래한다.《晉書 卷49 阮籍列傳》

위태한 머리털은 십년 만에 반백이 됐으나　　　危鬢十年成半白
속진에 찌든 옷은 오늘 오로지 검지는 않아라[728]　　　塵袍此日未專緇
괴화 필 때 과거 시험은 덧없는 꿈 같나니[729]　　　槐黃戰藝渾如夢
눈 감고 읊으며 예전에 지은 시를 고친다　　　闔眼長吟改舊詩

깊은 가을에 감회가 있어
深秋有感

유관을 잘못 쓰고[730] 몸은 반쯤 늙었으니　　　誤着儒冠身半老
노년에 산수 속에서 맘껏 머물러 사노라　　　暮年溪壑任棲遲
거울을 볼 때마다 반생의 한이 일어나고[731]　　　臨銅每起潘生恨
낙엽을 쓸며 늘 송옥의 슬픔이 많아라[732]　　　掃葉常多宋玉悲
손가락 꼽아 보니 평생에 무슨 일 했는가　　　屈指平生何事業

---

728 속진에…않아라 : 세속에 살아왔으나 세속에 아주 물들지는 않았다는 뜻이다.

729 괴화(槐花)…같나니 : 과거를 보아 출세하는 것을 덧없는 꿈으로 여긴다는 뜻이다. 괴화 필 때는 과거 시험이 있는 때를 뜻한다. 옛날에 음력 7월이 되면 과거 시험이 있었다. 이때 괴화가 누렇게 피기 때문에 당(唐)나라 속어에 "괴화가 누렇게 피면 과거 보는 선비가 바쁘다.[槐花黃 擧子忙]" 하였다.

730 유관(儒冠)을 잘못 쓰고 : 선비로 살아왔음을 뜻한다.

731 거울을…일어나고 : 거울을 볼 때마다 백발이 늘어나 탄식한다는 것이다. 반생(潘生)은 진(晉)나라 때 시인 반악(潘岳)을 지칭한다. 그는 젊어서 용모가 매우 아름다웠는데 중년에 백발이 되었다 한다. 이런 사실을 인용하여 송(宋)나라 사술조(史述祖)의 〈제천악백발(齊天樂白髮)〉이란 사(詞)에 "가을바람이 일찍 반랑의 귀밑털에 들어가니, 이처럼 희끗희끗한 머리에 문득 놀라노라.[秋風早入潘郞鬢 斑斑遽驚如許]" 하였다.

732 낙엽을…많아라 : 굴원(屈原)의 뒤를 이어 초사(楚辭)의 대가로 일컬어지는 송옥(宋玉)의 〈구변(九辯)〉 중 가을의 서글픈 정서를 잘 노래한 〈비추(悲秋)〉에 "슬프다! 가을의 기운이여.[悲哉 秋之爲氣也]"라 하였기에 이렇게 말한 것이다. 두보의 〈영회고적(詠懷古跡)〉 5수 중 둘째 수에 "낙엽이 떨어지니 송옥의 슬픔을 깊이 알겠다.[搖落深知宋玉悲]" 하였다.

팔 굽혀 벤[733] 오늘 저녁 한가한 시 읊는다 　　曲肱今夕賦閑詩
좋은 날이라 중양절을 다행히 만났으니 　　良辰幸値重陽節
응당 국화를 따서 옥술잔에 띄워야지 　　合把黃花泛玉巵

구일
九日

세상 인심을 겪은 지 오래 　　閱盡人情久
임천에서 은거하여 사노라 　　林泉學羽藏
마음 즐거운 건 오직 이 날 　　歡心惟此日
좋은 날이라 중양절을 만났네 　　佳節得重陽
손으로 금빛 국화꽃을 꺾어서 　　手折金髭嫩
향기로운 죽엽청 술동이를 여노라 　　樽開竹葉香
백년 평생 이제 반이 지났으니 　　百年今旣半
어찌 무한히 즐기지 않으리오 　　何不樂無疆

가을날 회포를 쓰다
秋日寫懷

청산 백석 사이에서 생애를 보내노니 　　靑山白石度生涯
아름다운 경치 좋은 날에 몸은 늙어간다 　　美景良辰老骯骸
유달리도 단풍은 서리 내린 뒤에 붉고 　　特地寒楓霜後染

---

733 팔 굽혀 벤 : 빈한한 생활을 뜻한다. 공자(孔子)가 "거친 밥을 먹고 물을 마시고 팔을 굽혀
　　서 베더라도 즐거움이 그 가운데 있으니, 의롭지 않으면서 누리는 부귀는 나에게는 뜬구름
　　과 같다.[飯疏食飮水 曲肱而枕之 樂亦在其中矣 不義而富且貴 於我如浮雲]"한 데서 유래하
　　였다.《論語 述而》

시냇가에 가득 핀 국화는 빗속에 아름다워라 盈溪嫩菊雨中佳
시름을 쓸어내려도 빗자루 없어 쓸기 어렵고 掃愁無箒愁難掃
근심을 물리치려 시 지어도 근심을 못 물리치네 排悶裁詩悶不排
늙고 병들어 이미 제주734의 뜻이 없건만 衰病已無題柱志
과거 보는 사람들 보고 그래도 신발을 손질한다 看他猶得理芒鞋

가을날 벗과 산행을 하며
秋日與友山行

나뭇잎 막 떨어지고 서리와 이슬 맑은데 木葉初凋霜露淸
좋은 벗과 손을 잡고 높은 산에 오르노라 可人携手陟崢嶸
단사와 옻칠 같은 숲속의 열매735를 찾고 丹砂點漆搜林果
옥저와 금경 같은 석청736을 캐노라 玉箸金莖採石淸
지팡이 짚지 않으니 다리 힘을 알겠고 不策枯藤知脚力
벼랑에 자주 시 적어 한가한 정 기록한다 頻題蒼壁記閑情
동쪽 봉우리에 달이 뜰 때 돌아가니 東岑月出還歸去
골짜기 어귀에 깃든 새 곳곳에서 우누나 谷口棲禽處處鳴

---

734 제주(題柱) : 기둥에 각오를 적는다는 말로, 입신양명(立身揚名)하려는 각오를 뜻한다. 주
  183 참조.

735 단사(丹砂)와…열매 : 붉은색과 검은색의 열매이다. 당(唐)나라 두보(杜甫)의 〈북정(北征)〉
  에 "산열매 자잘한 것이 많은데, 도처에 생겨서 상수리 밤과 섞였네. 혹은 붉기가 단사와 같
  고, 혹은 검기가 옻칠과 같아라.[山果多瑣細 羅生雜橡栗 或紅如丹砂 或黑如點漆]"하였다.

736 옥저(玉箸)와…석청(石淸) : 옥저는 옥으로 된 젓가락이고 금경은 구리로 된 기둥이며, 석
  청은 석벌이 바위틈에 쳐놓은 꿀이다. 옥저와 금경은 석청의 모양을 형용한 것이다.

병중에 우연히 읊다
病中偶吟

오십 년 광음이 홀연 지나가니	五十光陰至忽焉
요즈음 앓는 병은 예전보다 심하구나	從來一病劇扵前
병석에 오래 누워 세 계절이 지났고	沈錦枕席經三節
벗들을 사절한 지도 벌써 일년이어라	謝絶賓朋已一年
일곱 아들이 비록 근심하여 울지만	子有七人雖憫泣
삼대의 의원[737]이 없으니 어찌 치료하리오	醫無世三詎能痊
하늘이 행여 이 목숨 불쌍히 여긴다면	皇天倘或憐微命
물약[738]의 큰 은혜를 시원스레 내려주련만	勿藥鴻恩下沛然

병중에 눈을 만나
病中遇雪

육화[739]가 날고 날아 이리저리 흩뿌리니	六花飛飛斜更橫
보이는 곳마다 기이한 자태 제각각 다르네	奇姿看處各殊形
바람에 날리는 버들솜[740]이 뜰에 가득 춤추는 듯	因風柳絮盈庭舞

---

737 삼대(三代)의 의원 : 삼대에 걸쳐 의원을 한 집안의 좋은 의원을 뜻한다. 《예기(禮記)》〈곡례 하(曲禮下)〉에 "삼대에 걸쳐 의원을 한 집이 아니면 그 약을 먹지 않는다." 하였다.

738 물약(勿藥) : 《주역(周易)》〈무망괘(无妄卦)〉에 "무망의 병은 약을 쓰지 않고도 나아 기쁨이 있다."[无妄之疾 勿藥有喜] 한 데서 온 말로, 약을 쓰지 않아도 절로 쾌차함을 뜻한다.

739 육화(六花) : 눈의 이칭이다. 눈의 모양이 여섯 모로 되었기 때문에 이렇게 부르는 것이다.

740 바람에 날리는 버들솜 : 진(晉)나라 사안(謝安)이 눈 내리는 날 집안 사람과 모여서 글뜻을 이야기하다가 "백설이 분분히 내리는 것이 무엇과 같은가?" 하고 물었다. 조카인 호아(胡兒)는 "공중에 소금을 뿌리는 것이 다소 비길 만합니다.[撒鹽空中差可擬]" 하고, 질녀인 사도온(謝道韞)은 "버들솜이 바람에 나는 것[柳絮因風起]으로 비유하느니만 못합니다." 하였다.《世說新語 言語》

나무에 가득한 배꽃[741]이 유달리 환히 핀 듯	滿樹梨花特地明
해진 신발 신고 길을 간 높은 자취[742] 따르고	履穿行逕追高躅
쭝긋 솟은 어깨로 나귀[743] 탄 상쾌한 마음 사모한다	肩聳騎驢慕爽情
병중에도 맑은 흥취가 넉넉할 수 있으니	病裏亦能淸興足
길게 눈을 노래하며 작은 술병을 기울인다	長吟賦雪小樽傾

기심을 잊고
忘機

운산에 은거해 낚시하며 세상 기심 잊노니	隱釣雲山忘世機
이끼 긴 헌함 적적한데 사립문은 닫혔어라	苔軒寂寂掩荊扉
깊은 숲에서 꾀꼬리 우는 소리 마냥 들리고	深林任聽黃鸚囀
긴 하루해에 흰 새가 나는 광경 천천히 본다	長日徐看白鳥飛
스스로 취하고 스스로 깨며 몸은 반쯤 늙었고	自醉自醒身半老
한가로이 졸다 한가로이 깨니 더 바랄 게 없네	閑眠閑覺願無違
사람들아 장안이 가깝다 말하지 말라	傍人莫道長安近
천 척의 홍진이 푸른 산을 막고 있는 것을[744]	千尺紅塵隔翠微

---

741 나무에 가득한 배꽃 : 당(唐)나라 잠삼(岑參)의 〈백설가송무판관귀경(白雪歌送武判官歸
京)〉에 "북풍이 대지에 세차게 불어 백초가 꺾이니, 오랑캐 하늘 팔월에 눈이 날린다. 홀연
하룻밤 사이 춘풍이 불어와, 천만 그루 나무에 배꽃이 핀 듯해라.[北風捲地白草折 胡天八月
卽飛雪 忽如一夜春風來 千樹萬樹梨花開]" 하였다.

742 해진…자취 : 동곽 선생(東郭先生)이란 사람이 공거(公車)란 부서에서 오래도록 대조(待詔)
하였다. 그럼에도 매우 빈곤하여 옷은 낡아서 해지고 신발은 완전하지 못하여 눈길을 가는
데 신발의 윗부분만 있고 밑창이 없어서 발이 모두 땅에 닿으니 사람들이 모두 웃었다고 한
다.《史記 卷126 滑稽列傳》

743 쭝긋…나귀 : 눈 속에서 나귀를 타고 가며 시상(詩想)에 잠겼던 당(唐)나라 맹호연(孟浩然)
의 고사를 말한다. 주233 참조.

봄 흥취
春興

봄날 농가에 봄기운이 아름다우니	春日田家春氣休
유거에 봄 흥취는 봄 누각에 있어라	幽居春興在春樓
절로 피었다 절로 지는 건 촌락 가의 살구꽃	自開自落村邊杏
한가히 갔다 한가히 오는 건 지붕 위 비둘기	閑去閑來屋上鳩
대나무 잠박에 바람 따스해 누에 반쯤 늙었고	竹箔風暄蚕半老
표주박 술병에 술 익으니 개미가 막 뜨누나[745]	匏樽酒綠蟻初浮
농부가 내게 서쪽 논밭에 일이 있다고 알리니[746]	農人告我西疇事
때로 검은 소 채찍질하여 밭두둑으로 가노라	時策烏犍向陌頭

세모
歲暮

은거하는 곳 작은 집이 시냇가에 있으니	幽居小築在溪湄
세상의 명리 따위야 어찌 감히 엿보리오	利戶名樞豈敢窺
늙어가매 한가한 마음 그저 궤에 기댈[747] 뿐	老去閑情唯隱几

---

744 장안(長安)이…것을 : 장안이 가깝다고 하지만 번화한 저자에서 이는 홍진(紅塵)에 막혀 자
  신이 거처하는 산과는 길이 통하지 않는다는 뜻이다. 당(唐)나라 왕발(王勃)의 〈시평만식
  (始平晚息)〉에 "대궐이 있는 장안은 가깝고, 강산에 촉 땅 가는 길은 멀어라.[觀闕長安近 江
  山蜀道賒]" 한 것을 원용한 표현이다.

745 개미가 막 뜨누나 : 술이 익었음을 뜻한다. 술이 잘 익어 생기는 거품을 개미에 비긴 것이다.
  두보(杜甫)의 〈정월삼일귀계상유작간원내제공(正月三日歸溪上有作簡院內諸公)〉에 "개미
  같은 거품이 뜨고 섣달의 맛이라.[蟻浮仍臘味]"라 하였다.

746 농부가…알리니 : 봄이 와서 농사가 시작되었다는 말이다. 진(晉)나라 도연명(陶淵明)의
  〈귀거래사(歸去來辭)〉에 "농부가 내게 봄이 왔음을 알려주니 장차 서쪽 논밭에 일이 있으
  리라.[農人告余以春及 將有事于西疇]" 하였다.《古文眞寶 前集》

병중의 심사는 턱을 괴는[748] 데 들어온다	病中心事入支頤
여섯 모난 눈꽃이 날리니 하늘은 저물고	花飄六出天將夕
절기는 삼양[749]에 가까우니 해가 바뀌려 하네	節近三陽歲欲移
홀로 사립문을 닫고 늘 나가지 않으니	獨閉松關長不出
새로 지은 시는 마음 맞는 벗만이 알 뿐	新詩只有可人知

우연히 짓다
偶題

늙어가매 인정에 익숙하고 병드니 잠에 익숙해	老慣人情病慣眠
전원에서 수졸[750]하면서 천성대로 즐거이 사노라	田園守拙樂吾天
촌락의 벗이 갑자기 왔기에 거위를 잡고	村朋卒至鵝頭挈
산중의 손님이 때로 오기에 작설차 달인다	山客時來雀舌煎
도를 알지 못하는 건 근심할 바가 아니요	有道莫知非所患

---

747 궤(几)에 기댈 : 만사에 무심(無心)함을 뜻한다. 남곽자기(南郭子綦)가 궤안에 기댄 채 앉아 하늘을 우러러 한숨을 내쉬며 멍하게 물아(物我)를 잊은 듯한 모습을 하고 있는데, 안성자유(顔成子游)가 그 앞에 시립(侍立)해 있다가 "그렇게 몸을 고목처럼 만들고 마음을 식은 재처럼 만들 수 있습니까?" 하고 물었다. 이에 남곽자기가 "지금 나는 나를 잊었는데, 너는 알겠는가?" 하였다.《莊子 齊物論》

748 턱을 괴는 : 턱을 고이고 시상(詩想)에 잠기는 것이다. 진(晉)나라 왕희지(王羲之)는 성품이 소방(疏放)하고 구속을 싫어하여 거기장군(車騎將軍) 환충(桓沖)의 기병참군(騎兵參軍)으로 있으면서 업무를 보지 않았다. 이에 환충이 "그대가 부중(府中)에 있은 지 오래이니 이제 업무를 보아야 할 것이다." 하니, 왕희지가 대답조차 하지 않고 수판(手板), 즉 홀로 턱을 고이고서 "서산에 아침이 오니, 상쾌한 기운이 이는구나." 하였다.《世說新語 簡傲》

749 삼양(三陽) : 새해 정월을 뜻한다. 양효(陽爻)가 셋인《주역(周易)》의 〈태괘(泰卦)〉를 가리킨다. 동짓달인 10월부터 양효가 아래에서 하나 생겨 올라와서 정월에 이르면 양효가 셋이 된다.

750 수졸(守拙) : 졸렬함을 지킨다는 뜻으로 자신의 분수를 지켜 재주를 부리거나 벼슬길에 나아가지 않음을 뜻한다. 주 530 참조.

세상사에 무심한 것이 참으로 편안함일세 　無心關事是眞便
한가한 중에 좋은 경치 즐기나니 　閑中自喜耽佳景
근래에 새로 지은 시가 백 편이 되겠구나 　邇日新詩且百篇

새벽의 정황
曉況

병든 몸 시름겨워 잠 못 이루고 　病客愁來睡不成
일어나 베개 밀치니 정신이 맑아라 　起來推枕覺神淸
창 앞에서 천 길 백발[751]을 빗질하고 　窓前白髮梳千丈
지붕 모서리에 주관[752]은 오경을 알리누나 　屋角朱冠報五更
눈 내린 뒤 달빛은 뜰에 가득 빛나고 　雪月滿庭光皎皎
솔바람은 방문에 들어와 맑게 울린다 　松風入戶響冷冷
산중의 아름다운 경치 오늘밤이 제일이니 　山中美景今宵最
내게 향응을 베푸는 천공의 정에 감사하오 　自感天公餉我情

감회가 일어 읊다
感吟

잎이 다 진 빈 산에 하늘빛은 푸른데 　葉盡空山天色蒼
싸늘한 바람은 불어서 서재에 들어온다 　陰風吹冷入書堂
맑은 서리 내리더니 굳은 얼음 이르고[753] 　淸霜已落堅氷至

---

751 천 길 백발 : 희게 센 머리털을 형용한 것이다. 이백(李白)의 시 〈추보가(秋浦歌)〉에 "백발
　이 삼천 길이나 되니, 시름 때문에 길어진 듯하여라. 알지 못하겠네 밝은 거울 속, 어디서 가
　을 서리를 얻었는고.[白髮三千丈 緣愁似箇長 不知明鏡裏 何處得秋霜]" 하였다.

752 주관(朱冠) : 붉은 관으로, 벼슬이 붉은 닭을 가리킨다.

싸락눈 막 내리매 짙은 구름이 뭉게뭉게	微霰初零密雪雱
보는 곳마다 다단한 이치 모두 조짐이니	觸理多端皆漸□
기미 아는데 어디선들 미리 막지 않으랴	知幾何處不先防
전원에서 오래 살며 이치를 깊이 봤으니	林居歲久冥觀妙
이내 생애 그저 은거만 한다고 하지 말라	莫謂吾生但羽藏

절유[754]의 시를 읊어 삼암에게 보이다
絶遊吟示三巖

한가히 서당에 칩거한 지도 어언 십년인데	閑掩書堂且十霜
교유를 끊고 오늘 밤 소나무 침상에 누웠노라	絶遊今夕臥松床
노쇠해 백발이 됨은 나의 운명에 맡기노니	從衰得白安吾命
수련하고 신선이 되는 비법을 알지 못하도다	鍊骨燒丹未解方
새 곡조를 매양 연주해 고적함을 달래고	新曲每調銷寂寞
향긋한 술 늘 마시며 세월을 보내노라	香醪長把送暄涼
더구나 그대처럼 좋은 이웃을 만났으니	芳隣況接如君可
무엇하러 굳이 배 타고 대안도를 찾아가랴[755]	何必勞乘訪戴航

---

753 맑은…이르고 : 늦가을 지나 겨울이 왔다는 의미이다. 주 55 참조.

754 절유(絶遊) : 세상 사람과의 교유를 끊는 것이다. 진나라 도연명의 〈귀거래사〉에 "교제를 그
　　만두고 교유를 끊어야겠다.[請息交以絶游]" 하였다.

755 배 타고 대안도를 찾아가랴 : 멀리 있는 벗을 찾아가는 것이다. 주 235 참조.

한가로이 읊다
閑詠

많은 녹봉 높은 벼슬은 감히 탐내지 않나니	厚祿尊名不敢叨
은거 생활에 한가한 취미는 자연에 있어라	幽居閑趣在林皐
천 줄기 푸른 대나무에 생애가 넉넉하고	千竿綠竹生涯足
한 가닥 맑은 향 연기에 상념이 사라진다	一炷淸香世慮銷
등라에 비친 달빛이 약속한 듯 발에 들어오니	蘿月入簾如有約
문에 들어오는 남풍도 어찌 부른 적 있으랴	薰風來戶豈曾招
게다가 좋은 손님이 부지런히 찾아와서	更多佳客勤相訪
자주 바가지로 탁주를 권하여 취하노라	頻屬匏樽醉白醪

한가한 일
閑事

머무는 사람은 속물이 없으니[756]	留人無俗物
그윽한 일에 늘 마음 한가해라	幽事長閑情
죽사[757]를 씩씩하게 읊을 수 있고	竹詞詠能健
암벽에 쓴 글자는 자획이 맑네	題巖字覺淸
거문고와 바둑을 벗으로 삼고	琴碁爲末契

---

756 머무는…없으니 : 진(晉)나라 죽림칠현(竹林七賢)인 완적(阮籍)·혜강(嵇康)·산도(山濤)·유령(劉伶)이 대숲에서 술에 취해 있을 때 왕융(王戎)이 오자 "속물이 다시 와서 사람의 기분을 망쳐놓는구나." 하였다.《世說新語 排調》

757 죽사(竹詞) : 죽지사(竹枝詞)의 준말이다. 주로 지방의 풍속이나 여인의 정서를 읊는 가사(歌詞)의 일종이다. 소식(蘇軾)의 〈죽지가자서(竹枝歌自序)〉에 의하면, 죽지사는 본래 초(楚)나라에서 발생한 노래로 회왕(懷王)·굴원(屈原)·항우(項羽) 등의 슬픈 이야기가 전승되어 원통하고 애달픈 곡조를 띠게 되었다고 하였다. 여기서는 그냥 시를 가리킨다.

백구와 해오라기를 새로 사귀었다   鷗鷺作新盟

산골에 깃들어 살며 늙어가니   老我棲丘壑

홍진 세상과는 영영 멀어졌어라   紅塵隔此生

〈무더위에 대한 탄식〉으로 삼암의 〈장맛비에 대한 탄식〉에 차운하다
以苦熱歎次三巖苦雨歎

삼복이라 무더위 노염(老炎)이 식지 않으니   三伏庚炎老不衰

병든 몸 더위에 시달린 지 이미 오래일세   病夫執熱已多時

동쪽 누각에 뜬 붉은 해를 시름겨워 보나니   愁看赤日臨東閣

점심 짓는 푸른 연기인들 어이 차마 닿으랴   忍觸靑烟起午炊

겨우 맑은 얼음 잡고 대자리에 앉아서   纔把淸氷坐竹簟

소나무 울을 둘러싼 푸른 옥[758]을 보노라   翻窺蒼玉繞松籬

그 언제나 북쪽 포구에 서늘한 바람 불어   何當北浦凉風至

한 번 옷깃을 헤치고 시원히 바람 쐴거나   一夕披衣快受之

분수에 따른 삶
隨分

어지러운 세상이라 칠실의 근심[759] 깊지만   亂世雖深漆室憂

한거하는 터라 조정에 계책을 올릴 길 없네   端居無計納謀猷

---

758 푸른 옥 : 대나무를 비유한 것이다. 주687 참조.

759 칠실(漆室)의 근심 : 춘추시대 노(魯)나라 칠실이란 읍(邑)에 과년한 처녀가 있었다. 그녀는
자신이 시집을 가지 못하는 것은 걱정하지 않고 나라의 임금이 늙고 태자가 어린 것을 걱정
하여 기둥에 기대어 울었다. 이에 이웃집 부인이 비웃으며 "이는 노나라 대부의 근심이지,
네가 무슨 상관인가?"라고 했다고 한다. 분수에 지나친 근심을 뜻하는 말인데 일반적으로
자신에 대한 겸사(謙辭)로 쓰인다.《劉向 列女傳》

이내 신세 늘 빈천할 것임을 아노니 祗知身世長寒賤
하늘도 원망 않고 사람도 탓 않노라[760] 不向天人有怨尤
성곽을 등진 논밭[761]에 벼와 기장 익었고 負郭田深禾黍熟
산을 의지한 촌락에는 긴 대나무숲 依山村僻竹篁脩
문 앞에 번잡한 속진이 없어 기쁘니 門前自喜塵喧絶
아마도 무릉도원이 이곳인가 한다 疑是桃源卽此區

회포를 써서 삼암에게 보이다
書懷示三巖

한 세상에 이름 없어 낯이 부끄러우니 無聞一世靦吾顏
어느 곳 고관대작 집에 가 벼슬을 구할꼬 何處朱門覓做官
병든 지 오래니 늙은 아내가 늘 약을 구하고 病久老妻常索藥
홑옷뿐이라 어린 아이는 자주 춥다고 징징댄다 衣單稚兒數呼寒
책은 있어도 읽지 못해 시렁에 올려놓았고 有書不讀藏諸閣
농사지을 적은 땅 있어 저 산에 밭 일구었네 少地容耕田彼山
남쪽 시냇가 친구가 이런 뜻 가련히 여겨 南澗故人憐此意
때때로 좋은 시구로 나의 고생을 위로하누나 時將佳句慰辛酸

---

760 하늘도…않노라 : 공자(孔子)가 "하늘을 원망하지도 않고 사람을 탓하지도 않는다.[不怨天 不尤人]" 하였다.《論語 憲問》

761 성곽을 등진 논밭 : 작은 전답이 있는 향리의 은거(隱居)할 곳을 뜻한다. 전국시대 소진(蘇 秦)이 합종책(合從策)으로 육국(六國)의 재상이 되어 고향으로 돌아오자 그의 형제와 아내, 형수들이 감히 바로 쳐다보지 못하고 땅에 부복하였다. 이를 보며 탄식하기를 "가령 내게 낙양성 근처에 성곽을 등진 두어 이랑의 밭만 있었더라도 내가 어떻게 육국 재상의 관인(官 印)을 찰 수 있었으리오." 하였다.《史記 蘇秦列傳》

정영숙의 시 〈바닷가의 집〉에 차운하는 한편 이 시를 해장에 제하는 시로 부쳐 보내다 2수
次鄭榮叔海莊韻二因寄以題 二首

나의 집이 멀리 푸른 시냇가에 있기에	儂居逈在碧溪潯
바닷가 그대 처소에 한 번도 못 찾아갔네	海上幽棲未一尋
다리 아래 연하에 맑은 흥취가 드넓고	脚底烟霞淸趣闊
문 앞에 백구와는 오랜 맹약이 깊어라[762]	門前鷗鷺舊盟深
어촌 집은 역력히 백사장 언덕에 섰고	漁家歷歷依沙岸
신선 산은 창창히 물 가운데에 솟았네	仙嶠蒼蒼出水心
속세 밖 한가한 정이 참으로 드넓으니	物表閑情眞浩蕩
인간세상에서 조롱에 든 새는 되지 말자	人間莫作閉籠禽
그윽한 거처 소쇄해 세상 인연 끊어졌고	幽居蕭洒絕塵緣
단풍잎과 갈대꽃만 푸른 바닷가에 고와라	楓葉蘆花滄海邊
세상 밖 건곤에 일월이 한가롭고	衆外乾坤閑日月
호중[763]의 광경에 운연만 늙어가누나	壺中光景老雲烟
사람 마음은 영화와 잇속을 따지려 않고	人情不欲分榮利
하늘의 도는 취해 잠자는 것에 관대하여라	天道猶寬計醉眠
무엇보다 그대가 찾아오는 게 좋으니	最是吾君乘興處
달밤에 벗을 불러서 고기잡이배에 오른다	招朋月夕上漁船

---

762 백구와는…깊어라 : 백구와 벗하여 자연 속에서 삶을 뜻한다. 주 597 참조.

763 호중(壺中) : 호로병 안이란 말로 한 구역에 있는 별세계를 뜻한다. 주 323 참조.

가을밤에 감회가 있어
秋夜有感

백발의 몸으로 한거하니 분수에 편안해	白首端居分所安
첩첩 산속에 홀로 사립문 닫고 사노라	柴門獨閉亂峯間
높새바람이 나뭇잎을 흔들어 가을이 저물고	高風振葉秋將晚
흰 달이 창을 엿보니 밤이 깊어가누나	素月窺窓夜欲闌
공부의 삼여는 마음속으로 슬퍼하고[764]	學之三餘中自悼
집은 사벽뿐이라[765] 즐거움이 전혀 없어라	家徒四壁苦無歡
상 위에 녹색 거문고 주현[766]이 있으나	床頭綠服朱絃在
곡조 타지 않을 때가 탈 때보다 나아라[767]	曲不彈時勝手彈

---

764 공부의…슬퍼하고 : 삼여(三餘)는 공부하기에 좋은 세 가지 여가이다. 겨울은 1년의 여가이고, 밤은 하루 중의 여가이고, 장마는 계절의 여가이다.《三國志 魏書 王肅傳 註》즉 삼여의 때에 공부하지 못한 것을 스스로 슬퍼한다는 뜻이다.

765 집은 사벽(四壁)뿐이라 : 집에 사방의 벽뿐 가산과 양식이 전혀 없다는 말로, 매우 가난함을 뜻한다.

766 녹색 거문고 주현(朱絃) : 녹색 거문고는 한(漢)나라 사마상여(司馬相如)가 양왕(梁王)으로부터 하사받았다는 녹기금(綠綺琴)으로, 좋은 거문고를 뜻한다. 주현은《예기(禮記)》〈악기(樂記)〉에 "청묘의 슬은 붉은 현으로 되어 있고 소리가 느릿하여서, 한 사람이 선창하면 세 사람이 화답하여 여음(餘音)이 있다.[淸廟之瑟 朱絃而疏越 壹倡而三嘆 有遺音者矣]"한 데서 온 말로, 좋은 거문고 줄을 뜻한다. 뛰어난 시문을 뜻하는 말로도 쓰인다.

767 곡조(曲調)…나아라 : 도연명(陶淵明)의 소금(素琴) 고사를 사용하였다.《송서(宋書)》卷63〈도잠전(陶潛傳)〉에 "도연명은 음률(音律)을 모르면서 소금 한 벌을 집안에 두었는데 줄이 없고, 술기운이 얼큰하면 손으로 어루만져 뜻만 부쳤다."하였다. 즉 마음으로 음악을 느끼는 것이 손으로 거문고를 연주하는 것보다 낫기 때문에 연주하지 않았다는 것이다. 이백(李白)이 이 고사를 차용하여 지은 〈희증정율양(戲贈鄭溧陽)〉이란 시에 "소금은 본래부터 현이 없고, 술 거를 땐 갈건을 사용하지.[素琴本無絃 漉酒用葛巾]"하였다.

섣달 그믐날에 감회가 있어
臘月晦日有感

황량한 촌락 나무 한 그루 선 유인의 집	荒村獨樹幽人宅
계절은 봄으로 바뀌어 추운 기운 물러갔네	節換靑陽陰氣窮
쉰 살이라 중년 몸이니 늙은 게 아니지만	五十中身非謂老
삼년 동안 병치레가 많아 벌써 늙은이 됐네	三年多病已成翁
지신밟기 소리 저물녘 들리니 아이들 어지럽고	鄕儺晚振兒童亂
한 해가 다해 아침에 씩씩한 호표가 늘어섰네	歲盡朝排虎豹雄
내일이면 깜짝 놀라게도 또 한 살 더 먹으니	明日又驚添一齒
도소주를 미리 마셔 얼굴을 붉게 해야겠다[768]	屠蘇先把借顏紅

숯장수의 고생
賣炭苦

숯 파는 일 얼마나 고생인가	賣炭何苦業
숯 팔아도 남은 양식이 없어라	賣炭無餘粮
자신은 작은 땅 한 뙈기 없으니	身無立錐地
본업은 농사와 양잠이 아닐세	本業非農桑
아침엔 산속에 들어가 나무를 베고	朝入山中伐山木
저녁엔 구덩이 파서 숯을 굽는다	暮劚深坑燒碧炭
나는 재 얼굴에 묻어 용모는 검고	飛灰入面狀貌黑

---

768 도소주(屠蘇酒)를⋯해야겠다 : 이룬 것 없이 나이만 더 먹는 것이 부끄러우니, 설날 아침
  에 마시는 술인 도소주를 미리 마셔 부끄러운 얼굴빛을 지어야겠다는 뜻이다. 도소주는 약
  술로 한약재인 육계(肉桂), 산초(山椒), 백출(白朮), 길경(桔梗), 방풍(防風) 등을 넣어 빚는
  술이다. 설날에 이 술을 마시면 사기(邪氣)를 물리쳐 장수한다고 한다.

뜨거운 불길 몸을 데워 땀은 줄줄 　　烈焰燻身流赭汗

열 손가락은 쇠갈고리 피부는 거칠고 　　十指如鉤肌膚裂

허름한 옷 너덜너덜 다리도 못 가린다 　　短褐懸鶉不掩脚

고생스레 숯을 지고 저잣거리에 들어가니 　　辛勤擔負入城市

추위에 언 다리 힘 없어 쓰러질 듯 걷네 　　凍脚無力行欹傾

아동들은 거리에 모여 손뼉 치며 웃나니 　　兒童亂街拍手笑

산귀신이 어이하여 이 대로에 왔느냐고 　　山鬼何能臻紫陌

올해는 날씨가 푸근해 숯이 귀하지 않아 　　今年無氷炭不貴

동쪽 서쪽 다 다녀도 하나도 팔지 못했구나 　　足徧東西終未鬻

돌아오매 아내는 원망하고 아이는 배고파 우니 　　歸來妻怨子啼飢

우러러 호소해도 하늘은 아득하기만 해라 　　仰訴皇天天漠漠

사람의 타고난 운명이 저마다 다르니 　　人生賦命各有差

술과 고기 냄새 풍기는 고대광실을 보라 　　請見朱門臭酒肉

봄에 감회가 일어
感春

뼈만 앙상히 여윈 몸에 병은 안 나았건만 　　瘦骨稜稜病未痊

광음은 덧없이 빨라 꿈속에 지나가는구나 　　光陰猝猝夢中遷

복사꽃 오얏꽃 피고 지는 것 자주 보았거니 　　頻看桃李開還落

달이 이지러졌다 둥근 것 몇 번이나 보았던가 　　幾見蟾蜍缺復圓

올해도 봄이 이미 다 갔음을 알겠으니 　　今歲靑春知旣盡

지난 해 생긴 백발이 더욱 가련하여라 　　去年白髮又堪憐

마음 달래려 술 찾는 건 내 할 일 아니라 　　寬心覓酒非吾事

근심을 물리치려 시를 백 편도 넘게 짓는다 　　排悶裁詩强百篇

삼암이 보여준 시에 차운하다
次三巖示韻

창을 열어 놓고 벗님과 마주 앉아서   可人相對闢軒窓
막힌 강물을 틔운 듯 종횡무진 담론한다   談論縱橫若決江
좋은 만남 가지려 자주 노력해야겠네   好會應須頻勉力
원래 북쪽 오랑캐가 아직도 기세를 떨치니[769]   元來西賊未歸降

저물녘에 시냇가에 이르러
晩至溪上

저물녘에 좋은 흥을 타고서   晩來乘好興
지팡이 짚고 방초 물가에 섰노라   扶杖立芳洲
얼굴 아는 듯 반가운 청조를 보고   識面看靑鳥
마음을 알아주는 백구가 있구나   知心有白鷗
물결이 잔잔하니 산그림자 반듯하고   波恬山影直
바람이 고요하니 나무 그늘 짙어라   風靜樹陰稠
오래 읊조리느라 돌아갈 줄 모르니   詠久忘歸去
한나절이나마 한가한 틈을 가졌네   淸閑半日偸

---

769 좋은…떨치니 : 청(淸)나라 오랑캐의 침략으로 난리가 일어나면 서로 헤어져 자주 만날 수 없으니, 지금 자주 만남을 가지자는 것이다.

가을날 시냇가에서 장난 삼아 짓다 벽적체이다.
秋日溪上戲作 襞積體

산속에 비는 부슬부슬 내리고	山雨蕭蕭復颯颯
시내에 바람은 쏴쏴 불어오누나	溪風浙浙更珊珊
붉은 빛 단풍잎 물들어 붉은 치마 젖은 듯	丹楓葉赤紅裙濕
푸르른 대나무 숲은 차가운 푸른 휘장인 듯	綠竹林青翠幔寒
흰 학과 하얀 구름은 다 같이 흰 바탕	白鶴素雲同皓質
검은 원숭이 검은 돌은 둘 다 검은 얼굴	玄猿黑石兩黔顏
맑고 깊은 물가에서 시를 읊조리고	澄潭澈沼清吟裏
먼 산봉우리 보며 아득히 상념에 잠긴다	遠峀遲岑迥想間

사시를 읊은 시를 서재의 벽에 적다
題書軒壁上詠四時

시냇가에다 그윽하게 작은 집을 지으니	幽居小築臨溪上
철 따라 좋은 경치가 내 마음 기쁘게 하네	美景隨時悅我情
특별히 높은 꽃은 저물녘 나비 맞이하고	特地高花迎晚蝶
짙게 우거진 푸른 나무는 꾀꼬리 감싸누나	重陰翠樹護新鶯
만학에 서리 맞은 단풍 붉은 비단보다 밝고	霜楓萬壑明紅錦
천봉 눈이 쌓여 옥병풍이 벌여 섰어라	雪壓千峯列玉屛
무엇보다 맑은 풍광 형언하기 어려운 곳은	最是清光難說處
숲에서 바람 불어오고 달이 떠오를 때이지	林風入戶月東生

섣달 그믐에 우연히 두보의 율시에 차운하다
除夕偶次杜律

틀림없이 내일 아침이면 새해임을 아노니	定知明曉入新年
옷깃에 드리운 흰 머리털이 더욱 쓸쓸해라	垂領霜毛更颯然
동복들은 줄을 지어서 세배를 올리고	僮僕隨行供歲事
아손들은 나이에 따라 자리에 앉았구나	兒孫逐齒列長筵
선옹은 벽에 기대 배고픔을 견디는데	仙翁負壁飢能免
하늘이 천도(天桃)를 주어 수명이 길어지리	天又抃桃壽必綿
잔 가득 도소주 부어 한바탕 취하니	滿酌屠蘇成一醉
얼큰히 취한 오늘밤 즐거움이 끝없어라	醺醺今夕樂無邊

구름을 읊다
詠雲

산 속 못에서 나와 허공에 오르니	出自山淵升太玄
날개 없이 날고 당기지 않아도 멈춘다	飛無羽翼止無牽
하늘 저편에 흰 옷이 보이는가 하더니	白衣纔見浮天際
해 곁에서 푸른 개가 문득 보이는구나[770]	蒼狗俄看掩日邊
솟아서 높은 산 만들고 늘어서서 진을 만들며	聳作層巒橫作陣
가볍기는 얇은 솜이요 두텁기는 무명 같아라	輕如薄絮厚如綿
모이고 흩어지는 모습 비록 천 가지이지만	凝流點綴雖千狀
뭉게뭉게 일어나 고마운 비 내리느니만 하리오	何似油然下霈然

---

770 하늘…보이는구나 : 변화무쌍한 구름의 형상을 형용한 것이다. 두보(杜甫)의 〈가탄(可歎)〉
　　에 "하늘 위 뜬구름이 흰 옷과 같더니만, 잠깐 사이 변하여 푸른 개가 되었구나.[天上浮雲如
　　白衣 斯須改變成蒼狗]" 하였다.

동대에서 저물녘에 읊다
東臺晚詠

동대에 올라와 앉아 돌아가지 않노니	來上東臺坐不歸
대 앞에 펼쳐진 물색은 참으로 아련해라	臺前物色正依依
쌍으로 나는 흰 새는 늦더위를 겪었고	雙飛白鳥經殘暑
나란히 앉은 꾀꼬리는 푸른 산에서 지저귄다	並坐黃鸝囀翠微
몸 늙으니 나라 구할 계책 없음이 부끄럽고	身老自慚無壯略
땅이 외지니 속진의 일 적음이 외려 기쁘네	地偏還喜少塵機
석양이 지는 줄도 모르고 시상에 잠기노라니	沈吟不覺斜陽暮
시원한 산바람이 옷깃에 가득 불어오누나	蕭酒山風吹滿衣

계해년(1623) 4월에 처자식이 염질에 걸려 홀로 모친을 모시고 서촌으로 피우하다
癸亥四月妻孥患染疾獨奉慈親避寓西村

서촌에 피우한 지도 얼마나 지났는가	避寓西村曾幾日
이 여름에 명협이 세 번 시듦[771]을 보았도다	朱明三度見蓂凋
처자식 소식은 매우 걱정이 되고	妻孥消息堪疑懼
친구들 서신은 끊어져 적막하구나	親舊音書斷寂寥
담장 틈으로 매양 약만 넣어줄 뿐이니	墻隙每令投藥物
집안에는 땔나무나 있는지 늘 염려되네	家間長念絶薪樵
자주 좋은 소식 가지고 모친께 올려	頻將吉報呈萱室

---

771 명협(蓂莢)이 세 번 시듦 : 석 달이 지났음을 뜻한다. 명협은 요(堯)임금의 뜰에 났다는 풀로 초하루에서 보름까지 하루에 한 잎씩 생기고, 보름이 지난 후 그믐까지는 하루에 한 잎씩 져서 일력(日曆)의 역할을 했다 한다.

시름을 달래 드리며 아침 저녁을 보낸다   慰悅愁情夕又朝

남쪽으로 떠난 벗을 생각하며
憶南遊友人

골짜기 어귀엔 봄풀이 돋건만   谷口生春草
왕손은 어느 곳에 노닐고 있는고[772]   王孫何處遊
서신이 드무니 자주 기러기 바라보고[773]   書稀頻望雁
몹시 그리워 중선의 누각에 오르리[774]   憶苦每登樓
바닷가 저편에 청안이 막혔고[775]   海外隔靑眼
산중에서는 백발로 시름한다   山中愁白頭
지음의 벗을 언제나 만나리오   知音逢幾日
그윽한 한은 공후에 있어라[776]   幽恨在箜篌

회문체를 사용하여 정 원외에게 보이다 2수
用回文體示鄭員外 二首

그윽한 산골에 있는 내 집을 좋아했노니   曾愛我居幽谷邃

---

772 골짜기…있는고 : 〈고시(古詩)〉에 "봄풀은 해마다 푸른데, 왕손은 한 번 가서 돌아오지 않는
다.[春草年年綠 王孫歸不歸]" 하였다.

773 자주 기러기 바라보고 : 자신이 소식을 기다림을 뜻한다. 기러기가 서신을 전한다는 고사가
있기에 이렇게 말한 것이다. 주 507 참조.

774 몹시…오르리 : 상대방이 고향을 생각할 것이라는 뜻이다. 주 699 참조.

775 바닷가…막혔고 : 벗이 바닷가에 있어 반가이 만나지 못한다는 뜻이다.

776 지음(知音)의…있어라 : 상대방을 지음의 벗이라 했기 때문에 백아(伯牙)와 종자기(鍾子期)
의 고사를 사용한 것이다. 공후(箜篌)는 현악기의 일종으로 백제금(百濟琴)이라고도 한다.
주 244 참조.

세상 벗어난 외진 곳에 사립문이 있었지	少喧塵處僻柴荊
멀리 산사의 종소리 들리는데 종이 홀로 외나무다리 건너고	僧歸獨椎鍾聲遠
맑게 갠 저녁 골짜기에 학이 외로운 솔에 섰노라	鶴立孤松暮壑晴
높은 산 위에 구름은 짙어 물방울 떨어질 듯	層岳雲光濃滴滴
저무는 들판에 안개는 푸른 빛으로 어둑하여라	晚郊烟色翠冥冥
난간에 기대어 하릴없이 긴긴 날을 보내고	憑軒漫遣消日長
흥이 일면 시를 읊으며 스스로 취하고 깬다	托興淸吟自醉醒
도사[777]의 그윽한 회포를 멀리 추모하노니	陶謝幽懷遠想追
끝없이 펼쳐진 맑고 고운 경치 보기에 좋구나	好看淸景麗無涯
붉은 복사꽃은 햇살에 비쳐 아침에 고운 비단 같고	桃紅輝日朝成錦
버들솜은 안개 속에 떨어져 저녁에 어둑한 실 같아라	柳絮垂烟暮暗絲
높은 제비가 처마 밑에서 지저귈 제 봄잠이 따스하고	高燕語堂春睡暖
때 늦은 꾀꼬리 침상 가에서 울 때 낮잠이 느긋하다	晚鶯喧榻午吟遲
도도히 흐르는 세월은 동쪽으로 흐르는 물[778]	滔滔歲去東流水
때 놓치지 말고 촛불 밝혀 밤늦도록 놀아야지	裏燭閑遊當及時

때 놓치지 말고 한가히 촛불 밝혀 놀아야지	時及當遊閑燭裏
물은 동쪽으로 흐르고 세월은 도도히 흐르누나	水流東去歲滔滔
침상에서 느긋하게 시 읊는데 때 늦은 꾀꼬리 울고	遲吟午榻喧鶯晚
날 따스해 자는데 처마에 높이 제비가 지저귄다	暖睡春堂語燕高
어둑한 실처럼 버들솜은 안개 속에 떨어지고	絲暗暮烟垂絮柳

---

777 도사(陶謝) : 뛰어난 시인인 진(晉)나라 도연명(陶淵明)과 남조(南朝) 송(宋)나라 사영운(謝靈運)의 병칭이다. 주 352 참조.

778 도도히…흐르는 물 : 중국의 모든 물이 동쪽으로 흘러가듯이 만사가 덧없이 흘러감을 뜻한다. 이백(李白)의 〈양양가(襄陽歌)〉에 "양왕이 즐기던 운우의 정이 지금 어디에 있는고. 강물은 동쪽으로 흐르고 원숭이만 밤중에 우는 것을.[襄王雲雨今安在 江水東流猿夜聲]" 하였다.

비단처럼 햇살에 비쳐 복사꽃은 붉어라	錦成朝日輝紅桃
맑고 고운 경치 끝없이 펼쳐진 것 보고	涯無麗景淸看好
아득히 멀리 회상하며 사도[779]를 생각한다	追想遠懷幽謝陶
취했다 깨어 시 읊으며 맑은 흥 부치고	醒醉自吟淸興托
긴긴 날 하릴없이 난간에 기대노라	長日消遣漫軒憑
어둑한 푸른 빛 안개 저녁 들판에 자욱하고	冥冥翠色烟郊晩
물방울이 떨어질 듯 구름 낀 산은 놓아라	滴滴濃光雲岳層
맑은 날 저물녘 솔에 학은 외로이 섰고	晴壑暮松孤立鶴
멀리 종소리 울리고 외나무다리 중은 홀로 돌아간다	遠聲鍾榷獨歸僧
사립문 외진 곳에 있어 세상 시끄러움이 적고	荊柴僻處塵喧少
깊은 산골에 있는 내 집을 진작부터 좋아하노라	邃谷幽居我愛曾

맑은 밤의 풍경을 안 상사에게 보이다
晴夜卽事示安上舍

헌함에 기대 홀로 잠 못 이루나니	憑軒獨不寐
좋은 경치는 누구에게 자랑하는 건가	佳景向誰誇
달빛은 오늘밤 이토록 고요한데	月色今宵寂
두견새 소리는 이곳에 유독 많아라	鵑聲此地多
맑은 노래는 이슬과 섞이고	淸吟和露溢
처량한 상념은 구름 멀리 가누나	凉思度雲遐
시골 벗을 찾아가고 싶지만	縱欲尋村友
산길이 먼 것을 어이하리오	山程奈遠何

---

779 사도(謝陶) : 주 352 참조.

옮긴이의 말

조선의 풍속도를 진술한 문체로 그려낸 시

옥담공의 시는 우리가 잊고 있던 조선의 체취를 물씬 풍긴다. 나는 그 동안 한문고전 번역에 종사하면서 용재(容齋) 이행(李荇), 읍취헌(挹翠軒) 박은(朴誾), 월사(月沙) 이정귀(李廷龜), 석주(石洲) 권필(權韠) 등의 문집을 번역하였다. 그들의 시를 번역할 때에는 그 대단한 천재(天才)와 섬부(贍富)한 문사(文史)에 위압당하며 난해한 전거(典據)를 찾느라 겨를이 없었다. 문학의 대가라 일컬어지는 그들의 시를 읽노라면 조선의 체취를 맡기보다 광활한 중국 고전의 세계가 먼저 눈앞에 펼쳐지곤 하였다.

옥담공의 시도 향촌의 선비로는 보기 드물게 문사(文史)가 매우 풍부하다. 어려운 전고도 많아 독해하기가 결코 만만한 것은 아니었다. 그렇지만 그의 시편들에서는 진술한 감정, 소박한 향촌 생활의 모습들이 잘 드러나 있어 그것이 영락없는 조선의 시임을 쉽게 느낄 수 있다. 이 책을 번역하면서 늘 내 머릿속에 그려지는 옥담공의 모습은 풍류를 즐기며 유유자적하는 소탈한 시인이었다. 기실 옥담공은 성리학의 시대에 살면서도 성리학의 딱딱한 예교(禮敎)에 속박되지 않은, 참으로 시를 좋아하는 천생 시인이었다. 그래서 그의 시는 당대의 일류 문사(文士)들과 시를 주고받으며 늘 시의 칼날을 다듬느라 여념이 없었던 이름난 문호들의 시보다 오히려 우리에게 더욱 친근한 세계를 펼쳐 보여준다. 한편 그는 〈만물편〉이라고 하는 우리 문학사에서 특기할 만한 대작을 남기기도 하였으니, 그의 시인으로서의 면모는 앞으로 새롭게 조명될 것으로 믿는다.

《옥담시집》의 번역을 의뢰받은 지도 벌써 여러 해가 지났다. 그 동안 나의 신상에도 큰 변화가 있었으니, 조선대학교 한문학과에 재직한 지 2년 만에 한국고전번역원으로 자리를 옮긴 것이다. 서울에서 광주로 광주에서 서울로, 처소를 옮기며 새 직장에 적응하느라 늘 심신을 안돈(安頓)하지 못하였고 이 일 저 일이 겹쳐서 핍박해 오는 통에 정중한 부탁을 받아 놓고도 실상 일에 전념할 겨를이 많지 않았다. 그래서 늘 마음 한쪽이 무거웠다. 이제 책이 나온다니 큰 짐을 벗은 듯이 홀가분하지만 천학비재(淺學非才)가 잘못 번역하여 옥담공의 옥고에 누를 끼치지나 않았을까 두려울 뿐이다.

이 자리를 빌려《옥담유고》와《옥담사집》두 책을 묶어서 옥담시집이라 명명하게 된 까닭을 말하지 않을 수 없다. 해제에서 밝혔듯이 대개《옥담유고》에는 40대 중반까지 지은 시가 실려 있고,《옥담사집》에는 그 이후에 지은 시들이 실려 있어《옥담시집》1, 2로 다시 묶어도 무방하다. 그런데 책의 제목을 보면, 유고(遺稿)란 사후에 남들이 수습한 것임을 뜻하고, 사고(私稿)란 작자 자신이 손수 모은 것임을 뜻한다. 이 책에 실린 시편들을 보더라도《옥담유고》에 실린 시들은 완성도가 높지 못한 것들이 많고 오탈자도 많다(탈자는 □로 표시하였다).《옥담사집》은 우선《옥담유고》보다 작품의 수준이 높고 오탈자도 많지 않아 작자 자신의 손을 거쳐 정리된 것임을 쉽게 알 수 있다. 그래서 유고와 사집이란 이름을 버리지 않고 그대로 두기로 하였다. 창작 시기에 따라《옥담유고》,《옥담사집》순서로 책을 엮었지만 옥담공 시문학의 정수는 오히려《옥담사집》에 실려 있다.

이 책에서 조선의 풍속도를 보고 조선의 한아(閒雅)한 멋을 느끼며, 잊혀진 우리 문화에 대한 향수에 젖어보기를 권한다.

2009년 가을날 이상하

옥담시집을 펴내며

　고서 속에 묻혀서 영구히 사장될 뻔한 14대조 옥담(玉潭) 할아버지의 시집인 《옥담사집(玉潭私集)》과 《옥담유고(玉潭遺稿)》 필사본을 찾아내어 상세한 주석을 달아서 번역 출판하게 된 것은 매우 뜻 깊은 일이 아닐 수 없습니다. 실로 우리 종중의 경사요 자랑이라 생각합니다.

　옥담 할아버지는 당쟁(黨爭)으로 혼란하던 광해조(光海朝) 때 현재 안양군(安陽君) 묘소가 있는 경기도 군포시 수리산(修理山) 아래 은거하시며 집 동쪽에 있는 연못을 단장하여 '옥담(玉潭)'이라 명명하고 이를 아호로 삼으셨습니다.

　종가의 독자로서 슬하에 9남매를 두셨으며, 아들 7형제를 모두 훌륭히 키워 장남 두흥(斗興), 차남 두성(斗成), 3남 두양(斗揚), 4남 두여(斗輿), 7남 두광(斗光)은 모두 진사(進士)였고, 5남 두환(斗換)은 생원을 거쳐 사옹원 봉사(司饔院奉事)와 형조 정랑(刑曹正郎)을 지내셨습니다.

　옥담 할아버지는 거처하는 서재를 모재(茅齋)라 명명하고 인근의 선비들과 시주(詩酒)를 즐기셨습니다. 이러한 생활 속에서 자연스럽게 나온 것이 바로 여기 실린 시편들입니다. 옥담 할아버지는 이 시편들을 문집으로 엮어 자손들에게 전하시면서 "나의 품은 뜻과 지난 자취를 적은 것이니 잘 간직하라." 하셨습니다.

이 번역본 출간으로 실로 350여 년 만에 할아버지께서 남기신 뜻을 오늘날의 후손들에게 다시 전하게 되었습니다. 후손으로서 그나마 책임을 다한 듯하여 가슴이 뿌듯합니다. 더욱이 우리나라의 한문고전 번역을 주도하는 기관인 한국고전번역원의 이상하(李相夏) 교수가 번역을 맡아주셨으니, 옥담 할아버지의 문학과 삶의 자취가 유감없이 생생히 드러날 것으로 믿습니다. 깊이 감사드립니다.

이 책이 우리 문중의 후손들뿐 아니라 많은 독자들에게 읽혀서 옥담 할아버지의 생애와 문학이 세상에 널리 알려지기를 바랍니다.

2009년 10월

全州李氏安陽君派宗司會

宗孫 / 理事長 李宗成